历朝通俗演义（插图版）——后汉演义 III

# 三国鼎立

蔡东藩　著

北方联合出版传媒(集团)股份有限公司

万卷出版公司

**图书在版编目 (CIP) 数据**

后汉演义. 3, 三国鼎立 / 蔡东藩著. — 沈阳：万
卷出版公司, 2015.1（2017.5重印）
　（历朝通俗演义）
　ISBN 978-7-5470-3095-0

　Ⅰ. ①后… Ⅱ. ①蔡… Ⅲ. ①章回小说－中国－现代
Ⅳ. ①I246.4

中国版本图书馆CIP数据核字（2014）第154378号


出版发行：北方联合出版传媒（集团）股份有限公司
　　　　　万卷出版公司
　　　　　（地址：沈阳市和平区十一纬路29号　邮编：110003）
印　刷　者：北京航天伟业印刷有限公司
经　销　者：全国新华书店
幅面尺寸：168mm×233mm
字　　　数：261千字
印　　张：15.75
出版时间：2015年1月第1版
印刷时间：2017年5月第2次印刷
责任编辑：周莉莉　杨博鹏
封面设计：向阳文化　吕智超
版式设计：范思越
ISBN 978-7-5470-3095-0
定　　价：36.00元


联系电话：024-23284090/010-57262361
传　　真：010-88332248
E-mail：200514509@qq.com
网　　址：http://e.weibo.com/zhipinshuye

# 目 录

# 第一回

## 入洛阳观光得玺
## 出磐河构怨兴兵

却说袁绍等欲推戴刘虞，虽经曹操、袁术二人梗议，但尚未肯罢休，即遣故乐浪太守张岐，赍书至幽州劝进。虞厉声叱责道："今天下崩乱，主上蒙尘，我受国厚恩，恨未能扫清国耻，诸君各据州郡，正宜戮力王室，同诛首恶，奈何反造作逆谋，来相垢污呢？"说着，便掷还来书，拒绝张岐。岐扫兴还报，袁绍韩馥再遣使诣幽州，请虞领尚书事，承制封拜；虞复不听，并将使人斩首，杀使亦未免过甚。于是众议乃息。但袁绍等始终不进，渐至兵疲粮尽，陆续解散。独长沙太守孙坚，豪气逼人，自荆州至南阳，有众数万，向太守张咨借粮，咨不肯发给。坚即假称急病，愿将部众交咨接管，咨也恐有诈，率五六百骑至坚营，坚令部将佯与周旋，自从后帐突出，直至咨前，举剑一挥，剁落咨首；咨部下五六百人，无不股栗，情愿投诚。坚至城内取得军粮，即转赴鲁阳城，与袁术相见，术表坚行破虏将军，领豫州刺史。坚乃向术约定，自往冲锋，由术输粮接济，当下引兵急进，所向无前。董卓闻报，忙调中郎将徐荣，截击坚军；荣素有勇略，先引轻骑驰抵梁县，令大队从后继进。坚方屯兵梁东，探得荣兵不多，未以为意；谁知到了夜间，营外火起，竟有敌兵前来劫营。坚也曾防着，一闻有变，便披挂上马，引众出战，既至营外，从火光中望将过去，但见四面八方，统是敌军旗号，也不禁暗暗生惊，自思营垒已陷入围中，万难保守，不如令部兵

1

各自为战，得能杀出重围，再作计较。于是下令军中，分队冲杀，坚亦自当一队，驱率亲兵，拚命杀出；待至跳出围外，只有亲将祖茂，及残骑数十人随着。那敌兵尚不相舍，在后急追，茂劝坚脱下赤帻，与自己盔帽掉换，让坚先走，留身断后，坚急驰得脱。独茂为敌骑所麾，情急智生，把赤帻挂在冢间柱上，悄悄下马，走伏草中，敌骑望见赤帻，四面绕集，环至数匝，想就此活捉孙坚。有几个胆大的军士，奋拳张臂，抢步前拿，一声怪响，倒把拳头爆回，血染淋漓，仔细辨认，才知是个石柱，并不是个孙坚，只得叹声晦气，转身引去。*这是黑夜中贪功之失。*

茂亦得脱逃，归见孙坚，坚很是喜慰，夤夜收集败卒，尚得一二万人。次日复部署成军，移屯阳人聚。徐荣闻报，又领兵往攻。坚此时已惩着前辙，不敢浪战。先令亲将程普、韩当、黄盖诸人，三伏以待，看到敌军近攻，方亲出诱敌，战至数合，便拍马返奔。徐荣部下有一骁将，叫做华雄，平时出入敌阵，无人敢当，至此见坚已败逃，就不顾得失，挺身出追，部军自然随上。荣见坚军寥寥，也道是众可制寡，挥军直上。坚引敌入伏，一声号令，程普、韩当、黄盖先后杀出，围住华雄。雄仗着一柄大刀，左招右架，还是勉强支持，不防箭声四起，利镞攒飞，一刀如何敌百矢？眼见得附贼骁雄，身受重创，倒毙马下。*罗氏《演义》中谓为关羽所杀，真善附会。*雄既射死，所领部兵，也被坚军杀尽。待至徐荣到来，得知前军覆没，慌忙退回，累得自相践踏，辙乱旗靡；再经坚军驱杀一阵，十死五六，匆匆逃归。败报传入洛阳，董卓丞使陈郡太守胡轸为大督护，义子中郎将吕布为骑督，领兵东出，助荣击坚。轸自恃年长，瞧布不起，预在军中扬言道："今日出军，须先斩一青绶，方可使士卒效命，杀敌扬威。"布不胜愤懑，待行至广成，去阳人聚约数十里，遂不愿再进，让轸先往。轸因人马困乏，也拟休息一宵，待旦进攻。夜间在旷野安营，不及设栅，军士远来疲倦，统皆解甲就寝。约莫睡了片刻，蓦听得有人大呼道："贼来了！快走！"各军从梦中惊起，四散狂奔，甲不及披，马不及乘，统皆弃去，就是胡轸也觅路乱跑。急走了十余里，并不闻有敌军影响。究竟声从何来？实是吕布欺轸的诡计。好容易等到天明，再至原处，拾取兵械，不意尘头大起，果有敌兵杀到，为首大将，正是破虏将军孙坚。轸军都皆失色，回头就逃，稍迟一步，便被坚军杀死，轸复仓皇窜还，直至数十里外，后面才无追兵。最奇怪的，吕布一军，不知去向；待了多时，方有溃军趋集，十成中已丧失四五成，唯吕布仍然不见。那时轸垂头丧气，自思不能再战，只好奔回洛阳。及入报董卓，见布已在侧，方知布早趋还，连忙叩头谢罪，好在布亦投鼠忌器，但言坚军势盛，未尝指斥轸过，轸始得免谴。由卓说了"且退"二字，好似皇恩大赦，再磕了几个响头，起身出外去了。**大是幸事。**

孙坚既两得胜仗，遣人报知袁术，且催术运粮济师。术误听谗言，唯恐坚得洛阳，不能再制，遂勒粮不发。坚得去使归报，即乘夜驰白袁术，用杖画地道："坚与董卓，本无怨隙，所以挺身前来，不顾生死，一是为国家讨贼，二是为将军报仇！今大勋垂捷，将军乃听人谗构，不发军粮，无怪吴起抱恨西河，乐毅转投赵国呢！"术面有惭色，不得已拨粮给坚。坚还屯阳人聚。可巧卓遣将军李傕，来求和亲。坚勃然大怒道："卓逆天无道，荡覆王室，若不夷他三族，悬首示众，我虽死不能瞑目，尚欲向我和亲么？"说罢，传令将傕撵出。**何不将他枭首？也可预除一贼。**傕回洛复命，卓尚欲张皇威武，镇定人心，乃遣兵往阳城。适值民间结社祀神，男女毕集，兵士突然闯进，尽杀男子，枭首系住车辕，并将妇女全数掠归，歌呼入城，只说是攻贼大获。卓令将首级焚去，所掠妇女分赏兵士。忽有军吏入报道："孙坚兵入大谷，距此止九十里了！"卓当然着急，顾见长史刘艾在旁，便与语道："关东各军，屡次败衄，皆无能为；独孙坚颇能用人，与我为难，当传语诸将，小心对敌。我当亲出督战，与决雌雄！"说着，即命吕布为先锋，自为元帅，出城迎敌。行抵诸皇陵间，见坚军奋勇杀来，气势甚锐，当令布持戟出战。坚使程普、韩当等，敌住吕布，自率精骑直捣中坚，来攻董卓。卓将李傕、郭汜，慌忙拦阻，统被坚一人杀退。卓看坚骁勇异常，也为震悚，当即策马回走。帅旗一动，全军皆乱，吕布虽然多力，不能不舍敌保卓，踉跄西奔；卓不愿入洛，竟与布同走渑池。坚得驰入洛阳，扫除宗庙，祠以太牢，凡董卓所掘陵寝，饬军吏一体掩护，使复原状；又分兵出新安、渑池间，追击卓兵。卓使中郎将董越、段煨等，分守要隘，自与吕布径赴长安。孙坚闻卓西去，也不亲追，但在洛阳城内，四面巡逻，筹备修筑。怎奈满城瓦砾，到处荒凉，教坚从何着手？徘徊凭吊，禁不住流涕唏嘘。忽见城南有一道豪光，向空冲起，凝成五色，不知是何物作怪。因即驰将过去，凝神细视，乃是井口发光，如釜中蒸气一般，袅袅不绝，井栏上面镌有"甄官井"三字；再从井中俯瞩，尚有流水停住，深不见底，无从辨明。当下饬令军士，先将井水汲干，然后用一辘轳，载兵入井，须臾复出，取得一匣，捧呈与坚。坚启匣看视，乃是一方玉玺，回圆四寸，上有五龙交纽，下有篆文，镌着"受命于天，既寿永昌"八字，唯旁缺一角，用金镶补。坚料是秦汉二朝的传国宝，不由的玩弄一番；但不知如何缺角，如何投井。及仔细追查，才知王莽篡位时，由孝元皇后掷给玺绶，致缺一角；至少帝为张让所逼，由北宫出走小平津，仓猝间不及携玺，那掌玺的内侍，只恐被人夺去，索性投入井中；应六十五回。后来内侍被杀，无人得知，因此久沉井底，延至孙坚入洛，方始发现。坚既得了传国玺，顿生异想，当即携玺还营，住了一宿，便令军士拔寨齐起，趋回鲁阳。欲知无限意，尽在不言中。

袁绍久屯河内，探知孙坚入洛，也想乘势进兵，无如各路兵马已多散归，再加冀州牧韩馥，阴持两端，掯粮不发，又致绍进退两难。绍客逢纪献议道："将军欲举大事，乃徒仰人资给，如何自全？"绍答说道："我亦虑此，但冀州兵强，我亦无法与争。"纪复说道："何不致书公孙瓒，叫他进攻冀州？韩馥乃一庸才，若遇瓒相攻，必然骇惧，公可遣一辩士，为陈祸福，不患馥不让位呢！"绍依计而行，果得公孙瓒允许，兴兵攻冀州。馥遣兵出御，俱为所败，正焦急间，有两人跟跄趋入道："车骑将军袁绍，已从河内退兵，还驻延津了！"馥注视两人，乃是荀谌、郭图，曾为门下宾客，便启问道："两君如何知晓？"谌答道："现由袁甥高干，前来报闻，因此知晓。"馥惊喜道："莫非他前来救我么？"谌又说道："公孙瓒率燕代健士，乘胜南下，锋不可当；袁车骑亦乘此东向，不先不后，居心亦属难料。谌等颇为将军加忧！"馥皱眉道："如此奈何？"谌接入道："袁绍为当世人杰，岂肯为将军下？若瓒攻北面，绍攻西面，区区孤城，亡可立待！但思袁氏与将军有旧，且系同盟，今不如举州相让，归与袁氏。袁氏得冀州，必感将军德惠，厚待将军，还怕什么公孙瓒呢？"馥性本怯懦，又听他说得天花乱坠，便即依议，拟遣使往迎袁绍。长史耿武、别驾关纯、治中李历等，相率进谏道："冀州带甲百万，支粟十年，真好算做天府雄国。今袁绍孤客穷军，仰我鼻息，譬如婴儿，在股掌中，一绝哺乳，就可立毙，奈何反举州相让呢？"馥摇首道："我本袁氏故吏，才又不及本初，让贤避位，古人所贵，诸君何必多疑？"耿武等只得退去。从事赵浮、程涣，又入谏道："袁本初军无斗粮，势必离散，浮等愿出兵相拒，不出旬月，定可退敌，将军但当闭阁高枕，自可无忧！何用拱手让人？"馥又不听，竟遣子赍着印绶，送与袁绍，迎他入城；自挈家眷出廨，徙居前中常侍赵忠旧宅。袁绍引兵直入，自领冀州牧，使韩馥为奋威将军，但只畀他虚衔，并没有什么兵吏。所有馥部下旧属，一律撤换，另用从事沮授为监军，田丰为别驾，审配为治中，许攸、逢纪、荀谌、郭图为谋主，分治州事。好好一位冀州牧韩馥，弄得无权无柄，反致寄人篱下，事事受人监束，始悔为荀谌、郭图所卖，悄悄的逃出州城，往投陈留太守张邈。后有绍使至陈留，与邈屏人私语，馥疑是图己，竟至惶急自尽，这真叫作自诒伊戚了。人生原如幻梦，一死便休，试看袁绍结果，*亦未必胜过韩馥*。

唯曹操屯兵河内，已有多日，见绍引众自去，各路人马，亦皆解散，料知讨卓无成，也只得自寻出路。鲍信与操为莫逆交，虽由绍表为济北相，仍然随操。至是与操计议道："袁绍名为盟主，因权专利，将自生乱，恐一卓未除，一卓又起。为将军计，若急切除绍，恐亦难能，不如进略大河以南，静待内变，再作计较。"操叹为至言。可巧黑山贼党十余万，*即褚燕党羽事，见六十二回。*寇掠东郡，太守王肱，不能抵敌，弃城逃生。操即引兵往击，至濮阳杀败贼众，收复东郡，尚向袁绍处报捷。绍因表操为东郡太守。颍川荀彧，为荀淑孙，少时便有才名，何颙尝称为王佐才。及天下大乱，彧率宗族奔冀州，欲依韩馥，馥已避位，乃进见袁绍，绍却优礼相待，视若上宾。彧见绍才疏志鄙，料不能成大业，乃转投曹操，操迎入与语，见彧应答如流，不禁大喜道："君真可为我子房哩！"*居然以高祖自居。*遂令彧为奋武司马，事必与商。操复尽驱黑山贼出境，东郡咸安。右北平屯将公孙瓒，前由袁绍唆使，出击冀州牧韩馥；至绍夺馥位，瓒亦退兵。幽州牧刘虞，与瓒宗旨未合，积有宿嫌，*见六十四回。*但表面上还彼此含容，互相往来。虞子和为侍中，随献帝迁至长安，献帝仍思东归，使和潜出武关，绕道诣虞，令虞率兵迎驾。*远道求援，也是妄想。*和道出南阳，得见袁术，与语帝意，术竟将和留住，嘱令作书与虞，愿与虞会师西行。及虞得和书，拟遣数千骑南下，适为公孙瓒所闻，以为术有异志，劝虞留兵不发；虞不肯听信，竟促骑兵登程，瓒又恐术闻风生怨，亦遣从弟越引兵诣术，阴教术拘和仇虞。*太觉取巧。*和得知风声，觑隙北遁，行至冀州，又被袁绍截住。绍因术不肯戴虞，复书无礼，已觉不平；*见前回。*术又与公孙瓒书，谓绍非袁氏子，于是兄弟相构，仇隙越深。绍使部将周昂为豫州刺史，与孙坚争领豫州。术令公孙越助坚攻昂，坚将昂击走；唯越身中流矢，竟至毙命。术乃发回越丧，并怂恿公孙瓒，令就近图绍。瓒得书愤愤道："我弟越死，祸由袁绍；且绍赖我得冀州，未闻割地相酬，今反害死我弟，此仇不报，枉为丈夫！"*谁叫你听人唆使？且不怨袁术独怨袁绍，意亦太偏。*当下出屯磐河，为攻绍计。绍未免心虚，尚想与瓒释怨，特将渤海太守印绶，授瓒从弟公孙范，遣令赴任。范抵郡后，反率渤海兵助瓒，与瓒破灭黄巾余贼，夺取甲仗资粮，不可胜计。瓒威震河北，遂决计攻绍。且先上表长安，数绍十罪，文云：

臣闻皇羲以来，君臣道著，张礼以导民，设刑以禁暴。今行车骑将军袁绍，托承先轨，爵任崇浮，而性本淫乱，情行浮薄。昔为司隶，值国多难，太后承摄，何氏辅朝，绍不能举直错枉，而专为邪媚，招徕不轨，贻误社稷，至使丁原焚烧孟津，董卓造为乱始，绍罪一也；卓既无礼，帝主见质，绍不能开设权谋，以济君父，而弃置节传，迸窜逃亡，忝辱爵命，背违人主，绍罪二也；绍为渤海太守，当攻董卓，而默选戎马，不告父兄，至使太傅一门，累然同毙，不仁不孝，绍罪三也；绍既兴兵，涉历二载，不恤国难，专自封殖，乃专引资粮，专为不急，刻剥无方，百姓嗟怨，绍罪四也；逼迫韩馥，窃夺其州，矫刻金玉，以为印玺，每有所下，辄皂囊施检文，称诏书，昔亡新僭侈，渐以即真，观绍所拟，将必阶乱，绍罪五也；绍令星工伺望妖祥，赂遗财货，与共饮食，刻期会合，攻钞郡县，此岂大臣所当施为？绍罪六也；绍与故虎牙都尉刘勋，首共召兵，勋降服张扬，累有功效，而以小忿，枉加酷害，信用谗慝，济其无道，绍罪七也；故上谷太守高焉，故甘陵相姚贡，绍以贪婪横责其钱，钱不备具，二人并命，绍罪八也；春秋之义，子以母贵，绍母亲为傅婢，地实微贱，据职高重，享福丰隆，有苟进之志，无虚退之心，绍罪九也；此三条借此补叙。长沙太守孙坚，领豫州刺史，遂能驱走董卓，扫除陵庙，忠勤王室，其功莫大，绍遣小将盗居其位，断绝坚粮，不得深入，使董卓久不服诛，绍罪十也。昔姬周政弱，王道陵迟，天子迁徙，诸侯背叛，故齐桓立柯会之盟，晋文为践土之会，伐荆楚以致菁茅，诛曹卫以章无礼。臣虽阘茸，名非先贤，蒙被朝恩，负荷重任，职在铁钺，奉辞伐罪，誓与诸将州郡，共讨绍等！若大事克捷，罪人斯得，庶续桓文忠诚之效，攻战形状，当前后续闻。

此表上后，即进攻冀州，各州郡不能御瓒，多半服从；瓒乃令部将严纲为冀州刺史，田楷为青州刺史，单经为兖州刺史。还有前安喜尉刘备，奔走有年，当山东讨卓时，亦思仗义从军，嗣闻各军解散，乃与关羽、张飞走依公孙瓒。回应六十二回。瓒与备本系同学，自然欢迎，且使为平原相。备见瓒部下有一少将，身长八尺，相貌堂堂，武力与关、张相类，遂密与结纳，引为至交。正是：

英雄独有赏心处，豪杰应当刮目看。

欲知少将姓名，待至下回再叙。

讨卓一役，唯曹孟德与孙文台，挺身犯难，尚足自豪。曹以孤军致败，虽败犹荣；孙文台返败为胜，卒能逐走董卓，攻克洛阳，观其祠宗庙，修陵寝，遣将西进，何其壮也？迨得玉玺于甄官井中，即拔营东归，而其志乃骤变矣。夫关东各军，非不欲诛卓徼功，特以卓势犹盛，惮不敢发；有孙文台之三战三克，得播先声，则懦夫亦当知奋，诚使再为号召，联镳齐进，诛卓亦易易耳。乃得玺即还，卷甲无言，谓非阴怀异志，谁其信之？惜乎坚之有初鲜终也。彼公孙瓒之与袁绍，忽合忽离，合不为公，离益营私，其性情之反复，殊不足道。然袁绍身为盟主，不能雪国耻，复家仇，徒为欺人夺地之谋，其罪比瓒为尤甚。瓒虽不足讨绍而数绍十罪，并非虚诬，本回备录全文，所以诛绍之心，而于瓒固不屑播扬也。

# 第二回

## 骂逆贼节妇留名
## 遵密嘱美人弄技

却说公孙瓒部下的骁将，姓赵名云，表字子龙，乃是常山郡真定人氏。本属冀州管辖，袁绍据住冀州，士多趋附；独云往依公孙瓒。瓒且喜且嘲道："闻贵州人多愿从袁氏，君独何心，乃来依我？"云答说道："天下汹汹，未知孰是，百姓方苦倒悬，但得仁政所在，便当依托，正不必计及远近呢！"瓒闻言大悦，留居麾下，款待颇优。嗣云见瓒行同市井，不足图成，也自悔进身太急；凑巧来了刘备，气谊相投，遂与结好，就是关、张两人，亦视为知己，常相往来。惺惺惜惺惺。至备赴平原，邀云同行，且代白瓒前，乞云为助，瓒允如所请，备与云即同赴平原去了。不但赵云不宜放去，即刘、关、张三人，亦不宜轻离，以是知瓒之失人。袁绍闻瓒军来攻，郡邑多叛，已有戒心，又恐他约同袁术，南北并举，更不可当，乃遣使至荆州，说通刺史刘表，使他牵制南阳，免得双方夹攻。表字景升，籍隶高平，少有才名，列入八俊，八俊见前文。灵帝末年，曾为北军中侯，至荆州刺史王睿，为孙坚所杀，坚向西行，表奉诏为荆州刺史，乘虚入城，略定江表，因通使袁绍，愿合兵讨卓，出屯襄阳，作为后应。后来绍赴冀州，表终按兵不发，唯与绍仍使命不绝，绍因此托他防术。术也恐为表所袭，致书孙坚，令攻荆州，坚即进兵往攻。表遣部将黄祖逆战，被坚杀得大败亏输，奔还襄阳，坚驱兵大进，竟将襄阳城围住。表夜遣黄祖等出袭坚营，坚当先

8

迎敌，亲斩敌兵百余人。程普、韩当等挥军继进，杀获甚多。黄祖不获回城，却引了残骑数百，窜入岘山。坚恃勇轻进，驰至山下，见黄祖等已进山坳，尚不肯住马，猛力赶上，后军尾随不及，只有轻骑数十人，与坚同行。黄祖遁匿林间，从月光下望见坚马，便令骑将吕公等，弯弓射坚，杂以巨石。坚尚用槊拨箭，且拨且进，不料顶上来一巨石，不及闪避，竟被压下，一声怪响，脑浆迸流，死于非命，年止三十七岁。**好勇者往往不得其死。**坚已惨死，黄祖等即踊出林外，把坚骑一律杀尽，舁去坚尸，下山驰回。程普、韩当等正率军寻坚，不料城中亦杀出蒯越、蔡瑁等人，来援黄祖，两下里争杀一场，互有死伤。黄祖、蒯越、蔡瑁竟合兵自去，程普、韩当再至岘山中寻视，只有各骑兵尸首，独不见有孙坚，料知凶多吉少，还营休息。未几天明，襄阳城上，已将坚首悬出，吓得程普诸人，没法摆布；还是孝廉桓楷，与表相识，自愿入城请尸，费了一番唇舌，得将坚尸首领回，归葬曲阿，程普等亦皆退归，下文再表。

且说袁绍既南连刘表，牵制袁术，遂督领全军，出拒公孙瓒。行至界桥，正与瓒军相遇，瓒众约三万人，列成方阵，又分突骑万匹，为左右翼，军容甚盛。绍令部将麹义，领精兵八百人，左挟楯，右挟弓，作为前驱。瓒见来军寥寥，纵骑冲击。义令军士用楯为蔽，屹立不动，待至瓒军将近，将楯撒开，弯弓竞射，呼声动地，瓒军多被射倒，自然退却。义麾军猛进，兜头碰着严纲，正是瓒所新命的冀州刺史，两马并交，被义舞动大刀，劈落马下。绍将颜良、文丑，俱是有名的猛将，望见义前驱得胜，怎肯落后？当即拍马继进，双槊并举，搅入瓒阵，钩倒帅旗，瓒军大乱，纷纷遁去。绍在后尚有数里，闻瓒军已溃，料无他虑，乐得下马暂憩，只有亲兵数百骑随着，不防瓒引步卒二千人，从间道抄至面前，将绍围住，矢如雨下。绍有别驾田丰，时在绍侧，欲扶绍入短墙中，暂避敌锋，绍脱鍪投地道："大丈夫当向前斗死，怎得入墙内偷生呢？"说着，也麾军对射，与瓒相持。可巧麹义亦还军相救，将瓒击退，瓒始引去。既而瓒复出兵龙凑，与绍再战，又复失利，乃退还蓟城，不复亲出。

那时穷凶极恶的董卓，却早已安安稳稳的到了长安，在陕公卿，统已出城恭候，拜迎车下。先是左将军皇甫嵩，屯兵扶风，与京兆尹盖勋，共谋讨卓。卓预先防备，征嵩为城门校尉，勋为议郎。嵩长史梁衍，劝嵩不必就征，嵩惧卓势盛，未敢违抗，乃入都就职；勋不能独立，也只可应征还都。嗣嵩任御史中丞，勋迁任越骑校尉，并扈跸西迁，履任逾年，闻得董卓将至，不能不随同百官，共出迎卓。卓与嵩积有

孙坚殒命

微嫌，<u>见六十四回</u>。见嵩亦拜谒车前，禁不住志得气骄，呼嵩表字道："义真可服我否？"嵩惭谢道："凡夫肉眼，但顾目前，不图明公竟得至此！"卓捻髯说道："鸿鹄本有远志，燕雀怎能知晓？"嵩又答道："嵩与明公皆为鸿鹄，只明公今日变成凤凰，怪不得鸿鹄落后呢？"<u>变正为诙，太无气节</u>。卓乃对嵩一笑，总算释嫌。唯与卫尉张温，结恨如故，<u>见六十三回</u>。一入长安，便诬温交通袁术，拘系狱中，且胁朝廷下诏，加官太师，位在诸侯王上，车服僭侈，不亚乘舆；进弟旻为右将军，兼封鄠侯；兄子璜为侍中，领中军校尉，并典兵事。外如宗族亲戚，多居显要，子孙虽在髫龀，俱得拜爵，男受侯封，女号邑君。会闻孙坚战死岘山，更以为大患已除，无人敢侮，乃在长安城东隅，择一隙地，构造大厦，作为太师邸第；再至郿县依山筑垒，迭石为城，内造宫室府库，积谷可支三十年，号为郿坞，亦称万岁坞。自云事成，当雄据天下，万一不成，退守坞中，也足娱老。

　　卓生平本来好色，至老益淫，特派亲吏四出，采选民间少女八百人，入居坞中，尚有九十岁的老母，与一班妻妾子孙，悉数迁入坞内，坐享奢华；此外金玉珍宝，锦绣绮罗，逐日运积，不可胜数。故度辽将军皇甫规，去世有年，遗有寡妇孤儿，还居安定原籍。规元配早卒，继妻颇有才名，工草书，善属文，又生得天然秀媚，历久未衰，不知何人报知董卓，令卓艳羡异常，遽用辎辐百乘，马二十匹，奴婢钱帛，充途塞道，往聘规妻；规妻毅然拒绝，不愿就聘。卓怎肯罢休？再三催逼，先啖重利，继迫淫威，规妻自知不免，索性毁容易服，自诣卓门，长跪陈情，词甚凄切。卓出视规妻，虽是黯淡无华，仍然姿容未减，一双色眼，惹起淫魔，恨不即刻搂来，与同欢乐；当下开言劝解，说出许多好处，使她心动。偏规妻不肯从命，任卓舌吐莲花，只是峻颜相拒，顿时惹动卓怒，令左右拔刀围住，且与语道："孤令出必行，四海风靡，难道汝一妇人，敢不相从么？"规妻听了，突然起立，指卓叱骂道："汝本羌胡遗种，毒痛天下，尚以为未足么？我先人清德奕世，皇甫氏文武上才，为汉忠臣，岂若汝人面兽心，行同狗彘？汝死在旦夕，还敢向汝君夫人前，欲行非礼，真正妄想！我若怕汝，也不敢前来了！"<u>读至此，可浮一大白</u>。卓被她一骂，无名火高起三丈，即使左右揪住规妻发髻，系住车辕，横加鞭挞。规妻顾语道："何不从重下手，速死为惠？"俄顷气绝，弃尸野外。当有人悯她贞节，私为殡葬，后世绘成图像，号为礼宗。<u>千古不朽</u>。卓尚余恨未消，无从排解，因特赴郿坞消遣，出都启行。郿坞与长安相隔，约二百六十里，亦须三五日可到。卓临行时，百官俱至横门外饯别，设帐置筵，备极丰腆。饮至半酣，适有北地降卒数百人，前来报到。卓即号令卫士，把降卒为下酒物，先截舌，次斩手足，又次凿眼目，再用大镬烹煮，呼号声震彻都门。座中与宴诸官僚，吓得魂不附体，或至战栗失箸，卓独当筵大嚼，谈笑自如。忽又记起卫尉张温，在狱未死，竟命吕布诣狱提温，将他笞死市曹，然后起座撤席，向司徒王允拱手，嘱托朝事，登车自去。允字子师，为太原祁县人，尝与同郡人郭泰友善，泰许允为王佐才；后以军吏进阶，出刺豫州，与左中郎将皇甫嵩、右中郎将朱儁等，剿抚黄巾贼党，立有巨勋；嗣为权阉所陷，下狱遇赦，起为从事中郎，转河南尹；回应六十二回。寻且入拜太仆，代杨彪为司空。董卓迁都关中，允悉收聚兰台石室诸书，随驾入关，故经籍具存，不致被毁。时卓尚留住洛阳，朝政大小，委允主持，允亦曲意取容，事多白卓，卓因结为密友，无嫌无疑。其实允是买动卓心，好教卓不复加防，暗地里得设法图卓。前太尉黄琬，复为司隶校尉，与允同志，还有尚书郑泰，也尝朝夕过从，决定密谋，表请护羌校尉杨瓒，行左将军事，执金吾士孙瑞为南阳太守，并率兵出武关，托名往攻袁术，乘间取卓，然后奉驾还洛，仍复旧都。哪知卓却刁猾得很，不准举兵，遂致允计无成。一挫。允乃荐瓒为尚书，瑞为仆射，引作臂助，徐为后图。会河南尹朱儁，移守洛阳，潜与山东诸将交通，东出中牟，移书州郡，招兵讨卓。徐州刺史陶谦，遣兵助儁，推儁行车骑将军事，他郡亦稍有资给。允在内闻警，亟遣使至郿坞，报知董卓，卓即日入朝，允欲使杨瓒等出征，又复为卓所疑，只调亲将李傕、郭汜等，领兵拒儁。允尚望儁杀败傕汜，乘胜入关，自己可作内应，偏偏不如所料，儁竟败退，卓得大安。二挫。司空荀爽，本意亦欲除卓，未遂而殁。从孙荀攸，少有智略，入拜黄门侍郎，潜与尚书郑泰、长史何颙、侍中神辑等，同谋刺卓，就是允亦曾预闻。事机将成，又被卓略悉风声，收系颙攸，颙忧愤自杀，攸却无惧色，在狱仍言论自如，卓查无实据，故得缓刑。唯郑泰却逃出关外，东奔袁术，术举泰为扬州刺史，泰就道得病，竟致暴亡，图卓事又致失败。三挫。允日思除奸，历久不能得志，累得形神憔悴，眠食彷徨，幸喜卓只疑他人，未曾疑到自己身上，还好留待时机，再行设策。卓见允面色尪瘠，总道是为己分劳，格外体恤，表封允为温侯，食邑五千户，允固辞不受。仆射士孙瑞进言道："执谦守约，须依时宜，公与董太师并位俱封，乃欲独崇高节，怎得称为和光呢？"允闻言感悟，乃受封二千户，并至卓府中称谢。卓很自喜慰，又欲自号尚父，问诸左中郎将蔡邕。邕已由侍中迁官中郎将。邕劝阻道："昔周武受命，太公为师，辅佐周室，翦除暴商，故尊为尚父，今明公功德，非不巍巍，但欲比诸尚父，还当少待，宜俟关东平定，车驾仍还旧京，庶几名足称实，无人非议了！"卓乃罢议。会遇夏季地震，卓又向邕谘询，邕复答说道："地震乃阴盛侵阳，臣下逾制的现象，公平时所乘青盖车，远近以为非宜，宜从简省！"卓亦依邕议，改乘皂盖车。但卓甚刚愎，邕恐因言取祸，常欲避去，卒因无路可奔，延宕了一两年。当决不决，终归于尽。初平三年春季，霪雨至六十余日，尚未晴霁，司徒王允与士孙瑞、杨瓒等，登台祈晴，觑着一息空隙，再提前谋。瑞进说道："自从岁暮至今，太阳不照，霖雨积旬，昼阴夜阳，雾气交侵，此时若不除奸，后患无穷。愿公速图，毋再迟延！"允点头会意，回至府中，踌躇多时，自思从董卓义子吕布着手，方好进步，乃取家藏珠宝馈送吕布，布当然拜谢，嗣是互相往来，结成好友。允又想到少年心性，一喜财，二喜色，有了财物作饵，还须得一美人儿，献示殷勤，才可笼络吕布。主见已定，随时物色，可巧有一歌妓貂蝉，秀外慧中，非常伶俐，允即召入府中，厚意接待，视若己女。貂蝉不见史传，但证诸稗史，传闻凿凿，谅非无稽。好容易已有数月，貂蝉感念允恩，阴图报答，见允常颦眉不乐，欲言不言，因乘左右无人的时候，向允探问。允正欲与她言明，便引至密室，与谈密谋，貂蝉慨然道："贱妾蒙大人厚恩，恨无以报，今既有此谋，就将贱妾献与吕布，叫他刺杀董卓便了！"允复叹道："布与卓情同父子，岂肯为汝一言，便去行刺？事若不成，我王氏且灭门了！"貂蝉听了，也不禁沉吟。允徐徐说道："我有一计，可以使布杀卓，但未知汝能照行否？"貂蝉应声道："愿听尊命，虽死不辞！"允乃附耳与语，说明如此如此，惹得那貂蝉花容，忽红忽白，待至说毕，方毅然答道："果与国家有益，贱妾亦何惜一身？谨从钧命便了！"却是一位女英雄。允又恐她轻自泄谋，再三叮嘱，经貂蝉对天设誓，才向貂蝉下拜，为国家而拜。貂蝉惊伏地上，待允起身，方才告退。越日即由允特设盛筵，邀布夜宴，酒至数巡，即召貂蝉侍席，貂蝉满身艳装，冉冉出来，行同拂柳，翩若惊鸿，到了吕布座前，先道万福，然后轻抬玉手，提壶代斟。布见她一双柔荑，已是消魂，再睁眼看那芳容，真个国色天姿，见所未见，更厉害的是秋波一动，竟把那吕奉先的灵魂儿，摄了过去；待听到王允语音，有"将军请酒"四字，方觉似梦初醒，魂返躯壳。饮过一杯，又是一杯，接连是两三

13

杯，统觉得沁人心脾，迥异寻常。匪酒之为美，美人之贻。允再令貂蝉歌舞侑觞，貂蝉振娇喉，运轻躯，曼声度曲，长袖生姿，尤引得吕布耳眩目迷，心神俱醉。铿然一声，歌罢舞歇，竟至布座前告辞，凝眸一笑，返身即去。神仙归洞府。布目送归踪，尚是痴望，好一歇方顾问王允道："此女何人？"允答言义女貂蝉。布又问及曾否字人，允又答言未字；布尚赞不绝口。允竟直说道："将军如不嫌鄙陋，谨当使侍巾栉！"布跃起道："司徒公是否真言？"允微笑道："淑女当配英雄，英雄莫如将军，还恐小女无才，不合尊意，怎得说是虚言呢？"布倒身下拜道："果承司徒公见赐，恩德无量，誓当图报！"允即与约定吉期，然后送女，布喜跃而去。

过了两三日，允伺布外出，请卓过宴；卓盛驾赴约，由允朝服出迎，大排筵席，水陆毕陈。卓高坐正位，允在旁相陪，且饮且谈，说了许多谀词，哄动卓意，俟卓已微醺，仍令貂蝉出堂歌舞，脆生生的歌喉，娇怯怯的舞态，倾倒一时。卓本是个色鬼，见了这般好女郎，怎不心爱？便问及此女来历，允直称歌妓，不言义女。卓赞美道："这真可谓绝无仅有了！"允即答道："既蒙太师见赏，便当上献！"卓不禁大喜，待至酒阑席散，便命貂蝉随卓同去。一详一略，笔不板滞。嗣为吕布所知，跑至王允府中，责允负约，允却佯说道："太师谓允有义女，配与将军，特亲来接取，允怎敢推阻？只好使小女随行，想是太师看重将军，故有此举，将军奈何怪允？且去问明太师，与小女结婚便了！"布似信非信，返入太师府中，探听下落，那心上人竟被董卓占住，布怒气填胸，复去问允。允尚劝解道："这恐是府中人误传，太师望重一时，怎肯奸占子妇？莫非因吉期未到，因此迟留，请将军再去探明为是。"布是个有勇无谋的人物，听了允言，又回去探问；可巧董卓入朝，便大踏步入凤仪亭，正与貂蝉相遇。貂蝉见了吕布，便泪下如丝，哽咽不止；布看她泪容满面，好似带雨梨花，复惹动一副情肠，替她拭泪。貂蝉且泣且语道："将军休污贵手，妾身已为太师所占，只望得见将军一面，死也甘心。今幸如妾愿，从此永诀！妾为王司徒女，许侍将军箕帚，生平愿足，不意堕入诈谋，被人强占，此身已污，不能再事将军，罢！罢！"说到第二个罢字，竟撩起衣裾望荷花池内便跳。布忙抢前一步，抱住纤腰，曲意温存；貂蝉若迎若拒，似讽似嘲，急得布罚起咒来，非取貂蝉，誓不为人。正絮语间，突有一人趋入，声如牛吼，布转身一看，不是别人，正是那义父董卓，慌忙向外逃走。卓顺手取得一戟，挺矛刺布，布手快脚快，把戟格开，飞步跑出。卓身肥行慢，追赶不上，乃用戟掷布，布已走远，戟亦不及。卓怒责貂蝉，又被貂蝉花言巧语，说是布来调戏，亏得太师救了性命，卓为色所迷，由她哄骗过去。**这便是女将军兵谋。**布却趋至司徒府中，一五一十，告知王允。允低头佯叹，仰面佯视，说出几句抑扬反复的话儿，挑动布怒，竟致拍案大呼，拟杀老贼。继又转念道："若非关系父子，布即当前往！"允微笑道："太师姓董，将军姓吕，本非骨肉，掷戟时岂尚有父子情么？"这数语提醒吕布，奋身欲行，即想去杀董卓；还是允把他拦住，与他耳语多时，布一一应允，定约而去。小子有诗咏道：

帷中敌国笑中刀，纤手能将贼命操。
虽是司徒施巧计，论功首属女英豪。

欲知如何诛卓，容待下回表明。

本回标目，以两妇为总纲，皇甫妻固烈妇也，拼生骂贼，足愧须眉；若貂蝉者，其亦一奇女子乎？司徒王允，累谋无成，乃遣一无拳无勇之貂蝉，以声色为戈矛，反能制元凶之死命，红粉英雄，真可畏哉！或谓妇女以贞节为大防，如皇甫妻之宁死不辱，方为全节；彼貂蝉既受污于董卓，又失身于吕布，大节一亏，虽有他长，亦不足取。庸讵知为一身计，则道在守贞；为一国计，则道在通变。普天下之忠臣义士，猛将谋夫，不能除一董卓，而貂蝉独能除之，此岂尚得以迂拘之见，蔑视彼姝乎？或谓貂蝉为他人所捏造，故不见史传，然观唐李贺《吕将军歌》云："榼榼银龟摇白马，傅粉女郎大旗下。"可见当时必有其人。貂蝉！貂蝉！吾爱之重之！

# 第三回

## 元恶伏辜变生部曲
## 多财取祸殃及全家

　　却说初平三年，献帝有疾，好多日不能起床。至孟夏四月，帝疾已瘥，乃拟亲御未央殿，召见群臣。太师董卓，也预备入朝，先一日号召卫士临时保护，复令吕布随行。布趋入见卓，卓恐他记念前嫌，好言抚慰，布亦谢过不遑，唯唯受教。并非遵卓命令，实是遵允计议。是夕有十数小儿，立城东作歌道："千里草，何青青？十日卜，不得生！"当有人传报董卓，卓不以为意。次日清晨，甲士毕集，布亦全身甲胄，手持画戟，守候门前。骑都尉李肃，带领勇士秦谊、陈卫、李黑等，入内请命，布与肃打了一个照面，以目示意。肃早已会意，匆匆径入；未几复出语布道："太师令肃等前驱，肃在北掖门内，恭候驾到便了！"布向肃点首，肃即驰去。原来布与肃为同郡人，前次说布归卓，未得重赏，不免怏怏，见六十六回。唯与布交好如故，布因引做帮手，同谋诛卓。及肃既前去，又阅多时，这位恶贯满盈的董太师，内穿铁甲，外罩朝服，大摇大摆，缓步出来，登车安辔，驱马进行，两旁兵士，夹道如墙。吕布跨上赤兔马，紧紧随着，忽前面有一道人，执着长竿，缚布一方，两头书一"口"字，连呼："布！布！"卓从车中望见，叱问为谁；声尚未绝，已由卫士驱去道人。卓虽觉诧异，但以为陈兵夹护，自府中直至阙下，防卫周匝，谅无他虞，乃放胆再进。将至北掖门前，马忽停住，昂首长嘶，卓至此不禁怀疑，回语吕布，意欲折回。布答说道："已至阙前，势难再返，倘有意外，有儿在此，还怕什么？"正怕是你。说着，即下马扶轮，直入北掖门。卫兵多在门外站住，只布驱车急进，蓦见李肃突出门旁，觑准卓胸，持戟直搠，谁料卓裹甲在身，格不相入；肃连忙移刺卓项，卓用臂一遮，腕上受伤，堕倒车上，大呼："吕布何在？"布在后厉声道："有诏讨贼！"卓怒骂道："庸狗也敢出此么？"以狗嗤贼，正合身分。道言未绝，布戟已刺入咽喉，李肃又复抢前一刀，枭取首级。布即从怀中取出诏书，向众宣读，无非说是卓为大逆，应该诛夷，余皆不问。内外吏士，仍站立不动，齐呼万岁。看官道诏书何来？乃是尚书士孙瑞，早已缮就此诏，密授与布，布得临时取出，宣告大众。大众都怨卓残暴，无人怜惜，所以视死不救，反共欢呼。还有一班百姓，恨卓切骨，闻得卓已伏诛，交相庆贺，舞蹈通衢。司徒王允，喜如所望，即使吕布回抄卓家，又令御史皇甫嵩，率兵往屠郿坞。布跨马急去，驰入太师府内，所有董氏姬妾，一概杀死，单剩一个美人儿貂蝉，载回私第。总算如愿以偿，可惜已变做残商。皇甫嵩到了郿坞，攻入坞门，先将董旻、董璜剉毙，再领兵杀将进去，遇着一个白发皤皤的老妪，携杖哀诉道："乞恕我死！"嵩定睛一瞧，乃是卓母，便赏她一刀，分作二段。他如董氏亲属，不分男女老幼，尽行处斩，只所藏良家妇女，一体释放。再将库中搜查，得黄金二三万斤，银八九万斤，珍奇罗绮，积如邱山，当由嵩指挥兵士，一古脑儿搬入都中。时已天暮，见市中有一尸横路，脂膏涂地，尸脐中用火燃着，光明如昼，嵩惊异得很，问明守尸小吏，才知是贼臣董卓的遗骸。先是袁隗等为卓所害，埋尸青城门外。见六十七回。至卓造郿坞，恐尸骨为他人所盗，复搬至坞中；卓既诛灭，袁氏门生故吏，得往坞中拾骨收葬，且将董氏亲属的尸骸，取至袁氏墓前，焚骨扬灰，不使再遗。报应更惨。

献帝命司徒王允录尚书事，进吕布为奋威将军，加封温侯，共秉朝政。允再查究董氏党羽，或黜或诛。左中郎将蔡邕，在座兴嗟，为允所闻，便勃然怒叱道："董卓逆贼，几亡汉室，今日伏诛，普天称庆；君为王臣，乃顾念私恩，反增伤痛，岂不是同为逆党么？"邕起谢道："邕虽不忠，颇闻大义，怎肯背国向卓？但卓族骈诛，并及僚属，一时生感，遂致叹惜；自知过误，还乞见原！倘得黥首刖足，俾得续成《汉史》，皆出公惠，邕亦得稍赎愆尤。"允闻言益怒，竟令左右系邕下狱，众官为邕救解，皆不见从。太尉马日磾亦谏允道："伯喈蔡邕字，见前文。旷世逸才，多识汉事，当令续成《汉史》为一代大典；今坐罪尚微，若遽处死刑，恐失人望。"允摇首道：

"昔武帝不杀司马迁，使作谤书，留传后世；今国祚中衰，四郊多垒，若再使佞臣伴侍幼主，执笔舞文，不但无补圣德，并使我辈亦蒙讪议，我所以不便轻恕哩！"日碑退语同僚道："王公恐将无后呢！善人足为国纪，制作乃是国典，今欲灭纪纲，废典章，怎能长久？眼见是为祸不远了！"邕非无罪，但处死未免太甚，日碑之言不为无见。允竟嘱令狱吏，将邕逼死狱中。是时卓婿牛辅，方移兵陕州，防御朱儁，校尉李傕、郭汜、张济等，击败儁军，大掠陈留、颍水诸县，所过为墟。吕布使骑都尉李肃，先讨牛辅，辅出兵与战，将肃杀败，肃竟遁还。布怒责道："汝如何挫我锐气？敢当何罪！"肃因诛卓有功，仍不得迁官，亦怀怨望，免不得反唇相讥，布怎肯忍受？竟命左右推肃出辕，枭首军门；可为丁原泄忿。遂欲亲往击辅。辅素惮布勇，阴有戒心，手下兵士，亦皆惶惧，一夕数惊，辅知不可留，收拾金宝，带得家奴胡赤儿等数人，弃营夜走。赤儿贪辅财物，竟将辅刺死，献首长安。布既得辅首，复商诸王允，拟传诏河南，尽诛李傕、郭汜诸将，允抚然道："此辈未尝有罪，不宜尽诛！"布又请将董卓私财，颁赐公卿将校，允又不从。允与布虽同执朝政，但看布是一介武夫，未娴文事，所以国家政事，往往独断独行，不与布商。布又意气自矜，未肯相下，遂致两人生隙，意见不同。允与仆射士孙瑞商议，拟下诏赦卓部曲，继复自忖道："彼既党逆，不应轻赦，且俟将来再说。"嗣又欲悉罢李、郭等军，或劝允委任皇甫嵩出统各部，俾镇陕州，允亦迟疑不决。当断不断，反受其乱。李傕、郭汜等部兵，俱系凉州丁壮，当时有讹言传出，谓朝廷将尽诛凉州人，李、郭、张三将，互相告语道："蔡伯喈为董公亲厚，尚且坐罪。今我等既不见赦，复欲使我解兵，今日兵解，明日即尽被鱼肉了！"当下议定一法，使人诣长安求赦，允仍不许，傕等益惧，不知所为，意欲各自解散，逃归乡里。讨虏校尉贾诩，本在牛辅麾下，辅死后，奔投傕军，因即献议道："诸君若弃军东走，一亭长便足缚君，不如相率西进，攻扑长安，为董公报仇。事得幸成，奉国家以正天下；否则走亦未迟。"一言丧邦，诩实祸首。傕等遂传谕部曲道："京师不下赦文，我等总难免一死，今欲死中求生，计唯力攻长安，战胜可得天下，不胜当抄掠三辅，夺取妇女财物，西归故乡，尚可延命。"全是盗贼思想。大众听着，应声如雷，随即一拥齐出，倍道西行。王允闻警，召入凉州弁目胡文才、杨整修二人，忿然与语道："关东鼠子，果欲何为？卿等可呼与同来，听我发落！"片语可慑群虎么？胡、杨虽受命东往，心下很是不平，到了傕等营内，反言允布异心，劝他急进。催等沿路收兵，所有牛辅部下诸散卒，悉数趋附，还有董卓旧将樊稠、李蒙等，亦同时会合，数约十余万人，直抵长安。吕布登城拒守，相持八日。部下有蜀兵生变，潜开城门，纳入外兵，催等纵兵四掠，阖城鼎沸。吕布仗戟与战，自辰至午，虽得刺死多人，怎奈乱兵甚众，并且拚死进来，前仆后继，越战越勇。布亦禁遏不住，部兵又多散去，不得已杀开血路，出走青琐门，使人招王允同奔。允长叹道："若蒙社稷威灵，得安国家，乃允所素愿，万一无成，允唯有一死以谢。主上幼冲，所恃唯允，临难苟免，允不忍为，请为允传语关东诸公，努力国家，易危为安，允死亦瞑目了！"*人之将死，其言也善。*布乃将卓头悬诸马下，带领残骑数百人，东出武关，投奔袁术去了。

催等逐走吕布，遂率众围攻宫门，卫尉种拂愤然道："为国大臣，不能禁暴御侮，反使乱徒白刃向宫，去将安往？"说着，即带着卫士，出宫力战，终因寡不敌众，受创捐躯。催与汜突入南掖门，杀死太仆鲁旭、大鸿胪周奂、城门校尉崔烈、越骑校尉王颀，此外吏民约死万人。王允扶献帝上宣平门楼，俯瞰外兵，几如排墙相似，势甚汹汹。献帝尚有主宰，呼语催等道："卿等放兵纵横，究怀何意？"催等望见帝容，还算尽礼，即伏地叩头道："董卓为陛下尽忠，乃为吕布所杀，臣等前来，系是替卓报仇，非敢图逆；待事毕以后，当自诣廷尉受罪！"献帝又说道："布已出走，卿等如欲执布，尽可往追，奈何围攻宫门？"催等又答道："司徒王允，与布同谋，请陛下遣允出来，由臣等面问底细！"允得闻此言，拚生下楼，出语催等道："王允在此，汝曹有何话说？"催等皆起指斥王允道："太师何罪，被汝害死？"允张目道："董卓罪不胜诛，长安士民，一闻卓死，无不称庆，汝等独不闻么？"催等复驳说道："太师就使有罪，与我等无干，何故不肯赦免？"允复叱道："汝等党逆害民，怎得说是无罪？即如今日称兵犯阙，岂非大逆？尚有何说？"催等不与多言，竟挥兵将允拥去，且逼献帝大赦天下，并自署官职，表请除授。献帝不得已，颁下赦书，授催为扬武将军，汜为扬烈将军，樊稠、张济等皆为中郎将。催既得志，遂收司隶校尉黄琬，与王允并系狱中；复召左冯翊宋翼、右扶风王弘，入朝听命。翼、弘皆太原人，与允同郡，允使镇三辅，倚为外援，弘不愿应召，遣使语宋翼道："李催、郭汜，因我二人在外，故尚未害王公，若今日就征，明日俱族，计将安出？"翼答说道："祸福原是难料，但朝命亦究不可违。"弘使又语翼道："山东兵起，无非为了董卓一人，今卓虽伏诛，党羽益横，若举兵声讨，入清君侧，料山东亦必响应，这乃是转祸为福的良谋呢！”翼不从弘言，便即入都，弘不能独立，也只好诣阙。甫进都门，便被军吏拘住，交付廷尉，先杀黄琬，继杀王允，又继杀宋翼、王弘。弘与司隶校尉胡种有隙，种欲修旧怨，促令处斩。弘临刑时，望见宋翼在侧，向他唾詈道："宋翼竖儒，不足与议大计，胡种幸灾乐祸，宁得久存？我死且不饶此人！"及弘死仅数日，种辄见弘在旁，用杖扑击，不胜痛楚，未几遂死。全是心虚所致。李傕恨允最深，将允尸陈诸市曹，并杀允妻子，及宗族十余人；唯兄子晨陵，得脱身亡归。天子感恸，百姓丧气。平陵令赵戬，本允故吏，独弃官至京，收葬允尸，后亦无恙。仆射士孙瑞，前曾与谋诛卓，口不言功，故幸得免祸。傕、汜追寻卓尸，已无余骨，只有残灰尚在，收入棺中，移葬郿坞。墓门方启，突有狂风暴雨，吹向墓中，霎时间水深数尺，变穴成潭，经工役将水泄去，然后下窆；哪知风雨复至，水势又涨，仍把棺木漂出，一连三次，由工役抢堵墓门，草草封讫；哪知天空中又起霹雳，一声怪响，震开墓穴，接连又是一声，棺亦劈碎，连残灰但被卷去，无从寻觅了。天道难容。

　　太尉马日磾，与傕等无甚嫌怨，由傕等推为太傅，录尚书事，傕迁车骑将军，领司隶校尉，汜为后将军，樊稠为右将军，张济为镇东将军，并受封列侯。济出屯弘农，傕、汜、稠共握朝政，令贾诩为左冯翊，拟给侯封，诩推让道："诩不过为救命计，幸得成事，何足言功？"乃改授诩为尚书典选，诩方才就职。李傕恐关东牧守，声罪致讨，特表请简派重员，东行宣慰。乃遣太傅马日磾，及太仆赵岐，出赴洛阳，宣扬国命。百姓不知内容，望见朝廷使节，却额手相庆道："不图今日复见朝使冠盖呢！"时兖州刺史刘岱，出讨黄巾余孽，战败身死，黄巾复盛，号称百万。东郡太守曹操，从郡吏陈宫计议，乘虚入兖州，自为刺史。济北相鲍信，会同曹操，迭击黄巾，黄巾众盛，操兵寡弱，战辄失利；嗣经操抚循激厉，乘间设奇，方转败为胜，终得击退黄巾。唯鲍信战死，尸无下落，操四觅不得，刻木为象，亲自祭奠，哭泣尽哀。实是笼络众心。众志益奋，追黄巾至济北，大杀一阵，黄巾败却，一大半弃械投降，操得降卒三十万众，汰弱留强，随时训练，号为青州兵。至赵岐奉诏东行，操出城远迎，备极殷勤。就是袁绍、公孙瓒两人，争夺冀州，转战不息，一经岐代为和解，便两下罢兵。岐又与约奉迎车驾，期会洛阳，更南行至陈留，往说刘表；偏偏途中得病，累月不瘥，勉强到了荆州，病益加剧，缠绵床褥，于是洛阳期会的预约，竟至无效。也是献帝该遭巨劫。那太傅马日磾，行抵南阳，招诱袁术，术阴怀异志，将他留住，诈言借节一观，竟致久假不归；日磾一再求去，始终不允，气得日磾肝阳上沸，呕血而亡。独曹操既领兖州，颇思效法桓文，徐图霸业。平原人毛玠，素有智略，由操辟为治中从事，玠亦劝操西迎天子，号令诸侯。操即遣使至河内，向太守张扬借道，欲往长安，扬不欲遽允。定陶人董昭，曾为魏郡太守，卸任西行，为扬所留，因劝扬交欢曹操，毋阻操使；并为操代作一书，寄与长安诸将，令操使赍往都中。李傕、郭汜得书后，恐操有诈谋，拟将操使拘住。还是黄门侍郎钟繇，谓关东人心未靖，唯曹兖州前来输款，正当厚意招徕，不宜拘使绝望，于是傕、汜优待操使，厚礼遣归。

　　操乃搜罗英俊，招募材勇，文武并用，济济一堂，自思有基可恃，理当迎养老父，共叙天伦。因遣泰山太守应劭，往琅琊郡迎父曹嵩。嵩为中常侍曹腾养子，官至太尉，当然有些金银财宝，储蓄家中，自从去官还谯，复避卓乱，移迹琅琊，家财损失有限。此时接得操书，不胜喜欢，便挈了爱妾，及少子曹德，并家中老少数十人，押着辎重百余辆，满载财物，径向兖州前来。道出徐州，又得牧守陶谦派兵护送，总道是千稳万当，一路福星，不料变生意外，祸忽临头，行抵泰山郡华费间，竟被谦将张闿杀死，全家诛戮，不留一人。究竟是否陶谦主使，还是张闿自己起意呢？谦字恭祖，籍隶丹阳，少时尝放浪不羁，及长乃折节好学，以茂才见举，得为卢令，再迁至幽州刺史，居官清白，著有廉名。嗣调任徐州刺史，剿灭黄巾余党，下邳贼阙宣作乱，僭号天子，又由谦督兵剿平，且屡遣使，间道入贡，谨守臣节，朝廷加谦为安东将军徐州牧，封溧阳侯。陈寿作《陶谦传》语多不慊，寿推尊曹操，故叙谦多诬，实难尽信。及李傕、郭汜诸将，兴兵入关，挟主怙权，谦特推河南尹朱儁为太师，并传檄牧伯，约同讨逆；偏儁就征入朝，任官太仆，遂致谦计无成，事竟中止。嗣闻曹操有志勤王，正欲向他结交，可巧操父过境，乐得卖个人情，特派都尉张闿，领兵护送。闿系黄巾贼党，战败降谦，毕竟贼心未改，看了曹嵩许多辎重，暗暗垂涎，至夜宿旅舍间，觑隙下手，先将曹德杀毙。曹嵩闻变，亟率爱妾逃至舍后，穿墙欲出，怎奈妾体肥胖，一时不能脱身。那张闿已率众杀入，逃无可逃，没奈何扯住爱妾，避匿厕旁，结果是为闿所见，左劈右剁，同时毕命。为财而死，为色而死，可见财色最足误人。曹氏家小，亦被杀尽，只有应劭逃脱，不敢再复曹操，便弃官投依袁绍。张闿劫得曹家辎重，也奔赴淮南去了。曹操方因袁术北进，有碍兖州，特督兵出拒封邱，击败术军。术还走寿春，逐去扬州刺史陈瑀，自领州事。操尚想乘胜进击，适值一门骈戮的信息，传入军中，险些儿将操惊倒，顿时哭了又骂，骂了又哭，口口声声，要与陶谦拚命。待至哭骂已毕，遂在军中易服缟素，誓报父仇。留谋士荀彧、程昱等，驻守鄄、范、东阿三县，自率全部人马，浩浩荡荡，杀奔徐州。小子有诗叹道：

> 杀父仇难共戴天，如何盛怒漫相迁？
> 愤兵一往齐流血，到底曹瞒太不贤！

欲知徐州战事，待至下回再详。

以千回百折之计谋，卒能诛元恶于阙下，孰不曰此为司徒王允之功？顾王允能除董卓，而不能弭催、汜诸将之变者，何也？一得即骄，失之太玩耳。催、汜诸将，助卓为虐，必以王允之不赦为过，亦非至论。但允若能出以小心，如当日除卓之谋，溃其心腹，翦其爪牙，则何不可制其死命？乃目为鼠子，睥睨一切，卒使星星之火，遍及燎原。允虽死，犹不足以谢天下，而酿祸之大，尤甚于董卓怙势之时；然则天下事岂可以轻心掉耶？若曹嵩之被害，亦何莫非由嵩之自取？嵩若无财，宁有此祸？然吕伯奢之全家，无故为操所屠，则曹氏一门之受害，谁曰不宜？杀人之父，人亦杀其父；杀人之兄，人亦杀其兄，古人岂欺我哉？观诸曹嵩而益信云。

# 第四回

## 攻濮阳曹操败还
## 失幽州刘虞絷戮

　　却说曹操为父复仇，亲督全队人马，直入徐州。徐州自陶谦就任后，扫平贼寇，抚辑人民，百姓方得休息，耕稼自安。不意曹兵大至，乱杀乱掠，连破十余城，不问男女老小，一律屠戮，可怜数十万生灵，望风奔窜，尚难逃生。结果是同入泗水，积尸盈渠。陶谦连得警报，只好发兵拒敌，才出彭城，已遇操兵杀来，两下相见，便即奋斗，操麾众直上，势如潮涌，叫陶谦如何抵挡？没奈何退保郯县。郯城虽小，势颇险固。操追至城下四面猛扑，终不能入；乃往攻睢陵、夏邱等邑，焚掘一空，连鸡犬都无遗类，总算是为父报仇。**断笔冷隽。**谦急得没法，遣使至青州求救。青州刺史田楷，意欲赴援，但恐操兵势大，独力难支，乃致书于平原相刘备，嘱令同行。**田楷与刘备俱由公孙瓒委任，事见六十八回。**备方东援北海相孔融，往讨黄巾余孽管亥。说来又有一段遗闻，不得不随笔补叙。孔融履历，已见前文。弱冠以后，当由州郡荐举，屡征不就，寻由三府辟召，乃入为司空掾，迁官虎贲中郎将。会董卓废立，因融不愿阿附，出为北海相，立学校，讲儒术，礼贤下士，禁暴安良。适有黄巾贼管亥，纠众侵掠，猖獗异常，融出拒都昌，为贼所围。东莱人太史慈，尝避难赴辽东，有母家居，由融随时赡给。融在都昌城被困，可巧慈还家省母，母因嘱慈往赴融急，借报凤惠。慈即徒步前往，突围入城；复奉融命，再出至平原乞援。慈素来娴习骑射，箭无

23

虚发，因此出入围中，贼不敢近。既至平原，即入见刘备道："慈系东莱鄞人，与孔北海亲非骨肉，谊非乡里，但因北海高义，当与分灾，故特来乞师。今贼目管亥，围攻都昌，北海危急万分，好义如君，谅不忍袖手旁观，坐听成败呢！"措词亦善。备敛容答说道："孔北海也知世间有刘备么？"慨然自负。乃与关、张两人，率同精兵三千，往救北海。关、张本来骁勇，太史慈亦武力过人，三条好汉，杀入贼垒，好似虎入羊群，纵横无敌。管亥走死，余贼尽散，都昌当然解围。孔融出城迎接，邀备入宴，犒赏备军，不消细说。待至备还平原，青州使人，已待守了两三天，相见后，交付田楷书信，由备阅毕，毫不推辞，便率军至青州，与田楷会师，共救陶谦。曹操攻郯不下，粮食将尽，又探得田楷、刘备，合军来援，自知不能取胜，引兵退去。田楷闻操兵已还，当即折回。独刘备至郯城会谦，谦见备仪表出群，格外敬礼，且留备同居，表为豫州刺史。备一再告辞，经谦殷勤劝阻，使屯小沛，作为声援。备难却盛意，只得依言，引兵至小沛城，修葺城垣，抚谕居民，百姓也爱戴。备屡丧嫡室，至此得了一个甘家女儿，作为姬妾。那甘氏生得姿容绰约，妩媚清扬，艳丽中却寓端庄，袅娜间不流轻荡，尤妙在肌肤莹彻，独得天成，尝与玉琢美人，并座斗白，玉美人尚逊色三分。刘备虽具有大志，不在女色上计较妍媸，但有此丽姝，自然欢爱，遂令她摄行内事，视若正妻。语有分寸，不涉猥衰。好容易过了数旬，闻得曹操又进攻陶谦，来夺徐州，备感谦厚待，不得不引兵往援。行至郯城东隅，正值操兵杀来，千军万马，势不可当。备恐为所围，麾众瓯退，操追了一程，见备军去远，便移兵再攻郯城。陶谦很是焦灼，拟欲出走丹阳，勉强守了一宵，操军忽然退去，到了天明，城外已寂静无人了。原来陈留太守张邈，本与操相友善，从前关东兵起，邈列同盟，操亦相从，盟主袁绍，尝有骄色，邈正议责绍，绍不甘忍受，使操杀邈。操独谓天下未定，不宜自相鱼肉，因此邈得安全，遇操益厚。操攻陶谦时，以死自誓，曾语家属道："我若不还，可往依孟卓。"即张邈字。哪知张邈竟弃好背盟，私下结交吕布，使布潜入兖州，进据濮阳。说来也有原因，自吕布奔出武关，往依袁术，术留居幕下，款待颇优，布不安本分，恣兵钞掠，乃为术所诘责，转投河内太守张杨；嗣复舍杨赴冀州，助袁绍击褚燕军，恃功暴横，又遭绍忌，乃再遁还河内。反复无常，终非大器。路过陈留，由张邈遣使迎入，宴叙尽欢，临别时尚把臂订盟，缓急相救。邈亦多事。待布去后，又闻九江太守边让，为了讥议曹操一事，被操捕戮，连妻子一并杀死，邈自是不直曹操，且怀着兔死狐悲的观念，未免心忧。可巧兖州从事陈宫，也因让有才名，无辜遭害，见得曹操有我无人，不能常与共事，意欲乘隙离操，另择他主。适操再攻徐州，嘱宫出屯东郡，宫即密书致邈道：“方今天下分崩，豪杰并起，君拥众十万，地当四战，抚剑顾盼，也足称豪，乃反受制人下，岂非太愚？近日州军东出，城内空虚，君不若迎入吕布，使作前驱，袭取兖州。布系天下壮士，善战无前，必能所向摧陷。兖州既下，然后观形势，待世变，相机而动，也不难纵横一时呢？”**背操则可，迎布也可不必。**邈依了宫计，遂与弟广陵太守张超，联名招布。布正东奔西走，无处安身，一得邈等招请，仿佛喜从天降，立即带着亲从数百骑，直赴陈留。邈接见后，更拨千人助布，送往东郡。当由陈宫迎入，推布为兖州牧，传檄郡县，多半响应，唯鄄、范、东阿三城，由操吏荀彧、程昱等扼守，坚持不动。彧亟使人报知曹操，操乃收军急回，途次复接警报，系是吕布已夺去濮阳，陈宫且进攻东阿，一时忧愤交集，恨不得即刻飞归，星夜遄返，得驰入东阿城，幸有程昱守住，尚然无恙。昱向操慰语道：“陈宫叛迎吕布，事出不意，几至全州尽失，今唯三城尚得保全，昱已遣兵截住仓亭津，料宫不能飞渡，想此城当可无虞了！”操忙执昱手道：“若非汝固守此城，我且穷无所归呢！”遂令昱为东平相，移屯范城。嗣又得荀彧军报，谓已守住鄄城，击退吕布，布仍还屯濮阳，请急击勿失。操掀髯微笑道：“布有勇无谋，既得兖州，不能进据东平，截断亢父、泰山通道，乘隙邀击，乃徒屯兵濮阳，有何能为，眼见是不足虑呢！”**布原失策，但操为此语，要先在镇定军心。**遂引兵往攻濮阳。吕布出城拒操，仗着一枝画戟，直奔曹军。曹军素知布勇，未战先怯，及见布左挑右拨，果然厉害得很，当即纷纷返奔。操还想禁遏，不意势如山崩，自相践踏，反将操马挤倒。那吕布更骤马直前，挺戟刺操，还亏曹洪、曹仁、夏侯惇等，拚命抵敌，才得挡住吕布，救起曹操。**第一次死里逃生。**当下且战且行，直返至十里外，布方收兵还城。操始好择地安营，到了夜间，由操想出一法，立下军令，要去袭击濮阳西偏的屯营。这屯营是吕布预先设置，与城内为犄角，操遣侦骑探悉情形，所以乘夜前往，欲使布恃胜无备，折彼羽翼。当下悄悄出寨，仍由操亲自督领，直抵濮阳城西，一声喊呐，杀入营中，果然营内未曾预防，得被操军捣破，逐去守军，占了营垒。部署未定，突由布将高顺，驱军杀来，操不得不麾兵抵敌，两下混战。将及天明，东方鼓声大震，吕布亲引兵杀到，急得操不能再留，只好弃寨走还。偏偏布截住归路，不肯放行，曹仁、曹洪等虽然敢战，却非吕布敌手，连番冲突，均被吕布击退。自清晨斗至日昃，已有数十百回合，伤亡甚众，仍无出路可寻，操不禁性起，拍马先进，自去突阵。不料布阵内梆声骤响，发出许多硬箭，射住操马，任你如何大胆，也未敢冒险再进。正在进退徬徨的时候，忽跃出一员猛将，姓典名韦，手持双戟，驰出操前，顾语从人道："虏来十步然后呼我。"兵士听罢，看到敌已近前，便向韦大呼道："十步到了。"韦仍然不动，复与语道："五步乃呼我。"兵士又呼称五步已到。韦手中已取得十余戟，连番掷刺，一戟一人，应手而倒，无一虚发，当下戮死十余人，余皆惊走。韦再执着双戟，冲杀过去。布军并皆恟惧，纷纷避开，连布亦禁遏不住；顿被韦荡开血路，引着后军，奋勇杀出。曹仁、曹洪、夏侯惇等，保住曹操，并力向前，好容易突过布阵，天色已暮。布也无心恋战，听令过去，操得匆匆走脱，驰回营中。<sub>第二次死里逃生。</sub>当下重赏典韦，加官都尉，引置左右。韦系陈留人氏，勇悍无敌，本在太守张邈部下，充当牙役，嗣因不得升官，转投夏侯惇，战必居先，杀敌有功，得拜司马，至是更为操所擢用，自然感激驰驱，为操效死。<sub>隐伏后文。</sub>那吕布返入濮阳，与陈宫再行商议，设法破操。宫查得濮阳城中，田氏最富，口丁数百，僮仆数千，乃教布捏造书信，托名田氏，诈降曹操，愿为内应。布即依计办理，使人投书操营。操因两次失败，愤无可泄，一得田氏愿降书报，便不察虚实，立即重赏使人，约期夜间，里应外合，使人喜跃而出，返报吕布，布即四置伏兵，悄悄待着。是夜月色朦胧，星月掩映，操带着将士，衔枚疾进，直至城下，但见东门大开，不禁暗喜，当命典韦为前导，夏侯惇为后劲，自率曹仁、曹洪诸将，居中驱入。一进城闉，前面并无一人，才觉可疑；意欲叫转典韦，不令轻进，偏韦已冒冒失失，不管前途厉害，有路便走，与操相距颇远，急切无从招回。操恐失一爱将，不得已驰马再进。突听得一声炮响，鼓角齐鸣，四面喊声，同时俱起，仿佛如江翻海沸一般。操料知中计，忙拨回马头，急转东门，不料前面烟焰冲霄，火光骤起，截住去路，敌骑复围绕拢来，喧声聒耳，不是杀操，就是擒操。急得操五内如焚，眼见得东门难出，只好觑隙他走，跑往北门，偏途次遇着敌兵，不放操行，操手下的将士，又多失散，不能上前厮杀，没奈何转趋南门。南门也有敌兵守住，又是不能出去，乃再向北门狂窜，兜头碰着一员大将，挺戟过来，火光中隐约辨认，不是别人，正是吕布。<sub>为操急煞。</sub>操情急智生，反从容揽辔，低头趋过。布因东门里面，不见曹操，便疑操往奔别门，所以回马寻捉，既与曹操相遇，应该一戟刺死，偏见他揽辔徐行，又在昏夜中间，看不清曹操面目，总道操没有这般大胆，定是别人，乃横戟喝问道："曹操何在？"操用手遥指道："前面骑黄马的，想是曹操。"真聪明！真灵变！道言未绝，布便纵马前去。当面错过，可见得吕布卤莽。操亟返奔东门，恰好与典韦相遇，引操杀出，路旁统是残薪败草，余焰未消，韦用双戟拨开火堆，冒险冲出，操紧紧随着，亦得驰脱。曹仁、曹洪、夏侯惇等，正在门外待着，拥操回营。第三次死里逃生，真是万幸。操欲安定人心，当夜检点人马，丧失了一二千名，尚幸将吏无伤，余外焦头烂额的兵士，却也不少，由操亲自抚慰，并笑语道："我急欲灭贼，以致误中诡计，此后誓必攻下此城，方消我恨。"将士见操谈笑自若，才各自安心，陆续归帐。次日操复早起，饬营中亟办攻具，连夜制造，三五日已得完备，复督众攻城。吕布督众拒守，矢石交下，操军亦无隙可乘，嗣是一守一攻，相持至三阅月，彼此俱精疲力尽，勉强支持。会值蝗虫四起，食尽禾稻，军中无从得食，操乃退回鄄城。濮阳城内，也是十室九空，布亦只好往山阳就食，权且罢兵。是时大司马幽州牧刘虞，与公孙瓒嫌怨越深。瓒纵兵四掠，由虞上表陈诉，瓒亦劾虞掯粮不给，互相诋毁。朝廷方有内忧，李傕、郭汜等互争权势，管什么牧守相争？瓒愈欲图虞，特在蓟城东南，筑一小城，引兵驻扎，为逼虞计。虞愁恨交并，屡邀瓒面论曲直，瓒竟不肯往。虞乃征兵十万，出城讨瓒。瓒不意虞兵猝至，拟弃城东奔，及登陴俯视，见虞兵行伍不整，旗帜错乱，料知虞无能为，因留守不出。虞又爱民庐舍，不令焚毁，且申禁部众道："毋伤民兵，但诛一伯珪罢了！"瓒字伯珪。部众虽是遵令，但丝毫不得掠取，已是兴味索然，再经城下逗留，屡攻不下，更觉得疲惫不堪，各有归志。瓒却连日登城，窥望敌容。起初虽不甚严肃，还有些雄赳赳的气象，后来逐渐倦怠，暮气日深。乃决意出击，简募壮士数百人，缒城夜出，因风纵火，慌得虞军东逃西窜，不战先溃。瓒趁势出城，直捣虞营，虞营已经自乱，怎经得瓒军捣入，霎时四散，只剩得一座空垒。虞率亲从狼狈逃回，谁料瓒军追至，突入城阃，没奈何挈同妻子，出奔居庸关，瓒尚不肯舍，乘胜追攻。虞众逃散殆尽，只有残兵数百，如何防守？相拒三日，关城被陷，虞也受擒。所有全家眷属，一古脑儿做了俘囚。瓒收兵还蓟，将虞锢住一室，尚使他管领文书，署名钤印，适有朝使段训，奉诏到来，加虞封邑，监督六州。又拜瓒为前将军，晋封易侯，瓒捺定诏书，诬虞与袁绍通谋，欲称尊号，且请训矫诏斩虞。训尚不肯从，瓒用兵威胁迫，不问训应允与否，遽令兵士把虞牵出，硬邀训同往市曹，号令一下，虞首落地。又将虞妻子，尽行骈戮，即遣使人携虞首级，解往长安。虞素有仁声，北州吏民，无不感叹。故常山相孙瑾，幽州掾张逸、张瓒等，忠义奋发，愿与虞同死。瓒竟令交斩，孙瑾等骂不绝口，至死方休。尚有虞故吏尾敦，在途潜伏，要截瓒使，夺去虞首，用棺埋葬。瓒留训为幽州刺史，上书奏报，其实是借训出面，要他做个傀儡；所有幽州措置，全由瓒一人主持。瓒意气益豪，复想出图冀州。袁绍也曾防着，因欲南连曹操，与同攻瓒，乃派吏至鄄城，劝操徙居邺中，互相援应。操新失兖州，军食又罄，颇思将计就计，应允下去。东平相程昱闻报，忙驰至见操道：“将军欲与袁绍连和，迁家居邺，此事果已决断否？”操答说道：“原有此事。”昱接口道：“将军此举，大约是临事而惧，昱以为未免太怯了！试想袁绍据有燕赵，志在并吞天下，力或有余，智却不足。将军今迁家往邺，自思能北面事绍否？昔田横为齐壮士，犹不甘为高祖臣，难道将军聪明英武，反情愿为绍下么？”操徐答道：“我何尝甘心事绍，但兖州已大半失去，恐难存身，所以暂与连和，再图良策。”昱又说道：“兖州虽然残缺，尚有三城，战士且不下万人，智勇如将军，若再招罗智士，募集壮丁，合谋并力，再图大举，不但可规复兖州，就是霸王事业，也是计日可成哩！”操不禁鼓掌道：“汝言甚是，我便依汝。”说着，即召入绍使，与言迁居不便，叫他回去复绍，绍使辞归。操于是购粮募兵，招贤纳士，休养数旬，再拟与吕布决一雌雄。小子有诗咏道：

> 寄人篱下本非谋，暂挫其锋未足忧。
> 善战不亡垂古训，桑榆尚可望重收。

欲知操、布复战情形，待至下回再叙。

曹操虽智略过人，而经验未深，遂至事多失败。观其为父复仇，不问其父之为何人所杀，徒逞毒于徐州百姓，任情屠戮，是谓忿兵，忿兵必败。陶谦兵微将寡，原不能与操敌；然有陈宫之内变，与吕布之外入，几比败军之祸为尤甚。微荀彧程昱二人，则兖州尽失，操且穷无所归矣！此而不悛，尤复力攻濮阳，三战三败，可见忿兵之不足恃，操得幸免，乃天意不欲亡操，非操之智略果优也。刘虞为汉室名裔，恩信夙孚，乃以战略之未娴，谬思讨瓒，卒至身死家亡，为天下笑！盖以楚得臣之忿，兼宋襄公之愚，其不至为人禽戮者几希，区区小惠，不足道焉。

# 第五回

## 糜竺陈登双劝驾
## 李傕郭汜两交兵

却说曹操欲再攻吕布，移屯东阿，进袭定陶。济阴太守吴资，已与吕布连合，急引兵保守南城，一面向布乞援。布率军驰至，被曹操扼险要击，输了一阵。操复攻定陶，连日不下。布将薛兰、李封，留屯钜野，与定陶相距不远，操恐他援应定陶，因分兵围定陶城，自引健将典韦等，往攻钜野，捣破薛、李屯营。及吕布闻信驰救，又被曹军击退。薛兰、李封，先后战死，操得占住钜野，复至乘氏县追击吕布。忽由徐州传来消息，乃是陶谦病殁，把徐州让与刘备。禁不住大怒道："刘备不劳一兵，坐得徐州，天下事有这等容易么？况陶谦是我仇人，我不得手刃谦头，亦当往戮谦尸，今且移捣徐州，报复大仇，然后再来灭布，也是不迟。"道言甫毕，即有一人入谏道："不可不可！"操闻声瞧视，乃是谋臣荀彧，便问他何故不可？彧即答道："昔高祖保关中，光武帝据河内，类皆深根固本，方得经营天下，进足胜敌，退足坚守。故虽有困败，终成大业。今将军首事兖州，得平山东，河济为天下要地，仿佛关中河内，怎得因一时小失，便弃置不顾呢？操以子房比荀彧，彧亦以高祖、光武拟曹操。况我军已破薛兰、李封，先声已振，再勒兵收麦饷军，进击吕布，无虑不克。布既破灭，便可南占扬州，共讨袁术，临兵淮泗，不怕徐州不为我有。若今日舍布东行，布必乘虚进袭。我多留兵，便不足取徐；我少留兵，又不足守兖，兖州尽失，徐州未取，岂不是一举两失么？"操尚愤愤道："陶谦已死，刘备新任，民心未定，兵力又虚，我若往取徐州，势如反掌，有何难事？"或微笑道："只恐未必，陶谦虽死，刘备继起，彼惩去年覆辙，自惧危亡，势目辗转结援，合力抗我，现在时当仲夏，东方麦已收入，一闻敌至，必坚壁清野，固垒坐待。攻不能克，掠无所得，不出旬日，全军皆困，况前攻徐州，遍加威罚，子弟念父兄遗耻，拚死相争，胜负更难预料；就使得破徐州，人心未服，待至我军一移，亦必反侧。这真叫做舍本逐末，易安就危，图远忽近，愿将军熟思后行。"洞中利害。操乃不复移军，专与吕布对垒，且令兵士四处割麦，作为军粮。百姓晦气。暮有探马入报，吕布与陈宫等，率兵万余，前来攻城。操因兵士四出，一时不及召回，忙驱百姓登城，无论男妇，一齐充役，自率守兵出城拒敌。好多时不见布至，又有探骑入报道："布军至西面大堤旁，探望许久，又复退去了！"操大笑道："这是吕布恐我有伏，故欲进又止，彼见堤南多林，容易伏兵，所以动疑；哪知是太觉多心了！明日布必来烧林，然后再进，我却偏要设伏，看他能逃我计中么？"是谓知彼知己。待至夜间，便召曹仁、曹洪道："汝两人可至堤旁，约距林南里许，引兵下伏，俟我亲去挑战，诱布赶来，两下杀出，休得有误。"曹仁、曹洪领命去讫。到了翌晨，西面烈焰冲天，果然吕布前来烧林，操喜语道："不出我所料，今日定当破布了！"遂麾军出营，前往搦战，行至堤畔，布已将林木遍焚，并无一人杀出，即放胆再进，才越半里，正与操军相遇，两下交战，操佯败急走。布以为前面无林，驱军急进，不意伏兵从堤下突起，竟将布军冲成两撅。布顾前失后，当然着忙，再加操引军杀转，猛将典韦，双戟很是厉害，除吕布无人敢当。布已心慌意乱，也不暇与韦赌胜，当即拍马退回，仓皇中杀开走路，部兵已折去多人。操军直追至布营，天色已晚，方才引归。布经此一败，锐气尽丧，便黉夜遁去。是不及曹操处。陈留太守张邈，闻得布军败走，料知操必来报怨，乃使弟超保着家属，守住雍丘，自向袁术处求救。操攻拔定陶，就移攻雍邱城，城内守备单微，待援不至，竟至失陷。超惶急自尽，家小等均被操军杀死。邈至扬州，亦为从吏所杀，一门殄绝，情状惨然。实是陈宫害他，然亦可为轻率者戒。嗣是兖州复归曹操，操自称兖州牧，不过上了一道表文，声明情迹罢了。吕布失去兖州，又害得无地自存，只好挈着家眷，奔投徐州。徐州刺史陶谦，殁时已六十三岁，临终这一夕，嘱语别驾糜竺道："我死以后，非刘备不能安此州，汝曹可迎他为主，毋忘我言。"说毕遂瞑。竺为谦棺殓，即率州人至小沛，迎备入刺徐州，备辞不敢当。下邳人陈登，表字元龙，夙具大志，弱冠后得举孝廉，除授东阳长，养老恤孤，视民如伤，陶谦表登为典农校尉，劝民耕桑，广兴地利，至是亦随竺迎备。见备不肯受任，便向前力劝道："今汉室陵夷，海内倾覆，立功立业，莫如今日，徐州殷富，户口百万，欲屈使君抚临州事，使君正可借此发迹，奈何固辞？"备尚推让道："袁公路术字公路。近据寿春，此君四世三公，众望所归，何妨请他兼领徐州？"登答说道："公路骄豪，不足拨乱，今欲为使君纠合步骑十万，上足匡主济民，创成霸业，下足割地守境，书功竹帛，若使君不见听许，登等却未敢轻舍使君哩！"备还有让意，真耶假耶？可巧北海相孔融到来，由备延入，谈及徐州继任事宜，融便说道："我此来正为此事，诚心劝驾，君今欲让诸袁公路，公路岂是忧国忘家的大臣！我看他虽据扬州，不过一家中枯骨，何足介意？今日徐州吏民，俱已爱戴使君，天与不取，反受其咎，将来恐悔不可追了！"备乃勉从融议，由小沛移居徐州，管领州事。适值吕布来奔，备因他进袭兖州，得解徐围，与徐州不为无功，所以出城迎入，摆酒接风，席间互道殷勤，颇称欢洽，罢席后送居客馆。过了两三日，布设宴相酬，备亦赴饮，酒至数巡，布令妻妾出拜，格外亲昵，想貂蝉应亦在列。到了醉后忘情，就呼备为弟，有自夸意。备见布语无伦次，未免不谐，但表面上仍然欢笑，不露微隙，及宴毕告辞，方令布出屯小沛。布意虽未惬，究属不便争论，越宿即与备叙别，自往小沛去了。为下文袭取徐州张本。且说李傕、郭汜等，在朝专政，已越二年，献帝加行冠礼，改元兴平，追谥本生妣王氏为灵怀皇后，改葬于文昭陵，时献帝已十有六岁了。四府三公，换易数人，太尉迭更四次，乃是皇甫嵩、赵忠、朱儁、杨彪，相继承受。司徒迭更三次，若赵谦，若淳于嘉，若赵温，有名可稽。司空更换了四次，系是循资超迁，先为淳于嘉，次为杨彪，又次为赵温，温进职司徒，后任叫作张喜，由卫尉升任，统共得十余人，大都无从建树，只好随俗浮沉，与时进退，一切军国重权，俱归李傕、郭汜等掌握。傕欲招抚陇西，特使人买嘱马腾、韩遂等，饵以重赏，征令入朝；马腾、韩遂见前文。腾与遂各贪厚利，乃率众共诣长安，朝廷命遂为镇西将军，遣还凉州，腾为征西将军，留屯郿县。腾虽得官爵，心尚未足，更向李傕索赂，傕不肯照给，遂致触动腾怒，与傕有嫌。谏议大夫种劭，为故太常种拂子，前次傕等犯阙时，拂曾遇害，亦见前文。劭欲报父仇，恨傕甚深；且见傕等拥兵逼主，为国大患，乃与侍中马宇、左中郎将刘范，共拟招腾入都，为诛傕计，腾亦与盗贼无异，招腾诛傕即得成功，未必遽安，劭等所见亦误。密使往返，腾即允诺，进兵至长平观中。傕料有内应，先行搜查，种劭等情虚出走，同奔槐里；樊稠、郭汜及傕兄子李利，由傕遣攻腾军，腾交战失利，奔走凉州。樊稠督兵追赶，驰马疾行。李利既不力战，又致落后，被稠促召至军，怒目叱责道："人欲枭汝父头颅，还敢这般玩惰，难道我不能斩汝么？"利无奈谢罪，随稠再进。行抵陈仓，凑巧韩遂兵至，来援马腾，韩见腾等军败绩，乃勒马相待；至樊稠先驱追来，便上前拦阻道："我等所争，并非私怨，不过为王室起见，遂与足下本属同乡，何苦自相残杀？不若彼此罢兵，释嫌修好为是。"稠听他说得有理，乐得息事，与遂握手言别，还入都中。傕又遣他再攻槐里，种劭、马宇、刘范等并皆战死，于是迁稠为右将军，郭汜为后将军。稠复请赦韩遂、马腾二人，安定凉州，方好一意东略，免得西顾。有诏依议，免韩、马二人前罪，使腾为安狄将军，遂为安降将军，唯出关东略的计议，傕尚在踌躇，未肯遽允。稠却再三催促，自请效力，反令傕疑窦益深。李利记着前嫌，复向傕密报，述及韩、樊共语事，傕不禁大怒道："军前密谈，定有私意，若不速除此人，后必噬脐。"遂与利商定计划，借会议军事为名，邀稠入室，稠还道他是准议发兵，欣然前往。谁知入座甫定，即由傕呼出健卒，持刀直前，把稠劈死。一面宣告稠罪，说他私通韩、马，与有逆谋，诸将似信非信，互生疑谤，连郭汜亦内不自安。傕欲交欢郭汜，屡请汜入室夜宴，或请留宿，汜妻甚妒，只恐汜有他遇，从旁劝阻。一夕傕复邀汜饮，汜被妻牵住，设词婉谢。偏傕格外巴结，竟遣人携肴相赠，汜妻即捣豉为药，置入肴中，待至汜欲下箸，妻便说道："食从外来，怎得便食？"当即用箸拨肴，取药示汜道："一栖不两雄，妾原疑将军误信李公。"说着，向汜冷笑。*妒态如绘。* 汜才知妻含有妒意，力自辨诬，妻却带笑带劝道："总教将军不往李府，妾自然无疑了。"汜应声许诺。转瞬间已是兼旬，又将前言失记，至傕家饮得大醉，踉跄归来，一入室门，呕哕满地。汜妻泣语道："将军尚不信妾么？明明中毒，奈何奈何！"说着，汜亦焦急起来，捶胸言悔，还是汜妻替他设法，忙用粪绞汁，令汜饮下。汜顾命要紧，没奈何掩鼻取饮，未几心中作恶，复吐出若干秽物，稍觉宽怀；*你不肯听从闺命，就要罚你吃屎。* 随即愤然说道："我与李傕共同举兵，每事相助，奈何反欲害我，我不先发，还能自全么？"越宿就检点部曲令攻李傕。傕闻汜无故来攻，更怒不可遏，出兵拒战，辇毂以下，居然大动干戈，无法无天。傕且遣兄子李暹，

李傕郭汜杀樊稠

率数千人围住宫门，胁迁车驾，太尉杨彪，出语李暹道："自古帝王不闻有徙居臣家，君等举事，当合人心，为何轻率若此！"暹抗声道："我家将军，恐郭汜入宫为逆，故遣我迎驾，暂避凶焰，君敢来相阻，莫非与汜通谋不成？"彪不便再言，入白献帝。献帝新立皇后伏氏，甫越三日，便遭此变，急得无法可施。李暹用车三乘，入宫促逼，一乘载献帝，一乘载伏后，一乘由催吏贾诩左灵共载，监押帝后至李催营，天子已成傀儡，由他播弄，余如宫廷侍臣，还有什么主意？只好随着乘舆，步行同出。暹复纵兵入宫，掠妃妾，掳财物，所有御库金帛，悉数搬至李催营中；更可恨的是放起火来，把宫阙一律毁尽。董卓毁洛阳宫阙，李催毁长安宫阙，两京为墟，呜呼炎汉。献帝到了催营，虽由催另设御幄，供奉衣食，但比那宫中安养，迥不相同，累得献帝寝食不遑，日夕担忧。乃命太尉杨彪、司空张喜、尚书王隆、光禄勋邓渊、卫尉士孙瑞、太仆韩融、廷尉宣璠、大鸿胪刘郃、大司农朱儁等，至郭汜营内讲和。汜不肯依议，反将群臣留住，逼令同攻李催。杨彪勃然道："群臣共斗，一劫天子，一拘公卿，古今曾有是理么？"还讲什么道理？汜闻言起座，拔剑指彪，凶威可怖。彪却无惧色，正容答语道："卿尚不念国家，我亦何敢求生！"中郎将杨密，忙上前劝止，汜才罢手。但尚未肯放还群臣，仍与李催相争不息。催召羌胡数千人，分给御物缯彩，令他攻汜，且谓诛汜以后，当加赏宫人妇女。汜亦阴贿催党中郎将张苞，约为内应，自率众夜攻催营，矢及御幄。催慌忙出拒，仓猝间闻有箭声，亟向右侧闪过，那左耳上已中了一箭，忍痛拔去，血流如注，忽又有烟焰从营后出来，料知有人图变，更觉惊惶。幸亏都将杨奉，引兵援应，方将汜兵杀退。再查及营后火光已经销灭，独不见中郎将张苞，才知苞阴通郭汜，纵火未成，奔投汜营去了。催经此一吓，免不得顾前防后，遂将献帝迁居北坞，使校尉监守坞门，隔绝内外，饮食不继，侍臣均有饥色。献帝向催求米五斗，牛骨五具，分给左右。催怒说道："朝夕上饭，何用米为？"乃只把臭牛骨送入。献帝见了，不胜懊恨，便欲召催责问。侍中杨琦急奏道："催自知所为悖逆，欲动车驾往池阳，愿陛下暂时容忍，静待后机。"献帝乃低头无语，用巾拭泪罢了！末代皇帝，实是难做。司徒赵温，见献帝为催所制，因致书与催，语多责备。催又欲杀温，经催弟李应劝解，才得罢议。唯催迷信鬼怪，常使道人及女巫，击鼓降神，诳惑部兵，又为董卓作祠北坞，屡往祷祭。每当祭后，顺道省视献帝，不释甲械，奏对时亦言语不伦，或称帝为明陛下，或呼作明主，且言郭汜种种不道，应该加诛。献帝只好随他意旨，而为敷衍。傕欣然出语道："明陛下真贤圣主！"嗣是无害帝意。献帝复遣谒者皇甫郦，往与两造解和，郦先诣郭汜营，用言婉劝，汜颇有允意。转至李傕处调停，傕独不肯从，悻悻与语道："我有讨吕布的大功，辅政四年，三辅清静，为天下所共闻，郭多汜小名为多。系盗马虏，怎敢与我抗衡？且擅劫公卿，罪在不赦，我所以定欲加诛。君为凉州人，看我方略士众，足胜郭多否？"郦听他语言不逊，也忍无可忍，便应声道："古时有穷后羿，自恃善射，不思患难，终归灭亡；近如董公强盛，亦致身亡族灭。可见得有勇无谋，反足取祸。今将军身为上将，持钺仗节，子孙宗族，多居显要，国恩亦岂可遽负？且郭多劫质公卿，将军胁迫至尊，孰轻孰重，不问可知。张济、杨奉诸人，尚知将军所为非是，将军若再不悔悟，恐一旦众叛亲离，虽悔无及了！"语虽切直，究非和事佬声口。傕怎肯听服，呵令出去。郦趋出营中，遇着侍中胡邈，前来探信，郦即呼语道："李傕不肯奉诏，词多悖逆。"邈急摇手道："毋为此言，徒自取辱。"郦瞋目道："胡敬才，邈字敬才。汝亦国家大臣，奈何也作此语？郦累世受恩，得侍帷幄，君辱臣死，义所当然！今若为李傕所杀，莫非天命，何惧之有！"邈不待说毕，匆匆还白献帝，献帝恐郦得罪李傕，急遣人召还。傕果遣虎贲将王昌呼郦。昌鉴郦忠直，纵令还报，只说是追郦不及。入报李傕，且劝傕不宜多戮直臣，傕乃无言。及郦还白献帝，诏令他免官归里。郦与故太尉皇甫嵩同族，嵩已病殁；郦以忠直闻名，幸得不死，这未始非天眷忠诚，才得脱离虎口呢！寓劝于褒。献帝尚恐傕怀怒，特擢傕为大司马，位重三公。傕归功诸巫，重赏金帛，独不及将士。部将杨奉，至是越不愿事傕。潜与傕军吏宋果，谋杀傕奉还天子，不幸谋泄，果为傕所杀，奉得逃脱，傕众亦陆续叛去。可巧镇东将军张济，引兵入都，进谒献帝，请宣诏谕和傕、汜，并愿奉驾东幸弘农。献帝自然乐从，当下遣使持诏，分谕傕、汜两人，傕、汜尚有异言。经使臣仆仆往来，直至十次，方得言和，汜乃释放群臣，杨彪等并皆告归。唯朱儁因愤成病，已先释出，回家便死。何不早死数年，免丧英名。张济促驾登程，择定兴平二年七月甲子日，启跸就道。偏有羌胡数千人，窥探御帐，喧声杂呼道："李将军尝许我宫人，今可蒙颁给否？"献帝听着，心上加忧，因遣侍中刘艾，商诸贾诩。诩由李傕荐举，已拜为宣义将军，既奉上命，乃召语羌胡酋帅，许予封赏，叫他禁止部属，不得罗唣，羌胡方皆引去。既而启跸期届，由群臣拥护帝后，登车出宣平门。将过吊桥，突有骑士数百人，拦住桥上，不许乘舆过去，惹得献帝又惊又恼，大费踌躇。正是：

困龙失势遭虾戏，毒蟒回头遣蝎来。

毕竟献帝能否出险，容至下回再详。

陶谦识刘备为英雄，愿让徐州，不可谓非知人。备之一再谦让，或谓其故为谦饰，亦岂真能知备者！徐州为曹操所必争，只因吕布入兖，不得已回顾根本，彼固未尝须臾忘徐州也！备知兵力之不足敌操，故不愿承受。迨经陈登、孔融等之力为劝驾，方许兼领。而于吕布之奔至，欢然迎入，仍为合力拒操起见，备之用心亦艰且苦矣。李傕、郭汜之乱，始误于王允，继误于种劭，允与劭皆图报君亲，而计划未良，不但杀身，并且祸国。厥后乃因一汜妻之播弄，遂致两贼寻仇，兵争不已，一劫天子，一质公卿，汉室纪纲，扫地尽矣！宣圣有言，女子小人，最为难养，斯固千古不易之定论矣。

# 第六回

## 御跸蒙尘沿途遇寇
## 危城失守抗志捐躯

却说献帝出宣平门，突被乱兵阻住，当由护驾诸臣，探问来因。兵士齐声道："我等奉郭将军令，把守此桥，不准吏民自由往来。"侍中刘艾出诘道："吏民不得往来，天子也不得往来么？"兵士尚云须亲见天子，方可取信。侍中杨琦，便高揭车帷，刘艾又大呼道："天子在此，快来见驾。"兵士乃向前审视，献帝亦面谕道："诸兵何敢迫近至尊，快快退去。"兵士乃却，让车驾过桥东行。夜抵霸陵，从臣皆饥，由张济分给干粮，才得一饱。李傕不愿随驾，已出屯池阳。郭汜仍引兵追上，献帝命张济为骠骑将军，郭汜为车骑将军，杨定为后将军，定亦董卓旧部。杨奉为兴义将军，皆封列侯；又使牛辅旧将董承为安集将军，同赴弘农。郭汜独不愿东往，请献帝转幸高陵，献帝遣人谕汜道："弘农与洛都相近，容易奉祀郊庙，幸卿勿疑。"汜不肯受诏。献帝遂终日不食，懊怅异常。汜乃云可幸近县，及行至新丰，汜又欲胁帝还郿。侍中种辑，密告杨定、董承、杨奉，约与抗阻。汜见人众我寡，乃弃军径入南山，余党夏育、高硕等，还想承汜遗意，劫帝西归，遂在营外纵火图乱。杨定、董承拥帝后入杨奉营，夏育等便来劫驾，还是杨定、杨奉，内应外护，杀退夏育等众，才得无恙。越宿复奉驾起行，到了华阴，宁辑将军段煨，出营迎谒，供献帝后服御，及公卿以下资粮，且请乘舆过幸营中。偏杨定与煨有隙，联结董承、杨奉等人，诬煟交通郭汜，希图劫驾。**挟天子为奇货，故以小人之腹，度君子之心。**献帝疑信参半，未加煟罪，定与奉遣引兵攻煟，煟亦出兵相拒，连战十余日，未分胜负。唯煟遣使供奉，仍然不绝，并上书自陈心迹，不敢生贰。当由献帝遣令侍臣，替他和解，方得息争。这叫做和事皇帝。不意一波才平，一波又起，那李傕、郭汜二人，又复连合，来追乘舆。**忽离忽合，是谓小人之交。**杨定闻傕、汜又至，恐不能敌，索性弃去帝后，走还蓝田。中途被郭汜截击，落荒逃窜，单骑走亡荆州。**本欲扶主逞强，反致弃君逃命，贪心不足者，可引以为鉴。**还有张济亦生贰心，谋至杨奉营内，夺还乘舆。杨奉窥知情状，即与董承夜奉车驾，潜走弘农。及张济闻知，尾追不及，竟会合李、郭两军，一同赶来。杨奉、董承不得不督兵力战，毕竟众寡不敌，杀得大败亏输。从臣卫侍，纷纷挤入东涧，多半溺死；所有御物国籍，抛弃垂尽，单剩得帝后两车，由董承拚死保护，方得走脱。射声校尉沮俊，受伤坠马，为傕所执，傕问左右道："此人尚可活否？"俊大骂道："汝等为逆，劫迫天子，使公卿遭害，宫人流离，自来乱臣贼子，未有这般凶恶，将来不被人诛，必遭天殛。我为主效命，死且留名，不似汝等遗臭万年哩！"傕闻言愤甚，掣出佩剑，将俊杀死。再纵兵大掠弘农，鸡犬一空。献帝挈了伏后，仓皇东走，窜入曹阳境内，天已垂暮，无处栖身，没奈何露宿一宵。杨奉收集败兵，与董承会议道："我军已败，不堪再战，只好向他处乞援，方可抵敌追兵。"董承也以为然。两人想了多时，远处不及呼救，只河东一隅，尚有故白波贼帅李乐、韩暹、胡才，及南匈奴右贤王去卑等，可以招抚，叫他速来救驾；一面用缓兵计，遣人与傕等议和，佯为周旋。既而李乐等陆续趋至，共约得骑士数千，董承、杨奉令他充当先锋，往攻傕等。傕等遥望旗帜，乃是河东援兵，顿觉心惊，不由的退却下去。李乐、韩暹、胡才诸人，并辔追击，再加董承、杨奉，从后继进，大破傕等，斩获无算，待傕等逃至数十里外，始收军还营。诘旦再奉驾东驱，约行数里，后面尘头大起，傕、汜、济三路人马，又分头赶到。原来傕等探得河东援兵，不过数千，更知白波贼众，向系乌合，不足深虑，因复驱兵来追。董承、李乐，忙保驾先走，杨奉、韩暹、胡才，及匈奴右贤王去卑，率兵断后。谁料傕、汜、济三面夹攻，横冲直扫，把杨奉等截作数撅；奉等队伍大乱，伤毙甚多。傕、汜、济乘胜肆威，见人便杀，光禄勋邓渊，廷尉宣璠，少府田芬，大司农张义，奔避不及，俱为所害。司徒赵温，太常王绛，卫尉周忠，司隶校尉管郐，被傕截住，几遭毒手，还亏贾诩竭力解免，方幸重生。也有幸有不幸。董承、李乐，随献帝走不数里，背后追兵大至，李乐狂呼道："事急了！请天子上马速行。"献帝哽咽道："不可，百官何辜，朕怎忍舍去？"还不失为仁主之言。李乐等且战且走，彼此兵士，前奔后追，连缀至四十里，才得至陕。日光又暮，追兵少缓，乃结营自守。将士十丧七八，虎贲羽林军，不满百人。傕、汜、济三路叛兵，辄绕营叫呼，侍从等相惊失色，各谋散去。李乐请献帝乘夜渡河，东走孟津，投依关东诸牧守。太尉杨彪道："夜渡岂可无船，且从人尚多，何能一一尽渡。"李乐道："且待我前去寻船，如有船可渡，当举火为号，请君等保帝同来。"彪应声许诺。待乐去后，约历更许，见河滨火光冲起，料知船已备就，乃拥帝出营，徒步夜走。伏皇后云鬟蓬松，花容惨淡，从未经过这般苦楚，至此也只好跟着献帝，踯躅同行。后兄伏德，一手扶后，一手尚挟绢十四。也是个死要财帛。被董承瞧入眼中，心下不平，竟使符节令孙徽从卒，上前争夺，格毙一人，连伏皇后衣上，也为血迹所污。伏皇后吓得发抖，亟牵住献帝衣裾，涕泣求救，献帝出言呵止，争端方息。及至河滨，河中只有船一艘，泊住岸边，天寒水涸，岸高数丈，叫帝后如何下去？亏得伏德手中，残绢尚存，乃将绢裹住帝身，用两人拽住绢端，轻轻放下。伏德尚有勇力，背负皇后，一跃下船。杨彪以下，依次下投。船中已有数十人，不能再容，董承、李乐，即跳落船头，解缆欲驶。吏卒等多不得渡，争扯船缆。承与奉用戈乱击，剁落手指，不可胜计。早有侦骑报知李傕，傕等出兵往追，见帝后已经东渡，不能截回，唯将岸上未渡士卒，一并掠去。卫尉士孙瑞，亦不得从渡，徘徊岸上，突被乱兵杀死。尚幸李傕等专务劫掠，不遑东追，帝后始得渡到彼岸，踉跄登陆，步行数里，才抵大阳，天色已大明了。董承、杨奉各至民间搜取车马，毫无所得，只有牛车一乘，取载帝后，余皆联步相随。趋至安邑，河内太守张杨，河东太守王邑，方得车驾蒙尘的消息。杨使人奉米，邑使人奉帛，献帝拜扬为安国将军，邑为列侯。李乐、韩暹、胡才等，又举荐党徒数十人，各授官职，印不及刻，但用锥划石，粗成字迹，便即颁发。帝后居棘篱间，门无关闭，群臣议事，就借茅舍作为朝堂，简直是不成体统了。献帝尚恐傕等渡河，特使太仆韩融西赴弘农，与他讲和。傕等掠得子女玉帛，颇已满欲，乃许从融议，放还所掠吏士，及乘舆器物等类。杨奉、韩暹，便欲就安邑建都。太尉杨彪等，俱拟东还洛阳，文吏拗不过武弁，只好暂时驻驾，徐待后图。献帝命韩暹为征东将军，李乐为征北将军，胡才为征西将军，使与董承、杨奉，并秉朝政。适值蝗虫四起，岁旱无禾，从官无从得食，但取菜果为粮。眼见是不能安居，可巧张杨自野王来朝，也请献帝还都洛阳，杨奉等仍有违言，杨乃复回野王去了。

是时关东重望，首推二袁，袁术复蓄异图，隐然有帝制自为的思想，怎肯西向救主？袁绍虽未敢称帝，但因冀州新定，也不愿轻离。从事沮授进谏道："将军累代辅政，世笃忠贞；今朝廷播越，宗庙残毁，为将军计，正应西迎帝驾，安宫邺中，挟天子足以令诸侯，蓄士子足以讨不庭，名正言顺，事必有成，愿将军勿失此机。"原是最好机会。绍颇被感动，有出兵意，偏有两人入阻道："汉室久衰，势难再兴。且英雄并起，各据州郡，连徒聚众，动辄万计。这好似嬴秦失鹿，先得可王的时势了！今若迎入天子，动须表闻；从命即失权，违命即被谤，不如勿行。"授见是同僚郭图、淳于琼出来阻挠，即驳说道："今奉迎天子，既合大义，又得时宜，若不早图，必落人后。授闻权不失机，功在速捷，请将军急自裁断，毋惑人言。"绍听了三人议论，各执一是，又累得迟疑不决。即此可见袁曹之成败。会闻东郡太守臧洪，背绍自主，绍遂将迎驾问题搁置不顾，竟发兵围攻东郡，数月不下。东郡本属冀州管辖，臧洪得为太守，也是由绍简放出去。当曹操围雍丘时，见前回。张超曾向洪乞救，洪尝为超功曹，因联兵往讨董卓，慷慨宣言，见前文。得邀袁绍赏识，留参帷幄，嗣即使领青州，盗贼屏息，乃复调任东郡。他本生有侠气，好济人急，一闻张超求援，便徒跣号泣，向绍请师。绍与操尚无怨隙，不愿援超，超竟被灭族，洪由是怨绍，绝不与通。绍恨他背惠，驱兵往攻，偏洪誓死固守，历久相持。绍尚爱洪多才，不忍遽迫，乃令里人陈琳，作书晓谕，力劝洪悔罪投诚。洪竟执意不屈，复书约千余言，略云：

仆本因行役，谬窃大州，恩深分厚，宁乐今日。自被兵接刃，登城望主人之旗鼓，感故友之周旋，抚弦搁矢，不觉流涕之满面也，何者？自以辅佐主人，无以为悔，主人相接，过绝等伦，盖幸赞襄大事，共尊王室。乃者本州见侵，洪系广陵人，故称雍为本州。郡将遘厄，杖策乞师，一再见拒，使洪故君遂至沦灭。区区微节，无所获伸，斯所以忍悲挥戈，收泪告绝者也。昔张景明超字景明。亲登坛歃血，奉辞奔走，卒使韩牧让印，主人得地，指韩馥让位时。曾几何时，不蒙观过之贷，反受赤灭之祸。足下试思，景明负主人乎？抑主人负景明乎？吾闻之，义不背亲，忠不违君，故东宗本州以为亲援，中扶郡将以安社稷，一举二得以微忠孝，未敢为非。足下乃欲使吾轻本忘家，倾向主人。主人之于我也，年为吾兄，分为笃友，道乖告去以安君亲，亦可谓顺矣！若吾子之言，则包胥宜致命于伍员，不应号哭于秦庭也。足下或者见城围不解，救兵未至，感亲邻之义，推平生之好，以为屈节而苟生，胜于守义而倾覆也。昔晏婴不降志于白刃，南史不曲笔以求生，故身著图象，名垂后世。主人苟鉴谅苦衷，正当返旆退师，治兵邺垣，西向迎驾，岂可徒盛怒暴威于吾城下哉？行矣孔璋，琳字孔璋。足下徼利于境外，臧洪授命于君亲，吾子托身于盟主，臧洪策名于长安，子谓余身死而名灭，仆亦笑子生死而无闻焉！悲哉本同而末离，努力努力！夫复何言。

　　陈琳得了复书，当即呈示袁绍。绍阅书中来意，已知洪倔强到底，不肯再降，乃增兵急攻东郡。臧洪昼夜督守，害得力竭身疲，不得已遣二司马，缒城夜出，南赴徐州，向吕布处告急。看官！你想吕布方寄食小沛，自顾不遑，怎能往救臧洪？洪待了旬余，毫无影响，更兼粮尽矢穷，朝不保暮，因召集吏士，涕泣与语道："袁氏无道，所图不轨，且不救洪郡将。洪为义所迫，不得不死。诸君与洪有别，毋与此祸，可就城未陷时，挈眷逃生，洪从此与诸君永诀了！"吏士皆垂泪答道："明府与袁氏本无嫌怨，只为了本州郡将，自致困迫。明府不忍舍故主，我等也何忍遽舍明府呢？"于是同心誓死，守一日，算一日。初尚掘鼠为食，煮筋充饥；及至鼠无可掘，筋亦俱尽，内厨只有粝米三斗，由主簿据实启闻，谋为馏粥。洪叹息道："我何甘独食？可作薄粥，分饷众人。"至粥已煮就，召众共饮，须臾立尽。洪复取出爱妾，亲自下手，把她杀死，烹肉啖众。众皆涕泗滂沱，莫能仰视。可为唐张巡先声，但与巡相较，亦有微异。结果是人人枵腹，同为饿莩。等到城池陷没，男妇七八千名，已皆死尽，无一叛亡；洪亦气息奄奄，坐被擒去。绍盛设帷帐，大会诸将，令将洪推至面前，拈须与语道："臧洪何相负如此，今日可服我否？"洪据地瞋目道："诸袁事汉，四世三公，可谓受恩深重！今王室衰乱，不能急往扶翼，反且觊觎非望，屈害忠良。可惜洪兵少势孤，不能推刃乱臣，为国报仇，有什么服不服呢？"责绍无君，却有至理。绍不禁怒起，叱令左右推出斩首。忽有一人出阻道："将军首举大义，本欲为天下除暴；今乃先诛忠义，上违天心，下乖人望，且臧洪抗命，实为故将效节，将军应该格外鉴原，奈何加戮？"绍闻声瞧着，乃是前东郡丞陈容，与洪同籍，便怒叱道："汝已被臧洪遣出，寄居我侧，怎得尚私祖臧洪？"容顾绍道："人生只凭仁义，不徇爱憎，蹈义为君子，背义为小人，容宁与臧洪同死，不愿与将军同生！"也是硬汉。绍怒上加怒，亦令左右牵容出帐，与臧洪同受死刑。列席诸将，无不叹惜，或私相告语道："奈何一日杀二烈士。"还有臧洪遣往求救的两司马，自小沛还报，探得城陷洪死，亦皆自杀。可见得汉末士人，尚重气节，得失利害，在所不计，要死就死罢了！言下有感慨意。

绍既杀死臧洪，又欲进图幽州。幽州为公孙瓒所据，日渐骄矜，记过忘善，黜正崇邪。八字是致亡原因。前幽州从事鲜于辅，潜集州兵，欲为刘虞报仇，州民多怀虞恨瓒，乐为效死。燕人阎柔，素有恩信，为胡人所悦服，辅即推为乌桓司马，令他招诱胡骑，一同攻瓒。瓒所置渔阳太守邹丹，闻风防御，被辅、柔连兵进攻，把丹击死。又探得刘虞子和，留居袁绍幕下，尚然存在，见前文。乃相率至冀州，欲将刘和迎归。袁绍当然允许，并遣大将曲义，领兵十万，护送刘和，长驱入幽州境。公孙瓒连忙出阻，麾下兵却也不少，但与曲义等交锋，一边是劲气直达，一边是观望不前，眼见是有败无胜。鲍邱一战，瓒军大败，好头颅被敌斫去，约有二万余颗，瓒遁还蓟城，不敢出头。代郡、上谷、右北平等处，皆响应鲜于辅、刘和等军，戕吏叛瓒，瓒越觉孤危。先是幽州有童谣云："燕南垂，赵北际；中央不合大如砺，唯有此中可避世。"瓒得闻歌谣，暗想燕赵交界，莫如易地，因即由蓟徙易，缮堡自固。复设围堑十重，就堑筑室。内分数层，每层高五六丈，悬梯相接，中层最高，由瓒自居，熔铁为门，屏除左右。但令姬妾旁侍，凡男子七岁以上，不准擅入，遇有文书往来，辄悬绠上下，以免需人传递；又饬妇女习为大声，宣扬教令。一切谋臣猛将，罕得接见，嗣是群下懈体，雍隔不通。或问瓒何故为此？瓒喟然道："我北驱群胡，南扫黄巾，方谓天下可一麾而定；哪知海内愈乱，兵革迭兴，看来非我所能荡平，不如休兵息民，静待时变。兵法有云：'百楼不攻。'今我设楼橹数十重，积谷三百万斛，可以安食数年，食尽此谷，再作后图便了。"看官阅此，应无不笑瓒为愚，只是命未该绝，还有两三年的运数。所以曲义等捣入境内，为了粮运不继，引军退去，反被瓒追击一阵，夺得许多车仗，满载而回。曲义还报袁绍，只言瓒势尚盛，未可遽灭。袁绍乃暂缓进兵，但心中总想并吞幽州，方肯罢手；那迎驾勤王的大计划，反拱手让诸别人。这真叫做一着弄错，满盘尽输，岂不是大可惜么？小子有诗叹道：

欲图大业在乘时，一念蹉跎便觉迟；

尽有机宜甘自误，袁曹从此判雄雌。

欲知迎驾大功，属诸何人，且看下回续叙。

李傕、郭汜，贼也；张济、杨奉、董承，亦无一非贼；至如李乐、韩暹、胡才，则固以贼自鸣，更不足道矣。堂堂天子顾委身于贼臣之手，尚有何幸？其所以间关跋涉，苟延残喘者，贼胆尚虚，未敢公然篡逆也。当时之力，与勤王足成大业者，莫如袁绍。向使从沮授之计，西向迎驾，光复东京，则上足媲齐桓、晋文，下亦不失为曹阿瞒，何至身名两败，死且无后乎？若臧洪之所为，迹同小谅，未足与语大受。但观其复琳一书，与责绍数语，辄以未安王室为咎，是固犹以忠义为切劘，安汉不足，愧绍则固有余也。后人以烈士称之，不亦宜哉？

# 第七回

## 孟德乘机引兵迎驾
## 奉先排难射戟解围

却说董承、杨奉等，护着献帝车驾，驻扎安邑，一住过年，改元建安。太尉杨彪等，名为三公，毫无政权，行止进退，俱由武夫作主，文臣不得过问。杨奉等拟就安邑定都，独董承欲奉驾还洛，与杨奉等更生龃龉，奉竟遣将军韩暹，袭击董承。承奔往野王，投依张杨，杨决意调兵迎驾，使归旧都，乃令董承先赴洛阳，修筑宫室，并致书荆州刺史刘表，请他为助。表却履书如约，陆续派遣兵役，输送资粮，总算是有心王室，戮力从公。杨奉、韩暹等闻信知惧，出屯险要，拒绝张杨、董承。还是献帝下谕譬解，令他扈跸入洛，奉与暹方才奉诏，还至安邑，护驾东行。唯胡才、李乐，仍留居河东，不愿相随，时已为建安元年秋季了。**建安年号最久，且为汉朝末代正朔，故一再提明。**七月初旬，献帝驾至洛阳，宫阙尚未修成，暂借故常侍赵忠第宅，作为行宫，郊祀上帝，大赦天下。张杨在中途迎驾，一同至洛，先就南宫督修殿宇，半月告竣，号为杨安殿，自志己功；便请帝后迁居杨安殿，且语诸将道："天子当与天下共戴，朝廷自有公卿大臣，不劳我辈干涉，杨当出御外难便了。"乃辞归野王。杨奉亦出屯梁地，韩暹、董承，并留宿卫。献帝封赏功臣，命张杨为大司马，兼安国将军，杨奉为车骑将军，韩暹为大将军，领司隶校尉，皆假节钺。唯洛阳宫府，已被董卓毁尽，急切不能修复，除杨安殿外，尚是瓦砾成堆，荆榛满目。**八字写尽荒凉。**

百官无处安身，暂就破壁颓垣，作为栖处；并且无粮可因，遣人向州郡征求，十无一应。自尚书郎以下，往往亲出采稆，野谷日稆。煮食充饥，甚至朝夕不继，往往饿死；或被兵士沿途劫夺，辄遭格毙。这消息传到兖州，雄心勃勃的曹阿瞒，遂欲托名勤王，挟主称雄。见识原高人一等。部下将吏，多言山东未定，不宜轻出，且韩暹、杨奉，负功恣睢，未可猝制，不如从缓为是。独荀彧进说道："昔晋文公纳周襄王，终成霸业；高祖为义帝缟素，天下归心。近自董卓倡乱，天子播越，将军首举义兵，徒因山东扰乱，未敢远赴关右，但尚分遣将吏，冒险通使，上达朝廷，是将军志在效忠，人所共晓。今乘舆旋轸东京，义士思汉，人民怀旧，诚因此时上奉帝驾，下从物望，便是大顺，内秉至公，外服雄杰，便是大略，首持仁义，旁招英俊，便是大德。四方虽有逆节，亦何能为？韩暹、杨奉，出身盗贼，更不足虑了。若一失此机，让人占先，将来恐无此机会呢！"曹操大喜道："文若所言，正合我意。"遂遣中郎将曹洪，引兵西进。将至洛阳，偏为董承等所阻，用兵扼险，不许交通。时骑都尉董昭，方由河内至安邑，随驾入洛，迁职议郎。他本与曹操结交，见前回。因复为操设法，冒名作书，寄与杨奉，略云：

操与将军闻名慕义，便推赤心。今将军拔万乘之艰难，反之旧都，翼佐之功，超世无俦，何其休哉！方今群凶猾夏，四海未宁，神器至重，事在维辅。必须众贤以清王轨，诚非一人所能独建。心腹四肢，实相恃赖，一物不备，则有阙焉！将军当为内主，操为外援，操有粮，将军有兵，有无相通，足以相济，死生契阔，相与共之。

奉得书甚喜，即表荐操为镇东将军，袭父嵩爵，为费亭侯。操正在汝南、颍川一带，征剿黄巾余党，斩贼目黄邵，收降贼党何仪、何曼，回军驻许，接到洛阳诏使，得袭侯爵，尚不过循例拜命，无甚惬意。过了数日，又接得董承来书，邀令速诣洛阳，方喜如所望，即日引兵起程，与曹洪中途会合，直抵东都。董承本欲拒操，阻洪西进，此次为了韩暹专恣，遇事牵掣，所以变易初心，召操入卫。何进召董卓，董承召曹操，统是引狼入室，自速危亡。操既至洛阳，先将大队人马，驻扎都城内外；然后登殿朝谒，三呼如仪。献帝赐操平身，宣谕慰劳，操拜谢而退。出见董承，承与语韩暹罪状，操并忌张杨，连章劾奏。暹惧诛即走，奔往大梁。献帝因暹、杨扈跸有功，不愿加惩，诏令免议；张杨无罪可言，操之劾杨，全是私心。独假操节钺，领司隶校尉，录尚书事。操得揽政权，严核功罪，有罪请诛，有功请赏。于是杀三人，封十三人，追赠一人，胪述如下：

　　尚书冯硕，侍中壶崇，仪郎侯祈；并处死刑。卫将军董承，辅国将军伏完，侍中丁冲、种辑，尚书仆射钟繇，尚书郭溥，御史中丞董芬，彭城相刘艾，左冯翊韩斌，东郡太守杨众，议郎罗邵、伏德、赵蕤；并封列侯。故射声校尉沮俊。追赠为弘农太守。

　　看官听说！这辅国将军伏完，便是伏皇后的父亲，籍隶琅琊，八世祖就是伏湛，系东汉开国功臣，官终大司徒，完得袭世爵为不其侯；曾尚桓帝女阳安公主，生子女二人，子即议郎伏德，女即伏皇后。伏后履历，就此补叙明白。卫将军董承，从驾有功，献帝又选董女为贵人，选承为车骑将军。伏、董两家，统算是皇家贵戚了。缀此一笔，为下文两家诛夷伏案。议郎董昭，已迁官符节令，操与他情好甚深，遂引与同坐，向他问计。昭答说道："将军兴义师，诛暴乱，入朝天子，辅翼王室，这真所谓当代桓文，功业无比哩！但昭看诸将异心，未必服从，今若留此匡辅，诸多未便，不若移驾都许，方为上策。但朝廷播越有年，新还旧京，方冀少安，今复徙驾，必滋众议。昭闻行非常事，乃有非常功，愿将军临事果断，勿涉迟疑。"操拈须道："我意也是如此，唯杨奉在梁，拥有重兵，可无他变否？"昭又答道："奉虽拥众，素乏党援，尝思与将军交好。镇东费亭侯的封典，全是奉一手造成，将军可随时遣使，厚为馈谢，慰悦奉心；一面明告内外，但言京都无粮，只好奉驾迁许，往彼就食。奉为人有勇寡谋，必不遽疑，待他出师相阻，将军已好奉驾至许了！"操欣然称善，遣使诣奉，厚遗金帛，自己入朝面奏，请献帝东幸许城，免致乏粮。献帝不得不从，群臣皆畏操兵威，莫敢异议。当即指日登程，道出辕辕，东向进行。操预恐有人劫驾，步步为营，且使曹洪等分领锐卒，往伏阳城山谷中，专防杨奉前来。奉得操馈赠，倒也无心劫驾；唯韩暹奔梁依奉，从旁怂恿，乃出兵邀击，才抵阳城，被曹洪等发伏并起，左右夹攻，杀得大败而回。操得安然抵许，筑宫殿，立宗庙社稷，奉帝居住；进操为大将军，封武平侯。太尉杨彪，司空张喜，见操大权独揽，并皆辞职。操复请献帝下诏，严责袁绍，说他地广兵多，不务勤王，专自树党，擅相攻伐。自失时机，便被他人借口。绍乃上书申辩，且请献帝转幸鄄城。献帝出书示操，操当然批驳，但请授绍为太尉。诏使到了冀州，绍怒说道："曹操已濒死数次，赖我救活，今反挟持天子，敢来令我么？"谁叫你不先迎驾。遂拒诏不受。操得使人归报，恐绍兴兵来争，乃请将大将军一职，暂让与绍，并封绍为邺侯，绍仍辞还侯封，唯与操不复争论。操自为司空，行车骑将军事，当即声讨杨奉，责他"出兵阳城，敢图犯驾，罪同大逆，应坐诛夷"等语。诏檄先传，兵马继发，张旗鸣鼓，直捣大梁。杨奉、韩暹开营逆战，俱被曹军杀败；唯奉有部将徐晃，骁勇过人，驰突无前，操诱令归降。奉既失良将，复丧士卒，弄得势孤力竭，只好弃营东走。韩暹恃奉为生，当然与奉同行，奔往扬州，投归袁术去了。为后文联合袁术，合攻吕布伏案。

　　曹操最忌杨奉，既得除去，很是喜慰，乃表荀彧为侍中尚书令，彧子修为军师，郭嘉为司空祭酒。两荀皆颍川名士，智略俱优。郭嘉字奉孝，也是颍川人氏，少有远图，往投袁绍幕下，及见绍多谋少决，乃去绍还乡。操令彧访求才俊，彧即荐嘉才能，召与操语，相见恨晚。操谓嘉必佐成大业，嘉亦谓操真吾主。两荀一郭，参谋帷幄，真是如虎生翼，势力益张。句中有刺。余如曹洪、曹仁、夏侯惇、夏侯渊，惇族弟。及典韦、李典、乐进、于禁、徐晃等，皆为操属下猛将，各得封官；又征前北海相孔融，为将作大匠。融在北海，喜交宾客，尝自叹道："座上客常满，樽中酒不空，我亦可无忧了！"在郡六年，颇得民心，唯与袁、曹不相往来。绍子谭为青州刺史，引兵攻融，自春及夏，战无虚日，兵士大半伤亡，所存只数百人，流矢雨集，戈矛内接。融尚隐几读书，谈笑自若；及城被陷没，乃奔往东山。迂疏士，实不中用。操素闻融名，乃征融为将作大匠。融尝师事北海人郑玄，特替他另立一乡，号为郑公乡，会因黄巾入境，玄避居徐州，数年乃还。融既入许，操亦征玄为大司农。玄托病不至，在家考终。却是高士。玄尝笺注经书，凡百余万言，齐鲁间称为经师，所以身虽没世，遗籍流传。操复令羽林监枣祗为屯田都尉，骑都尉任峻为典农中郎将。祗本姓棘，由先人避难易姓，至祗始出仕；曾为东阿令，助操守城，不为吕布所陷，操因此亲信。祗见岁旱涝饥，军食不足，乃创议屯田许下，为固本计。任峻为河南中牟人，操起兵时，峻为县中主簿，劝中牟令杨原举城应操，得操欢心，操将从妹许与为妻，引为戚侣。峻与祗戮力劝耕，才阅数年，得积谷数百万斛，且令州郡各置田官，所在丰饶。操因此得用兵四方，不劳输运，卒能战胜攻取，兼并群雄。曹氏功臣，祗峻当居首列呢！比诸两荀一郭，殊不相让，可惜都为虎作伥。话分两头。

且说刘备管领徐州已阅年余，仍用糜竺、陈登为辅，并引北海人孙乾为从事，韬甲敛兵，与民休息。不意袁术自扬州起兵，来与刘备争夺徐州。术自得扬州后，号称徐州伯，专务张皇。时当李傕等挟权秉政，欲结术为外援，特请旨授术为左将军，封阳翟侯。术阳为受命，阴欲代汉为帝，取快一时，且少年时已见谶文，谓当涂高应当代汉。当涂高，系是魏字。《魏志·文帝纪》载："故白马令李云遗言，当涂高者，魏也。魏阙当道高大。"谶文所云阴窝，以魏代汉之意。暗思自己名字，适应谶文，古者百家为里，里十为术，术为邑中大道，可作涂字解释；路亦为涂，名与字俱相暗合。术字公路。又因袁氏系出陈国，为帝舜后；舜以土德王天下，土德属黄，黄可代赤。汉秉火德五行，火生土，故云，以黄代赤。遂常思代汉，僭号称尊。前时孙坚得玺，为术所闻。见六十八回。坚死岘山，丧归曲阿。玺为坚妻吴氏所藏，术乘她奔丧还里，拘留坚妻，索交玉玺。玺既到手，便拟称帝，为主簿阎象等所阻，权就迁延。唯思徐、扬二州，壤地毗连，能得并吞徐州，拓地较广，庶几僭号天子，较为有名，于是调遣将士，侵入徐州界内。刘备闻术兵犯境，不得不亲出抵御，乃令张飞留守下邳，即徐州治所。自与关羽等往屯盱眙，交战数次，未分胜负。不料袁术致书吕布，令他袭取下邳，许助军粮。布素好反复，竟不顾地主情谊，反颜从术，悄悄的引兵东下，由小沛进袭徐州。守将张飞，性喜嗜酒，醉后又不免使性，怒责徐州旧将曹豹，鞭笞数十。豹为此挟嫌，开城迎布，飞仓猝迎敌，已是不及，只好杀出东门，奔往盱眙，连刘备的家眷，都失陷城中。酒之误事也如此。备正与术军相持，突见张飞狼狈奔来，问明情由，才知下邳被吕布夺去。那时顾家情急，只好引兵退回，与布争论。偏偏距城数里，全军皆溃，不得已转走广陵，收集散卒，再作后图。可巧糜竺、孙乾等，从下邳逸出，仍来依备。竺本饶家产，尝至洛阳为贾，归遇美妇，求竺同载，经竺慨然允许，令妇上车，行及数里，并未斜睐妇人；妇感谢下车，临别语竺道："我为天使，当往烧东海糜竺家，感君共载，故特相告。"竺惊问道："可禳免否？"妇人道："天命难违，君当亟归，搬徙人财，一过日中，便无及了！"言讫不见。竺慌忙还家，挈眷出门，所有财物，约略搬出。果然日中火发，屋宇尽焚，唯遗资尚存，不致大损。好义之报。此次本与张飞同守，飞为布所袭，仓猝走脱，竺收拾细软，带领眷属，混出城门，追寻刘备，至广陵相遇。备询及眷属，竺言在城内尚安，但有布兵监护，无法解救，故不能偕来，备当然叹息。竺携有一妹，年已及笄，遂进奉巾栉，为备解忧；且将随身所带的金银，一律取出，充作军资。备赖以不困，孤军复振，乃寄书与布，略述旧情，请他送还家眷，互释嫌疑。布与备本无仇隙，为了一时贪念，遂致背好起兵。既入徐州，究竟天良未泯，所以刘备家小，仍令兵士保护，不得入犯。嗣复遣使诣术，索取军粮。术竟欲悔约，谓必须擒获刘备，方可践言。布得了此报，恨术无信，仍拟与刘备讲和。适得备书递到，乐得照允，且许备还屯小沛，备乃驰回小沛城，布亦派吏送出甘夫人。甘、糜相见，却也情同姊妹，式好无尤。一番挫折的刘玄德，虽失去下邳，反得了两美并头，不可谓非转祸为福了。语意隽永。

独袁术探得布复和备，复思设计离间，又遣使驰至徐州，愿为子求婚布女，结作姻亲，且助布米麦各若干斛。布又复大喜，礼遣来使，愿如所约。仍是贪心未泯。术得使人返报，即命部将纪灵等，领兵数万，进攻小沛。备使孙乾，向布求援，布不愿援备；经乾揭破术谋，说是小沛不保，徐州亦必不独存，布又被提醒，亲往救备。纪灵正引兵大进，直抵小沛城下，不防吕布亦骤马趋至，与纪灵相对安营。纪灵不知布助何人，派吏问明。布答说道："我与袁公路既结姻好，理当相助，明日请纪将军过叙便了。"纪灵得报甚喜，待至翌日，径诣布营，甫入营门，蓦见刘备在座，不禁大惊，转身退回；谁知营中趋出吕布，一把扯住，不得动弹。便骇问道："将军是否欲杀纪灵？"布答言非是，又问是否邀灵杀备，布亦说非是，害得纪灵莫明其妙，只是发愣。但听布呵呵大笑道："布性不喜斗，转喜解斗，玄德乃是我弟，今为将军所攻，布愿代为调停，各息兵争！"说至此，即将纪灵拉入帐中，令与刘备相见。备也由吕布邀至，故先在座，见了纪灵，不由的惊诧起来。布偏叫他行相见礼，彼此没法，勉强作揖，只心中俱忐忑不定，各怀猜疑。布顾语二人道："我劝两君罢兵讲和，恐两君尚不见信，待我决诸天命，天意倘使汝两君息争，两君不得有违。"二人含糊答应，尚未知他如何处置，布却令左右搬出酒肴，与二人共宴，左纪灵，右刘备，自己居中。饮过三巡，布令左右取过画戟，至辕门外面插定。因笑语纪灵、刘备道："两君可看我射戟，如或射中，君等应各自罢兵；否则，安排厮杀，与布无涉。如不从布言，布即视作仇敌，不能以亲友相待了！"纪灵、刘备均无异言。布便起座取弓，搭上雕翎，就从座旁射将出去，飕的一声，那箭镞如鹰隼腾空，远飞至百数十步外，不偏不倚，正中画戟小枝。帐内帐外，无一不高声喝采。我亦喝采。

吕奉先射戟辕门

小子有诗赞道：

> 一箭能销两造兵，温侯也善解纷争。
> 辕门射戟传佳话，如听当年嚆矢声。

布射中画戟，便掷弓地上，笑顾纪灵、刘备，要他们罢兵。究竟两人是否乐从，待至下回详叙。

迎驾入许，为汉魏兴衰之一大关键。魏因此而兴，汉即因此而亡。然观于当日之时势，微曹操迎驾之举，则建安正朔，尚不能延至二十余年。杨奉、韩暹等，但知劫驾，不知佐治，若令其长此秉政，其亡汉也益速！袁绍资望独优，不能上法桓文，尊王定霸；袁术且有异图，妄思代汉。刘备本为汉胄，而兵少势孤，不足有为，余子碌碌，均非英杰，所差强人意者，唯一曹操。操之迎驾入许，彼时尚第欲为五霸，固未尝有心篡汉也。立宗庙，定社稷，光复汉室，诚能守此不变，操亦何愧为汉室功臣乎？若吕布为反复小人，始依备，继袭备，后复和备，始终误一贪字，安望有成。但观其保护备家，不屑淫掠，至射戟一事，更为刘备排难，此亦未始非豪侠所为。后之朝亲暮仇者，且不布若，可胜慨哉！

# 第八回

## 略横江奋迹兴师
## 下宛城痴情猎艳

却说吕布掷弓地上，笑顾纪灵、刘备道："这是天意令汝罢兵呢！"备即起座献觞，向布道谢；唯纪灵面有难色，既不便悔赖前言，又不好满口应允，沉吟半晌，方对布道："将军天威，令人敬服，灵自当遵命，但如何回报主人？"布应声道："这有何难！由布修书一函，即烦将军带回便了。"纪灵不能不允，起身告辞；布且与两造约定，明日续宴，并与纪灵饯行。纪灵因未得布书，只好留屯一宵。到了次日，复与刘备共集布营，两下宴叙，比昨日稍为欢洽。待至饮罢，布乃出书给与纪灵，彼此揖别，纪灵拔营自归。备迎布入城，免不得盛筵相待，伸谢德惠，宾主尽兴，布乃辞了刘备，回下邳城。那纪灵回报袁术，呈上布书，术阅书大怒，拟亲自攻布；还是纪灵力为谏阻，谓吕布只可计取，不可力敌，且与他联成姻好，务令除去刘备，方可图布。<small>借婚姻为吞并，古今军阀如出一辙。</small>术方才忍耐，仍与吕布通使，虚作应酬，一面从孙策计议，使策出定江东。策即孙坚长子，表字伯符，本居寿春，少年英达，喜结交游。舒人周瑜，字公瑾，与策同年，亦具大志，闻得策慷慨好友，遂自舒城至寿春，一见倾心，约为昆仲。策长瑜两月，瑜便事策如兄，劝策徙家至舒，并让道南大宅，俾策全家居住，登堂拜母，有无与共。及策年十七，方思出立功名，不意凶信传来，策父坚败殁岘山。<small>坚死岘山见前文。</small>策哀恸异常，即偕母吴氏，迎榇东归。策舅吴景，方为丹阳太守，因拟将父榇安葬曲阿。曲阿为丹阳所辖，道过扬州，偏被袁术截住，胁令策母交出玉玺，策母无奈取交，才得释去。策有从兄孙贲，将叔父坚遗众数千，也交与袁术接管，术使贲为丹阳都尉。广陵人张纮，避难江东，博通经术，策屡次往访，具述志趣，且殷勤询问道："方今汉祚中微，天下扰扰，四方枭杰，各拥众营私，不务大义。先君与袁氏共破董卓，功业未就，偏为黄祖所害。策虽庸稚，有志复仇，欲往从袁扬州，求得先君余众，东据吴会，西略荆襄，报怨雪恨，为朝廷外藩。君若以为可行，幸乞赐教。"纮方丁母忧，婉词逊谢；再由策呜咽陈词，声泪俱下，纮才为感动，慨然作答道："卓荦少年，有此大志，何患不成？最好先投丹阳，收兵吴会；然后据长江，奋威德，复仇洗耻，匡君泽民，功业且高出桓文了事？待纮服阕，当与君同好，共图南济，君却先往建功便了！"策复说道："策有老母，并弱弟三人，可否相托，使策不致忧家？"纮毫不推辞，当即许诺。也是季布流亚。策乃径诣寿春，入谒袁术道："亡父曾从长沙入讨董卓，与明使君共会南阳，同盟结好，不幸遇难，勋业不终；策感念先人遗志，欲自凭结，还请明使君垂察微诚，济师雪恨。"术见他英姿豪爽，语言明达，禁不住暗暗称奇，但尚未肯将策父旧部，直捷拨还，因语策道："我已用贵舅为丹阳太守，贤从兄为都尉。丹阳为三吴要地，不乏健儿，汝可往彼招募便了。"

策乃与汝南吕范、族人孙河，同往丹阳。策舅吴景，当然接纳，且嘱策归迎母弟，同至丹阳。策遂返至舒城，奉母吴氏，及弟权、翊、匡，与一幼妹，共抵曲阿，依父庐墓旁居住。辗转召募壮士，得数百人，寻为泾县贼帅祖郎所袭，丧失过半。没奈何再往见术，涕泣拜求，愿给还亡父部曲，术始将孙坚遗众拨出千余人，交策收领。仍然不肯全给。表拜策为怀义校尉，且谓当迁任九江太守。策拜谢而出，收集乃父旧部，自立一营，故将程普、韩当、黄盖等，亦归麾下。有一骑士犯令私逃，奔入术营，匿居内厩，策察知情隐，率吏掩捕，牵出斩首，因诣术谢罪。术答说道："叛兵应当共恨，不杀何待？毋庸言谢！"术此语又似明白。策乃趋退。军中始知策胆略，不敢轻视，就是术部将乔蕤、张勋，亦皆服策英明，互相敬礼。术尝自叹道："使我有子如孙郎，死亦无恨了！"话虽如此，唯心中总不免怀忌。九江太守出缺，仍不肯使策代任，另用丹阳人陈纪接任。后向庐江太守陆康，征米三万斛，不得如愿，乃遣策攻康。临行与语道："日前错用陈纪，致负前言，今烦卿攻拔庐江，便当令卿为庐江守了！"策领兵往攻，力战数次，得将陆康逐去，据有全城，向术报捷。谁知术又召策回郡，另委故吏刘勋为庐江太守。策自是恨术，不过因兵力未充，勉从术命，将庐江城交与刘勋，怏怏引归。适朝廷遣侍御史刘繇，东下为扬州刺史，州治本在寿春，因寿春为袁术所据，乃改至曲阿，逐去丹阳太守吴景，及都尉孙贲。景与贲退居历阳，报知袁术。术愤不可遏，即使故吏惠衢为扬州刺史，更命吴景为督军中郎将，与孙贲共击刘繇。*心目中已无汉帝。*繇令部将樊能、于麋、陈横屯江津，张英屯当利口，分头防守。吴景等屡攻不克。丹阳人朱治，前为孙坚校尉，此时复归孙策，劝策往助吴景，收取江东。策因进白袁术道："亡父前在江东，本有旧惠，今愿助舅氏共略横江，横江得下，可招募土著人士，能得三万兵甲，上佐明公，天下可不难平定了！"术知策隐怀怨望，但闻刘繇据住曲阿，兵力不弱，且有会稽太守王朗，为繇后援，总道策未能与敌，乐得听他出去，败死无怨。*好良心！*遂令策为折冲校尉，行殄寇将军事。策部下兵只千余人，马只数十匹，容易部署，即日启行，途中招徕宾从，陆续趋集；及抵历阳，差不多有五六千人了！策母吴氏，及弟妹五人，已随吴景至历阳，策谒母即行，乘便寄书周瑜，请他出师；瑜有从父周尚方为丹阳太守，由瑜前往省视，途次接得策书，遂向丹阳贷粟借兵，顺道迎策。策大喜道："公瑾远来，我事必谐了！"遂进攻横江，捣入当利口，击走守将张英，与吴景、孙贲等会师；再破樊能等军，渡江入牛渚营，尽得粮谷战具，军势大振。*一鸣惊人。*

时有彭城相薛礼，下邳相笮融，俱走依刘繇，推繇为盟主。礼据秣陵城，融屯县南。策先领兵攻融，融出营交战，被策击败，伤亡五百余人，奔入营中，不敢再出。策移攻秣陵，日夕猛扑，慌得薛礼手足无措，乘夜溃走。策得入秣陵城，安抚居民，禁兵侵掠，忽有探马入报，乃是樊能、于麋等，复袭夺牛渚营，断策归路；策奋然起座，当即督兵回攻，大破樊能、于麋。擒获万余人，能麋等统皆遁去，因复转击笮融。融令弓弩手分伏营门，待策趋近，一声号令，万矢齐飞，策尚用槊拨箭，不肯遽退，百忙中不免一疏，股上突然中箭，翻身落马。左右忙将策救起，用车载策，驰还牛渚营。将佐俱入帐问安，策已拔去箭镞，用药敷搽，笑语诸将道："我伤未及重，何至落马？此中寓有深谋，汝曹可说我已死，举哀退兵，笮融必来追我，我就好设法擒融了！"诸将俱拍手称善。策即遣将置伏，一一办妥，然后令军士佯哭，拔寨齐起。早有细作报知笮融，融果遣部将于兹，率兵追策。策军尚是伪退，诱兹入伏，四面攒击，立将于兹射死，扫尽余军。于兹却是个替死鬼。策乘胜复逼融营，融正想接应于兹，出兵就道，忽有一彪人马杀到，首领为一起赳少年，厉声大呼道："孙郎在此，叫笮融速来受死！"自称孙郎趣甚。融不意孙策复生，驱军亟遁，策追杀数里，得了许多甲胄，方才还军。本编皆采自《吴志》，与罗氏《三国演义》情事略殊。于是破海陵，陷湖孰、江乘，直指曲阿。刘繇闻策军将至，急忙整备兵械，为守御计。可巧太史慈前来省繇，繇因太史慈与己同郡，不得不传入相见。慈入帐行礼，繇自居前辈，不过欠身作答，且问慈道："闻汝曾依孔北海，今日何故到此？"慈答说道："北海早已解围，现闻明公亦至受敌，故特来效力，愿为前驱！"北海事见七十一回。繇却淡淡的相答道："我亦知汝忠勇，可惜少未更事；既来助我，可为侦察敌情，待破敌后，迁擢未迟！"不识英雄，怎能破敌？慈失望而出。或谓慈英武过人，不妨使为大将，繇摇首道："我若重用子义，子义即太史慈字。许子将能无笑我么？"子将即许劭，善操月旦评事，见前文。待至策军已经近城，驻营神亭，慈只率骑卒二人，前往侦探，突与孙策相遇，将慈阻住。策有从骑十三人，就是韩当、黄盖诸宿将。慈本未识策，但看他青年威武，料知不是常人，便喝问道："谁为孙策？"策见慈独饶胆量，也觉称奇，即应声道："只我便是！"好汉识好汉。慈又说道："人人皆怕汝孙郎，我太史慈独不怕汝！可能与我交战百合否？"策笑答道："要战就战，我岂怕汝？且愿与汝独身自斗，免得说我恃多欺寡哩！"说着，即令韩当等退后，自己纵马向前，与太史慈大战数十合，不分胜负。慈喝采道："好孙郎，名不虚传。"一面说，一面拍马便走。策怎肯舍慈，且追且呼道："休得用诈败计诱我，我总要擒汝方回！"慈尽管前走，策尽管后追，彼此跑了数里，慈忽兜回马头，与策再战。大约又是数十合，策觑隙刺慈，慈眼明手快，纵辔一跃，槊中马首，马忍痛一俯，慈亦把头一低，背上短戟，被策掣去。策正在得意，不防慈又复跃起，竟将策兜鍪取去。两人正在相持，韩当等已经赶到，刘繇亦遣将觅慈，又复混战。俄而两下俱有大军驰至，天色垂暮，始各鸣金收军。太史慈还见刘繇，繇反责他轻战启衅，禁令再出。不但慈灰心懈体，连他将也觉不平，于是人人生贰，不愿替繇尽力，终致城池失守。繇奔丹徒，太史慈亦西走泾县。

曲阿遂由孙策占住，入城安民，秋毫无犯。又檄告诸县，凡刘繇、笮融等部曲来降，不究既往，人民愿来从军，一门得免徭役，否亦听令自便。才阅旬日，趋附甚众，约得现兵二万余人，马千余匹，威震江东。策遣吏迎接家眷，还居曲阿，自引兵出徇会稽。吴景欲先平吴中群盗，然后南下。策慨然道："吴中盗贼，只有严白虎最强，但素无大志，容易成擒；一俟会稽平定，还扫鼠辈，好似拉朽摧枯，值得什么费力呢？"遂引众渡浙江，进取会稽。会稽太守王朗，意欲出拒。功曹虞翻，谓策起兵东来，无人敢当，不如暂避为是。朗未肯听从，发兵拒敌，一再败衄，索性弃城夜遁，浮海至东冶。策又从后大破朗军，朗乃请降。策遂自领会稽太守，仍用虞翻为功曹，待以客礼，唯王朗不得复职，留居幕下。再引兵还讨严白虎，白虎料不能敌策，坚守勿出，且使弟舆至策营请和。策闻舆有勇名，意欲面试短长，乃延舆入帐，与谈和约，且待以酒肴；酒至半酣，策故作醉状，拔剑砍席，舆吓得一跳，耸身欲走，策笑语道："闻君矫健异常，聊以戏君，非有他意！"舆答说道："白刃当前，不得不尔。"**实自献丑。**策不待说毕，便取过手戟，向舆掷去，应手刺倒，当即鸣鼓进兵。白虎所恃唯弟，弟舆一死，如失左右臂，勉强开营搦战，哪里敌得过策军？遂北走余杭，终至窜死。**虎遇狮儿，不死何为？**策乃使吴景为丹阳太守，孙贲为豫章太守，朱治为吴郡太守；礼聘广陵人张纮、彭城人张昭等为参谋，居然与袁术抗衡，不复再承术命。术闻报大愤，便欲兴兵攻策。部将纪灵、桥蕤等入帐劝阻，谓宜先取徐州，后伐江东。术问取徐方法。纪灵答道："吕布、刘备，同在徐州，必为大患；今仍须履行前计，使吕布攻杀刘备，自翦羽翼，那时一鼓掩击，便可稳取徐州。"术乃依议，再派使人往说吕布，提及婚议，且谓刘备在小沛城，招军买马，如何不防？布着人探听，果闻备集兵万余人，遂率兵往围小沛。备自知难敌，索性带领家小，与关羽、张飞两人，杀出重围，竟奔许都，投依曹操。操方礼贤下士，笼络人心，一闻刘备来奔，便即迎入，待若上宾。备具述吕布逼迫情形，操慰语道："布本无信义，徒恃勇力；将来当助君擒布，尽请纾忧。"备起座称谢。操复置酒宴备，至晚方罢，送备出居客馆。程昱进言道："备亦一当世英雄，志不在小，今不早图，必为后患。"操默然不答。待昱退出，适值郭嘉入见，操即与述昱言。嘉接口道："昱所见未尝不是，但明公提剑起义，为百姓除暴，推诚仗信，招罗豪健，犹恐未逮。今备有英名，穷蹙来归，若遽行加害，是使智士各启危疑，别图择主，试问公将与何人共定天下呢？"**也是备不该死，故有郭嘉相救。**操喜答道："卿言正合我心。"翌日即举备为豫州牧，拨兵数千人助备，令至沛城就任，东击吕布。备即日辞行，挈眷引兵，出赴沛城。

　　操还想亲出接应，与备共灭吕布，忽由南阳传来军报，乃是张济南攻穰城，中箭身死。从子绣代领遗众，屯兵宛城，用贾诩为谋士，连结刘表，意图犯阙。操大怒道："幺么小丑，也想跳梁，我当先除此竖，然后讨布便了！遂大兴兵马，亲督诸将，出讨张绣。绣闻操督军自至，颇有惧色，即与贾诩商议；诩亦谓操兵方强，挟主令众，未易抵敌，不如遣使求和。绣乃令诩至操营通款，诩夙长应对，见了曹操，不过三言两语，便使曹操倾心。操欲留诩为辅，便与语道："卿尝为尚书，迁拜宣义将军，今何不随我入朝？我当表卿复任。"诩答说道："自从御驾东迁，诩即缴还印绶，西走华阴，转投南阳。今得张绣厚待，不忍遽弃，蒙公厚惠，愿以他日为期。"隐伏下文。操允从和议，送诩出帐，殷勤嘱别。诩还报张绣，绣即亲至操营，当面投诚，操自无异言，温语遣归。唯一时未曾退兵，尚在宛城驻扎。一日挈着长子昂，与从子安民，跨马出营，游览形势。遥见一轻车徐徐过来，中坐淡妆妇人，缟衣素袂，飘飘若仙，再瞧那一副芳容，红白相间，真个是桃腮杏靥，秀色可餐。操生平本来好色，弱冠前已娶妻丁氏，纳妾刘氏；嗣见娼家女卞氏有姿，复购作媵姬，大加宠爱，携入洛都。董卓为乱，操避难东行，不及挈回卞氏，洛中讹传操死，或劝卞氏图欢，卞氏不从，誓以死殉。莫谓娼女无节。乱事少定，卞氏得出都归操，操敬爱有加。及见了宛城少妇，比卞氏更增妩媚，禁不住色眩神迷，最厉害的是少妇秋波，也把操瞬了又瞬，更觉得脉脉含情，勾魂动魄。少顷间车行已过，操犹用目注送，看她入城自去，才回营中，心下未肯舍割，密使从子安民，探听该妇下落。安民去了半日，当即返报。原来是张绣叔母，张济继妻，操喟然叹惜，拟作罢论。偏安民逢迎操意，谓济死已久，寡妇何妨取来，谅绣亦无可如何。说得操怦怦心动，待至日光垂暮，令安民带着数十骑士，往取该妇。全是为色所迷，遂致不顾利害。好容易将该妇取到，引入后帐，拜倒操前，操起座相扶，挽住该妇玉腕，该妇全然不避，一任操牵引柔荑，低首无语；及操问明名姓，果系济妻邹氏。当下在帐后开筵，与邹氏相坐欢饮，灯光旁映，四目相窥。男有情，女有意，不由的痴心惓惓，软语喁喁。到了酒阑灯炧，看撤席空，一对宿世冤家，居然就军营中，作了洞房，相偎相抱，并枕同衾，彻夜的凤倒鸾颠，几不知东方既白了！小子有诗咏道：

　　女色原为肇祸媒，倾城倾国不胜哀；

谁知一代奸雄魄，也被孀姝勾引来。

露水情缘，欢娱无限。当有人报知张绣，绣不禁大怒，欲与操拚命，究竟如何争闹，待至下回说明。

孙伯符以童稚之年，即能结交名士，奋志功名，其锐气之特达，原不在乃父下。及乞师进取，攻略江东，袁术非不加忌，卒之纵虎出柙，俾得横行。或谓术不先害策，酿成尾大不掉之弊，吾意以为策非负术，实术之不能用策，有以致之也。曹操为乱世奸雄，乘机逐鹿，智略过人。袁绍、袁术诸徒，皆不足与操比，遑论一张绣乎？乃宛城既下，遽为一孀妇所迷，流连忘返，几至身死绣手，坐隳前功。董卓之死也，衅由妇人；操之不死于妇人之手，盖亦仅耳！谚云："色上有刀。"诚哉是言！

# 第九回

## 策十胜郭嘉申议
## 劝再进贾诩善谋

　　却说张绣既降曹操，闻得操奸占叔母，不由的怒气上冲，便与贾诩密议，谋袭操营。操为色所迷，日夕与邹氏取乐，竟至忘归；唯邹氏自觉情虚，只恐为绣所闻，前来干涉，因此喜中带忧，劝操加防。操笑说道："我有大将典韦，守卫营门，就使千军万马，也所不惧；况我非长久居此，过了三五日，就要动身，卿随我回去，安享荣华便了！"何不速行？话虽如此，但亦隐有戒心，探得绣麾下健士，首推胡车儿，特使左右暗地结交，馈赠巨金，叫他乘间刺绣；不意车儿受金以后，反向绣报知。绣迫不及待，就在夜间号召将士，往攻操营。操令典韦夜守营门，总道是一夫当关，万夫莫入，将与邹氏安心作乐，别无他忧。黄昏已过，重效于飞，殢雨尤云，倍觉缱绻；渐觉得神情疲倦，魂梦迷离，竟呼呼的睡熟了！典韦虽奉令守门，因见夜静更深，也已解甲就寝。蓦听得一声呐喊，急忙跃起，驰至门首，已是光火四彻，有无数人马刀械，杀入营门。韦即挺身出阻，仗着双戟，挡住许多兵器，还有余隙可刺敌兵，戮倒了数十人。敌众不敢前进，却从旁栅攻入，累得韦不及兼顾，狂呼乱跳，回旋阻拦；随身尚有十数壮丁，亦皆拚死角斗，以一当十。偏敌人愈来愈多，又用长矛攒刺，几与芦苇相似。韦身无片甲，上下被数十创，兀自死战，一战辄摧数矛，两战辄摧数十矛，待至戟已残缺，不堪复用。左右又死伤殆尽，敌众得环近韦身，四面攻击，韦索性掷去双戟，徒手搏人，提起两个敌卒，代作双戟，抵御敌军，又打倒了八九人，敌复退却；再掣出短刀，向前乱劈，砍下好几十个头颅。身上受伤益重，不能复支，乃大吼一声，血流如注，倒地而亡。敌军尚不敢近，及见韦全然不动，方上前枭取首级，捣入后营。此时的曹操，早已惊醒，与邹氏一同起床，慌忙从营后跨马，逃了出去。长子曹昂，与从子曹安民，也飞马赶上，保护曹操。至敌兵搜寻帐后，只有一张合欢床，并不见曹操踪迹，料他由营后逃走，遂并力追赶。驰至清水河边，遥见前面有数人急奔，定是曹操无疑；当下用弓搭箭，接连射去，曹安民中箭先亡，曹操马亦受伤，不能再驰。还是曹昂让马与操，操得跃马渡河，好好的一个爱子，一个情妇，抛弃对岸，从此死别，不复相见了！不肯与情妇同死，终嫌薄幸！看官阅此，恐不免惹起疑团：曹操引军至宛，想总有几万人马，为何张绣劫营，独有一典韦守着，他将并未往援呢？原来操得邹氏，昼夜宣淫，也防军中异议，特遣各将巡视他处，慰谕旁县；就使尚有余兵，亦令散驻宛下，未尝相聚，只留着亲子亲侄，与猛将典韦，带领亲兵千人，守住本营。到了张绣掩袭，营兵从睡梦中惊起，俱已骇走，所以无人抵敌。单有典韦挡住营门，死战多时，终至送脱性命。但当日若无典韦，曹操万难逃脱，恐早与邹氏同入冥途了。闲话休表。

　　且说曹操渡过清水，方由诸将闻风驰至，护操还都。行至舞阴，才闻典韦丧生，不禁流涕。便募间谍往觅遗骸，幸得取回，厚加棺殓，亲自祭奠，恸哭一场，乃派吏送丧，归葬襄邑；授韦子满为郎中，自引军驰回许都，再拟整顿兵马，攻绣复仇。忽闻袁术在寿春僭号，置六宫，设百官，祠南北郊，自称仲氏。操不禁微哂道："此子也配做皇帝么？"乐得揶揄。道言未绝，又由军吏呈上一书，当即启视。署名系是大将军冀州牧袁绍，语多傲慢。顿时触动操怒，把书藏下，默不一言。左右见操有愠色，未敢进问。约莫有两三天，尚觉操心神未定，坐立不安。侍中钟繇，私问同僚荀彧道："曹公近日似患心疾，莫非为了征宛失利么？"彧摇首道："胜败乃兵家常事，曹公决不为此；近日必有他虑，待我往询，自见分晓！"说罢，即别繇谒操。操不待彧言，便出袁绍书示彧。心心相印，不劳问答。俟彧阅毕，便与语道："我欲往讨不义，恐兵力未敌，如何是好？"彧欲作答，巧值祭酒郭嘉进来，抢先接入道："古今成败，但视智愚，不在强弱。刘、项存亡，公所深知。今绍有十败，公有十胜，绍虽称强，何足深虑？绍繁礼多仪，公纯任自然，便是道胜；绍以逆动，公以顺取，便是义胜；绍失之过宽，公能济以猛，便是智胜；绍用人多疑，专任私人，公立贤有方，不问远近，便是度胜；绍多谋少决，坐失机宜，公能断大事，应变无穷，便是谋胜；绍高谈揖让，徒务虚名，公至诚待人，实事求是，便是德胜；绍见人饥寒，非不知恤，但往往顾近略远，公与绍相反，近事或有所忽，远虑却无不周，便是仁胜；绍大臣争权，谗言惑乱，公御下以道，浸润不行，便是明胜；绍不识是非，赏罚失当，公洞察贤否，黜陟咸宜，便是文胜；绍自大好夸，未知兵要，公以少克众，用兵如神，便是武胜。据此看来，胜负已分，怕他什么？"操闻言喜慰道："如卿所言，绍必败，孤必胜，但孤方自愧无德，何足当此？"老奸巨猾。嘉又说道："明公不必过谦，唯徐州吕布，实心腹大患。今绍方与公孙瓒相持，我当乘他远出，东取吕布。否则我欲攻绍，布必袭我，为害正不浅哩！"或亦接说道："吕布未除，河北亦必难图。"操皱眉道："我所虑尚不止此！倘绍更侵扰关中，西略羌胡，南诱蜀汉，是彼势益强，我势益弱。区区兖豫，还能保守得住么？"有此心事，怪不得坐立不安。或答说道："关中将帅，唯马腾、韩遂最强，今若抚以恩德，与彼连和，虽未能长久相安，目前总可无虑！或知侍中钟繇，夙具智略，若托付西事，定能弭兵，公可免西顾忧了！"操点头道："此议甚善。"当即令左右缮表，荐举钟繇为司隶校尉，持节出督关中诸军。献帝唯言是从。即遣繇往镇长安，繇贻书腾、遂，为陈祸福；腾遂俱遣子入侍，誓无贰心。操得安心东略，拟出兵先攻吕布。

嗣闻布与袁术结亲，又恐术为布援，未易攻下，乃改用反间计，特使奉车都尉王则，赍奉诏书，往拜吕布为左将军。且由操备书与布，令王则一同带去。王则尚未至徐州，袁术已遣使韩胤，向布求婚。布当即应允，连夜备办妆奁，送女前往。韩胤自然偕行。布既遣女出嫁，入廨休息，忽由沛相陈珪，扶病求见。布不知何因，延入与语，珪开口道："袁术叛汉称帝，将军奈何与彼和亲？"布瞿然道："这……这也何妨？"珪申说道："孙策借兵袁术，得取江东，今尚不肯帝袁，抗词拒绝。策拒袁术借口叙明。试想骄侈如术，可成得大事么？况曹公方奉迎天子，翊赞国政，一旦奉诏讨逆，海内响应，术必灭亡！将军与彼结婚，显系从逆，能勿因此及祸么？"数语已足吓布。布不禁变色，俯首沉吟。珪复说道："为将军计，最好是通使朝廷，协同曹公；既足保名，复足安身，比诸与术结婚，祸福利害，相差甚远哩！"布蹙额道："我女已去，怎得复回？"珪急答道："去尚未久，尽可追还！"布听了此语，立遣轻骑往追。才阅半日，已得将女追回，并拘住韩胤，监禁狱中。珪复劝布解胤入许，即举子陈登为使。*原来就是登父，可谓举不避亲。*布尚在踌躇，可巧朝使王则到来，开读诏书，赍给左将军印绶，布欣然拜受。则又出操私书，交布展阅，内容多敬慕语，喜得布手舞足蹈，厚待王则，优礼饯归，并遣陈登持了谢表，随则入都。临行时与登密谈，要他代白曹操，荐为徐州牧；登谓宜解胤入都，自得所望，布亦乐允，就将胤推入槛车，令登带去。登至许都，呈入谢表，谒见曹操，操闻韩胤一并解到，立命处斩。*真是枉死。*登因白操道："吕布有勇无谋，轻于去就，明公宜早图为是！"操喜答道："我素知布狼子野心，不宜久养，卿父子善察情伪，幸为我从中代谋。"登应声如命。操即表增珪秩为二千石，登为广陵太守；且留登数日，方许告归。尚握登手叮咛道："东方事尽行付卿，卿勿相忘！"登喏喏受教，驰回徐州，报知吕布，具述父子邀恩，独不及徐州牧事。布不觉怒起，拔剑斫几道："汝父劝我协同曹操，绝婚公路，今我所求不得，汝父子乃得叨显贵，是明明为汝父子所卖，还敢回来见我么？"*始终不脱孩儿气，怎得成事？*登夷然自若，从容答说道："登见曹公，原为将军进言，谓养将军譬如养虎，当令食肉得饱，不饱且将噬人；曹公独批驳登言，比将军如养鹰，饥可为用，饱即扬去，所以未肯实授州牧。将军自思，究竟何如？"布转怒为笑道："曹操竟视我为鹰么？"一语甫毕，当有探卒入报道："袁术遣大将张勋、桥蕤，与韩暹、杨奉连兵，步骑数万，分作七道，来攻徐州了！"布大惊道："我兵不逾万，马不满千，如何敌得住袁术？"说着，复瞋目视登道："都是汝父教我绝婚，惹出此祸，汝速去叫父前来，为我敌术；如不能敌，休想活命！"登大笑道："将军为何这般懦弱？登看袁术七军，好似七堆腐草，立可扫平。"*是谓元龙豪气。*说到此语，那陈珪已经趋至，复由布问及御敌方法。珪即说道："珪正为此事前来，今袁术虽起七军，势同乌合，韩暹、杨奉，未必果为术用。但教将军作书相招，定可倒戈，若术果亲至，保为将军擒术哩！"布乃说道："作书通使，仍须烦卿父子，幸勿推辞。"珪答说道："我子登一人能为，毋烦老朽。"说罢即去。登即为布缮就书牍，当先交布阅过，大略说是：

二将军拔大驾来东，有元功于国，当书勋竹帛，万世不朽。今袁术造逆，当然诛讨，奈何与贼联兵攻布？布有杀董卓之功，与二将军俱为功臣，可因今共击破术，建功于天下，此时不可失也！

　　布览毕大喜，便遣登持书前去。过了数日，登趋回报布道："韩暹、杨奉，愿为内应，专候将军进兵，会同击术，不致有误！"布因即起兵，带同张辽、高顺、陈宫、臧霸等一班将吏，出城迎敌。行至数十里外，与术将张勋相遇，勋未敢交锋，闭营自守，静待各军接应。布即压营结垒，相去仅数百步。俄而喊声大起，韩暹、杨奉两军杀到，勋望见两路旗帜，总道他前来相助，当即开营出战，不意暹与奉反招呼吕布，三面夹击，杀得张勋叫苦连天，慌忙引兵奔还。逃至汝滨，士卒堕水溺死，不可胜计。布与暹、奉二军，乘胜南下，直指寿春，水陆并进，沿途大掠。行抵钟离，见有重兵把守，乃投书讥术，还渡淮北。术接得败报，方率健卒五千，亲至淮上，与布等隔水相望。布令部兵辱骂一场，班师径归。韩暹、杨奉欲与布同至徐州，布将所掠财物，分赠二人，令他留屯徐、扬交界，防御袁术。二人乃依言分驻，免不得纵兵四出，劫掠平民。豫州牧刘备，方在沛城，闻得暹奉为殃，诱令入宴，阴嘱关羽、张飞，突至席间，把他两人杀死。余众闻变骇散，民得少安。当时与暹、奉挟帝东行，尚有胡才、李乐，留屯河东，乐自病死，才被怨家所害。就是李、郭、张、樊四将，同时作乱，樊稠为李傕所杀，张济战死穰城，郭汜入居郿坞，也由部将伍习刺死，但剩得李傕一人，收拾残众，混迹关西。宁辑将军段煨，奉诏往讨，阵斩李傕，诛及三族。可见天道昭彰，无恶不报，人生何苦作奸行暴，累得身家绝灭，宗族凌夷呢？当头棒喝。

　　唯曹操得知袁术败耗，方拟东图吕布，忽又接到陈国警信，乃是陈王刘宠，明帝子敬王羡的曾孙。与陈相骆俊，俱为刺客所伤，相继殒命。这刺客系由袁术差遣，术向陈乞粮不获，故有此举。操想术如此不道，乐得声罪致讨，先灭淮南，再攻徐州。乃表请东征，即日检阅三军，亲出讨术。术闻操大举东来，弃军急走，但留部将桥蕤、李丰、梁纲、乐就等，居守蕲阳。操引众围城，一鼓突入，把桥蕤等尽行擒斩，再追术至淮上，术渡淮窜去，操乃还师。途次遇一壮士许褚，挈众来归，自称沛国谯人，与操同籍。操见他身逾八尺，腰大十围，容貌壮伟，气象粗豪，料他必有勇力，便问他所长何技？许褚答道："生平无他技能，但力能任重，足举百钧。从前汝南多贼，褚尝倒曳牛尾，行百余步，才得将贼吓退，故乡族党赖褚保全。闻明公礼罗豪俊，故挈众归诚，投效麾下。"操尚恐他所言未实，令他曳牛试技，果如所言，乃喜抚褚背道："卿真可为我樊哙哩！"又想做汉沛公了。当下面授褚为都尉，引入宿卫，就是与褚同来的武夫，亦因他各具膂力，仍令归褚管辖，号为虎士。自从典韦死后，得褚为继，也算是无独有偶，视亡若存，操复得高枕无忧了！可惜邹氏不能复生。及行抵叶县，闻得张绣结合刘表，谋袭许都，操便令许褚为先锋，移军至宛，就在清水旁追祭亡将，哭至失声。将吏都上前劝慰，操流涕道："他将尚可起置，唯典韦在此捐躯，令我余哀未忘哩！"还有一位邹夫人更觉可哀。正唏嘘间，探马报刘表将邓济，进据湖阳，为绣声援。操即下令将士，速击湖阳。许褚奉令先行，操亦继进。将至湖阳城下，许褚已擒济还报，操录褚为首功，将济斩首。湖阳城不攻自降，再分兵略舞阴，也即攻下。乃进围穰城，穰城由张绣亲守，见操军声势甚盛，不敢出战，唯飞使向刘表求援。表遣兵救绣，截操后路。操正拟分兵抵御，突接许都来函，系由侍中荀彧所发，内称袁绍有袭许意，不如速归，但归途务请小心。操复彧书道："刘表屯兵安众，断我归路，我若一退，绣追我后，表扼我前，原是危道。我已定有良策，一到安众，必能破绣，愿君勿忧！"此书既发，立即撤围西归。到了安众地界，果然后有追兵，前有阻卒，操却令军士凿夜凿险，作伪遁状，暗中用部兵分伏两旁，自率骑士待着。绣、表两军，联合入险，为尾追计，不防伏兵突发，左右夹攻；再加操纵骑迎击，大败联合军，伤亡无数，余众遁还。先是绣欲追操，贾诩曾预为谏阻，绣不肯从，果致败回，绣始悔不用诩言。诩却劝绣道："今可再往追操，必获大胜。"绣颓然道："我军已败，奈何复追？"诩答说道："兵有变通，此番往追，如若不胜，诩甘坐罪！"绣乃收集散卒，亲自追去。操兵果不敢回战，尽将辎重抛弃，仓皇遁去；绣尚驱众追赶，突有一彪人马，前来截住，为首将弁，大呼："李通在此，休得逞威！"绣见有援军，方才退回。李通也即还军，送操入许。

通系江夏人氏，表字文达，以勇侠得名。建安初，归依曹操，操令他为中郎将，出屯汝南西境。及闻操出攻张绣，正引兵来会大军，凑巧操军退归，为绣所追，便从刺斜里突出，截住绣兵，操方得全师入都。通得超拜裨将军，封建功侯。唯张绣夺得许多辎重，还至穰城，由贾诩郊迎贺捷。绣笑问道："前用精兵追退军，公云必败；后用败卒追胜兵，公谓必胜。今果尽如公言，究竟从何料着？"诩答说道："这也是容易知晓，将军虽善用兵，究非操敌。操未尝败衄，急急退兵，必因许都有事，所以驰回。他防我军追击，定使劲兵断后，严堵我军，故诩知我军必败。及操已得胜，总道我军不至复追，安心回去；将军掩他不备，追杀过去，就使不能擒操，败操自有余了！故诩知我军必胜。"一经道破，人人易知。绣乃省悟，很加佩服。荆州兵仍然还镇，毋庸细表。

且说曹操既归许都，使人探视袁绍行踪，未曾出发，才觉放心。忽由沛地驰到急足，呈上要书，乃是刘备为吕布所攻，飞乞援师。操问明来使，方知吕布复通好袁术，进攻刘备，当下遣夏侯惇领兵数千，往援沛城。原来备与布失和后，互生嫌怨，彼此相图。布在徐州，使人诣河内买马，运至中途，被备略夺了去。布当然动愤，立遣部将高顺、张辽等，率兵攻沛。备自恐不支，因向许都求救。惇行至沛城，尚未安营，不防高顺部下，有锐骑七百余人，叫做陷阵军，所向无前，乘隙攻惇。惇慌忙接战，不到数合，已被高顺踏破行阵，部兵四散，急得惇脚忙手乱。正拟拍马返奔，左目上突然中箭，鲜血直流，一时忍痛不住，险些儿堕落马下，幸亏亲兵拥护出险，始得逃生。那高顺既击走夏侯惇，又还攻沛城，适值刘备带着关、张出城，接应夏侯惇。谁知惇已败退，正与高顺相遇，只好迎战，偏张辽袭备背后，竟将关、张二人冲散，单剩得刘备一军，寥寥无几，如何支持？且前后俱无去路，不得已骤马斜奔，窜往梁地。沛城里面只有孙乾、糜竺等，几个文人，哪里还能固守？眼见得全城被陷，署舍一空，好好两位甘、糜二夫人，束手遭囚，由高顺派兵监押，送往徐州去了。前只甘氏被掳，此次又添一糜氏，为英雄妇却亦甚难。小子有诗叹道：

不经险难不艰贞，多少英雄血铸成；
只是娉婷双弱质，迭遭兵祸可怜生。

欲知刘备后事，且至下回再详。

曹操之所虑者，唯一袁绍；然献帝播迁，绍不先迎驾，反让操之挟主争雄，其无能为可知矣！十胜十败之说，原多谀语。而操之必胜，绍之必败，自在意中，虽非郭嘉、荀彧，犹能料及，即操亦何尝不自知之明？其所以徘徊瞻顾者，恐张绣、刘表之掎其左，吕布、袁术之掣其右也。攻张绣攻袁术，再攻吕布，看似闲着，实是要算。

诸子得除，然后可专力河北，锐攻袁绍。诸葛公谓曹操用兵，仿佛孙吴，固有见而云然尔。然一攻绣而濒死宛城，再攻绣而几厄贾诩。以操之智，且不免百密一疏，为敌所乘，彼吕布辈何足道焉！

# 第十回

## 愎谏招尤吕布殒命
## 推诚待士孙策知人

　　却说刘备奔至梁地，仓皇穷蹙，几无所归；忽见前面来了无数人马，张着曹字旗号，飘飘前来。备暗想道："莫非曹操自来救我吗？"及军已行近，走马过问，果由曹操亲来讨布。备即自述姓名，叫曹兵引往见操。操与备相晤，便亲握备手道："孤督兵来迟，致令玄德受惊，幸勿见怪！"*权术可爱。*备拜谢盛情，且言败状。操复说道："我接夏侯惇败报，方知吕布势盛，沛城难免失守，所以督兵亲来；但吕布是一无谋匹夫，必为我败，玄德放心，看我指日擒布。"*说得到，做得到。*说着，遂与备并辔齐进，直指彭城。时夏侯惇伤目未瘥，已由操召回许都，令他调养。唯余兵在途中接着，仍然随操东行。既至彭城，守将侯谐，不顾好歹，竟敢开城出战。操将许褚，上前接斗，约有数合，便将侯谐活捉了来。彭城无主，自然被陷，操令将彭城兵民，一体屠戮；*何亦残虐至此？*再引军进攻下邳。广陵太守陈登，挈众迎操，为操先驱，浩浩荡荡，杀到下邳城下。布亲出交锋，战辄失利，乃回保城中，不敢再出。操军四面设栅，昼夜围攻。关羽、张飞，也收合残兵，来会刘备，与操军并力攻城。布登城督守，俯视操兵如蚁，不免惊心。可巧有一箭飞上，箭镞中贯着一书，由军吏取视吕布。布拆开细阅，系是操劝己投降，不失侯封。布执书下城，商诸陈宫，意欲出降。宫因前时背操迎布，恐无生路，乃极力劝阻，且为布定策道："操军远来，势难久持，将军可率步骑出屯城外，宫率余众闭守城内。操若攻将军，宫即出攻操背；若转来攻城，将军即引兵回救，互相呼应，作为掎角。不出旬日，操兵粮尽，自然退去。那时好并力追击，无虑不胜了！"*未始非计。高顺亦接说道："公台所言甚善！*宫字公台。*将军出屯，非但可作为掎角，并可截操粮道；操若乏粮，不走何待？"说得布易惧为喜，即令高顺助宫守城，自己收拾戎装，即拟出城立营。到了晚间，入语妻妾，妻严氏劝阻道："宫与顺素不相和，若将军一出，两人岂肯同心守城？倘有差失，将军如何自立？且曹氏尝厚待公台，不啻骨肉，公台尚舍彼归我；今将军待遇公台，未必出曹氏右，乃欲委全城，托妻子，孤军远出，一旦有变，妾岂得复为将军妻么？"*妇人从一而终，难道吕布有失，便好作他人妇？*布听了妻言，又觉沉吟。严氏复流泪道："妾前在长安，已为将军所弃，亏得庞舒匿护妾身，才幸与将军再聚；不料今日又欲弃妾，妾始终难免一死，尽听将军自便，毋以妾为念！"*补述前事，意在反跌，比上文还要厉害！*布怎忍割舍，只好用言温存，决不他去，一面使属吏许汜、王楷，缒城夜出，悄悄的混过敌垒，至袁术处乞援。术怒问道："布不与我女，反将我使人致死，理当失败。我且欲向他问罪，他还想我往救么？"汜、楷齐声道："这为曹操反间计所误，今已知悔，故向明上求援！*术已僭号，故呼为明上。*明上若不援布，与自败何异？布为操破，明上恐亦不免了！"术面色渐平，乃与语道："布既自知前误，可送女前来，我当遣兵救他便了！"汜与楷不便再言，只好返报吕布。布情急无奈，不得不将女遣嫁。但城外满布敌兵，如何送去？想了又想，得了一计，俟至夜半，用绵缠住女身，背负上马，提戟出城。*好一条送亲方法，但严氏不肯令布出城，此时何故漫许？*才行数十步，已被曹军察觉，上前截住。布挺戟当先，后面又有张辽等将，跟杀上去，倒也冲破了好几重。怎奈操军变计，不用兵刃接斗，但用弓矢攒射，飞矢雨集，无缝可钻。布虽多力，究竟没有避箭方法，且恐爱女中箭，无益有损，没奈何退入城中。

河内太守张杨，素与布善，闻布为操所围，出兵东市，遥为声援。不意部将杨丑，谋叛张杨，竟将杨刺死，拟传首送操。他将睦固，替杨复仇，复纠众杀毙杨丑，北通袁绍，屯驻射犬，终未敢东出援布。布只得振作精神，与陈宫等拼死拒守。约莫过了月余，操攻城不下，也有归志。荀攸、郭嘉入谏道："吕布屡败，锐气已挫，陈宫虽智，性多迟疑；今布气未复，宫谋未定，乘此急攻，自可擒布，奈何无故退兵呢？"操拈须说道："顿兵城下，积久必疲，奈何？"郭嘉道："可决沂、泗两河，灌入城中。"操欣然道："此计甚善，应即照行。"说着，即分拨将士，令他决水灌城，不到一日，城内外变作水乡，滔滔不绝。操军尽徙居高阜，坐待内变。布日夕守城，幸尚不致疏忽，至城被水淹，禁不住惶急起来。登城四望，遍地汪洋，当然愁眉双锁，露出惧容。操军在高阜瞧着，且笑且呼道："吕布何不速降！"布答语道："卿曹幸毋困我，我便当自首明公。"陈宫在侧，独怒目视布道："逆贼曹操，怎得称为明公？今若出降，如卵投石，尚能自全么？"布无奈下城，与妻妾饮酒解闷。过了翌晨，揽镜自照，形容已消瘦许多，不由的失惊道："我瘦损至此，想是为酒所误，此后应严禁为是。"遂下令城中，不得酿酒。自己戒酒，却禁别人酿酒，一何可笑。会有部将侯成，失去名马数匹，连忙查究，幸得取回，诸将向侯成道贺，各馈酒肉。侯成恐有违军令，先将酒肉分献与布。布大怒道："我方禁酒，汝等偏酿酒入献，藐我太甚！无非欲谋我不成？"一面说，一面令将成处斩。还是他将宋宪、魏续等，代为跪求，方许贷死，尚命杖责数十下。侯成惭愤交并，潜与宋宪、魏续密谋，待至夜间，竟率众为乱，突把陈宫、高顺拘住，开城出降。吕布闻变，慌忙趋登白门楼。待至天色熹微，楼下已遍集操军，剑戟声与哗噪声，杂作一团。布自觉势穷，见左右尚有数人，便顾语道："汝等从我无益，不如取我首级，往献曹操，尚可邀功。"左右不忍杀布，却劝布下楼降操，或可保全身家。布急得没法，依议下楼。操军见了，都七手八脚，来捉吕布。布已经求降，不便动手，只好由他绑缚。军士尚恐吕布力大，格外缚紧，牵送至曹操座前。操已引军入城，泄去水势，升帐高坐，诸将侍立两旁。布被军士牵入，望见曹操，便大呼道："布被缚太急，请赐从宽。"操笑语道："缚虎不得不急。"布复说道："明公所患，当莫如布；布今已心服了，天下不足忧，公为大将，布为公副，何事不能成功哩！"操素知布勇，意欲收用，免不得心下踌躇；凑巧刘备进来，即欠身延坐。布复顾备道："玄德公！汝为座上客，布为阶下囚，何不代布一言，从宽发落？"大丈夫视死如归，何必向人乞怜？备闻言微笑。操语备道："公意如何？"备且笑且答道："公不见丁原、董卓事么？"一语已足。操不禁点首。布戟手指备道："大耳儿最无信义，令人可恨！"汝亦知有信义否？忽有一人入呼道："要死就死！何必多言？"布见是高顺，徒呼负负。原来高顺屡次谏布，布不肯听，因此及难。操亦知顺忠勇，劝顺投降。顺复大呼道："宁死不降！"

倒是烈士。布又见高顺左右，站着宋宪、魏续两人，复指语曹操道："布待诸将不薄，若辈叛布负德，明公何不加诛？"操驳说道："闻君听妻妾言，违诸将计，怎得称为不薄呢？"布默然不答。悔已迟了。操即命将布、顺牵出，一同缢死，然后枭首。及陈宫推至，操与语道："公台！卿尝自谓智计有余，今果如何？"宫叹恨道："吕布不从宫言，所以致此；若肯从我计，何至成擒！"操又说道："今日当如何处置？"宫大声道："为臣不忠，为子不孝，应该受死！"双关语。操又道："卿不惜死，可记得老母否？"宫慨然道："宫闻以孝治天下，不害他人父母；宫母存亡，听诸公命。"操又问宫妻子如何？宫复答道："圣王施仁，罪不及孥，妻子存否，亦唯公命？"说罢，即欲趋出。操问宫何往？宫毅然道："出去就死，尚有何言？"操不禁起座，流涕相送。猫哭老鼠，假慈悲。至宫受戮后，操使人抚恤宫母妻子，不使失所；就是吕布妻小，亦载回许都，免令连坐。不知貂蝉曾否在内？布将张辽、臧霸皆降，前尚书令陈纪子群，在布军中，亦为操所录用；还有吴敦、尹礼、孙观等，并命臧霸招致，各授官职，令守青、徐沿海诸境。刘备妻妾甘、糜二夫人，幸尚无恙，复得重会，悲喜兼并。独操邀备回许，只留将军车胄，居守徐州，权任刺史，加封陈登为伏波将军，仍守广陵；自与备率军西归，饮至犒赏，不消细叙。

且说孙策既略定江东，即与袁术分张一帜，为独立计。至袁术僭号，策致书与术，责他不忠。术大失所望，愁沮成疾，但未肯取消帝制。终致策与术绝交，上表献帝，自陈心迹。曹操称策为猘儿，欲加笼络；特使议郎王辅，赍诏东行，拜策为骑都尉，袭爵乌程侯，领会稽太守，使讨袁术。策受命后，复遣张纮赴许，贡献方物。操又表策为讨逆将军，进封吴侯；留张纮为侍御史，且征还前会稽太守王朗，使为谏议大夫。策已得荣封，声望日隆，江东人士，陆续趋附，得众数万，因令周瑜还镇丹阳。适袁术令从弟胤为丹阳太守，接替周尚后任。尚为瑜从父，既已卸职，便邀瑜同返寿春，瑜不得不从。尚引瑜见术，术看他仪表非凡，欲令为将；瑜独固辞，但自求为居巢长，术未识瑜意，当即依允。瑜即日辞行，到了居巢，闻得临淮人鲁肃，慷慨好施，就率数百人往访，乘便贷粮。实是试肃。肃一见倾心，便指家中储米两囤，分赠与瑜，每囤约三万斛。瑜以为与肃初会，便得他一囤厚赠，益信肃名不虚传，遂握手论交，订为知己，方才告辞。肃别瑜后，忽接袁术使命，令署东城县长，他阳为拜受，潜挈家中老幼，及同志少年百余人，竟诣居巢，就瑜商议。瑜问明来意，即

71

呼肃表字道:"子敬与我同意,我亦知术终无成,故乞得此差,以便东行。"说着,即弃官整装与肃渡江,使肃家留居曲阿旧宅,自偕肃往见孙策。策闻瑜复至,亲出迎瑜。瑜导肃相见,策与谈数语,亦知肃非常人,改容敬礼,且授瑜为建威中郎将,给兵二千人,骑五十匹,使偕肃出屯牛渚营;自领兵往讨丹阳贼帅祖郎,亲与搏战,活擒归营。郎匍伏谢罪,策微笑道:"我前在曲阿,被尔无端掩袭,砍破马鞍,今被我擒来,本应处死;但自念创军立业,不宜记嫌,尔诚能自知前过,我当赦汝!不必惊慌。"郎接连叩头,情愿投诚。策即命释缚,署为门下贼曹。缉贼之官。

　　会闻刘繇旧将太史慈,审居芜湖山中,结众数千人,自称丹阳太守,出略泾县,号召山越,欲与刘繇复仇,策复提兵往讨,连战数次,未能得手;嗣至勇里设伏,诱慈入险,才得将慈执住。策亲与解缚,笑握慈手道:"尚记得神亭时么?若尔时为卿所获,可相害否?"慈亦笑答道:"也未可知。"策大笑道:"今当与君同休戚,幸卿毋嫌!"说着,即携慈入,延令上坐,谘问进取方法。慈谦让道:"破军之将,何足论事?"策婉驳道:"昔韩信得李左车,谘询大计,终得成功;今策欲向卿决疑,愿卿勿辞!"唯能虚心用人,才为英雄。慈乃说道:"刘军新破,士卒离心,若至四散,恐难复聚,愚意欲出抚余众,引为公助,未知公可相信否?"策起谢道:"这正为策所深愿,明日日中,望卿归来。"慈应声即去。诸将进谏道:"太史慈如何纵去?恐明日必不复还。"策摇首道:"子义乃青州名士,素尚信义,决不相欺。"能知人,方能用人。诸将似信非信。到了次日,策预备酒食,立竿候影,影至日中,太史慈果挈众归报。策下座相迎道:"卿真信人,不负策一番赏识呢!"遂命左右搬出酒肴,与共欢饮,至暮方散。越宿即署为门下督,使与祖郎同作前驱,班师还吴。嗣闻刘繇转奔豫章,得病身亡,余众万余人,欲奉豫章太守华歆为主,歆尚未敢受;策即进太史慈为折冲中郎将,遣令前往招安。且语慈道:"刘繇受命朝廷,名正义顺,我非敢与繇相抗,只因我先君遗众数千,尽属袁公路,不得不借此索兵,进据曲阿。我本遣从兄贲往守豫章,终因朝廷简授华子鱼,留贲不遣。子鱼即华歆字,孙贲为豫章太守,由策所授,事见七十五回;至此借策叙明前后,方不至矛盾。公路僭逆,我即与绝交,可见我非真叛汉,不守臣节。今刘繇遽亡,恨我不及与他面辩;今繇子在豫章,未知华子鱼待遇如何,亦未知旧部肯否相依。卿可往宣我意,慰谕该部。该部愿来,便与同来,不愿来亦听彼自便,并看华子鱼能否抚民。一切劳卿裁夺,需兵若干,也由卿自酌罢!"慈答说道:"将军量同桓文,宥慈死罪,慈当尽死报德;今奉命往抚,并非与争,兵不宜多,多兵反使滋疑,数十人便足敷用了!"说罢,即出外治装,隔宿起行。程普等进言道:"慈若出使,必北去不还!"策慨然道:"子义舍我,将依何人?" <sup>知彼知己。</sup> 翌晨为慈送行,亲至昌门饯别,把腕与语道:"何时可还?"慈答称约六十日。两下分手,一出一归,左右尚谓遣慈非计。策作色道:"诸君勿复言,我知子义不轻然诺,行必践言,何至负我?"已而两月届期,慈果回吴,报称华子鱼无他方略,但期自守。策拊掌大笑道:"我亦料子鱼不过如此。"

转眼间已是建安四年,策正拟出兵西略,可巧袁术病死江亭,策扬眉吐气道:"袁皇帝也病死么?" <sup>不意上下数千年,有两个袁皇帝。</sup> 究竟袁术如何病死,当时由策使人探明,小子也正好随笔补叙。自袁术僭号称尊,骄盈益甚,后宫数百,皆服绮罗,餍粱肉,独未肯赡给穷民。故司隶冯方家眷,避乱扬州,有女甚美,为术所羡,就令吏士强取入宫,列作嫔嫱,宠幸无比。后宫诸妇,各相妒忌,竟将冯女扼死,悬诸厕梁。术还道她别怀抑郁,投缳毕志,当即恸哭一场,厚礼丧葬。嗣是悼亡益甚,酿成心疾;又因孙策不肯相助,引为深忧;再加将士屡败,粮食告空,不得已毁去宫室,走向灊山,奔依部将雷薄、陈兰。谁知两将已有贰心,把他拒绝,士卒又沿途离散,害得他忧惶迫切,不知所为,乃遣使至冀州,愿将帝号让与袁绍。绍子谭方为青州刺史,寄书迎术。术改辕北往,道出徐州,偏有大军截住。探明何事,乃是刘备奉曹操令,在此邀击,自知不足敌备,慌忙退还。那后军辎重,已被备军夺去,没奈何欲南归寿春,行至江亭,距寿春尚八十里。时当盛暑,粮饷皆绝,只剩麦屑三十斛,分给随从,供不敷求,自己但食粗粝,不能下咽,欲乞蜜浆止渴,又无所得,不由的大呼道:"袁术袁术!奈何至此?"说到此语,胸前作恶,"哇"的一声,呕出许多狂血,接连不已,竟至斗余,倒毙床上。<sup>一场皇帝梦至此告终。</sup> 妻子等抚尸哭罢,草草棺殓,携榇奔庐江,欲依太守刘勋。前广陵太守徐璆,闻得术有传国玺,纠众还截,迫将玉玺缴出,方准过去。术妻无法,出玺付璆。<sup>一报还一报。</sup> 璆始引众退去,自赴许都献玺,得拜高陵太守。一代国宝,总算是仍还故主,可惜也不能久有了! <sup>为曹氏篡汉伏笔。</sup> 庐江太守刘勋,本为袁术部将,术家来奔,当然收纳,又招集袁术部曲,得数万人,兵势颇盛,苦未足食。事为孙策所闻,正好乘间西略,便召周瑜为中护军,部署兵马,即日起行。瑜献计道:"刘勋新得术众,若与交战,必费兵力;最好是劝他往取上缭。上缭豪民，各自举帅，拥粮甚多，勋必垂涎。待他往取，我借出讨黄祖为名，乘虚掩入，一举可得庐江了！"策闻言大喜，即遣使赍书与勋，加赠珠宝。果然勋利令智昏，出攻上缭，策与瑜倍道进兵，行抵石城，令从兄贲辅两人，率兵八千，往屯彭泽，截勋归路；自偕瑜领兵二万人，往袭皖城。皖城为庐江治所，因勋他出，守兵不多，蓦闻策兵到来，并皆骇散。策得长驱入城，掳住刘勋妻子，就是袁术家属，亦尽作俘囚，部众除溃走外，统皆投降。唯策素严军律，不许残掠，所有术、勋两家妻小，均令释放，仍加抚养，余如子女玉帛，概不妄取。独访得乔公二女，皆有国色，因遣人礼聘，得邀乔公允许，送入一对姊妹花。策纳大乔，瑜纳小乔。小子有诗咏二乔道：

> 两英雄配两婵娟，作合天成算有缘。
>
> 可惜郎君皆不寿，红颜自古福难全。

郎才女貌，谐成伉俪，当然两情相惬，恩爱缠绵。嗣复接得孙贲捷报，已经击走刘勋，真是喜气重重，无求不遂了！欲知孙贲战胜后事，待至下回叙明。

吕布之勇，足以敌曹操，而智谋之不逮操也远甚！操之图布也久矣！督师东来，目无吕布；但布若能用陈宫之计，内外呼应，犄角相援，则操亦未必有成；就使挫失，布在城外，亦可远走，何至为操所擒乎？乃始则被惑于妇人，继则见嫌于部将，虎为人缚，摇尾乞怜，嗟何及哉！刘备之劝操杀布，亦知布之反复图己，终为后患，故借丁原、董卓事以晓操；而布乃死，而备乃得去一害，是固非徒为操计也。孙策继承父志，略定江东。而于祖郎之不报宿嫌，已昭大度；至擒太史慈于勇里之间，更能释缚周诿，坦然相与。一遣慈而不疑，再遣慈而仍不疑，慈固信士，然何莫非由策之推心置腹，有以致之。用人如策，乃足使人效死；袁术反是，宜其失猘儿之心，身死江亭，终为人笑也。

二喬

二喬
國色人間少喬家竟得雙書傳
黃石筠觀尚碧砂窓　馬駘畫

# 第十一回

## 穿地道焚死公孙瓒
## 害国戚勒毙董贵妃

却说刘勋为孙策所欺，出攻上缭，上缭土豪，皆坚壁清野，敛守城中，勋竟无所得，屯兵海昏，为攻城计。忽闻孙策袭击皖城，慌忙退回。路过彭泽，被孙贲、孙辅截击一阵，败走流沂，遣使至夏口，向江夏太守黄祖处求援。祖遣舟师五千人援勋。当由孙贲申报孙策，策督兵亲往，大破勋军。勋逃往许都，勋部兵二千余人，及黄祖所遣战船数百艘，俱为策军所获。策得乘胜西进，锐击黄祖，祖率水军迎敌，并向刘表乞师。表遣从子虎，及部将韩晞，率长矛队五千人，助祖拒策。一场交绥，晞竟战死，虎亦逃回。黄祖孤立无助，也即退走，船械尽失，连妻子一概抛去，士卒杀溺至数万人。策乃回徇豫章，屯营椒邱，使功曹虞翻，招降华歆。歆有文无武，怎能御策？当即派吏欢迎，待策至豫章，自服葛巾出谒。策因歆素有才望，执子弟礼，待若上宾。于是实授孙贲为豫章太守，且分豫章为庐陵郡，增置郡守，即令孙辅任职，留周瑜镇守巴丘，旋师入吴。小子叙到此处，不得不将刘备事迹，赶紧接入。是用笔过峡处。先是备随操入许，得见献帝，献帝与叙宗系，应呼备为叔，当然慰劳有加；操且表举备为左将军，出同车，坐同席，待遇甚优。唯备见操揽权逼主，隐怀不平，只因兵力甚微，无法报国，不得不容忍过去。操更诬称故太尉杨彪，私通袁术，收系狱中；还亏将作大匠孔融、侍中荀彧、许令满宠等，力为解救，始得赦出。议郎赵彦，恨操专横，上书劾操，为操所杀。操请献帝出猎许田，操射得一鹿，群臣错疑为献帝所射，齐呼万岁，操直受不辞。刘备与关羽等，随驾同猎，羽见操如此无礼，愤欲杀操，经备从旁阻止，方才住手。献帝也为怏怏，罢猎回宫。默思盈廷大臣，只有车骑将军董承，位兼勋戚，尚可与言，但无端宣召，又露形迹。不得已密令董贵人制就玉带一条，把手书藏入带中，用线缝好，赐与董承。承心知有异，剖视带中，得见密诏，乃与将军吴子兰、王服，及长水校尉种辑等，阴谋诛操，并邀同左将军刘备，共预密盟。备因谊关宗室，不能不允，但因操势方强，应从缓图，不可欲速，一面恐操生疑，就寓宅后园种菜，韬晦待时。会操邀备小宴，并坐饮酒，谈及四方枭杰，掀髯笑语道："今天下英雄，唯有使君与操。"话未说完，备不觉一惊，竟将手中所执的匕箸，失落席下。**方图韬晦，忽被曹操叫破，怎得不惊？**可巧天公做美，空中起了一个霹雳，响震厅堂。备即借此语操道："天威如此，怪不得圣人有言，迅雷风烈必变呢！"为此一语，得将自己失惊的情状，轻轻瞒过。及袁术欲奔往青州，备遂向操讨差，愿率关、张等，前去邀击。操遣裨将朱灵、路昭，偕备同行，名为帮助，实使监制。哪知备既离虎口，得遂鸿飞，岂是朱、路两庸将所得牵掣？一到徐州，截得袁术若干辎重，即使朱灵、路昭返报；自与关、张抵下邳城，伪传操令，诱刺史车胄出迎。**车胄刺徐州及刘备截袁术，俱见前回。**车胄不知是计，开城迎备，兜头碰着关羽，手起刀落，把胄劈做两段。当即枭首入城，只言车胄谋反，所以处死，余众无辜，一律免罪。兵民也未识真假，但教保全生命，自无异言。备省视家属，甘、糜二夫人相安如故，却也放心。**插叙一笔，为下文再失妻小张本。**便留关羽守下邳城，自往小沛招集散兵，约得万人；复恐曹操遣兵来攻，特遣从吏孙乾，通好袁绍，倚为外援。绍方击死公孙瓒，得并幽州，原想南下攻操，既由刘备使命，乐得与他连和。即遣孙乾归报，备稍稍纾忧。但回忆公孙瓒为同学旧友，一跌赤族，不免伤心；且自别瓒以后，南救陶谦，正值赵云丧兄，辞归常山，好几年不与相见，亦未知他寄身何处。**八十九回不及赵云，恐致阅者怀疑，故此处急忙补叙。**死别生离，俱劳感念，不得不北向唏嘘。究竟公孙瓒如何战死？亦应就此叙明。瓒徙居易城，高处层楼，**见七十三回。**袁绍屡攻不克，贻书慰解，欲与释憾连和，瓒独不答，增修守备。且语长吏关靖道："当今四方虎争，无一能坐我城下，袁本初虽强，亦奈何我不得呢。"绍得闻此语，便大举攻瓒。各守将接连告急，瓒并不赴援，反语左右道："我若往救一人，人人都想我救，不肯力战了。"全是呆话。守将待援不至，或降或溃，绍军长驱直进，竟抵城下。瓒又急得没法，遣子续求救黑山，待久不至，乃欲自领突骑，出迎黑山援军，侵入冀州，横断绍后。偏经关靖谏阻，说是："主将一出，城必失陷，不如坚守待援，可却绍军。"瓒因即罢议。

已而黑山贼帅张燕，即褚燕改姓为张。使人诣瓒，报称起兵十万，来救易城，瓒当然大喜。过了旬日，仍然不至，乃复使人赍书促燕，且嘱子续引兵速来，举火为号，以便内应。不意瓒使出城，被绍军擒去，搜得瓒书，将计就计，便分兵埋伏北郊，纵火诱瓒。瓒还道由续举火，忙开北门，引军出应，哪知伏兵突起，奋击瓒军。瓒慌忙奔还，部众已伤亡大半，剩得残骑数百，逃回城中。绍督兵合围，暗凿地道，通瓒楼下，瓒重楼寂处，未曾知晓。嗣由绍军在地穴内，用柱燃楼，楼辄倾倒，瓒始知难免，先缢死妻子姊妹，然后引火自焚，一道冤魂，随了祝融回禄，同往南方；部将田楷战死。关靖叹道："我若不阻将军出城，或得济事，今乃至此，我闻君子陷入危地，必与同难，将军既死，我岂尚可独生么？"遂拍马赴敌，力战而亡。史称靖本酷吏，谄事公孙瓒，乃得邀宠，但观其甘与同殉，尚有忠忱。黑山贼帅张燕，闻易城已破，当然罢兵。瓒子公孙续无家可归，流离朔方，旋为屠各胡所杀。

绍送瓒首入许都，曹操暗中加忌，对着绍使，说他未奉朝命，擅取幽州。绍使归报，触动绍怒，即欲兴兵攻操。监军沮授进谏道："近讨公孙瓒，师出历年，百姓疲敝，仓廪空虚，未可轻动。不如务农息民，养足锐气；然后进屯黎阳，规画河南，作舟楫，缮器械，分兵四出，令彼不得安，我乃用逸待劳，方可得志。"从事田丰，亦与授言相同。独郭图、审配，希承绍意，主张出兵。授又说道："授闻救乱诛暴，方为义兵；恃众凭强，乃为骄兵。义兵无敌，骄兵必败。今曹操奉天子，令天下，若我军往攻，名义既乖，且曹氏法令既行，士卒精练。比那公孙瓒安坐受敌，全然不同。若不察敌情，驱众求胜，胜未可必，败实可忧！窃为明公不取哩。"郭图等仍然抗辩，决计南下。且谮授不从主意，未便监军，绍竟为所惑，分设三督，使授与郭图、淳于琼，各典一军，调兵十万，选马万匹，指日南行，为攻操计。

操正使曹仁、史涣诸将，出略河北，击毙张杨，遣将眭固，攻下射犬城。眭固北通袁绍，屯驻射犬，见前回。操亦自至河上，遥助军威。嗣闻绍将南来，乃还驻敖仓，与诸将会议进止，诸将恐绍军势盛，难与争锋。操奋然道："我知袁绍为人，志大而智小，色厉而胆落，忌克而少威，兵多而分划不明，将骄而政令不一；土地虽广，粮草虽丰，徒为我资，何惧之有？"虽是安定众心，但袁绍之失，实尽此数语。乃使臧霸等东进青州，防御袁谭，留于禁屯河上，复因官渡为南北要冲，派兵严堵，自还许都，安排粮械，准备敌绍。一面分遣辩士，招抚张绣、刘表。绣与操有隙，见了操使，听他一番词辩，却也有些动情，因此迟疑不决。

适袁绍亦遣使招绣，绣无所适从，特召贾诩入商。诩未曾申议，便顾语绍使道："劳汝归谢袁本初，兄弟尚不相容，怎能容天下国士呢？"说得绍使无言可对，匆匆别去。绣惊诧道："奈何拒绝袁氏？"诩直答道："袁本初怎能成事？将军往从，徒自取祸。"绣接说道："难道便投曹操么？"诩接说道："不如往从曹公！"绣皱眉道："袁强曹弱，操又与我有仇，怎可往从？"诩申说道："正唯如此，所以宜从。曹氏方奉承天子，一宜从；袁氏方强，即去从彼，必不见重，曹氏尚弱，得我必喜，二宜从；曹氏既来招将军，岂尚记嫌，必且格外加亲，昭示大度，三宜从。将军勿再怀疑，即日往从便了！"诩既劝绣降操，前日何不玉成邹氏，吾恐邹氏有知，死不瞑目。绣乃带领亲从，与诩同赴许都，投降曹操。操见绣大喜，亲握绣手，欢颜抚慰，并开筵接风，殷勤款待。越日即引绣朝见献帝，面举绣为扬武将军，诩为执金吾，献帝自然依议；待朝退后，复愿与绣结婚，聘绣女为庶子均妇，绣也觉乐从，安居都下。前日失去一位叔母，此时复赔了一个女儿，种种吃亏，尚有何乐？

唯刘表观望不前，未肯遽与操合，操因刘表多疑少决，不足深虑，乃待诸后图。适孔融表荐一人，姓弥名衡，字正平，系平原少年，说他"淑质贞亮，英才卓烁，见善若惊，嫉恶若仇，有鸷鸟累百，不如一鹗"等语。操即使人召衡，衡素刚傲，不肯事操，一再托病，谢绝操使，并有狂言讥操。操闻报后，未免愤怒；但因衡素有才名，不便加刃，唯遣兵吏迫衡入府。衡无可再辞，昂然趋至，长揖不拜。操亦不命坐，由他站立，衡仰天叹道："四海虽大，恨乏人才。"操瞋目道："许都新建，贤士四集，怎得谓尚乏人才？"衡抗答道："大儿孔文举，即孔融。小儿杨德祖，系弘农人杨修。尚有才名。余子碌碌，皆不足数！"操狞笑道："想汝甫入皇都，未识朝中才士，就是我幕下文武，何一非才？"衡微哂道："公以为才，何人敢说是不才？但据衡看来，统是一姓家奴，毫无干济。荀彧但可使吊丧；荀攸但可使守墓；程昱但可使关门闭户；郭嘉但可使白词念赋；张辽但可使击鼓鸣金；许褚但可使牧牛放马；乐进但可使取状读诏；李典但可使传书送檄；吕虔但可使磨刀铸剑；满宠但可使饮酒食糟；于禁但可使负版筑墙；徐晃但可使屠猪杀犬；夏侯惇可称完体将军；曹子孝可呼要钱太守。子孝即曹仁字。此外更不必说了！"痛快淋漓！操怒问道："汝有何能？"衡答说道："上期致君，下期泽民，不似那庸夫坐食，但务逢迎！"操怒说道："闻汝纯盗虚声，徒善击鼓，可在我门下做一鼓吏罢！"衡也不推辞，应声趋退，操不容外出。待至次日，即大集宾佐，置酒宴会，使鼓吏在阶下挝鼓。鼓吏例当易服，皆改装而入，衡独蹀躞登阶，见鼓便击，迭成渔阳三挝，章节悲壮，如骂如讽，座上客听入耳中，俱为动容。三挝已毕，衡进至操前，为吏所阻，且叱衡道："鼓吏何不改装？乃敢轻进！"衡并不答言，竟将衣服脱去，裸体立着。孔融也在座间，只恐衡得罪曹操，麾令下堂。衡退至鼓旁，徐徐更衣，又复三挝，声愈激越，挝罢自去。操笑语宾佐道："本欲辱衡，衡反辱孤。"阖座并皆不欢，席终散归。唯孔融心下未安，出责祢衡道："正平，大雅君子，可如是么？"衡默不一语，融再述操礼贤诚意，嘱衡往谢，衡沉吟半晌，方才允诺。融乃复入见操，谓衡有狂疾，现已清醒，当来谢罪，操点头会意。待融去后，饬门吏不得阻客，专望衡至。等到日暮，由门吏踉跄入报道："大胆祢衡，敢在营门外面，用杖棰地，呼号叫骂，语多狂悖，请收案治罪。"操艴然道："祢衡竖子，我欲杀他，不啻雀鼠，唯此人颇有虚名，人将谓我不能容物，所以加诛，今我有一法，叫他往谕刘表便了。"却是一条好法儿。于是传令出去，叫衡前往荆州，招降刘表，限他越宿起行，且预嘱门下谋士，在城南饯行。到了翌晨，便命骑士促衡登程。衡尚不欲往，经骑士再四催逼，乃草草收拾行李，上马出城。但见南门外摆着酒肴，有一簇人马待着，只好下骑相见，哪知一班衣冠楚楚的人物，名为饯行，俱端然坐着，并不起迎。衡用目四顾，失声大哭，大众不能不问，衡挥泪道："坐为冢，卧为尸，我与尸冢相对，怎得不悲。"说罢，仍然上马，加鞭径去。大众还报曹操，操笑说道："我不杀衡，自然有人杀衡，看他狂生能活到几时？"

言未已，忽有人入报道："刘备在徐州勾通袁绍，谋袭都城。"操愤愤道："备前遣还朱灵、路昭，擅杀车胄，我正要讨伐，他还敢前来谋我么？"长史刘岱，方在操侧，听了操言，即自请效力，东出击备。此刘岱与前兖州刺史同名异人，兖州刺史刘岱已死，罗氏《三国演义》并作一人，实是误会。操乃令与中郎将王忠，引兵万人，往攻徐州。岱、忠两人，本来是没甚智略，一到徐州境内，便已遇着备军，当下摆好阵势，请备答话。备纵马出见，岱责备忘恩负义，难逃一死。备从容答道："我非敢有背曹公，实因车胄谋害，不得不将他杀死，请二将军返报曹公，免伤和气。"岱、忠齐声道："何人信汝谎言，快快下马受缚，免得我等动手！"备不楚失笑道："曹公自来，胜负或未可知，如汝等碌碌庸才，就是来了一百个，我也不怕。"当面嘲笑。岱、忠听着，双槊并举，上前攻备，备背后已突出关羽、张飞，把他截住，四将四骑，绕场厮杀。岱、忠哪里是关、张敌手？不到数合，便即败走，关、张驱杀一阵，由备鸣金收军，方才退回。岱、忠窜至数十里外，方敢下营；遣人至许都报操，再请济师。操因残腊已届，勉强忍耐，拟在许都度过新年，乃亲出攻备，好容易已是建安五年。

　　车骑将军董承，见操专横日甚，潜使人致书刘备，使作外援，自为内应，一面与吴子兰王子服等，暗地安排，日夕筹备；谁知事机不密，竟为操所探悉，立即遣派兵吏，把董承等一并拿下，拘系狱中。操带剑入宫，竟向献帝索交董贵人，献帝方与伏后闲坐，谈及曹操弄权，互相叹息，蓦见操抢步趋入，满面怒容，不由的大惊失色。操开口道："董承不道，竟敢谋反，请陛下即日治罪。"献帝嗫嚅道："董承系朝廷勋戚，如何也至谋反呢？"操又说道："老臣迎驾至此，并未尝有负陛下，董承自恃国戚，竟想害死老臣，臣若被害，陛下恐亦连及，岂不是谋反么？"献帝道："果有实据否？"操张目道："证据昭然，并非诬陷，陛下如袒护董承，莫非教他杀臣不成？"全是无赖徒口吻。献帝本有密诏谕承，至此越觉心虚，只好说："董承有罪，当依法惩治。"操厉声道："尚有董承女儿，在宫伴驾，应该连坐。"说着，即喝令卫士往拿董贵人。卫士不敢不依，去了半晌，便将董贵人牵出。操复向献帝道："此女应即处死。"献帝呜咽道："董女方怀妊数月，俟分娩后，治罪未迟。"操悍然道："无论董女尚未生育，就使已生子嗣，亦当尽戮，怎得留下种子，为母报仇？"竟欲绝龙种耶？与弑逆何异？献帝听了此语，吓出一身冷汗，连话儿都说不出来，看那董贵人的惨容，更似万箭穿胸，异常痛苦，再听得一声呼叱，竟将董贵人拖出宫去，急得献帝说出数语道："曹公！汝若能相辅，幸勿过甚，否则不妨相舍。"操掉头不顾，趋出宫外，令将董贵人勒死！再至朝堂，晓示刑官，令将董承、吴子兰、王子服、种辑等，一并斩首，并夷三族。可怜一班奉诏图奸的大臣，竟至全家诛戮，惨不忍闻！小子有诗叹道：

> 敢将毒手逞宫闱，凄绝屏皇空泪挥。
> 为语古今名阃女，生生莫作帝王妃！

曹操既杀死董承等人，复督兵出攻刘备，欲知刘备能否敌操，且至下回详叙。

公孙瓒之致死，其失与袁术相同。术死于侈，瓒亦未尝不由侈而死。观其建筑层楼，重门固守，妇女传宣，将士解散，彼且诩诩然自夸得计。一则曰吾有积谷三百万斛，食尽此谷，再觇时变。再则曰当今四方虎争，无一能坐吾城下。谁知绍兵骤至，全城被围，鼓角鸣于地中，柱火焚于楼下，有欲免一死而不可得者，较诸袁术之结局，其惨尤甚！《传》有之："侈为恶之大。"非虚言也！若张绣、刘表，亦皆碌碌不足道，以视弥正平之渔阳三挝，俱有愧色。正平虽狂，骂曹一事，却是痛快！曹操犹不知悛！竟诛夷国戚，勒毙皇妃，操之目无汉帝，至此尽露。而陈寿作《三国志》，尚事事回护操贼，操得为忠，王莽如何为逆乎？

# 第十二回

## 袁本初驰檄疗风疾
## 孙伯符中箭促天年

却说曹操整缮军马，出攻刘备。诸将恐袁绍南下，乘虚袭许，多有异言。操独谓刘备人杰，定宜早除；还有祭酒郭嘉，亦赞成操意，说是绍性多疑，来必迟缓，不如先击刘备，较为得计。操遂督兵出都，直达徐州，刘备闻报，自知寡不敌众，急遣从事孙乾，驰往冀州，向绍乞援。绍因幼子有疾，无意进兵。别驾田丰进谏道："曹刘相争，未可猝解，何不乘机袭许？既可杀备，又可灭操。"绍唏嘘道："我三子中，唯少子尚最中我意，今不幸罹疾，累我忧劳，尚有何心再谈军事。"说着，即遣归孙乾，但言子疾得痊，才可出救，乾无奈别归。田丰趋退，用杖击地道："欲图天下，乃因婴儿得病，坐失机会。岂不可惜么？"*此机一失，袁、曹成败从此分了！* 绍终不变计，敛兵如故。刘备日夕待援，至孙乾归报，方知绍无心出救，只好督率张飞，引众出敌。操兵约数万人，比备兵多过数倍，就使张飞骁勇，究竟敌不住操兵。操且令部众分作数路，前后左右，四面杀入，顿致刘备、张飞，不能相顾。及两人杀出重围，彼此失散，又被操军遮断归路，不能再回小沛城。飞向芒砀山窜去，备竟走青州。

操得攻下小沛，复移军转攻下邳。下邳由关羽把守，就是甘、糜二夫人，也居住城中。操军漫山遍野，奔至城下，把全城团团围住，关羽屡次杀出，均被操军截回。操令张辽招降关羽，羽想自己单刀匹马，尚可突围，唯二嫂俱系女流，如何得脱？没奈何与张辽定约，只降汉，不降曹；且与刘备义同生死，若闻备投向何方，即当往依云云。为关公保全身分，故采入稗史中语。张辽返报曹操，操一一允许；再由辽告知关羽，羽乃出降。操挈羽归许，羽偕二嫂同行，沿途寄宿馆驿，操令羽与二嫂同室。羽秉烛达旦，坐读《春秋》，彻夜不倦。操自此重羽，回都以后，拜羽为偏将军，待遇甚厚，五日一大宴，三日一小宴；并将吕布遗下的赤兔马，转赠予羽。羽虽然拜谢，心下总不忘刘备。操尝使张辽探试羽意，羽慨答道："我亦感曹公厚惠；但与刘将军誓同生死，义不可忘，我终不能常留此地，但须立功报效曹公，方敢辞去。"两面顾到，情至义尽。辽闻言叹息，回报曹操。操不禁赞美道："好义士！事主不忘本，恨不能叫他久留呢！"辽答道："羽受公恩，谓必当立功以报，想一时总不至遽去。"操点首道："我所以称他义士呢。"足令奸雄心服。

过了旬余，操患头风，痛卧病床上。忽由左右呈入一纸，由操取阅，乃是一篇檄文。但见纸上写着：

盖闻明主图危以制变，忠臣虑难以立权，是以有非常之人，然后有非常之事；有非常之事，然后立非常之功。夫非常者，固非常人所拟也。曩者强秦弱主，赵高执柄，专制朝命，威福由己，终有望夷之祸，污辱至今。及臻吕后，禄产专政，擅断万机，决事省禁，下陵上替，海内寒心，于是绛侯、朱虚，绛侯周勃；朱虚侯刘章。兴戎奋怒，诛夷逆乱，尊立太宗，故能道化兴隆，光明显融，此则大臣立权之明表也。司空曹操，祖父腾故中常侍，与左悺徐璜，并作妖孽，饕餮放横，伤化虐民，父嵩乞匄携养，因赃假位，舆金辇璧，输货权门，窃盗鼎司，倾覆重器。操赘阉遗丑，本无令德，僄狡锋侠，好乱乐祸。幕府昔统鹰扬，扫夷凶逆，续遇董卓，侵官暴国，于是提剑挥鼓，发命东夏，方收罗英雄，弃瑕录用，故遂与操参诸策略，谓其鹰犬之才，爪牙可任，至乃愚佻短虑，轻进易退，伤夷折衄，数丧师徒，幕府辄复分兵命锐，修完补辑，表行东郡太守；领兖州刺史，被以虎文，授以偏师，奖就威柄，冀获秦师一克之报。引用《春秋》秦孟明事。而操遂乘资跋扈，肆行酷烈，割剥元元，残贤害善。故九江太守边让，英才俊逸，天下知名，直言正色，论不阿谄，身被枭悬之戮，妻孥受灰灭之咎。自是士林愤痛，民怨弥重，一夫奋臂，举州同声，故躬破于徐方，地夺于吕布，徬徨东裔，蹈据无所。幕府唯强干弱枝之义，且不登叛人之党，指吕布。故复援旌擐甲，席卷赴征，金鼓响振，布众破沮，拯其死亡之患，复其方伯之任，是则幕府无德于兖土之民，而有大造于操也。后会銮驾东返，群贼乱政，时冀州方有北鄙之警，匪遑离局，故使从事中郎徐勋，就发遣操，使缮修宗庙，翼卫幼主。是袁绍自己回护之笔。而便放志专行，胁迁省禁，卑侮王宫，败法乱纪，坐领三台，专制朝政，爵赏由心，刑戮在口。所爱光五宗，所恶灭三族，群谈者蒙显诛，腹议者受隐戮，道路以目，百官箝口，尚书记朝会，公卿充员品而已！故太尉杨彪，历典三司，享国极位，操因瞋眦，被以非罪，榜楚并兼，五毒俱至，触情放愿，不顾宪章。又议郎赵彦，忠谏直言，议有可纳，是以圣朝含听，改容加锡，操欲迷夺时权，杜绝言路，擅收立杀，不俟报闻。又梁孝王为先帝母弟，坟陵尊显，松柏桑梓，尤宜恭肃，而操率将校吏士，亲临发掘，破棺裸尸，略取金宝，至令圣朝流涕，士民伤怀！操攻徐州，焚庐发墓，连及梁孝王冢，操知而不问。又特署发邱中郎将，摸金校尉，亦是深文之笔。所过隳突，无骸不露。身处三公之官，而行桀虏之态，殄国虐民，毒流人鬼，加以细政惨苛，科防互设，罾缴充蹊，坑阱塞路，举手挂网罗，动足蹈机陷。是以兖、豫有无聊之民，帝都有嗟吁之怨，历观古今书籍，所载贪残虐烈无道之臣，于操为甚！幕府方诘外奸，未及整训，加绪含容，冀可弥缝。而操豺狼野心，潜包祸谋，乃欲摧挠栋梁，孤弱汉室，除灭忠正，专为枭雄。往岁伐鼓北征，讨公孙瓒，强寇桀逆，拒围一年，操因其未破，阴交书命，欲托助王师，以相掩袭，故引兵造河，方舟北济。会其行人发露，瓒亦枭夷，故使锋芒坐缩，厥图不果。今复屯据敖仓，阻河为固，乃欲以螳螂之斧，御隆车之隧！幕府奉汉威灵，折冲宇宙，长戟百万，骁骑千群，奋中黄育获之士，骋良弓劲弩之势，并州越太行，青州涉济漯，大军泛黄河以角其前，荆州下宛叶而掎其后。雷集虎步，并集虏廷，若举炎火以焫飞蓬，复沧海而沃熛炭，有何不消灭者哉？方今汉道陵迟，纲弛纪绝，圣朝无一介之辅，股肱无折冲之势。方畿之内，简练之臣，皆垂头搨翼，莫所凭恃，虽有忠义之佐，胁于暴虐之臣，焉能展其节？操又以精兵七百，围守宫阙，外托宿卫，内实拘执，惧其篡虐之萌，因斯而作，此乃忠臣肝脑涂地之秋，烈士立功之会，可不勖哉！未及董承父女事，想袁绍尚未闻知。今操矫命称制，遣使发兵，恐边远州郡，过听给与，违众旅叛，旅助也。举以丧名，为天下笑，则明哲不取也。即日幽、并、青、冀，四州并进，郡邑亦各整义兵，罗落境界，举武扬威，并匡社稷，则非常之功，于是乎著。其得操首者，封五千户侯，赏钱五千万！部曲偏裨将校诸吏降者，勿有所问。广宣恩信，班扬符赏，布告天下，咸使知圣朝有拘迫之难。如律令！

操阅罢檄文，不由的汗流浃背，连头风病都皆发散，一跃而起。顾问左右道："这想是袁绍传来的檄文，文笔却佳，可惜武略不足呢！"遂遣侦骑四出，往探绍军动静。

绍因幼子患病，不愿援备，及备奔至青州，由刺史袁谭迎入。谭系绍长子，曾由备举为茂才，至是格外敬礼，作书报绍。绍亲至邺中，迎备入冀州，便拟起兵攻许。田丰复入谏道："曹操既破刘备，班师回许，许都已不复空虚，未便进攻。且操善用兵，更难轻敌。今将军据有四州，依山带河，诚能外结英雄，内修农战，然后简选精锐，作为奇兵，乘虚迭出，分扰河内，彼救左，我击右；彼救右，我击左。我尚未劳，彼已大困，不出三年，操可坐灭了！"*亟肆以疲之，多方以误之，确是古今良策。*绍不肯依言，丰再三强谏，致忤绍意，竟将丰械系狱中；特令记室陈琳，草就檄文，数操罪恶，颁行远近。琳前为大将军主簿，避乱至冀州，由绍用为记室，本来是一支大手笔，所以传檄至许，能令操头风忽瘳，叹为奇文。

绍即调齐四州人马，共十余万，进攻黎阳；特遣大将颜良，攻白马城。监军沮授，预料绍不能胜操，只因田丰得罪，未敢再谏，临行时取出家资，分给宗族道："主骄卒惰，轻出必败，扬雄有言：'六国蚩蚩，为嬴弱姬。'今日情势，却是相似，我此行恐不复返了！"至绍遣颜良攻白马城，乃进谏道："良虽骁勇，但性情促狭，不宜专任。"绍仍不听。东郡太守刘延，因白马被围，向操告急。操已探得袁绍出兵，正拟亲往拒敌，一闻刘延告急，当即倍道趋救；关羽亦辞过二嫂，随操同行。*意在报操。*将至白马，军师荀攸白操道："敌众我寡，宜遣偏将西出延津，作为疑兵，待绍西向防堵，我乃直达白马城，掩他不备，定能擒住颜良了。"操依计而行，果闻绍中计西往，当即进逼颜良，压营立阵。良不意操兵骤至，仓猝接战，甫经出营，在麾盖下指挥兵士。不料突来了一位大刀将军，骤马直前，冲开甲仗，手起一刀，向颜良面上劈入，良措手不及，竟被他砍落马下，枭取首级；回马出阵，如入无人之境。看官道是将为谁？原来就是立功报曹的关云长。河北兵士，失了主将，当然大乱，操军乘势追杀，斩获甚多，余众皆遁，白马解围。操见了颜良首级，即录关羽为首功，表封汉寿亭侯，一面移屯河西。

绍闻颜良战死，顿时大怒，亟渡河来追操军。沮授又谏绍道："胜负变化，不可不详，今宜留驻延津，分守官渡，量敌后进，方为善策。"绍哪里肯从？还有骑将文丑，与颜良并名河北，并相友善，誓为颜良报仇，愿作先锋；且闻颜良为关羽所杀，特邀刘备同往一行，验明虚实。绍即令先往，并使刘备继进。备毫不推辞，欣然同去，也欲探听关公消息；且若不与文丑同行，更足惹疑取祸。绍亦督领大军，随后渡河。沮授行至河滨，望流兴叹道："上骄下贪，不败何待；悠悠黄河，奈何遽渡呢！"说罢，即托称有疾，向绍辞职，绍又不肯许；唯裁减沮授属部，归入郭图管领，授无奈渡河，至延津南岸，方由绍下令安营，专待前军消息。文丑领兵急进，遥见操军在南陂驻扎，不过数千人，唯马匹散放甚多，明是诱敌。当下纵兵抢马。操军大呼道："贼军来了！请急收马匹。"操独不顾，好狡猾。荀攸向前摇手道："这正是诱敌计，何必收回？"说到此句，回顾操容，作微笑状，乃退不复言。荀攸亦乖。说时迟，那时快，文丑兵已争抢马匹，行伍错乱；操却麾军进击，大破丑军。丑自恃有力，还想拚命力战，不防操军中突出一将，提刀截住，交战数合，又将丑劈下马来，这人就是新任汉寿亭侯关羽。史传只称羽斩颜良，不及文丑，但稗史俱归功关公，今从之。刘备尚在后部，因文丑被杀，操兵追赶过来，也只得退回。绍连失大将二员，不禁夺气，待至刘备回军，起初尚没甚话说，及探闻颜良、文丑俱死关羽手中，禁不住怒气冲冠，欲向刘备问罪。还是刘备能言善辩，谓当招回关羽，共灭曹操，说得绍又心动，便令备致书相招，自屯军阳武县境，与操相持。

操还想再战，会闻黄巾余党刘辟，起兵汝南，响应绍军，连下河南诸郡县，许都戒严，那时不得不回顾根本，只好退军官渡，令将士等闭垒固守，自率关羽等回许。羽至许都，方接到刘备来书，乃告知二嫂，将累次所得赏赐，封置库中，送还汉寿亭侯印绶，作书辞操。操将印绶发还，遣使慰留；羽亲往告辞，操托故不见。于是羽迫不及待，竟备车载好甘、糜二嫂，带了十余名旧役，即日起行，把印绶悬挂堂上，余物一概不取；但将赤兔马乘坐了去。当有人报知曹操，操很是叹惜。诸将请引兵追还，操摇首道："不忘故主，来去分明，真是天下第一义士！我前已许约，未便失信，听他自去，不必追还了！"是奸雄过人处。羽奉二嫂驰出都门，一路无阻。稗史中有过关斩将事，未免附会，操既不愿追还，自无阻碍，故不从稗史。

云长延津诛文丑

　　途次有一骑士奔来，叩马拦阻，羽勒缰视明，并非别人，乃是刘备亲吏孙乾。因问他何故到此？乾答说道："刘将军投奔袁绍，颇见优待。唯因绍性多疑，部将又互相猜忌，恐将来未必有成，所以向绍讨差，往会汝南刘辟。恐公未知情迹，误投绍军，或反被害，特使乾前来关照，今幸得相遇，请转往汝南便了！"羽乃与乾拍马南行，路过古城得见张飞。飞还道羽降曹操，挺着长矛，恶狠狠的与羽拚命，亏得甘、糜二夫人，从旁劝解，并述历来艰苦，飞始掷矛至地，向羽哭拜，是谓莽将。导入城中，设宴话旧。羽令飞保护二嫂，暂住古城，自与孙乾同赴汝南，往会刘备，哪知备又还赴绍军。原来操遣曹仁为将，往击刘辟，辟众究系乌合，战败即奔，备无可依止，只好仍投袁绍，累得关公奔走南北，白费艰辛，没奈何再向北行，待至后文再表。

　　且说孙策吞并江东，通好曹操。操方经营河北，无暇顾及江南，又因策英武迈众，特加笼络，许将弟女配策季弟匡，又为次子章取孙贲女，礼辟策弟权翊。策亦知操为奸雄，虚与酬应，通使往来。嗣闻操出拒袁绍，也想进袭许都，奉迎献帝，乃密治军马，届期待发。忽由巡江将吏，拿住细作一名，密书一封，解送策前。策披书阅毕，不禁大怒，看官道是何书？由小子略述如下：

　　孙策骁勇，与项籍相似，宜加贵宠，召还京邑，彼若被诏，不得不还；否则常留外镇，必为后患！

　　书末署名，乃是吴郡太守许贡。策怒问细作，才知贡阴通曹操，故有是书。当下派吏召贡，托名议事。贡尚未知使人被获，便即趋至。策取书示贡，贡还想抵赖，即与寄书人对质，贡无从再辩，呆如木偶。策呵叱道："汝欲断送我性命么？"遂顾令左右，将贡牵出，绞死了事。

　　策性喜微行，更好游猎，功曹虞翻，常为谏阻，策亦知翻忠，终未能改。一日带了骑士数名，出猎西山，突有一鹿趋过马前，急驰而去。策即纵马逐鹿，马甚雄骏，捷足如飞，从骑都不能及，偏鹿亦向前腾跃，审入林中。此鹿亦孙策冤家。策尚不肯舍，向林探望，鹿却不知去向，只有三人持弓立着，策便疑问道："汝等何人？"三人答系韩当部兵，在此射鹿。策还有疑意，且行且顾，不意一箭飞来正中面颊，当下忍痛拔箭，取弓回射，一人应弦倒地。尚有两人大呼道："我等是许贡家客，特来与主人报仇！"说着，即用箭乱射，策用弓抵拒，一箭未了，又是一箭，正危急间，从骑已到，一拥上前，把两人砍作肉泥。策面上受伤，流血不止，忙纵马归来，命医调治，医称箭头有毒，必须静养，不宜动怒，过了百日，方可无虞。

看官试想，这孙伯符年少气锐，怎肯百日不出，安养府中？勉强休息数天，觉得创痕渐愈，遂召集将佐，出阅城楼。凭眺良久，闻得城下有喧哗声，当即俯首一瞧，见有许多士民，绕住道人，团围下拜，不由的忿怒起来，正要顾问将佐，不料将佐亦纷纷下楼，迎拜道人。策勃然怒道："是何妖人？惑众至此，左右快与我擒来！"左右齐声道："这道人叫做于吉，普施符水，救人百病，地方上呼为于神仙，未可轻拿。"策愈怒道："汝等敢违命令么？"一语说出，左右不敢不遵，只得下城去拿于吉，策亦回至府舍，专待于吉拿到。未几已将于吉拥至，策拍案道："汝敢妖言惑众，罪应斩首！"于吉答道："贫道在曲阳泉上，得神书百余卷，依方疗病，并未惑人，何致坐罪？"策叱道："想汝就是张角余党，若不加诛，贻害无穷。"说至此，即欲将吉处斩，将吏各上前劝阻，惹得策怒上加怒，喝令立斩于吉。忽由屏后趋出内侍，口传太夫人命令，召策入语，策乃命将于吉暂系狱中，入谒母夫人吴氏。吴太夫人语策道："于先生亦助军作福，医护将士，不宜加害。"策懊恨道："于吉妖妄，煽惑众心，儿方阅城楼，将佐等多弃儿下楼，往拜妖道，母亲试想儿为城主，号令不行，反使妖道逞志，还当了得么？"言未已，外面又有连名保章递入，乞赦于吉。策盛怒复出，又欲杀吉，还是将吏想出一法，说是天方干旱，可令于吉祈雨，如若不应，再杀未迟。策乃命从狱中提出于吉，令他祷雨，缚置地上，就烈日中晒了多时。吉念念有词，果然黑云四合，大雨滂沱。于吉若果能祷雨，何至不能逃生？这恐是史乘误传，不足尽信。将士等无不腾欢，争至吉前，释缚称谢。策瞧入眼中，越加忿恨，竟抢步趋出，拔剑在手，喝开众人，把于吉挥作两段，且命将吉尸陈诸市曹，不准收殓。越宿复使人往视吉尸，报称不知所在。想是由将士偷葬。策又欲追究，可巧母夫人吴氏趋至，向策泣语道："汝连日瘦损，奈何尚不知静养呢？"策乃揽镜自照，一声惊呼，金疮迸裂，晕倒地上。小子有诗叹道：

> 暴虎冯河死亦宜，圣人垂戒不吾欺；
> 猘儿逐鹿犹遭厄，才信躬行贵自持。

欲知孙策性命如何？并至下回再详。

陈琳一檄，原是杰作，后世尚脍炙人口，无惑乎曹操之惊为绝倒，一跃而起也。唯他人处此，必怒不可遏，而操独目笑存之，操之所以过人者无他，即此不动声色，处变如常耳！至若关羽既降，立功白马，即决然舍去，羽之义原足以服操，操之信亦足以孚羽。盖不失信于一人，乃足以驭千万人，操固人杰，惜乎其心术不纯，终至播恶也。若孙策之少年盛气，虽若可以有为，而意气未平，卒遭仇人之暗算，或谓其冤杀于吉，被祟而亡。夫于吉亦何能祟策，策之死实受伤于许贡之三客耳。然于吉之戮非其罪，究不得谓策之明刑。古人云："有容德乃大。"如策之度量褊浅，虽天假之年，亦未必能建大功，故舍德论才，吾不能不首推阿瞒云。

# 第十三回

## 焚乌巢曹操屡施谋
## 奔荆州刘备再避难

却说孙策揽镜照形，遂致晕倒，究竟为着何事？原来镜中现出于吉，令策生惊，所以倒地，及经左右舁置床上，竭力施救，方得复苏。自知不能再起，乃召长史张昭等入嘱道："中国方乱，不能遽平，我得据有吴越，地控三江，吴淞江，钱塘江，浦阳江。根本既立，本思与卿等共图大业，不意天不永年，无可挽回，卿等可善辅我弟，静观成败。"说至此，顾见弟权在侧，便将印绶取交，且语权道："决机战阵，与天下争衡，卿不如我；举贤任能，各使尽心，安保江东，我不如卿。卿宜念父兄创业艰难，毋自贻误。"权涕泣拜受，策又与母吴氏，妻乔氏等诀别，瞑目竟逝，年止二十六岁。难为大乔。权见策已殁，哭倒床前，张昭从旁劝止道："这时非一哭所能了事，应勉承先志为是。"乃使权易服，扶他上马，使出巡军；且率僚属上表朝廷，下饬内外文武百官，照旧供职。周瑜在巴丘闻讣，星夜奔丧，驰入吴会，权令与张昭共掌国事，一面料理丧葬，措置如仪。时权年方冠，各属地未尽服从，幸亏张昭、周瑜，悉心辅弼，招贤求治，始得复安。太夫人吴氏，亦明达事机，在内筹画，诸政毕理。

既而许都遣回张纮，令为会稽东部都尉，且赍奉诏书，授权为讨虏将军，领会稽太守。纮前为孙策所遣，入贡方物，曹操留他为侍御史，差不多有两三年。至袁、曹相争，策欲袭许，颇有风声传入都中，自操以下，俱有戒心。独郭嘉料策轻佻无备，必为匹夫所制，未足深忧，果然不出所料，策即殒命。操得策凶耗，便欲乘丧东略。侍御史张纮，谓乘丧非义，倘或不克，反致弃好成仇，不如羁縻为是。**名为曹氏，实助孙权。**操乃表权为讨虏将军，即使纮东还辅权，劝权内附，纮因此奉诏归吴。权母吴太夫人，因权尚年少，委纮与张昭共事，纮随时献替，知无不言。

　　周瑜复荐入鲁肃，说他才足匡时，权即引为宾佐。又有琅琊人诸葛瑾，表字子瑜，避乱江东，敏达有识，权亦闻名延入，待若上宾，嗣即令为长史，转中司马。他如汝南人吕蒙，擅长军事，令为别部司马，教练甚勤。会稽人骆统，素孚物望，令为功曹，行骑都尉事。统尝劝权尊贤接士，勤求民隐。下蔡人周泰，寿春人蒋钦，余姚人董袭，庐江人陈武，皆随策有年，转战立功。泰字幼平，曾随权居守宣城，突遇山贼围攻，权几为所害，亏得泰翼权出围，身中数十创，死里逃生，因此权倚若心膂，待遇较优。尚有吴人陆绩，年六岁往谒袁术，术出橘为饷，绩怀藏三枚，至拜别时，橘竟堕地。术笑语道："陆郎来此作客，乃怀橘引去么？"绩跪谢道："欲归遗老母。"术乃叹为奇儿。至孙策在吴，与张昭、张纮等共谈武治，绩年少末坐，起身遥答道："管仲相齐桓公，九合诸侯，不用兵车，孔子亦谓远人不服，须修文德，今闻诸公徒尚武力，绩虽童蒙，未敢赞同，还请诸公三思！"**名论不刊。**说得张昭等俱为动容，策亦另眼相看。后来绩博览群书，兼通历数，事权为奏曹掾，以忠直闻。此外一班旧将，如程普、韩当、黄盖、太史慈等，并戮力辅权，江东基业，得从此渐固了。**总叙一段，见得孙权守业，全赖得人之力。**

　　且说曹操既表封孙权，羁縻东方，乃复出临官渡，与袁绍决战。绍屯兵阳武，探得操再出督师，也欲引军前进。沮授进谏道："我军虽众，勇猛不若彼军；彼军虽精，粮储不若我军；彼军利战，我军利守。最好是坚持不动，待至彼军粮尽，不战亦溃，还怕不能制胜么？"绍怒叱道："汝怎得屡沮士心，看我前去破操，再来问汝！"说着，便麾军大出，进逼官渡，择地立营，绵亘至数十里。操亦分营抵御，发兵挑战。绍军锐气方盛，并力杀出，无人可当，曹军招架不住，且战且退，还丧失了好多人马。操亲率精兵援应，方得战退绍军，收军回营。过了两日，整军再出，又复失利，乃还营静守，徐觇敌变。绍却至操营外面，四筑土山，上设高橹，令弓弩手登楼射箭，飞入操营。操兵大惊，慌忙用盾蔽身，尚有数人中箭毕命。操见军心慌乱，忙集谋士商议，想出一种御敌器械，连夜制造，叫作发石车，车中储石，扳机发动，能击空至数丈以上。车既造成，便向着土山，冲击上去，石势激射，毁坏楼橹，绍军无处藏躲，多被打得头破血流，因骇呼为霹雳车。此即后世用炮之滥觞。嗣是绍军不敢登高放箭，操营少安。绍又令军士夜凿地道，欲通操营。操命在营内四面掘堑，环水自固，绍亦计无所施。两下里持至月余，操军渐疲，粮又不继，各将士多有归志，累得操亦踌躇莫决，自思侍中荀彧，留守都中，不如派人往询，令决进退，乃使人赍书致彧。数日即得彧复书，操急忙展览，书中略云：

> 绍悉众聚官渡，欲与公决胜负，公以至弱当至强，若不能制，必为所乘，是天下之大机也。且绍布衣之雄耳！能聚人而不能用，以公之神武明哲，而辅以大顺，何向而不济？今谷食虽少，未若楚汉在荥阳、成皋间也。是时刘、项不肯先退者，以为先退则势屈也。公以十分居一之众，画地而守之，扼其喉而不得进，已半年矣，情见势竭，必将有变，此用奇之时，不可失也，唯明公图之！

操阅书后，决计不退，但令侦骑四探敌踪。

忽由徐晃部将史涣，拿住绍谍一人，问明敌情，得知绍遣将韩猛，至冀州运粮，即日可至，因报知徐晃。晃转白曹操，荀攸在旁进议道："绍将韩猛，恃勇轻敌，若使良将绕道往击，定可得胜。"操问何人可使？攸即举徐晃。晃亦自愿效力，便率史涣等往截韩猛。猛押粮车数千乘，将到官渡，适被徐晃截住，两下厮杀，倒也是个敌手。不防史涣潜至猛后，放起一把火来，焚毁粮车，遂致猛心慌意乱，拍马返奔。晃驱军杀上，与史涣合烧辎重，数千辆粮车，统化劫灰，乃引兵回报，得操奖叙，自不必说。独韩猛剩了一双空手，回见袁绍，绍即欲斩猛，经众官一再劝解，才得免死。

绍复遣兵运粮，特选大将淳于琼，带领万骑，驻扎乌巢，保护运兵来往。也算惩前毖后，可惜仍遣醉汉。琼领命自去。沮授复入白道："琼出屯乌巢，尚系孤军，未足深恃，可另遣偏将蒋奇，作为支队，巡弋乌巢，既可防操，又可援琼，庶不致误。"绍摇首不答，授怅怅趋出。又由谋士许攸入谏道："操兵本来不多，今悉众拒我，许都必虚。若遣军袭许，幸得攻克，可奉帝讨操，操必成擒；就令未下，亦好使操首尾奔命，破操也不难了！"确是妙计。绍仍然不从。攸尚欲有言，忽由统军审配趋入，报称攸家属犯法，应拘系论罪，绍遂怒目顾攸道："汝不能正家，还敢向我饶口么？"说得攸且惭且愤，奋然出帐，自思与操有旧，径奔操营。操闻攸来奔，跣足出迎，抚掌笑语道："子远肯来，事无不济了！"子远即攸表字，操延攸入座，殷勤问计。攸先说道："我曾劝绍轻兵袭许，首尾夹攻。"操不待说毕，便惊顾道："子远奈何施此毒计？"攸接入道："公不必惊惶，袁绍无知，未肯听我，反将我家属收系，所以背绍来奔。"操喜答道："绍不能用君，怎得不败？"攸复反诘道："公今尚有几何粮饷？"操答言可支一年，攸冷笑道："这怕未必？"操又言足支半年，攸拂袖遽起，向操作色道："公不欲破袁氏么？奈何相欺！攸当告辞。"操忙将攸挽住，低声与语道："军中不便明言，实告子远，军粮只有一月了！"攸又笑道："我料公粮食垂尽了！内无粮草，外无救援，危急在目前了！"操皱眉道："子远既不弃旧交，惠然肯来，应当为我设法。"攸乃说道："绍有辎重万余，屯积乌巢，派淳于琼把守，琼嗜酒无备，公可用轻骑掩袭，焚彼积聚，不出三日，绍军自乱，尚有不败么？"操闻言大喜，优待许攸。

操即选马步兵五千人，密制袁军旗帜，乘夜至乌巢劫粮；留曹洪、荀攸守营，使许攸同住营中；自己披甲上马，带同许褚、徐晃等一班猛将，及五千人马，至黄昏后起行，人负薪，马衔枚，打着袁军旗号，从间道急走，直指乌巢。乌巢距绍营约四十里，淳于琼虽奉令把守，但恃有大营为蔽，自谓无虞。且酷嗜杯中物，喝得酩酊大醉，高枕卧着，四更将尽，陡闻寨外有哗剥声，方才惊醒，起视全营，已是火光四射，如同白昼。慌忙召兵迎敌，兵士皆脚忙手乱，毫无纪律，如何敌得住曹军？曹军四面杀入，捣破琼营。琼尚有三分醉意，气力不加，勉强上马出战，兜头碰见许褚，接住厮杀，约有六七回合，手臂一松，便被许褚劈落马下，部众亦斗死千人，余皆溃散。操令将士焚毁积谷，烈焰熊熊，光彻百里，绍营中亦得瞧着，便有巡兵入报，绍恐乌巢有失，急欲遣将往援。郭图献议道："操军若攻乌巢，寨内必空，我何勿往劫彼寨哩？"绍喜说道："此计甚妙。就使操能破琼，我已拔彼大寨，彼亦穷无所归。"遂命部将张郃、高览，往袭操营。郃进说道："操善用兵，营内必然预备，不如先往救琼，若琼被一破，粮被焚劫，我等俱束手成擒了。"绍答说道："我自有区处，汝等尽管往袭操营，我当遣蒋奇往援乌巢便了。"郃乃与高览同行，才至操营外面，一声号炮，左有曹洪，右有荀攸，各引兵两路杀来，郃与览分头抵敌，尚是不能支持，只好败回。郭图闻信，自愧失计，遂进白袁绍道："郃等以败为喜，不肯效力，现已报称退回。"绍顿时大怒，立派营弁召回二人，从重治罪。营弁驰告郃、览，郃、览俱恐受诛，索性返奔操营，自请投降。曹洪正收兵回营，闻得郃览来降，疑不敢受。荀攸道："郃等战败惧诛，故来乞降，尚有何疑？"洪乃开营纳入，专待操自来发落。操尚在乌巢，焚粮未尽，正值蒋奇引兵趋至，操军见援兵到来，忙请分兵迎敌。操大喝道："贼至背后，回战未迟！"及蒋奇进攻，乃麾兵返斗，许褚、徐晃，双马突出，夹击蒋奇。蒋奇措手不及，立被杀死，众又骇奔。操也不追赶，但看辎重焚尽，方令将绍兵尸骸，各割一鼻，牛马各割唇舌，引军自归。

到了营中，由曹洪引见张郃、高览。操好言抚慰，留居麾下；并使人将人鼻、兽舌，取示绍军。原来为此！绍军恟惧，自相惊扰。操又四布谣言，谓将驱兵攻邺，绝绍归路，绍军疑为实事，纷纷溃归，连绍亦惊惶失措，与长子谭微服跨马，单骑渡河。操接得侦报，督兵追去，已不及擒绍父子。但截住残兵数万，呼令归降，残兵无路可走，无奈降操。操见未出真诚，悉数坑毙。残虐得很！又擒得绍监军沮授，操与授本系相识，令左右替他释缚，授大呼道："我非降将，既已受擒，情愿一死！"操慰语道："本初无谋，不知用君，今丧乱未定，方当与君共图大事，幸毋执迷！"授抗声道："叔父母弟，悬命袁氏，若蒙公惠，速死为福！"操又说道："我若早能得君，天下已平定了！"因厚礼相待，使留帐下。授在营中盗马，仍欲奔还，被操将察出破绽，当即白操。操见授终不为用，方命处斩，仍为礼葬。是笼络士心处。操驰入绍营，见有文书一束，多系都人交通信札，即令一律焚去，且语大众道："当绍强盛时，我尚不能自保，何况众人？"又收得财物等件，尽赏将士，众皆欢跃；唯操营内粮食已尽，绍营中亦无粮可因，乃移军至安民就食，休养疲兵，再图进取。

那袁绍渡河奔归，神色沮丧，走入黎阳北岸屯营，戍将蒋义渠出帐迎接，绍握手与语道："兵败至此，今日当以首领付卿！"义渠力为劝解，并避帐居绍，使得传宣号令，招谕溃卒，兵士稍稍趋集，寻觅父子兄弟，多半散亡。渠且泣且语道："向若从田别驾言，当不至此！"这语为袁绍所闻，绍亦自悔，顾语护军逢纪道："我前日不听田丰，致有此败，我今归去，羞见此人。"逢纪即进谗道："丰在狱中，闻主公败还，抚手大笑，自谓不出所料。"绍大怒道："竖儒竟敢笑我么？"遂遣吏杀丰。丰羁狱已久，由狱吏入报绍军败状，丰太息道："我今死了！"狱吏惊讶道："主公败回，必自悔前事，释君出狱，大加重用。"丰摇首道："军若得胜，主公心喜，或将赦我，今战败自惭，我有何望？"说着，果有绍使到来，传命杀丰，丰因即自到。人之云亡，邦国殄瘁。是时冀州城邑，相率生贰，绍收集散卒，分道四略，稍得平定。

　　独刘备南北驱驰，两次投绍，复两次离绍，道出邺城，得与赵云相遇，阔别有年，重复聚首，当然喜如所望。再至汝南招寻刘辟，途中始会见关羽，又是一番悲喜交并。再由羽述及甘、糜二夫人，与张飞同住古城。乃亟诣古城相见，夫妇团圆，弟兄欢聚。再加糜竺、孙乾等亲从毕集，仿佛重光日月，再造家乡。好容易过了几宵，备因古城狭小，不堪久住，决计挈家引侣，偕往汝南，四觅刘辟，不见下落；唯刘辟余党龚都，却占住汝南，迎备入城。未几得袁绍败信，备语关、张二人道："我见绍外宽内忌，党与纷岐，已料非曹操敌手。前次到了汝南，已欲与绍脱离，适值曹军到来，不得已再往依绍；嗣见绍不听良谋，败亡在迩，我所以再与绍言，叫他南连刘表，乘机乞使，复得南来。绍不必虑，所虑唯操，只恐此地亦未能安居哩！"借备口中，叙离绍始末。正在踌躇未定，便有侦骑入报道："曹操部将蔡阳，领兵入境，想是来攻此城。"张飞跃起道："我愿去取蔡阳首级！"关羽、赵云亦愿同往，备允他出敌，三员虎将，连镳并出，不到半日，便取得蔡阳头颅，欣然回城。备又喜又惊道："我斩蔡阳，操必自至，彼方胜袁绍，锋不可当，不如径投刘表为是。"张飞道："操果到来，何妨再战！难道操能必胜么？"关羽却说："频年依人，终非了局，且待操果亲至，再作计较。"备乃留居汝南，使人专探曹军举动。过了数旬，果有急报传至，乃是曹操亲督大军，杀奔前来，备忙令束装起行，张飞还要出战，经备阻止，匆匆带领家小，及关、张、赵等将吏，驰出南门，直抵荆州。汝南城内，只剩了龚都一人，亦知不能拒操，仓皇避去。至曹操到了城下，已是虚若无人，由他进城，操总算禁止侵掠，出榜安民。当即顺道还许，与荀彧商议道："我本想渡河灭绍，偏被刘备据住汝南，拊我背后，不得不移军往讨。今闻备往奔刘表，我意欲乘势南下，攻取荆州，君意以为何如？"彧答道："袁绍新败，部众离心，不乘此时略定河北，乃欲移军江汉，倘绍收合余烬，乘虚出袭公后，公将如何对待呢？"操乃罢议，就在许都过年。至建安七年正月，复进军官渡，规图河北。

　　袁绍已还冀州，惭愤成疾，吐血不止，顿时惶急了一个继妻，借着侍疾为名，日夜进言，劝立少子，累得绍益增愁闷，病势日增。原来绍有三子，长名谭，次名熙，幼名尚，尚为继妻刘氏所出，面目清扬，为绍所爱。刘氏早请立尚为嗣，绍因舍长立幼，恐遭物议，特使谭出继兄后，出为青州刺史。当时沮授等已有异言，绍却向众解释道："我欲令诸子各镇一州，试验才能，方好择立后嗣。"乃又使次子熙为幽州刺史；独留尚不遣，还有并州刺史一缺，派外甥高干赴任。至官渡一役，绍将谭、熙等尽行调集，不幸为操所算，败回河北，命谭、熙等回镇本州；且令河上各戍营，坚壁勿战。残年将尽，忽病呕血，娇妻爱子，涕泣床前，已是愁上增愁，闷中加闷。谁料曹操又进军官渡，捣破仓亭，急得绍鲜血直喷，昏倒床上。妻子等慌忙呼唤，虽得苏醒片时，但已时气喘声嘶，不能详嘱，少顷间两眼一翻，呜呼归阴！<small>狂费一生心血。</small>绍妻刘氏，亟召入审配、逢纪，托称遗命，立尚为嗣。配与纪皆与谭有隙，情愿事尚，即奉尚主丧，颁谕四州。绍有宠妾五人，并来举哀，刘氏不禁动恼，指挥卫士，把五妾一并杀害；且令髡发毁面，指尸叱骂道："汝等生前献媚将军，恃色邀宠，今在我掌握，教汝死且无颜，免得再去卖俏了！"<small>如此妒悍，安能有后。</small>袁谭闻丧奔至，不得为嗣，很是怏怏。尚使谭为车骑将军，出屯黎阳，并令逢纪监军。谭因黎阳为拒操要冲，请尚拨添重兵，尚但给数千人马，并传语逢纪，催谭速行，遂致谭忍无可忍，索性杀死逢纪，自往黎阳去了。小子有诗叹道：

> 兄弟如何竟阋墙？外兵未入内先伤。
> 追原祸变非无自，乃父贻谋太不臧！

谭至黎阳，正值操军进攻，究竟谭能否敌操？待至下回再表。

曹操处处能用谏，袁绍处处是慁谏，即此已见袁、曹之兴亡，不待战而始决耳！况粮饷为行军之根本，军若无粮，败可立待。袁绍一失之韩猛，再失之于淳于琼，用人不明，贤否倒置，是尚能与操争胜乎？刘备能知绍之必败，其智识远出绍上；操亦目备为英雄，故绍败而不急追，反于势孤力弱之刘备，却郑重视之，蹙之于汝南之间，使备不得息肩。操之窘备，亦甚矣哉！彼袁绍既自误其身，复遗误其子，身死以后，两子相争，卒致覆祚。以坐跨幽、冀之袁本初，反不若奔走南北之刘玄德，善败不亡，卒能创业垂基，与曹氏抗衡终古也！才与不才之判，固如是欤？

# 第十四回

## 守孤城审配全忠
## 嫁二夫甄氏失节

　　却说袁谭出屯黎阳，才阅数日，即闻曹军杀到。谭手下不过数千人马，如何抵得住大队曹军？只好向袁尚处告急。尚本不欲救谭，只因黎阳一失，关系非轻，乃自率兵往援，与谭共战曹军，连败数次，没奈何闭城固守。另遣河东太守郭援，会同并州刺史高干，共向平阳进兵，意图牵制曹军；且阴与关中将马腾通书，使他遥应。腾颇有允意。司隶校尉钟繇，方出督关中，见七十六回。探闻消息，也亟遣使往抚马腾，极陈利害，并约腾同御敌兵，腾乃遣子超领兵万人，与繇相会。繇即偕超出发，行抵汾河，适值郭援渡河西来。援本为繇外甥，繇专心助曹，不暇顾及私谊，便麾兵急击，掩他不备。校尉庞德，素有勇力，执刀前驱，兜头遇着郭援，当即交锋，不到十合，已将援首级取去。援众大乱，无论已渡未渡，一古脑儿逼入水中，溺死过半；高干闻败，也即退回。庞德携着郭援首级，向繇报功，繇见了援首，不禁下泪。德深为诧异，嗣知繇与援有甥舅谊，复入帐谢罪。繇怃然道："援虽我甥，今为国贼，理应加诛，何故言谢？"*繇徒知援为国贼，不知操亦一国贼。徒忠于操，殊不足道。*遂驰书告操，请操免忧。操接得捷音，不必西顾，便猛攻黎阳，谭、尚两人保守不住，走还邺城。操督兵追击，刈麦为粮，还想乘胜攻邺，会闻祢衡为黄祖所杀，且喜且愤，召语将佐道："祢衡狂士，我能容受，他人怎肯相寄？我已料他必死了！*明是借刀杀人。*

但衡是由我遣去，黄祖敢杀我使，也是藐我。我总要前去问罪。免致小视。"衡赴荆州，见七十六回。郭嘉即乘间进说道："何不就移讨荆州？"语尚未毕，诸将谓谭、尚将灭，奈何移师？嘉又说道："谭、尚本不相睦，急乃连兵，缓必生变，我正好乘此退去，南向荆州；待他兄弟阋墙，然后再进，庶一鼓可灭了。"家必自毁，然后人毁之。操拈须称善。但留部将贾信，屯守黎阳，自率大军还许，搜乘补卒，南攻刘表。表前时接见祢衡，也知衡为北方才士，优礼相待；嗣因衡傲慢不恭，乃遣往江夏，使见黄祖。祖亦慕衡名，命掌文牍。长子射音亦。尤好文辞，尝托衡作《鹦鹉赋》，文不加点，援笔立成，词旨甚是典赡，大为射所赞赏，视衡如宾师一般。后来黄祖在舰中宴客，衡亦与座，酒后抢白起来，衡骂祖为死么，祖性褊急，欲令军士挞衡；谁知衡骂詈不休，惹动祖怒，竟将衡一刀杀死，年止二十六。祖子射，徒跣来救，已是不及；祖亦酒醒知悔，厚加棺殓。但死已无知，有何益处？衡原自取，祖亦贻讥。八字公评。

　　曹操计毙祢衡，反得借衡为名，进攻刘表，正是妙策。军至西平，忽由袁谭遣使辛毗，叩营求见。操召毗入问，毗答言谭、尚相攻，谭败奔平原，事关危急，情愿向公投诚，乞公援助。操乃召将佐会议。群下多谓谭、尚衰乱，已不足忧，刘表方强，应趁早平定，免为后患。独荀攸进说道："天下多事，群雄逐鹿；刘表坐拥江汉，不能展足四方，无志可知；袁氏据有四州，带甲数十万，若使二子和睦，共守成业，势且永固不摇。今兄弟构衅，理难两全，我不乘隙相图，待他并合为一，力雄势厚，也难制服，机不可失，幸即移师！"见识高人一筹。操也以为然，允即援谭，遣毗先归，自督兵再至黎阳。谭、尚本同走邺中，及曹操南还，谭意欲追操，请尚举兵相从，尚又觉动疑，不肯依议，谭当然怀愤；再加郭图、辛评两人，在旁撺掇，就不遑后虑，引兵攻尚。尚兵较多，谭兵较少；一场冲突，谭又败走。别驾王修，自青州援谭，谭更欲还军攻尚，修谏阻道："兄弟犹左右手，譬如与人将斗，自断右手，尚能向人争胜么？况兄弟不亲，何人可亲？彼谗人离间骨肉，为害甚大，愿将军立诛谗佞，讲信修睦，自足安内攘外，横行天下！"语亦激切。谭终执定己见，率兵回攻。哪知尚却已赶来，就南皮城外接仗，谭复失利，败奔平原，尚追至平原城下，督兵围攻。郭图等又劝谭降操，向操求救，谭更为所惑，乃使辛毗乞师；待毗既归报，操亦进兵。尚自然得知消息，忙撤围还邺。部下闻操军大至，俱有惧色，吕旷、高翔两将，竟叛尚降操。偏谭谋招致旷、翔，阴刻将军印信，使人赍给二人；二人既诚心归操，反取印白操。操微笑不答，欲知言外意，尽在不言中。且派吏至平原，令为子整说婚，愿聘谭女，谭不敢不从；操又借口乏粮，引军暂退。好狡诈。尚总道是操已还军，可以无虑，但留审配守邺，复督军往攻平原。审配更献书与谭道：

> 配闻良药苦口利于病，忠言逆耳利于行，愿将军缓心抑怒，终省愚辞！盖《春秋》之义，国君死社稷，忠臣死君命，苟图危宗庙，剥乱国家，亲疏一也。是以周公垂涕以毙管、蔡之狱，季友啼嘘而行叔牙之诛，何则？义重人轻，事不获已故也。昔先公出将军以续贤兄，立我将军以为嫡嗣，上告祖灵，下书谱谍，海内远近，谁不备闻？何意凶臣郭图，妄画蛇足，曲辞谄媚，交乱懿亲，致令将军忘孝友之仁，袭阋、沈之迹，阏伯、实沈为高辛氏子，日寻干戈，以相征讨。语见《春秋左传》。放兵钞突，屠城杀吏，冤魂痛于幽冥，创痍被于草棘。我州君臣，若拱默以听执事之图，则惧违《春秋》死命之节。且诒太夫人不测之患，损先公不世之业，岂不痛哉？伏唯将军至孝蒸仁，发于岐嶷，友于之性，生于自然，章之以聪明，行之以敏达。览古今之举措，睹兴败之征符，何意奄然沉迷，堕贤哲之操；积怨肆忿，取破家之祸；翘企延颈，待望仇敌，委慈亲于虎狼之牙，以逞一朝之忿。言之伤心，闻者流涕。若乃天启尊心，革图易虑，则我将军当匍匐呼号于将军股掌之上，配等亦当敷躬布体，以听锁斧之刑。如又不悛，祸将及之，愿熟详吉凶，以赐环玦！配再拜以闻。

看官试想！谭与弟尚，已经势不两立，怎肯为了审配一言，幡然变计？于是再向操乞援，催令进兵攻邺，牵制尚军。操原要待谭求救，然后再进，既接谭使，便麾动人马，直指邺城。审配闻操兵复至，急忙整缮守具，为御敌计，一面使武安长尹楷，屯兵毛城，接济粮饷。配将冯札，阴蓄异志，开门待操。操兵前队千余人，踊跃趋入，才有一小半进城，城上大石如飞，没头没脑的掷击下来，操兵闪避不及，正想退去，猛听得豁喇一声，放下闸板，将门掩住，把操兵内外隔断。操兵陷入城内，约有三百多名，无路可奔，立被守兵围裹，杀得一个不留，连冯札也因此毕命。原来审配闻变，赶急登城，指挥士卒，掷石下堑，所以操兵虽入，并不慌张，反结果了三百人性命。配亦能军。至操随后赶到，奋怒攻城，但见矢石齐下，无缝可钻，乃令大小三军，绕城驻扎，且攻且围，好几日不能得手。因想出许多方法，筑土山，掘地道，仰瞰俯临，伺隙掩击。那审配却是能耐，日夕严防，一些儿没有疏虞；再加尹楷随时运粮，源源不绝，所以全城镇定，累日坚持。*极写审配忍耐，反衬曹操智计。*操连攻不下，特留曹洪等围邺，自引兵往击毛城；正值尹楷输粮赴邺，被操在途截夺，大破楷军。又分兵拔邯郸，降易阳、涉县，剪去邺城羽翼，仍然还军邺城，索性将土山地道，一律毁撤，专命军士凿堑城外，周围四十里，广约丈许，深只数尺。审配在城上遥望，见他开濠甚浅，不以为意；谁知操计中有计，到了夜间，却使军士掘深濠堑，竟至二丈有余，沟通漳水，灌入城中。配至此悔不早争，误中操计，但已是无及，不得已悉众登陴，聊避洪流。又阅数日，粮食垂罄，饿死多人。可巧袁尚率兵回援，前锋已至阳平亭，距邺城只十七里，探马报入操营，诸将谓尚军驰归，必将死斗，不如避彼锐气，再作计较。操扬言道："尚若从大道趋至，我当避彼；若由小路至此，心已先怯，一战便可成擒了！"*料敌甚明。*嗣经探马续报，尚果从小路还援，操大喜道："我料尚是无能为呢！"遂令曹洪等堵住守兵，自去对敌袁尚。尚已至阳平，就夜间举火为号，遥示城中，城中亦举火相应，两下里得通消息，满望内应外合可破曹军；偏偏待至天明，曹军却杀到阳平，并不闻审配影响。尚将马延、张颛，望见曹操势盛，未战先降，他将统皆骇走，尚亦只好返奔；所有辎重器械，尽行抛弃，甚至印绶节钺，亦为操兵所得。操也不穷追，引还邺下。

审配曾出兵城北，想去接应袁尚，适被曹洪截回，退守城中；及操又还攻，将阳平所获物件，取示守兵，兵心大沮。审配尚誓众固守道："操军已疲，料难久持；且幽州必来相援，何患无主？汝等但坚守死战便了！"操再拟猛攻，正值袁谭遣使辛毗，复来操营，操令毗招降审配。毗至城下，呼配与语，配大怒道："袁氏兄弟，全由汝兄辛评，与郭图党同挑拨，以致失和，甘召外侮。今汝兄家属已系狱中，他日拿住汝曹，当一并枭首，上谢先君！尚敢向我招降么？"说着弯弓欲射，慌得辛毗连忙退回。原来袁谭去邺时，郭图、辛毗等家眷，俱得随行，独辛评妻子迟走一步，为尚所收，所以系住狱中，无从逃脱；及辛毗返报曹操，操知配决计不降，冒矢督攻，箭彻车盖，指挥如故，入夜不休。审配自守东南隅，令兄子审荣抵御西北；荣不愿坐毙，竟献门迎操，操军当然拥入。配在东南角楼上，遥见西北失守，亟遣人驰诣狱中，杀毙辛评全家，自率残兵下城巷战，战到兵尽力穷，倒地受擒。时辛毗入救兄家，已嫌太晚，回到操营，巧巧碰着审配，被兵士押解过来，冤家相见，格外眼红，即举起手中马鞭，乱挞配首道："死奴也有今日么？"配亦反詈道："狗辈破我冀州，恨不诛汝！"及入见曹操，操颇怜配忠壮，有意劝降。乃故意问配道："汝知献门为谁？"配答言未知。操说是审荣所献，配愤愤道："儿辈无行，乃竟至此！"操又说道："孤至城下督兵，何箭多乃尔？"配厉声道："恨少恨少！"操尚慰语道："卿为袁氏尽忠，不得不然；今已成擒，还有何说？"配直答道："城亡与亡，何必多言？"语可屈铁。操犹豫未忍，辛毗在旁号哭道："兄家一门遭戮，乞速杀此贼，借慰冤魂！"配瞋目视毗道："汝为降虏，配作忠臣；生不如死，可速杀我！"操方令左右牵出，置诸死刑。配叱刑士道："我主在北，不应南面受诛！"乃听令北向引颈受戮。虽死犹生。操命将遗尸棺殓，茔葬城北，然后出营入城。

次子曹丕，年方十八，随父从军，当即跃马先驱，径诣府舍；府中已由操兵监守，见了曹丕进来，当然让入。丕提剑下马，径入后堂，但见一中年妇人，兀坐垂泪，膝下有一少妇跪着，用首枕膝，乱发蓬头，作颤动状。丕瞧入眼中，见少妇发光可鉴，已是动情，遂按剑问道："汝等为谁？"中年妇人答说道："我为袁将军妻刘氏。"又用左手遮少妇玉颈，右手指着道："这是次男熙妻甄氏，年轻胆怯，幸乞垂怜！"妒妇也不能不丢脸了。丕和颜道："既系刘夫人，我当代为保全；可令新妇举头，不必惊慌。"刘氏乃推起少妇，嘱令道谢。丕留心注视，已哭得花容狼藉，脂粉模糊，但一种娇羞情态，已是欲盖弥彰，动人怜惜。当下揽袖近前，替她拂拭，一经去垢，露出庐山真面，端的是桃腮杏脸，妖艳绝伦。烈妇被人牵臂，且断腕全贞，熙妻任令曹丕拭面，其不贞可知。丕即自述姓名，叫她放心，刘氏闻是曹操世子，忙令甄氏下拜检衽，且与语道："此后可不至忧死了！"总教人尽可夫，何致遽死？甄氏含羞拜毕，偷觑不容，正是一位翩翩少年，英姿潇洒，仪表风流，不由的勾动芳心，含情脉脉。丕痴立多时，忽听外面人声嘈杂，乃掉头趋出，往迎乃父。适曹操已入府厅，升帐上坐，问及袁氏家属，丕抢步上前道："袁家只有姑媳两人，尚存内室，狼狈相依，幸乞怜恕！"操点首道："我与本初起兵讨逆，誓同患难，不幸为好不终，致兴兵革；如果全家投顺，应该一视同仁，何况妇女呢？"奸雄狡词。这数语正中曹丕心坎，便入内引出袁氏姑媳，使见曹操。操见甄氏花貌雪肤，也为叹赏，便问刘氏道："汝家如何止留二人？"刘氏答道："子妇等并皆远出，唯次媳愿侍妾身，所以尚留在此。现蒙世子曲意保全，实为万幸。"操已闻言知意，旁顾曹丕，见他两目钉住甄氏，几不转瞬，益知丕暗里寓情，遂嘱丕引还二妇，安心居住；一面下令安民，豁免租赋一年，百姓自然喜悦，相率安堵。操遂置酒高会，宴集将佐，就是袁氏姑媳，也并馈酒肉，一例看待。将佐饮毕，均向操申谢，独许攸醉意醺醺，顾操大言道："阿瞒若非我相助，恐未能坐得此州！"操不禁动怒，强颜为笑道："汝言亦是，当录汝首功！"攸狂笑自去。死期将至，还在梦中。操复上表奏捷，有诏授操为冀州牧，操拜受诏命，愿将兖州让还。将佐俱入帐道贺，唯曹丕却尚怏怏。俗语说得好："知子莫若父。"当由操使人作伐，愿娶熙妻甄氏为子妇，刘氏不敢不从，商诸甄氏，也无异言，当下就府舍为礼庐，择吉成婚。待至洞房合卺，并蒂谐欢，柳絮随风，轻狂乏力，桃花逐浪，含笑无言。两口儿枕席绸缪，不消絮述。只委屈了幽州刺史袁熙，叫他去做死乌龟，未免不甘。还有将作大匠孔融，已调任大中大夫，闻得操为子娶妇，就是袁熙妻室，因戏致操书道："昔武王伐纣，尝以妲己赐周公，想明公有心希古，敢不拜贺？"操得书后，还道融博学多闻，定有所见。后来与融晤谈，问及前书来历，融笑答道："这是由愚衷揣度得来，当时武王明圣，谅不致戮及美人，赐与周公，岂不是两美相谐么？"语足解颐，可惜招尤。操方知融语带讥嘲，蓄恨谋害，事见下文。

　　且说曹操既得冀州，复想并吞幽、并诸州。幽州刺史高干，闻风纳款，自请归降，操仍令干守原职。会闻袁尚窜入中山，为谭所攻，复走幽州，谭收得尚众，还屯龙凑，有自主意；乃遣使赍书责谭背约，与他绝婚，当即出兵进击。谭不能敌操，退保南皮；操追至城下，围攻了一两月，尚未能拔。时已为建安十年正月，腊尽春来，残雪初霁，操为议郎曹纯所激，亲执枹鼓，促兵登城，兵士并力直上，搴旗斩将，齐集城楼。谭下城出走，甫离北门，突被曹洪截住，心慌力怯，由洪大喝一声，劈落马下。郭图、辛评尚在城内，俱为操军所擒，操命把郭图斩首，但将辛评贷死。青州别驾王修，正从乐安运粮回来，得知谭已被杀，便下马号哭道："无主何归？"乃径诣操营，乞收葬谭尸。操嘉修忠义，准如所请，仍使修至乐安运粮。乐安太守管统，不肯降操，操嘱修取统首级，修不忍杀统，执统诣操，代请赦罪，操也即依从，且留修为司空掾。郭嘉劝操延揽名士，借孚众望。操因随处招致，但有才艺可称，即辟为掾属，独不赦袁绍记室陈琳，悬赏购缉，竟得擒来。小子有诗叹道：

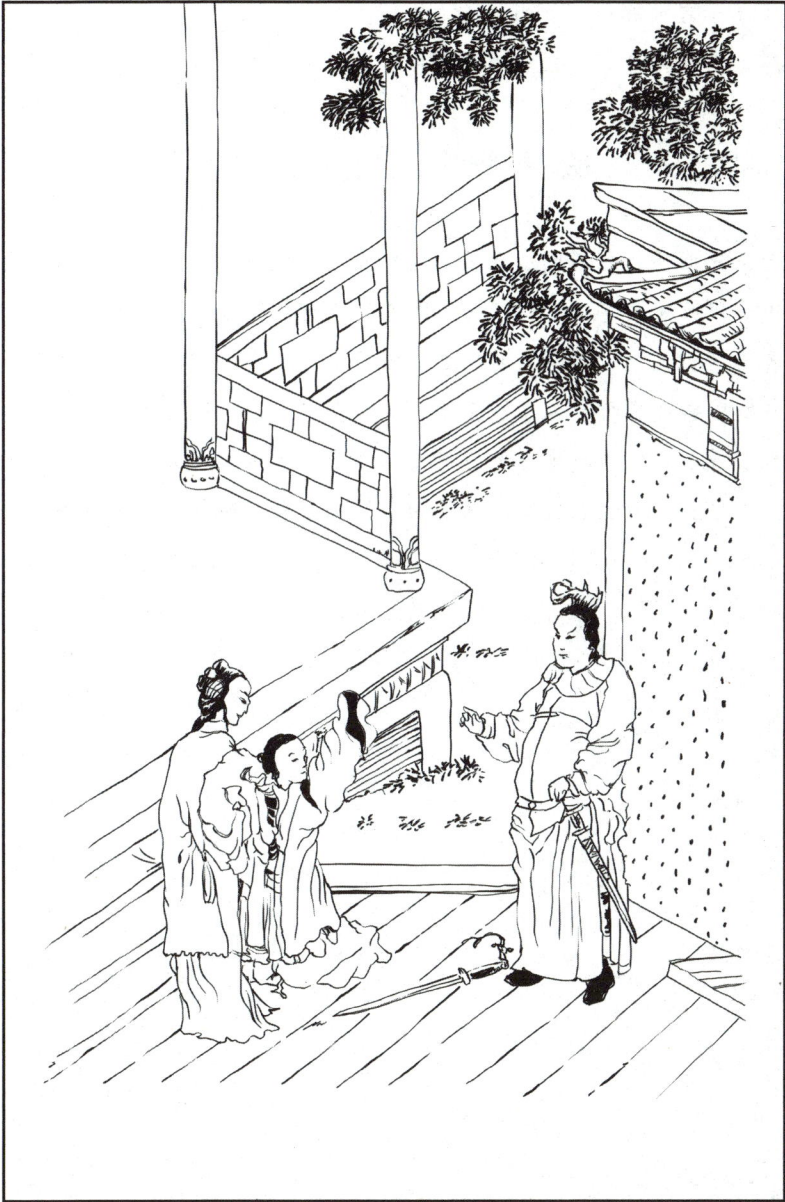

曹丕乘乱纳甄氏

下笔千言气亦雄，冀州一破术皆穷。

若非曹氏怜才切，颈上难逃剑血红。

欲知陈琳性命如何，容至下回表明。

审配为袁氏旧臣，始不闻以立长之经劝袁绍，继不闻以友于之义谏袁尚，亡袁之咎，配亦难辞；但观其誓守孤城，死不降曹，亦有足多者。本回于配之守邺，叙述独详，盖即善善从长之意，不忍没其忠也。独于甄氏之再适曹丕，却未肯下一曲笔，可褒则褒，可贬则贬。古称妇人从一而终，夫死尚当守节，胡为袁熙未亡，甄氏即背夫改适耶？至若曹丕之霸占人妻，与曹操之妄纳子妇，皆为名教罪人，贬甄氏，正所以贬操丕也。人情孰不贪生而恶死，况属妇人？而迫命改醮者，实由操丕，操丕之不道可知矣。

# 第十五回

出塞外绕途歼众虏

顾隆中决策定三分

　　却说陈琳被曹军擒住，解至操前，操盛怒相待；及见琳温文尔雅，不禁起了怜才的念头，即霁颜问琳道："卿前为本初作檄，但可罪状孤身，奈何上及祖父呢？"琳答说道："箭在弦上，不得不发，公今罪琳，琳亦知罪了；活琳唯公，杀琳亦唯公。"操听了琳言，怒意益平，遂赦免琳罪，使与陈留人阮瑀，同为记室。袁氏旧臣崔琰，曾劝绍守境述职，不宜用兵，绍不肯听，终败官渡；后来谭、尚交争，各欲用琰，琰托疾并辞，为尚所囚，亏得陈琳营救，才释归河东；至是琳与操说及，操遂召琰为别驾从事。琰应召到来，操与语道："孤查本州户籍，可得三十万甲兵，故向称大州。"琰从容道："今天下分崩，九州幅裂，二袁兄弟，日寻干戈，冀民暴骨原野，未闻王师布德，存问风俗，救民涂炭，乃先估计甲兵，似非敝州士女想望明公的本意，望明公见察！"操乃改容称谢，视若上宾，使为世子丕师傅，留居邺城。不为丕求淑女，虽有贤傅，恐亦寡效。自己部署人马，欲往攻幽州；忽由袁熙部将焦触、张南，使人投递降书，内称慕风归义，已将袁尚袁熙，逐奔乌桓，特此报闻；操当然大喜，特派吏宣慰，表封焦触、张南为列侯。已而并州刺史高干，举兵守壶口关，复与操绝；操遣部将乐进、李典，率兵往攻，多日不下。河内人张晟，河东掾卫固、范先等，又纠众应干，转寇渑、崤间。操用荀彧计，议调西平太守杜畿，为河东太守。畿

107

抵任后，阳与固、先联络，暗中却解散叛众，使不相连；再由操遥结马腾，使击固、先，里应外合，便将固、先擒斩，再移兵讨灭张晟，河东复安；独高干据住并州，负嵎如故。建安十一年正月，操亲率大军，出击壶口关，围攻至两月有余，关上守兵，不堪疲敝，因开关纳入曹军。高干闻壶口失守，无险可恃，不得已留吏守城，自诣匈奴求救。匈奴久已服汉，不愿与操构衅，当即拒绝高干。干率数骑驰回，途次闻知并州降操，害得无家可归，乃南奔荆州。道过上洛，被都尉王琰截住，斩首献操，并州又为操有了。<small>袁绍属地，至此悉亡。</small>先是山阳人仲长统，游学至并州，得干优待，屡问世事，统直答道："君具有雄志，惜乏雄才，也知好士，未能择贤；愚颇为君代虑，愿预先戒慎，勿务高深！"干闻言不乐，微露愠意，统即辞去；及干已败死，果如统言。荀彧素知统才名，特举为尚书郎，操便即引用。操复顺道东略边疆，黑山豪帅张燕，率众十万人来降，受封列侯；独海贼管承，不肯归附。操使李典、乐进为先锋，击走承众，承窜入海岛，操乃还师，至邺城度过残冬。经春行赏，奏封功臣二十余人为列侯，且特陈荀彧功状，彧已受封万岁亭侯，至此更增封千户；又欲进爵三公，彧使荀攸再三辞让，方才停议。操尝谓忠正密谋，抚宁内外，莫如文若，次为公达。文若即荀彧字，公达即荀攸字。彧封侯后，攸亦得封陵树亭侯，叔侄并荣，一时称最。操且将爱女嫁彧长子，联为姻娅，好算是相得益欢了。<small>彧妻为中常侍唐衡女，今得操女为子妇，比妻尤荣。</small>

　　且说袁尚、袁熙，奔往乌桓。乌桓部酋蹋顿，为故王印力居从子，占住辽西偏隅，素与袁氏相往来。袁绍曾立他为单于，使家奴冒充己女，遣嫁蹋顿。蹋顿未知真假，遂认绍为妇翁，聘问不绝；及尚熙往奔，当然迎纳，拨众相助，使复故土。早有幽州边吏报达曹操，操便拟北伐，先凿平虏、泉州二渠，作为运道，然后指日出师。诸将皆有疑议，或谓尚、熙垂亡，蹋顿未必为用；或谓大军北征，刘表、刘备，将乘间袭许，不可不防。独郭嘉与操同意，排斥众议道："袁氏厚待乌桓，蹋顿不忘旧惠，必为效力；若袁尚兄弟，号召华夷，大举入寇，青、冀、幽、并随在可危；彼刘表不过一坐谈客，自知才不足驭刘备，未肯重任，备亦未必乐为表用，两人异心，断难成事。公虽虚国远征，亦可无忧，但放心前往便了。"操因即起行，既至易城，欲下令休息，郭嘉又进议道："兵贵神速，况千里袭人，更宜掩彼不备，最好是留住辎重，只令轻骑速进，猝临乌桓，必可破虏，愿公勿疑。"操接说道："卿言甚是。

但北路崎岖，无人引导，却也难行。"嘉又答道："公若留心访察，何至无人？"操如言探访，果得右北平人田畴。畴曾为幽州牧刘虞从事，虞为瓒所杀，畴适自长安北还，哭祭虞墓，险遭拘戮，嗣有人替他解免，始得脱归。见前文。袁绍灭瓒，遣使招畴，授将军印，畴辞不就。操使传命，一召即来，当由操延入谘问，畴直答道："畴志不在官，所以愿见明公，实因乌桓不道，害我乡贤，畴早思往讨，苦未能逮；今得公北征，为民除害，畴敢不前来，勉献刍言？"操相见恨晚，即拜畴为蓨县令，畴不愿就职，但引操军进次无终。时方溽暑，大雨时行，海滨污下，泞滞不通，虏众又分扼蹊径，无路可通，操乃复向畴问计。畴献策道："此路原未易交通，水浅时不通车马，水涨时不载舟船，若要向前进兵，处处为难，唯旧北平郡治在平冈，道出卢龙，可达柳城。自从建武以来，行人稀少，尚有一径可通。今虏众无知，总道大军就此北进，但教守住要口，便可无虞；若使改道从卢龙口，潜越险阻，直捣虏巢，蹋顿虽强，不怕不为公所掳了。"操自然乐从，扬言退军，且在路旁署木为表，上刻数语道："今当夏暑，道路不通，且俟秋冬，乃复进军。"欺虏已足。随即令田畴为向导。改从卢龙口进兵，堑山埋谷，潜行五百余里，乃通白擅，历平冈，涉鲜卑庭，东指柳城。蹋顿得侦骑还报，总道操军已退，不必严防；偏操军悄悄进行，距柳城仅百余里，才得闻知，当下仓皇部署，带同袁尚兄弟，领数万骑，出截操军。操正抵白狼山，与敌相遇，遥见虏众甚盛，部下多有惧色，操登山望虏，顾语部将张辽道："虏众不整，虽多无益，卿可为我先驱擒虏！"辽应声下山，当先突阵，许褚、徐晃、于禁等，随后继进，立将敌阵捣破。蹋顿正在惊惶，不防张辽杀到，兜头一槊，刺落马下，眼见得不能活命了。尚熙早知曹兵厉害，又见蹋顿落马，慌忙返奔，虏众大溃。操下令招降，胡汉兵民，先后投诚，共得二十余万口；遂整军驰入柳城，表封田畴为亭侯，畴向操固辞，操乃中止。嗣探得袁尚兄弟，奔投辽东太守公孙康，诸将请进击辽东，操微笑道："不必不必！尚与熙自投死路，管教康送首到此，还费什么兵力呢？"大众将信将疑，操却分兵屯守柳城，自率诸将还师。将士伤亡无几，只郭嘉不服水土，竟至得病，返至易城，病重而亡，年只三十有八。操亲为祭奠，哭泣尽哀，荀攸等从旁劝解，操与语道："诸君年龄，与孤相等，唯奉孝最少，我欲托彼后事，不期中年夭折，岂非云命？"乃表述嘉功，请加封谥，嘉已受封洧阳亭侯，至是复追增封邑八百户，予谥曰贞，令子郭奕袭爵。正拟由易还邺，忽由辽东遣使到来，献上首级二颗，一是尚首，一是熙首。未知甄氏闻之，曾否泪下。诸将俱服操先见，但尚未知操如何料着，因齐声问操，请操析疑。操笑说道："公孙康素畏尚、熙，今尚、熙穷蹙往投，我若急击，彼且并力拒我，唯我已退兵，免彼后虑，彼乐得杀死尚熙，向我示惠，这是情理上应有事件，诸君但未细思哩！"众将方皆拜服。

究竟公孙康杀死尚熙，是何意见，应该就此表明：康父名度，本系辽东人氏，由董卓举为辽东太守，乘乱自主，号称辽东侯，领平州牧；东伐高句骊，西击乌桓，又越海收东莱诸县，独霸一方。操因辽东路远，但欲奉诏羁縻，拜度为武威将军，封永宁乡侯。度怒说道："我已自王辽东，还要什么永宁乡侯？"遂将所赐印绶，搁置武库中。既而度死康嗣，就将永宁侯封，转给弟公孙恭。袁绍据冀州时，尝欲并吞辽东，未得如愿；及尚、熙败走，途中私相谋议道："我兄弟为操所攻，致失四州，今不如投奔公孙康，康若出见，就好把他格毙，得了辽东，尚可借地容身哩。"四州且一并失去，还欲窥伺辽东，真是妄想。不意公孙康比他狡诈，待至二人报到，预先埋伏甲士，然后延令入见。二人佩剑进去，才至中门，便由甲士突出，把他抓住，连拔剑都来不及，只好束手受缚，牵置门外。时已初冬，塞外早寒，尚为风所吹，求给坐席，熙怅然道："头颅且远行万里，要席何用？"爱妻已向人送暖，自可死心塌地。果然席不得给，反赠他一碗刀头面，同时毕命，康即将两首献入曹军。操表封康为襄平侯，拜左将军；并将尚首悬竿示众，下令敢哭者斩。袁氏故吏牵昭独设祭举哀，操却叹为义士，举作茂才；田畴也往吊祭，操亦不问。不顾前令，全是奸雄手段。唯仍欲封畴为侯，畴以死自誓，决不就封，但挈家族三百余人，随操同返邺中。操见畴志决词坚，乃不予封邑，使为议郎；何不并议郎辞去。一面养兵蓄锐，再图南略。会闻荆州牧刘表，遣刘备出屯新野，为北伐计；乃遣部将夏侯惇、于禁等，率兵万人，南行拒备。备自汝南奔依刘表，光阴易过，倏忽五年。建安六年九月，备奔荆州，此时已建安十二年了。曹操北攻袁氏，即劝表乘虚袭许，表素无大志，不愿远图。果不出郭嘉所料。及袁氏败亡，操回邺城，表复觉生悔，乃邀备与宴道："前日不用君言，坐失机会，很觉可惜！"备反慰语道："今天下分裂，干戈四起，前失机会，怎知日后不得再逢？但教后此毋误，就不必追恨了。"话虽如此，心中总不免惆怅。少顷起座如厕，自视髀肉复生，不觉潸然泪下，回至席间，面上尚有泪痕，为表所见，向备诘问。备实告道："备尝身不离鞍，髀肉皆消，今久不骑马，髀里肉生，日月如流，老已将至，功业却毫无建树，所以不能无悲呢！"表乃遣备出屯新野，备宴毕即行。既至新野，得与颍川人徐庶相遇，延为宾佐，凑巧操将夏侯惇、于禁，引军来攻，庶为备画策，自烧屯粮，出城南走；惇与禁疑备怯战，麾兵急追，不意伏兵四起，掩击一阵，杀得夏侯惇等七零八落，收拾残众，逃回郏中。

备复至新野，待庶益厚，庶语备道："南阳有诸葛孔明，世称卧龙，将军亦愿相见否？"备忙说道："既有这般名士，怎不愿见？但比君才具何如？"庶答说道："孔明尝自比管仲、乐毅，如庶不才，怎得相拟？"备又说道："君既与彼相知，请即劳君一行，邀与俱来。"庶摇首道："此人可就见，不可屈致，将军宜枉驾相顾，或可出来预谋；否则虽厚礼招聘，恐卧龙未必出山呢。"备听了庶言，乃留庶与赵云等守城，自偕关、张二人轻车简从，径往南阳。一时访不着孔明，只遇一襄阳名士司马徽，两造叙述姓名履历，才知徽字德操，隐居不仕。备虽与徽初次会面，但见他道貌清癯，料非庸俗，因叩问世事，并乞相助，徽答语道："山野鄙夫，未识时务，识时务须求俊杰，此间有伏龙、凤雏，皆济世才，得一人便可定天下。"备问伏龙、凤雏，姓甚名谁？徽答称诸葛孔明、庞士元。备即说道："此来正欲访卧龙先生，可惜未遇。"徽答说道："卧龙高卧隆中，若果诚心相访，当肯出见，幸勿轻视此人。"备唯唯谢教，方才告别。越日又往隆中，访问孔明。隆中系是山名，在襄阳城西二十里，为南阳属地。孔明名亮，本系琅琊郡阳都县人，就是故司隶校尉诸葛丰后裔，父珪早卒，亮与弟均随叔父玄，徙居南阳。玄与刘表有旧，旋亦病殁，亮遂就隆中结一草庐，躬耕陇畔，好为《梁父吟》。平居与博陵人崔州平，汝南人孟公威，颍川人石广元，常相往来；就是徐庶，亦与为知友。徐庶等学务精纯，唯亮独持大体，尝与庶等晤叙道："君等出仕，可至刺史、郡守。"及庶等问亮志趣，亮微笑不答。自命不凡。他知刘备过访，未肯遽见，第二次复谢绝，直至备三次枉顾，方才出迎。备见亮身长八尺，貌秀神怡，头戴纶巾，纶音关。身披鹤氅，飘飘然如神仙中人，不由的肃然起敬，便向亮拜手道："久闻先生大名，如雷贯耳；前已两次晋谒，留告姓名，今日得蒙接见，不胜荣幸。"亮从容答礼，亦自道歉衷，彼此谦逊一番，各归坐位。备始自述本意，请亮出山，亮推辞道："索性愚野，无志功名，将军如忧国忧民，还请另访高士。"备慨然道："德操元直，并极称扬，先生不出，如何安国？如何定民？"亮乃笑问道："将军意欲如何？"备移坐密告道："汉室倾颓，奸臣窃命，主上蒙尘已久，备不度德量力，欲为天下声明大义；只恨智浅术短，迄无所成。唯私心耿耿，不甘作罢，所以敬候先生，幸乞赐教。"亮因说道："自从董卓构乱以来，豪雄并起，跨州连郡，不可胜数；曹操比诸袁绍，名微众寡，乃竟并吞袁氏，转弱为强，虽赖天时，亦借人谋。今操已拥众百万，挟天子令诸侯，此实不可与争锋；孙权据有江东，已历三世，国险民附，贤能乐为彼用，根基已固，不可轻图，只能与他结好，恃为外援。荆州北据汉沔，利尽南海，东连吴会，西通巴蜀，自古称为用武之地，主不得人，决难坐守，天今留待将军，将军可有意否？还有益州险塞，沃野千里，向号天府，高祖尝得此以成帝业。今刘璋暗弱，张鲁在北，民殷国富，不知存恤，草野智士，望得明君。将军为帝室世胄，信义著闻四海，总揽英雄，思贤如渴，若跨有荆、益，保守岩阻，西和诸戎，南抚夷越，外结孙权，内修政治，待天下有变，可命一上将，自荆州出向宛洛，将军自率益州众士，出向秦川，百姓必且箪食壶浆，欢迎将军，岂不是霸业可成，汉室可兴么？"规画分明，了如指掌。备喜答道："先生所言，足开茅塞，但愿不弃庸陋，出山相助，俾备得随时领教。"亮又推让道："将军雅意，本当敬从，但亮疏懒已久，恐多废事，未敢应命。"备黯然道："先生具此大才，不肯为备屈驾，备原不幸，汉且垂亡。"说至此，语带哽咽，竟至泪下。肝胆如揭。亮不禁感激，因即允诺。备乃命关、张入拜，留赠玄纁束帛，亮不肯受，经备再三诚恳，方才收下。亮有妻黄氏，为沔南名士黄承彦女，发黄面黑，才德独优，亮不嫌丑陋，竟纳为妇。南阳人有谣言云："莫作孔明择妇，止得阿承丑女。"亮听人嘲笑，独谐伉俪，毫无闲言。梁孟以后，应推诸葛夫妇。至是令弟均，奉嫂家居，自与刘、关、张三人，同至新野，当由徐庶等接入，故人聚首，当然相亲；徐庶走马荐诸葛，出自罗氏《三国演义》，按《蜀志·诸葛传》中，庶尚留新野，未曾诣操，今从之。备更待亮若师，情好日密。关、张二人，颇有疑议，备独与语道："我得孔明，仿佛如鱼得水，幸勿复言。"关、张乃止。可见得才如诸葛，唯刘备方能揽用，自是君臣相得，言听计从，三分天下的政策，就此开始了。小子有诗咏道：

> 茅庐三顾感情真，前席才将伟略陈。
>
> 未届壮年才冠世，知公不是等闲人。亮出山时，年方二十七岁。

过了数日，备与亮方商议整军，忽由刘表遣人致书，邀备至荆州议事。欲知备曾否应召，且至下回再详。

田畴不肯事袁绍，独于曹操之北伐，一召便来，虽为乡里报怨，愿诛蹋顿，然蹋顿为汉虏，操亦一汉贼耳。就使蹋顿可诛，而袁氏二子，不应迫之同毙！畴曾得袁氏之征辟，知己之感，宁独无之？岂可因前日之未往，即视袁氏如眼中钉，必歼灭之而后快乎？然则袁尚兄弟之毕命，下手者为公孙康，实则畴实使之。吾不知畴何憾于袁氏，何德于曹操也。及尚首揭竿，向之吊祭，侯封所及，誓死固辞，此特矫情干誉之为，有识者固已齿冷矣。必如诸葛孔明之隐处南阳，不屑轻出，待至刘备三顾，勤勤恳恳，方效驱驰。名士之出处，如此慎重，岂田畴辈所得望其项背乎？三国人才众矣，如孔明者，其固超类轶群哉！

# 第十六回

## 入江夏孙权复仇
## 走当阳赵云救主

却说刘备接得荆州来书，即与诸葛亮商议行止，亮答说道："想是因黄祖败死，故请将军，往议抵御东吴，将军不妨前去，亮愿随行。"备闻言甚喜，便偕亮出城，同诣荆州。看官欲知黄祖败死情形，还须从源至委，补叙一番。先是孙权继承先业，安踞江乐，见七十九回。曹操恐权强盛，责令遣子入侍，为抵质计。权与张昭等会议，犹豫未决，独周瑜入白吴太夫人，极言送质非计，吴太夫人乃嘱权道："公瑾与伯符同年，相差只有一月，我视公瑾如子，汝当事公瑾如兄，不得违议！"慧眼识人。权唯唯受教，遂不应操命。唯权弟孙翊，出任丹阳太守，好酒渔色，未洽众心；督将妫览，郡丞戴员，尝为翊所责，阴怀不平，密与翊亲吏边鸿结为心腹，有害翊意。可巧孙权为父报仇，出攻黄祖，览、员两人趁势发作，嘱使边鸿行刺。适丹阳属县令长，诣郡大会，翊出见后，送客至门，被鸿在后刺死。翊妻徐氏，秀外慧中，颇善数理，曾卜得一卦，爻象大凶，劝翊不宜会客，翊不听妻言终遭奇祸。徐氏抚尸大恸，并饬将佐等速拿凶手。妫览、戴员，便将边鸿拿住，不待问讯，当即处斩。览遂入居军府中，强取翊家姬妾，及左右侍御；并因徐氏姿色可人，亦思占为己妾。徐氏阳为许诺，但言须俟至晦日，设祭除服，方可成婚；暗中却召入旧将孙高、傅婴，授与密计。到了晦日，设祭堂上，尽哀易服，沐浴熏香，浓装艳裹，好像另做新人模样，且派侍婢出室邀览。览喜如所望，也即盛服进去，徐氏从容迎入，待览坐定，一声暗号，突出孙、高两将，双刀并举，剁落览首；一面伪传览命，邀员入宴，也即处死。徐氏再着丧服，持得两贼首级，往祭翊墓，军士方共称为智妇。*实是烈妇。*孙权在椒邱闻报，急回丹阳，见二贼已经授首，索性尽诛逆党，擢孙、高两人为牙门将，令守丹阳；接归徐氏，及孤儿松，厚加抚养，保全节孝。独权母吴太夫人，悼翊非命，积哀成疾，奄忽一两年，终至不起，弥留时召见张昭等，托付后事，悠然而逝。权依礼丧葬，守制逾年，复议往伐黄祖。还有少年都尉凌统，因父操从征江夏，为黄祖部将甘宁射死，志在复仇，自请冲锋效力；权即亲督军马，克期出发。适由都尉吕蒙，引一降将进见，问及姓名，就是凌统仇人甘宁，表字兴霸，他本巴郡临江人，少好游侠，杀人亡命，奔走江湖间；后来折节读书，往投刘表，表不能用，因是东行入吴。道出夏口，被黄祖留住军中，一再立功，不见重赏，祖部下军将苏飞，替宁保举，反为祖所呵斥，飞乃更为设法，调宁为鄂县长，使他自图去就，宁始得脱身入吴。因恐前时射杀吴将，求荣反辱，故先见吕蒙，探问凶吉，蒙一力担承，决无他害，乃引宁见权。权亦开诚相见，谈及江夏情形，宁进策道："今汉祚日微，曹操擅权，必为篡窃。荆南为操所必争。刘表素无远虑，诸子又劣，万难保守，将军若不早图，恐操将捷足先得了！今请先取黄祖，祖年已昏耄，专嗜货利，不修战备，有船无兵，有兵无律，将军往攻，必能灭祖；祖既破灭，鼓行西进，楚关一下，巴蜀亦可规取了！"*宁策恍似诸葛孔明。*权大喜道："复仇雪恨，就在此举呢！"*权志但在复仇上，故下文得半而止。*当下命周瑜为大督，率同吕蒙、董袭、凌统诸将，充作先驱，即使甘宁为前导，溯江上行。至沔口前面，有两大艨艟，挡住要隘，鼓声一响，艨艟中千弩齐发，箭如雨集。吴军不得前进，董袭、凌统，分募敢死士各百人，令被重甲，乘舟执刀，冒矢冲入，斫断艨艟缆索，艨艟分流，吴军便得大进。黄祖忙令都督陈就，带领水军，鼓棹迎战，被吕蒙、甘宁等，一阵驱杀，就军大败，蒙亲枭就首，进攻江夏，祖将苏飞，开城出战，又为所擒。黄祖挺身出走，由吴军追杀过去，斫死祖身，取首报功。于是周瑜、孙权，先后入江夏城，函盛祖首，拟归祭孙坚墓前；尚有一函制就，将盛苏飞首级。飞向甘宁求救，宁传语道："彼若不言，宁岂忘心？"会权为诸将犒劳，置酒大会，宁下席泣拜道："宁若不得苏飞，早死沟壑，怎能效命麾下？今飞罪当夷戮，乞将军开恩一线，为宁赦飞！"*以德报德，不愧义士。*权动容道：

"今为卿赦飞，飞若逃去，卿肯受责否？"宁又答道："飞已蒙赦，感恩不浅，还肯逃走吗？如果逃去，宁头当代入函中！"权乃命将飞释出槛车，且召令与宴。飞入谢权恩，正欲随宁就坐，忽席间有一人跃起，拔剑出鞘，竟刺甘宁，宁慌忙趋避，连苏飞亦窜一隅。诸将忙起座拦住。权亦起身惊视，仗剑的，并非别人，就是凌统，因即出言劝解道："兴霸射死卿父，彼时各为其主，不得不尔；今同聚一堂，只好不念旧仇，愿卿息怒！"统叩头大哭道："父仇不共戴天，统岂可与仇人共席？"说得权也为唏嘘，因令宁领兵五千，带着苏飞，出屯当口，宁拜谢自去，席亦遽撤。权未免扫兴，掳得男女万余口，班师径回。

这时候正是刘表着忙，邀入刘备同议拒吴，诸葛亮早已料着，劝备模糊对付。备见了刘表，只言宜详探军情，再图抵敌。表因使人再探，返报权已回军，表乃放下了心。但邀备与宴，酒至半酣，表叹息道："我年已老，诸子又皆不才，看来我死以后，此州非君莫属了！"备惊起避席道："公何出此言？备怎敢当此重任？况公子皆贤，幸勿过忧！"表再欲有言，听得屏后有环珮声，乃不复出口。备亦从旁窥透，起身告辞，退至客馆，与亮述及，亮笑语道："将军何不承认下去？"备摇首道："景升刘表字。待我颇厚，我若夺彼位置，岂非薄情？我决不忍出此！"亮喟然道："将军仁厚过人，但恐将来多费谋力了！"料定后文。正谈论间，外间来了表子刘琦，因即延入，琦说了几句套话，便请屏人密谈。亮不待备命，立即趋出。琦乃向备泣拜，悄悄的谈叙片时，备眉头一皱，计上心来，因与琦附耳数言，琦始别去。原来琦为刘表长子，少年失恃，表娶继室蔡氏，生子名琮，蔡氏因琦非己出，常劝表舍长立幼，且并娶侄女为琮妇。表溺爱后妻，免不得被他人蛊惑，所以立嗣问题，始终未定。这位蔡夫人，又硬要干政，每遇表会见宾客，往往隔屏窃听，所以备入宴时，有环珮声，传出外庭，便是蔡氏私听秘言。释明上文。琦年已长成，恐为后母所害，日夜危疑，因此向备求计。备嘱他转问诸葛，又知亮小心慎重，未肯代谋，乃特为设法，令琦照行。次日备佯称未适，使亮答拜刘琦，琦延入密室，自述苦况，求亮指教。亮默然不答，琦乃邀亮游览后园，共上高楼，琦复长跪求计，亮尚辞谢道："这乃公子家事，外人怎敢与谋？"说着便欲下楼，哪知楼梯已经撤去，此非亮中备计，实防外人窃听，故有是举。琦复哀请道："今日上不至天，下不至地，言出君口，但入琦耳，先生奈何尚未赐教？"亮乃低语道："公子应阅史事，独不闻申生在内而危，重耳在外而安么？"这两语将琦提醒，当即拜谢，便取梯接楼，送亮出去。亮返告刘备，备已知秘计，就拟向刘表辞行，凑巧表复来邀备，备闻召即入。表蹙额道："江夏重地，必须得人接守，我欲遣长子往镇，未识可否？"备已知琦从中运动，因即怂恿道："黄祖性暴，所以致祸，长公子宽厚仁恕，必能爱民，况有亲子弟为外藩，更足免虑，又何不可？"表又说道："闻曹操在邺中整兵，意将南下，如何是好？"备即答道："备愿出屯樊城，幸请免忧！"表当然乐允。备即起辞，回馆整装，顺便接取家眷，是时甘夫人已生有一儿，取名为禅，表字公嗣。甘夫人尝梦吞北斗，故又为禅取一乳名，叫做阿斗。阿斗生于建安十二年，至是已将周岁了。特志年岁。备见他体质壮伟，恰也心欢，当下使禅母子，乘坐一车，又用一车，载着糜夫人，自与亮跨马同行。至新野召集关、张等人，一古脑儿移入樊城。才阅数旬，忽由荆州来了急使，说是主公病重，请将军速临一诀。备欲召问孔明，偏值孔明外出，迫不及待，只好带了赵云，匆匆至荆州。趋入刘表寝室，见表病已垂危，不禁泪下，表亦感动流涕，与语道："前与君谈及后事，谅君尚未忘怀？"备接入道："备当竭力辅佐公子，不敢负托！"表复说道："我子不才，奈何奈何？"备又劝慰道："公子并能守城，何必多虑？"表拱手道："全仗贤弟教导，愚兄就要长别了！"郑重托孤，未始无见，其如疏不间亲何？说罢，痰喘不止，备不便多坐，当即辞退。偏由表妻舅蔡瑁，及他将蒯越，邀备会议善后事宜，备只好暂留外厅，与之议事。瑁越二人，佯与备商及立嗣问题，备沉吟无语。俄有一人入语道："曹操已发兵邺中，来取荆州！"说至此，以目视备。备见是山阳人伊籍，素在刘表幕下，相识有年，此时两目相对，料知有异，乃伪起如厕。籍亦随往，低声语备道："蔡瑁心怀不良，公宜急走。"备不禁着忙，亏得籍导至后园，开门引出。备尚忧无马，籍答说道："籍已将公坐骑，牵到此处，请公上马速行。"备又言赵云在外，尚未得知，恐遭毒手，籍复说道："籍当往报赵将军，请公先行一步。"备乃加鞭疾驰，直出西门，再经里许，前面有一檀溪，阔约数丈，清流激湍，映带潆洄。备所乘马，叫作的卢，颇甚雄骏，唯额边生有白点，相马家谓不利主人，备却听诸命数，仍然乘坐。及至檀溪，眼见是不能飞越，回顾后面，又见尘头大起，想有追兵到来，一时情急无奈，只好跃马下溪，马足陷入淤泥，几乎蹶倒，备惊惶道："的卢的卢，今日果要害我了？"话才说完，那马竟一跃三丈，跳过彼岸。殆有神助。备惊魂未定，似醉似痴，猛听得夹岸大呼道："使君何故遽去？"这一声方将备叫醒，遥顾对岸，是蔡瑁人马，也不暇答话，纵马驰去。瑁亦暗暗诧异，收军自回，途次遇见赵云，问及刘备，瑁答言已经回去；云已得伊籍通报，故无心详问，策马自行。到了檀溪，又为备吃一大惊。返问守门军士，各言刘使君跃过檀溪，千真万确，云乃绕道至樊城，果然备已早归，安然无恙。既而伊籍亦至，报称表已病殁，刘琦省疾被拒，仍回江夏；蔡瑁、蒯越，已立表次子刘琮为主了。从伊籍口中叙过，省却许多文字。诸葛亮在旁叹息道："刘琮竖子，怎能守此荆州？若不早图，必为操有。"伊籍接口道："何不借吊丧为名，袭取荆州？"亮拍手赞成，备独不愿，但派吏至荆州吊丧罢了。此时却失之过厚。

　　且说曹操既平河北，即思南取荆州，因恐朝右大臣，从中牵掣，索性奏罢三公，自为丞相；用崔琰为西曹掾，毛玠为东曹掾，司马朗为主簿，司马懿为文学掾。懿即朗弟，系河内温县人，朗字伯达，懿字仲达，崔琰尝谓朗不及懿，故操特引用；懿佯称风痹，不肯就职，经操察知懿诈，欲加收禁，懿始出就职。懿甫出现，即怀诈意，曹操何必定要使诈？操安排已定，便拟整军南下，适大中大夫孔融，奏称王畿以内，不宜封建诸侯，又谓天下粗定，疮痍未复，不宜兴师。明明与曹操反对，操当然怀恨。御史大夫郗虑，与融有隙，竟诬融在北海时，招合徒众，图为不轨，入朝后暗通孙权，讪谤朝廷，且与祢衡互相赞扬，衡谓仲尼不死，融答颜回复生，大逆不道，应坐诛夷。操有词可借，便令廷尉系融下狱。融有二子，并在幼年，闻父被收，尚对坐弈棋，左右劝令急走，二子说道："覆巢下何有完卵！"道言甫毕，缇骑已至，把融妻及二子，一并拘去，与融同斩东市，暴尸示众。京兆人脂习为融故友，尝戒融刚直太过，恐遭奇祸，融终因此遇害。习往抚融尸，嚎啕大哭，有人报知曹操，操命人执习，习长叹道："文举融字文举。已死，我亦不愿求生了！"操又偏不使习死，将他释放。习遂将融全家尸首，收殓埋葬，操亦不复问，便督率大队人马，疾驱南来。才抵宛城，荆州大震，蔡瑁、蒯越，慌张失措，掾属傅巽、王粲等，想出一条乞降的末策，入内白琮。琮庸稚无能，有何主见？琮母蔡氏，至此也急得没法，不得不顾全性命，情愿将荆州全土，献与曹操；痛心立爱，终归无效。遂命王粲缮好降表，派吏送去。刘备留屯襄城，闻得操军南下，亟使人问琮，琮尚讳言降曹，未肯详告；直至操军已到新野，方遣掾吏宋忠，诣备报命，备才知琮已降操，且惊且怒道："汝曹既欲降操，何不早告？今曹军已至，方来报我，可惜可恨！"说着，复拔剑指忠道："今虽断汝首级，尚未足泄恨，但大丈夫已经临别，杀人何为？汝可速去，教刘琮自思罢了。"忠抱头出去。备急与诸葛亮等，会议行止，亮进言道："上策莫如取襄阳，下策只好走江陵；若待操军大至，区区樊城，如何能保守哩？"备踌躇半晌，方开口道："据宋忠言，刘琮已赴襄阳，迎候曹操，今往取襄阳，势必害琮；刘荆州临殁时，向我托孤，我不能保护彼子，反去加害，他日死后，有何面目再见刘荆州？我意不如径往江陵。"*备之失机在此，备之留名亦在此。*乃悉众尽行。路过襄阳，在城下驻马呼琮，琮惧不敢出，蔡瑁等且登城拒备，乱箭射下，备不得已，至襄阳城东，拜辞表墓，涕泣而去。荆襄士民，见备如此仁慈，不愿相舍，竟陆续赶上，随备同行。备抵当阳，众至十余万，辎重数千辆，不能急走，每日只行十余里，将佐多向备进议道："此去江陵，程途尚远，急宜倍道疾趋，方能速至，况士民相随，不能争战，虽多无益；若还要兼顾，恐曹操兵到，免不得玉石俱焚了。"备流涕道："欲济大事，全赖人心，人愿归我，我何忍弃去？"诸葛亮接说道："将军既不忍弃民，应遣云长先赴江夏，借得战船数百艘，速来接应，方可无虞。"备依言遣羽，羽即驰去，*亏有此着。*备仍徐行如故。忽有探马走报道："曹操已亲率大军，长驱追来了！"备因使张飞断后，赵云保护家小，孙乾、糜竺、伊籍等，照顾百姓，自与诸葛亮、徐庶，缓辔同行。

哪知曹操煞是厉害，既由刘琮迎入襄阳，便调琮为青州刺史，勒令东往，所有蒯越以下，悉数截留，阳封蒯越等为列侯，阴实剪琮羽翼，不使相从；一面自率轻骑万人，兼程追备。一日一夜，得越三百余里，径达当阳。备正在前进，猝闻曹军从后追到，还想保全百姓，挥令同行，诸葛亮着急道："祸在眉睫，奈何迟延？"遂促备疾驰，自与徐庶护备同进。哪知曹军已从后掩至，单靠一张飞截击，也是拦阻不住。曹军冲入前面，顿将大众驱散，连甘、糜二夫人，也只好各走各路，不能相顾。赵云仗着一杆长枪，左挑右拨，杀开一条血路，已不见甘、糜二夫人，再从乱军中杀入，得将甘夫人觅着，引回长坂坡。可巧张飞已走至坡上，据桥立马，见赵云送到甘夫人，便让令过桥，问及婴儿阿斗，知由糜夫人抱去。云不顾死活，再回旧路，一枝枪神出鬼没，无人敢当，好多时杀散曹军，救出糜夫人。糜夫人身已受伤，尚抱住阿斗，不肯释手，见了赵云，方将阿斗交付与云，一跃入枯井中，竟至殉难。*史传中未见载明，姑从罗氏《演义》。*云不遑捞尸，即将阿斗裹入怀中，单骑走回。张飞尚立在长坂桥上，等候赵云。云方至桥畔，后面追兵又至，忙呼飞求援，飞应道："有我在此，请君放心！"遂让开一步，令云过桥。须臾，曹军大至，飞令手下二十余骑，在桥后伏着，自己横矛桥上，瞋目大呼道："我是燕人张翼德也，可来与我决一死战！"这声呼喝，好似空中起一霹雳，吓得曹军纷纷倒退，没一人敢上桥与争。小子有诗咏道：

> 一声叱咤敌先惊，长坂桥头独著名。
> 身是燕人张翼德，好凭七字作长城。

张飞既吓退曹军，乃拆断桥梁，拍马见备。欲知备再走与否，试看下回便知。

黄祖本无才智，而孙坚死于祖手；孙策又不能亲复父仇，命为之，势为之也。坚阻于命，策限于势；至权承父兄之业，用瑜、蒙诸将，一出再出，方举黄祖而枭夷之，春秋之义大复仇，如孙仲谋者，其固不愧为令子乎？曹操谓生子至如孙仲谋，若刘景升诸儿，与豚犬等，原非虚言。但刘景升亦非杰出才，偷息荆襄，不思展足，其无能已可概见；至如惑后妻，远长子，卒至身死未几，全州归曹；而于真诚坦白之刘玄德，若即若离，反使其仓皇奔走，濒死当阳。玄德不负景升，景升实负玄德耳。赵云百战长坂坡，保全甘夫人母子，可谓忠臣；而麋夫人甘心殉难，亦可谓贤妻。孙徐氏以不死报夫仇，刘麋氏以宁死全夫嗣，俱足为彤史生光云。

# 第十七回

## 召周郎东吴主战
## 破曹军赤壁鏖兵

却说刘备奔走途中，幸有张飞断后，始得脱难。及见赵云救回甘氏母子，又闻糜夫人伤亡，禁不住百感交萦，潸然泪下。到了张飞驰至，报称毁桥拒敌，备失声道："桥梁不断，曹军尚恐有伏，未敢追来，今已拆去，彼料我胆怯，必然追我，不如速走罢！"遂带领残众，从小路斜投汉津。行抵沔口，后面果有追兵驰至。正在惊惶，那江中有许多船只，扬帆驶到，船头立一大将，披甲横刀，正是云长关羽；<small>名字并举，乃是特笔。</small>备转忧为喜，忙率众人登舟。羽留心审视，独不见糜夫人，便向备问明，备太息道："甘氏母子，尚亏是子龙救回，子龙入围数次，或说他北投曹操，我料子龙必不弃我，果然仗着百战，救回妻孥，糜氏已经殉难了！"羽悲愤道："往日猎许田时，若从羽言，可不至有今日的困厄！"备答道："当时投鼠忌器，所以劝止，若天道辅正，怎知不转祸为福呢？"说着，遥见追兵将到，急命开船；羽说是不妨，江夏太守刘公子，悉众来援，就在后面。道言未绝，果由刘琦引船千艘，顺流来会。羽索性挥兵登岸，要与曹军决个胜负。就是张飞、赵云，亦跃至岸上，与羽驱杀过去，曹军又皆吓退，反被关、张、赵三将，夺取许多甲仗，方才回船。当下招集溃众，次第趋集，备等稍稍安心。独徐庶未见老母，很是担忧，备欲遣将往寻，有归卒禀报道："徐母已被曹军拘去了！"庶不禁流涕，即起身辞备道："本欲与将军共图大业，今失去老母，方寸已乱，不能为谋，请从此别！"备亦唏嘘道："卿莫非往投曹营么？"庶泣答道："欲全老母，不得不尔；但此心仍属将军，决不为操设谋！"说至此，又与诸葛亮告辞道："孔明大才，必能弼成王业，庶虽去，亦得放怀了。"于是舍舟登陆，由备亮等送至十里外，始与诀别。《三国志·诸葛亮传》详载此事。庶归曹操，系在备当阳败后，且庶母亦不闻自杀，与罗氏《演义》不同。庶径诣曹营，幸母未死，乃留住曹操麾下，后由操表为御史中丞，这且搁过不提。庶母若死，庶亦不肯依操，可见罗氏附会之失。

且说刘备等返至船中，方命解缆行驶。到了夏口，适与东吴使人鲁肃相遇，彼此接见，互道殷勤。肃本来请命孙权，欲与刘备联络，共拒曹操，因借吊问荆州为名，乘便见备。可巧备自当阳败走，在途晤谈，肃即探试备意，问欲何往，备佯答道："前与苍梧太守吴臣有旧，拟即往投。"以假应假。肃素忠厚，便直说道："苍梧僻处岭南，何足为助？愚意不如东投孙氏，孙讨虏聪明仁惠，敬贤礼士，江左英豪，都愿归附。曹操表权为讨虏将军，见前文。今为君计，最好是与他联络，共御曹军。"说到拒曹是鲁肃一生宗旨。备尚未及答，诸葛亮即从旁插嘴道："刘使君与孙将军，素未会面，如何轻投？"肃笑答道："令兄子瑜，现为江东长史，与肃友善，肃愿偕君同至江东，既可与令兄聚首，复可与孙将军共议大事。"亮乃语备道："事机已急，愿奉命往见孙将军，合谋拒操。"本有此意，偏待鲁肃相邀，才肯说出。备点首允诺，亮即偕肃登舟，共赴江东。时曹操已进据江陵，复拟东下，孙权出屯柴桑，观望成败。肃引亮入见，权起座相迎，延亮入座。亮见权方颐大口，目有精光，料非庸主可比，因开口说权道："海内大乱，将军起兵据有江东，刘豫州亦收众汉南，与曹操并争天下，两主志趣相同，真所谓无独有偶了。"徐徐引入。权皱眉道："今曹操拥兵百万，顺流东来，或为我主战，或为我主和，究竟和为是，战为是呢？"亮又答道："曹操芟夷群雄，平河北，破荆州，威震四海，虽有英雄，无从用武。故刘豫州遁逃至此，将军请自为计！若能举吴越兵众，与中国抗衡，不如早与操绝；否则按兵束甲，北面事操，尚可偷息苟安。今将军外似服从，内实犹豫，当断不断，祸至无日了。"用反激语。权不禁作色道："刘豫州何不降操？"亮续说道："田横一青齐壮士，犹守义不辱，况刘豫州为汉室胄裔，英才盖世，众士并皆仰慕。事若不济，也是天命使然，怎肯卑躬屈节，甘心事操呢？"再激再厉。权至此亦勃然道："我不能举全吴土地十万甲兵，俯首事人，计已决了！非刘豫州莫与敌操，但刘豫州新遭败衄，如何能抵制操军？"亮申说道："刘豫州虽新败当阳，尚有关羽水军，不下万人；刘琦合江夏战士，亦在万人以上。操众远来疲敝，闻他追刘豫州，日夜行三百余里，古所谓强弩之末，势不能穿鲁缟，就是此意。《兵法》亦垂诫云：'必蹶上将军。'且北方人士，不习水战，荆州百姓，为操所迫，并非心服，可见操非真不可敌呢！将军诚能督选猛将，统兵数万，与刘豫州协力同心，必能破操。操破亦必北返，荆、吴势盛，鼎足形成，就在此举了。"仍是三分决策。权大喜道："先生伟论，令人敬服，孤当与刘豫州合拒曹军。"遂命肃引亮出帐，使与诸葛瑾相见。瑾字子瑜，就是鲁肃所说的江东长史，本为亮兄，避乱东吴，因即臣事孙氏。补前文所未及。兄弟重逢，自有一番密谈，不消絮述。唯孙权既闻亮言，便召群下，会议出兵。适曹操遣使致书，由权展阅，书中略云：

近者奉辞伐罪，旌麾南指，刘琮束手。今治水军八十万众，愿与将军会猎于吴，将军其留意焉！已露骄态。

权览毕后，取示群下，大众统皆失色，长史张昭说道："曹操挟天子威望，用兵四方，若欲拒绝，名不正，言亦不顺；况将军足以拒操，唯赖长江，今操得荆州，据有艨艟战舰，沿江东来，是长江天险，已无所用，不如往迎为便。"余众亦多附和昭言，独鲁肃不发一语，嗣见权入内更衣，当即随入。权已知肃意，握手与语道："卿意如何？"肃答说道："众议专欲误将军，众可降操，独将军不应迎操。"权更问何因，肃又答道："如肃等降操，名位未必遽失，就使失位，也得安然还乡；将军降操，将归何处？愿早定大计，毋惑众言。"权叹息道："子敬所言，正合我意；但欲敌操军，须用何人督师？"肃接口道："莫如周瑜。"权从肃议，立即使人至鄱阳，召瑜入商。瑜方在鄱阳湖督练水军，奉召即至。权与言和战情形，瑜奋然道："操名为汉相，实是汉贼，将军承父兄遗烈，奄有江东，地方数千里，兵精粮足，当为汉家除残去害，奈何往迎汉贼哩？"快人快语。权徐答道："我并不欲迎操，只恐众寡不敌，故召卿一商。"瑜扬眉说道："操今东来，实犯数忌，北土未平，马腾、韩遂，尚在关西，为操后患，操乃一意东略，就是一忌；南人善水战，北人善陆战，

123

操竟舍鞍马，仗舟楫，弃长用短，与吴越争衡，就是二忌；时值隆冬，天气盛寒，马无藁草，就是三忌；驱中原士众，远涉江湖，不习水土，必生疾病，就是四忌。操犯此数忌，多兵何益？将军擒操，正在今日，瑜愿将精兵数万人，出屯夏口，保为将军破贼，将军勿忧。"慨当以慷。权听了瑜言，投袂起说道："老贼久欲篡汉，只忌二袁、吕布、刘表与孤数人，今数雄已灭，唯孤尚存，孤与老贼，势不两立，卿言当击，甚合孤意，这是皇天以卿授孤哩。"瑜又说道："将军可决意否？"再逼一句。权拔剑斫案，剁去一角，向众宣言道："诸将史如再言迎操，可视此案！"张昭等在侧，并皆失色，瑜乃辞去。当由鲁肃见瑜，具述诸葛亮求援情事，瑜即令肃邀亮，亮与瑜相见，寒暄已毕，谈及军事，亮笑语道："一傅众咻，恐孙将军尚有疑虑，应该替他剖解，使知操军虚实，了然无疑，方可成事。"瑜闻言称善。待亮别后，日已垂暮，吃过夜餐，乃复入见孙权道："诸人劝将军迎操，无非因操虚张声势，说有八十万众，所以惊惶。其实操军断无此数，操所得北方兵士，不过十五六万，且久战成疲。至若荆州降兵，至多不过七八万，尚怀疑贰。试想以疲兵疑卒，沿江东来，人数虽多，实不足惧。瑜得精兵五万，便可制操了。"权起抚瑜背道："公瑾所言，足释我疑。张子布等，子布即张昭字。各顾妻孥，毫无远见，大失孤望，独卿与子敬，与孤同心，孤已选得三万人，备齐粮械，烦卿与子敬、程普，即日先发，孤当再集军马，为卿后应；卿前军倘不如意，便还兵就孤，孤誓与操亲决一战，更无他疑。"至是始决计主战了。瑜乃告退。

　　翌日即命周瑜、程普为左右督，鲁肃为赞军校尉，领兵三万，往会刘备，并力敌操。程普在诸将中，年齿最长，乃反为瑜副，未免怏怏；及见瑜调署人马，井井有条，才为叹服。瑜见诸葛亮智出己上，欲招与同事，特向孙权陈明，令诸葛瑾留亮仕吴。权当然告瑾，瑾奉命留亮，亮反邀瑾同行，瑾乃返报道："瑾弟亮已委质刘氏，义无二心，弟不留吴，亦犹瑾不往刘；且彼此既合力拒操，也不必计及亲疏了。"权因复告瑜，瑜便与亮同行，辞过孙权，联樯西进，行至樊口。刘备已守候多日，既见东吴水军，便使麋竺犒军致意。瑜语麋竺道："我本欲见刘豫州，共议良策，只因身统大军，不便轻离；若刘豫州肯屈驾来临，深慰所望。"竺应声还报，备即单舸往会，问瑜带得若干兵马，瑜答称三万人，备尚嫌太少，瑜微笑道："兵不在多，恃在将才；刘豫州但看瑜破操便了！"自负语。备赞了数语，当即辞回，自去安排将士，助瑜攻操。瑜统军再进，舟抵赤壁，与操军前驱相遇，两下交锋，操军败退，瑜收军结营，屯驻南岸；操亦驻军北岸，夹岸相持。唯操军多系北人，不服南方水土，动辄呕吐，筋疲力软，未堪争锋，所以逗留不战；瑜亦未得胜算，静觇敌变。转眼间已阅旬余，操见江中波浪，时作时止，舟军一经颠簸，便患晕眩，因此想出一法，把各舰连环锁住，免得动摇。罗氏《演义》谓为庞统献计，亦系附会。吴将黄盖，探知曹军动静，便向周瑜献计道："寇众我寡，难与久持，操军方钩连船舰，首尾相衔，但教用火一烧，不怕不走。"瑜微笑道："我亦早有此意，但操军沿江巡弋，恐不容我舰过去，如何纵火？"盖跃起道："何勿用诈降计！"瑜鼓掌道："此计非公复盖字公复。不行，可先使人献书曹操，操若中计，便可成功。"盖奉令修书，交与周瑜阅过，待至夜静，乃派人送去。史传中未及阚泽，故不羼入。是夜寒月横空，水天一色，操对月感怀，与将佐痛饮数杯。乘着三分酒兴，出寨登舰，眺览夜景，忽见乌鹊一丛，向南飞去，不由的取过一槊，横搁船头，信口作歌道：

对酒当歌，人生几何？譬如朝露，去日苦多。慨当以慷，忧思难忘；何以解忧？唯有杜康。杜康作酒。青青子衿，悠悠我心；呦呦鹿鸣，食野之苹。我有嘉宾，鼓瑟吹笙。皎皎明月，何时可掇？忧从中来，不可断绝。迭言忧字，便是不吉之兆。越陌度阡，枉用相存。契阔谈宴，心念旧恩。月明星稀，乌鹊南飞，绕树三匝，何枝可依？山不厌高，水不厌深。周公吐哺，天下归心。

歌方罢唱，暮有军吏入报，谓东吴有人献书，操即将吴使召见，由吴使呈上书信，就阅灯下。书中系吴将黄盖署名，但见纸上写着：

盖受孙氏厚恩，常为将帅，见遇不薄。然顾天下事，当知大势，用江东六郡山越之人，以当中国百万之众，众寡不敌，海内所共见也。东方将吏，无有愚智，皆知其不可，唯周瑜、鲁肃偏怀浅戆，意未解耳。今日归命，志在择主，乞保吴民。瑜所督领，自易摧破。交锋之日，盖为前部，因事变化，效命在近。书不尽言。此书本《吴志·周瑜传》。

操看了又看，回环数次，方问吴使道："汝由黄盖遣来，莫非诈降不成？"吴使极言黄盖诚意，操又说道："黄盖如果愿降，当授高爵，我处不必答复，但烦汝口述便了。"吴使自然归报，黄盖大喜，即转告周瑜，瑜令盖预先筹备，待令乃发。盖选得轻舸十艘，预备燥荻枯柴，满载船中，灌以火油，上覆赤幔，船头插一青龙旗，船尾各系走舸，布置停当，专待周瑜号令。瑜却未敢遽发，只因隆冬时候，常有西北风，独少东南风，操军在北，非东南风如何纵火？所以迁延不决，特请诸葛亮密商。亮素知天文，已料定冬至节边，有东南风，便起座道："亮不才，颇能祈风，当为君借助一帆，可好么？"风安可借？故先叙明来历。瑜大喜过望，便请亮择地设坛，自去祈祷。过了一日一夜，果然东南风渐起，瑜不胜诧异，使人视亮，亮已轻舟一叶，自往樊口，回见刘备去了。于是瑜即下令，悉众夜发，使黄盖再致书曹操，说是待夜来降，但看船上有青龙幡，便是降船。操得书后，尚信为真情，俟至黄昏，亲率将佐出营，眼巴巴的望盖来降。智谋如操，也为所愚，可见行军不易。约阅片时，星光闪烁，月色迷蒙，江中刮起一阵大风，扑面生寒，侵人肌骨；操尚不以为意。忽见对岸有许多军舰，顺风前来，隐约有青龙旗飘动，操迎风开颜道："黄盖果来降了！"程昱、贾诩等在侧，齐声语操道："来船甚众，不可不防，且东南风刮得利害，倘彼因风纵火，如何抵敌？"操不禁省悟，已经迟了。传令各船将弁，小心戒备，且派巡船出探虚实。号令才下，那敌船已经驶近，相距不过二里，霎时间火焰冲天，被狂风卷火过来，烧及曹军各舰。军士连忙援救，已是无及，但见得火趁风威，风助火势，烧了这船，延及那船；船又被铁环锁住，急切里无从奔避，再加来船乘风突入，接连放火，不但北船被毁，甚至岸上营寨，亦皆延烧。可怜操军焦头烂额，扑通扑通的都投入水中。操见不可支，还想从岸上逃走，幸亏张辽驾一小舟，上前救操，操得跳入舟中，如飞遁去。黄盖从火光中瞧着，连忙追操，不防一箭飞来，正中肩窝，翻身落水。后面便是韩当水军，盖在水中大呼求救，为当所闻，急令军士将盖捞起，拔箭易衣，送回大营医治。当代盖追操，操部下尚有残舰，随操遁走。哪知东吴舟师，相继驶集，就是吴大都督周瑜，亦乘船擂鼓，从后追来，操军十死七八，余亦多半受伤。赤壁山成火焰国，扬子江作死人堆。曹操在水路中，逃了数十里，方敢登岸，百忙中寻了一匹快马，扳鞍上坐，向北急奔；吴兵也上岸紧追，还亏操部下诸将陆续赶到，保护操身，且战且走。谁料刘备也遣到关、张、赵诸将，沿路追截，杀开一重，又是一重，等到重围杀透，东方已明，检点残兵，不过数千骑了。操拟奔南郡，就华容道小路进行，较为近便，偏偏疾风未息，暴雨又来，一阵淋沥，害得曹操等拖水带泥，不堪狼狈，路上泥淤马足，壅滞难行，操令羸兵负草填堑，骑乃得过；羸兵已尽疲乏，等到堑坑填满，不能再进，往往卧倒道旁。操等只恐追兵又至，跃马前奔，也不管羸兵死活，踩躏过去。罗氏《演义》中，有关公放操一段，史传中并无其事，故亦从略。好多时才到南郡，操兵已寥寥无几了。操仰天长叹道："今日若郭奉孝犹存，当不使孤至此！"说着复大哭道："哀哉奉孝！痛哉奉孝！惜哉奉孝！"诸将佐统皆惭沮，勉强安息一宵，越日由操升帐，命征南将军曹仁、横野将军徐晃，留守江陵，折冲将军乐进，出守襄阳。布置已毕，乃下坐跨马，自回许都。这一番赤壁鏖兵，若非孙、刘合力，瑜、亮并智，哪里杀得过曹军？可见得曹军一燔，乃有吴蜀，虽曰天命，亦赖人谋。小子有诗咏道：

> 一火延烧百里军，神州从此定三分。
> 老天有意存刘裔，权把东风借使君。

周瑜等追至南郡，曹仁已备好兵马，与瑜对敌。欲知后来胜负，且至下回说明。

予幼时阅《三国演义》，至赤壁一战，联篇叙述，多至七八回，每叹罗氏演写此役，最为刻意经营之作；及年稍长，得见陈寿《三国志》与各种史籍，乃知罗氏所述，多半附会，虽未始不足餍阅者之目，空中楼阁，总觉太虚，且反足滋后人之疑窦，毋亦所谓得半失半欤？祈风之说，尤为荒诞。诸葛公犹是人耳，宁有幻术？假使诸葛公有此神奇，则当阳、长坂之时，何至为操所追，使刘玄德之抛妻撇子，奔走仓皇乎？即此以观，罗氏且自相矛盾，无从自解矣。本编简而不漏，信而有征，虽不若罗氏之烘云托月，而实事求是，不等虚诬。盖借说部以传真，非假辞说以斗靡，亦何苦荒诞为也？至若赤壁一役，为三分鼎足之所由始，书中已详言之，不赘述焉。

# 第十八回

## 续嘉耦老夫得少妻
## 上遗笺壮年悲短命

却说周瑜引兵至南郡，与曹仁夹江相持，曹仁固守勿战，瑜亦未便急攻；甘宁独请进取夷陵，瑜乃拨兵三千，付宁带去，驶至夷陵，一鼓即下。曹仁闻夷陵失守，分兵往援，竟将夷陵城围住，宁向瑜求救，瑜欲统兵救宁，又恐曹仁出击，累得进退两难。吕蒙进说道："但留凌公绩在此，凌统字公绩。蒙与都督往援，当可从速解围。蒙保公绩，能十日固守，不致有误。"瑜乃令凌统守住营寨，自与吕蒙等赴援；到了夷陵城下，击退曹兵，夺得战马三百匹，当即驰回。凌统果然无恙，屯兵北岸，相机进攻。孙权闻瑜大捷，亦引兵自攻合肥，连日不克。曹操遣将军张喜，率众驰援，许久未至。扬州别驾蒋济，伪言援至，遣使赍书语城中，为孙权巡兵所获，得书呈阅，权信为真情，撤围退去。那刘备却用诸葛亮计议，表举刘琦为荆州刺史，分遣关、张、赵三将，往取武陵、长沙、桂阳、零陵，嗣经三将先后略定四郡。就中有一段却婚轶闻，为赵云生平亮节，可法可传，不应从略。云奉刘备命令，往略桂阳，桂阳太守赵范，开城迎降，邀云入宴；云坦然直入，与范对饮，彼此虽非同族，却是同姓，杯酒言欢，很觉融洽。到了兴酣意畅，复由范邀入后园游览，片时洗盏更酌，接连如是数觥，范托词更衣，既入复出，引着一少年美妇，姗姗前来，行至赵云座旁，嫣然含笑，替云斟酒，云连忙避席，辞不敢当。再举目看那丽姝，淡妆浅抹，缟衣綦巾，恰似一枝秋后海棠，愈白愈艳，但究不知她为谁眷属，是何意见？一时又未便遽问，只好拱手为礼。那妇人却斜送秋波，把云上下打量一回，方才辞去。**文君原是多情，怎奈武夫不比文人，空负那一片雅意。**云方才就座，问及该妇来历，范答说道："这是家嫂樊氏，青年寡居，令人怅惜。"云听这数语，越加诧异，**原是怪事。**正要出言责范，范又说道："守节为妇人难事，范探明家嫂意见，亦思他适，但必择一出色英雄，方肯改嫁。天缘凑巧，幸遇将军，又与范为同姓，如将军不嫌寒陋，愿为玉成。"云不禁动恼，勉强答语道："云与卿同姓，卿兄即我兄，卿嫂即我嫂，奈何使我乱伦？这事断不敢闻命。"说得范无词可答，满面生惭。云当即辞出，尚恐范心下芥蒂，暗中为变，乃命部兵昼夜加防，并遣急足，往迎刘备。及刘备闻信到来，范竟先逃去，云具白辞婚情事，备笑语道："这也无妨！"云应声道："赵范新降，情未可测，云怎敢遽应彼请？况彼令寡嫂改嫁，既使失节，又甘背兄，无礼无义，心迹可知。天下不少美女人，云岂可为此堕行哩？"备当然赞叹，遂授云为偏将军，领桂阳太守。云将赵范家眷，及寡嫂樊氏，遣兵护送回籍，自在桂阳就职。备又尊诸葛亮为军师，兼职中郎将，使督零陵、桂阳、长沙三郡，量收赋税拨充军实。长沙太守韩玄，零陵太守刘度，武陵太守金旋，自降备后，仍使为官。又有攸县守将黄忠，年老力强，亦来请降，由备录用。就是庐江营帅雷绪，也率部曲数万人归备，备乃得所措手，开创初基。偏是好事多磨，悲歌又起，似玉似花的甘夫人，竟为了长坂一役，受惊成疾，缠绵床褥，好容易延过一年，竟致不起，玉殒香消，备迭次悼亡，无限伤感，不在话下。**为后娶孙夫人伏笔。**

且说吴督周瑜，围攻江陵，积久未下。瑜年壮气盛，定欲力破此城，反被曹仁用诱敌计，佯开城门，与瑜厮杀，瑜恐军士未肯尽力，跃马当先，亲自掠阵。仁诈败回城，等到瑜追至城旁，却预使部将伏住城楼，觑准瑜身，飕的一箭，中瑜右胁，翻身落马，仁复从城中杀出，意欲擒瑜。幸由韩当、徐盛一班吴将，截住仁军，救瑜回营。吴兵自相践踏，伤亡甚多，江陵城却不损分毫。瑜拔出箭头，虽然用药调治，却是肿痛难消，好多日不能督军。仁闻瑜不能起，屡来挑战，瑜力疾上马，突出阵前，大声呼道："曹仁匹夫，可认得周郎么？"仁军大惊，俱皆骇退，倒被瑜驱杀一阵，毙敌无数。从此曹仁气沮，待援不至，没奈何弃城北走，瑜得入江陵城，报捷至吴。孙权命瑜领南郡太守，屯兵江陵；程普领江夏太守，寄治沙羡；吕范领彭泽太守；吕蒙领寻阳令；召鲁肃等还吴。曹操得江陵败报，不胜惭恨，适因九江人蒋干，雅擅口才，谓与瑜为故交，可以招降，操即令前往。干布衣葛巾，至江陵投刺见瑜，瑜出厅迎干，笑呼干字道："子翼远来良苦，但莫非为曹氏作说客么？"一语道破。干只好设词道："干与足下，相别有年，遥闻芳烈，特来叙阔，并观盛仪，奈何疑我为说客呢？"瑜又笑道："我虽未及夔、旷，夔、舜臣；师旷，晋国人。闻弦赏音，已知雅曲了。"原来瑜少精音律，乐有阙误，瑜一闻即知，既知必顾，干与瑜有旧，当然识瑜有顾曲癖，故瑜即说此解嘲。既而留干共饮，引观仓库军资，及服饰器玩，更向干笑语道："丈夫处世，既得人主知遇，名为君臣，实同骨肉，言行计从，祸福与共，就是苏、张更生，郦、贾复出，亦无从容喙，足下幸不为说客，否则岂能移人，恐反致绝交了。"这一席话言，弄得干有口难宣，因即告别。罗氏《演义》载此事于赤壁战前，证诸《周瑜本传》，应在战后。返报曹操，称瑜雅量高致，非言辞所得招徕，操亦无法，只得休养疮痍，徐图报怨，江东得以无事。孙权闻鲁肃还吴，与诸将出城迎肃，及肃既相见，向权下拜，权亦下马答礼，因与语道："子敬劳苦，孤今日出城迎卿，卿以为显扬否？"肃直答道："尚未！尚未！"大众俱为愕然，肃举鞭徐说道："愿将军威德，旁讫四海，总括九州，得成帝业，再用安车蒲轮，迎肃入辅，肃始觉显扬了。"权抚掌大笑，偕肃入城，欢宴竟日。肃具言赤壁大捷，也亏刘氏相助，所以成功，此后应当始终并力，方可拒曹，权也以为然。会值刘琦病殁，权乃使备领荆州牧，且使周瑜分南岸地，属备管辖；备乃得移屯油口，改名公安。权有妹年已逾笄，尚未字人，闻备连丧妻妾，因拟将妹嫁备，作为继室。备亦有意联吴，乐从婚议，待至两造说妥，应由备至东吴亲迎，诸葛亮语备道："将军此行，忧喜参半；亮不怕孙权，但怕周瑜，瑜非真心愿和，还是鲁肃从中调停，才议和亲，将军如必欲赴吴，往返皆须从速，且宜择人护卫，方保无虞。"遂将赵云调回，随备同行。备既至江东，由权迎入，两人初次会面，自有一种特别酬酢，无容细叙。但彼此统是汉末英雄，谈到投机时候，也觉心心相照，欢洽逾恒。惺惺惜惺惺。权代择吉期，留备在东吴成婚，备亦只好应允。转瞬间便已届吉，就把客馆中铺设停当，准备行礼。等到万灯齐灿，双炬联辉，便有一班乐府仙仗，引入鸾舆，恭请新人登堂，与备交拜。百余侍婢，簇拥了一位珠围翠绕的佳人，步上红毯，立在右侧；备亦整肃衣冠，至左首参拜天地，大礼告成，同入洞房。堂上客犹未散，免不得由备复出，与为周旋，大约酒阑席散，已是斗转月横的时候。备送客出馆，返入房中，新夫人当然未寝，唯两旁刀枪森竖，杀气腾腾，侍婢等俱佩剑侍立，仿佛娘子军出征气象。原是一座好战场。吓得备大惊失色，忙问何因。侍婢答道："郡主少好武事，随身不离兵器，故有此布置。"备又说道："今夕不妨暂去。"侍婢转告孙夫人，孙夫人微哂道："厮杀半生，尚畏兵器么？"此夜武事，却是有别。乃命侍婢撤去刀枪，并脱佩剑，自己也卸了华服，改作浅妆。灯光交映，四目相窥，一个是英气未衰，丰神奕奕；一个是雌威已敛，态度痌痌。是过来人合解温存，为奇女子不加羞涩。写孙夫人处，自得身分。等到三敲更鼓，四屏娇鬟，两人便携手入帏，谐成燕好，阳台巫峡，乐趣可知。接连住了月余，备虽身入温柔乡，却也记起荆州来了，一日过见孙权，说起荆州故吏，多半相依，所得分土，还恐未足容众，加承厚惠，乞借荆州全土云云。权不及深思，慨然许诺，备起座称谢，且欲即日辞归，经权一再挽留，尚未得返。已被江陵太守周瑜闻知，飞使上书道：

刘备以枭雄之姿，有关、张、赵云诸将，更得诸葛为谋，必非久屈人下者，愚意宜留备在吴，为筑宫室，多给美女玩好，以娱其耳目；分此数人，各置一方，然后使如瑜者，得挟与攻战，大事定矣。今猥割土地，以资业之，且纵令西归，恐蛟龙得云雨，终非池中物也，愿将军熟图之！

权得瑜书，出示鲁肃、吕范诸人，范谓宜从瑜言，独肃驳说道："将军虽神武命世，势力尚不及曹操；操志在报败，仍思夺还荆州。今不若将荆州借备，遣彼归抚，令当操军要冲，外足拒曹，内足蔽吴，方为上计。"计固甚是。权听了肃言，又觉他说得有理，遂不坚留备。备稍有所闻，遂商恳孙夫人，即欲乘隙西归，孙夫人却也豪爽，执定嫁夫随夫的主意，收拾细软，当即起程。备但留书辞权，自与赵云等轻舟西去。待至权得览备书，亟乘飞云大船，亲率鲁肃、张昭等十余人，追送备行，竟得相及。备从容见权，具言曹操方眈视荆州，不能不返，权亦未尝诘责，唯置酒饯别，且邀孙夫人过宴。鲁肃等未便列席，避入后仓。酒至半酣，备低声语权道："公瑾文武兼全，为万人杰，只恐他器量远大，未必肯久为人臣，愿公预防为是。"也欲谮毁周瑜耶？权含笑无言，待至宴罢，备夫妇仍出登轻舸，扬帆径去；权亦退归。事见《周瑜

131

本传》，罗氏《演义》响壁虚造，究属不经。及备至公安，由诸葛亮等接入，备语亮道："天下智士，所见略同，前日先生虑孤东行，也是为此；若仲谋信从周瑜，恐孤不能与卿等再见哩。"诸葛亮等并皆起贺，一面开筵庆赏，喜气盈庭。备复重赏赵云，留居麾下，不复再回桂阳；且作书寄吴，索借荆州。适周瑜自江陵诣吴，问权何故纵备，权以防操为辞。瑜复说道："曹操新败，忧在腹心，未能遽与将军构衅。刘备方结姻好，一时当不致失和。但备不窥吴，必将图蜀，最好是先发制人，瑜愿偕奋威将军仲异，名瑜，系孙坚弟静次子，时为丹阳太守。同取巴蜀，即留仲异居守彼地，与马腾子超结援，瑜再还与将军夺据襄阳，向北蹙操，方可图功。操若得破，刘备更可无虑了。"权应声称善，即使瑜归整军马，为取蜀计。瑜返至江陵，途中得病，尚力疾至巴丘阅操，且嘱孙瑜速赴夏口；并请孙权致书刘备，预为关照，免受牵制。权乃使人至公安，赍书与备，略云：

> 刘璋不武，不能自守；若使曹操得蜀，则荆州危矣。今欲先攻取璋，次取张鲁，一统南方，虽有十操，无所忧也。

看官，这刘璋、张鲁，究是何人？璋即益州牧刘焉少子，曾任奉车都尉，留居京师。献帝使璋抚焉，焉不愿报命，索性使璋随侍蜀中。沛人张鲁，系五斗米道张陵孙，世承祖业，流寓蜀中。鲁父衡早殁，鲁母颇有姿色，兼通鬼道，出入焉家，得焉亲信，恐不免暗作鬼戏。焉遂令鲁为督义司马，出屯汉中。既而焉生背疽，竟致暴亡，璋得袭职为益州刺史。张鲁积渐骄恣，不服璋命，璋竟杀鲁母，与鲁成仇。鲁母始实通鬼道。鲁就据住汉中，自号师君，大行鬼道，号学徒为鬼卒，学道有年，进号祭酒，所行制度，约略与黄巾相似。璋屡与争战，互有杀伤，因此双方对峙，未分胜负。刘备与璋，统是汉室苗裔，既得权书，便出示诸葛军师，诸葛亮进议道："要取益州，何劳东吴？今且作缓兵计，复书相报，再作计较。"备即令亮缮好复书，交与吴使带回。吴使归报孙权，由权展阅，但见书中说是：

> 益州民富地险，刘璋虽弱，足以自守。今将军出师蜀汉，转运万里，欲使战克攻取，举不失利，此孙吴之所难也。孙膑、吴起为古良将。议者见曹操失利于赤壁，谓其

力屈，无复远志。试思操三分天下，已有其二，将欲饮马于沧海，观兵于吴会，何肯守此坐老乎？若转攻蜀汉，授操以隙，使得乘间东下，甚非计也。且备与璋，托为宗室，冀凭英灵，以匡汉朝。今璋即得罪于左右，备独悚惧，非所敢闻，愿加宽贷，谨布腹心。

　　权将来书阅毕，即寄示周瑜，瑜怎肯罢手？仍催孙瑜引兵就道。孙瑜颇谙韬略，与周瑜又相契合，两人同名，应该投契。当即由丹阳发兵，溯江至夏口，遥见前面排列战舰，阻住去路，不得不向他问明。忽有一人遥呼道："请吴将答话！"孙瑜望将过去，乃是荆州牧刘备，便与言奉命取蜀，备朗声答道："君欲取蜀，请从他道，备已贻书孙将军，劝他得休便休，若必欲取蜀，备当披发入山，决不敢为天下失信哩！"瑜再欲有言，备竟退入船中，累得孙瑜无法再进，又不好与他交战，自伤和气，只得麾舟退回，报知周瑜。瑜正想督军继进，接得此信，不由的忿怒异常，俗语说得好："怒气伤肝。"周瑜得病未愈，哪禁得一番盛怒？顿致口吐狂血，晕倒地上，经左右舁瑜至床，已是气息奄奄，延医调治，始终无效。自知病终不起，因令书记草一遗笺，口授数语道：

　　瑜以凡才，昔受讨逆将军之遇，指孙策。委以腹心，遂荷荣任，统御兵马，志执鞭弭，自效戎行，规定巴蜀，次取襄阳，凭赖威灵，谓若在握。至以不谨，道遇暴疾，延医疗治，有加无已，人生有死，修短命也，诚不足惜；但恨微志未展，不得复奉效命耳。方今曹操在北，疆场未静；刘备寄寓，有似养虎；天下事尚未知终始，此朝士盱食之秋，至尊垂虑之日也。鲁肃忠烈，临事不苟，可以代瑜。人之将死，其言也善，倘或可采，瑜虽死不朽矣。

　　口授至此，已喘急的了不得，复大呼道："既生瑜，何生亮？"呼罢即亡，寿止三十六岁。毕竟美人薄命，小乔又复丧夫。当由部将替他棺殓，并将遗书飞报孙权。权流泪叹惜道："公瑾有王佐才，今忽短命，孤赖何人？"及阅瑜遗笺，举肃自代，因即命肃为奋武校尉，使至巴丘，代领瑜营。瑜有两子一女，奉榇还吴，权加意抚恤，后来女配权子登，长子循得尚权女，拜骑都尉，颇有父风。循又早卒，弟胤官兴业都尉，封都乡侯，这且慢表。

且说鲁肃往代瑜任，道出寻阳，晤见寻阳令吕蒙。蒙系汝南人，少年好武，不读经书，经孙权勖令求学，方专心攻习，手不释卷。肃与蒙相见，蒙置酒款待，谈论古今时事，各中窍要，肃起抚蒙背道："吕子明，蒙字子明。我不意卿才如此，竟非复吴下阿蒙了！"蒙笑答道："士别三日，当刮目相看，大兄何轻事觑人？"肃乃进拜蒙母，珍重言别。及抵江陵，仍执定前意，请暂将荆州，借与刘备，权复书依议，于是召孙瑜还守丹阳，把江陵南郡等地，借备管领。备令诸葛亮守南郡，关羽守江陵，张飞守秭归，自驻潺陵。曹操闻周瑜死耗，心下甚喜，正拟亲颁手书，嘱曹仁等再取荆州。忽又接到探报，乃是孙权将荆州借备，不觉转喜为惊，举笔投地，乃将进取荆州问题，暂从搁置。自就邺中，造一铜雀台，随时游赏，且更迭下令，访求才士，不计名节，但尚智谋。此为曹阿瞒意中之才士。嗣复让还三县，故意鸣谦，自称"出仕本意，但望为国家讨贼立功，得一侯爵，他日死后，题志墓道，号为'汉故征西将军曹侯之墓'，于愿已足；适值国家多难，举兵四讨，幸得削平群慝，位至宰相，贵显已极，尚复何望？但若今日无孤，正不知几人称王，几人称帝？或见孤兵势强盛，疑有异志，实为大谬，周文王三分有二，尚服事殷，私心耿耿，每怀古人；本拟解职就国，但恐兵柄一解，为人所害，慕虚名，受实害，窃所未甘；如果人人心服，何必防害？唯封邑可得辞去，今且上还阳夏、柘、苦三县，只食武平万户，少减孤责，且期免谤"云云。说来似属娓娓可听，一经明眼人瞧着，早已知他饰辞欺人，欲盖弥彰了。小子有诗叹道：

> 心同王莽口周文，汉贼何曾知有君？
> 怪底后人多踵智，好将伪语诳同群。

曹操虽自言无他，但拓土争雄的思想，日甚一日，免不得又要动兵了。欲知他何处用兵，待至下回续叙。

孙权以妹妻刘备，详阅史传，并非计出周瑜，而罗氏《演义》，谓瑜使用美人计，弄假成真，说得周瑜如何刁狡，诸葛亮如何神奇，褒之太过，毁之亦太甚。虽系小说，究不应如是雌黄，得是书以矫正之，则足以存史之真，而不至为野乘所误耳。周瑜年第逾壮，方可有为，乃以意气之未除，遽致短命，不无可惜。至若三气周瑜之说，亦属无稽，尽信书不如无书，况燕谈郢说乎？

# 第十九回

## 拒马儿许褚效忠
## 迎虎主刘璋失计

却说关西一带，向由马腾、韩遂驻扎，两人本相和好，结为异姓弟兄，嗣因部曲相侵，竟成仇敌。曹操奉承诏命，替他和解，征马腾为卫尉，使腾子超代领部众。操欲往攻汉中，先遣亲将夏侯渊，发兵河东，与关中督军钟繇相会。关西诸将，闻事生疑，马超少年好勇，更恐操征父入朝，不怀好意，又复联同韩遂，及侯选、程银、李堪、张横、梁兴、成宜、马玩、杨秋八部兵马，会师十万，进攻潼关。操得知警报，便加罪马腾，阖家下狱；据《马超传》中，超起兵后，为操所败，操始灭马家。可见罗氏《演义》所叙无据。当即命曹仁率同诸将，驰往守关，嘱使坚壁勿战，然后亲督大军，从后继进。建安十二年七月，出发邺中，使子丕为五官中郎将，与奋武将军程昱等，留守邺城，此外谋臣猛将，统皆从操西行。好容易到了潼关，与超夹关立营，或谓关西兵士，多习长矛，非精选前锋，不能与敌，操掀须微笑道："战与不战，主权在我，贼众虽持长矛，我若使他无所用处，怎能便刺诸君？但看我破贼便了。"乃但令将士固守，潜遣朱灵、徐晃二将，率步骑兵四千人，渡蒲坂津，沿河屯扎。马超闻曹军分扎河滨，料操必将北渡，来袭背后，乃急向韩遂献议道："操军若得至河北，势难与敌，超愿引兵截住渭河，使他不得北渡，彼远来乏粮，不消二十日，河东粮尽，怎能不走？到那时我军追击，必获全胜。"遂答说道："何必如此？待他半渡时，出兵奋击，岂不更快么？"遂计未始不是，但不若超计之完善。超意虽未惬，但也以为不失中计，专探听南岸消息。翌晨得探马走报，曹操已带领全军，将要渡河了，超亟率部众万余人，驰往截击。遥见操踞坐南岸，麾兵渡河，便即纵马过去，直前奔操，操尚端坐不动，好胆略。旁由许褚大叫道："贼来了，请丞相赶紧下船！"操还说贼至无妨，回头一瞧，相距不过百余步，倒也心惊，因即起身离座。许褚忙将操拖了过去，正要登舟，超已杀到，亏得操手下亲从，拚命敌住，操才得下船。岸上余兵，半被超军杀死，剩得若干残卒，逃回河边，争欲上船避敌，船重将覆，许褚竟执刀乱砍，把船旁危立的兵士，都劈落水中，急命水手开船西驰。哪知南岸的马超，麾兵攒射，箭如飞蝗，曹操船上的水兵，尽被射死；连船中士卒，亦多中箭倒毙。许褚恐操受伤，左手举马鞍蔽操，右手握木篙撑船，再用两足夹舵，向西摇去。操至此也叹息道："马儿不死，我无葬地了！"适有渭南县令丁斐，在南岸散放牛马，作为敌饵，超众不免贪利，都去夺取牲畜，无心追操，操方得安抵北岸。

　　至蒲坂下营，割须弃袍事，不见史册，故亦不载。将士等各来请安，操大笑道："我今日几为小贼所困，幸得许仲康救我。"仲康即许褚字。许褚接说道："还幸南岸有牛马四放，贼争取牛马，始得渡河。"操亟问牛马为何人所放，褚亦不知，至派人访问，才知由丁斐所为，当即擢斐为典军校尉，并加厚赐。一面饬诸将带同兵役，就河岸筑起甬道，由北至南，甬道外多张旌旗，作为疑兵，暗中却用舟载兵，偷过渭水，筑造浮桥，便在渭南结营立栅。偏又为马超所闻，屡来冲突，营不得立，地又多沙，栅树便倒，害得操无计可施。忽来了一个娄子伯，黄冠野褐，向操献计，不知此是何人？说是秋尽冬来，天气骤冷，但教夜间起沙为城，用水灌沃，凌晨凝冱，一日可成。操依言施行，果得奏功。超急来攻击，已是不及，乃与韩遂会计，黅夜劫营。不防曹操预先设伏，反把超军围住，经超奋力杀出，已伤折了许多人马。超经此一败，锐气顿挫；又见韩遂等不肯努力，专靠自己一人厮杀，越觉怏怏。此反间计之所由来也。韩遂本来无能，更欲易战为和，向操议款，超怀着满腔懊闷，不愿争议，听令遣人求和，遂即派人至操营，自请割地纳质，各息兵戈。操不肯遽允，独贾诩进言道："彼来求和，何妨慨许？明日与韩将军相见便了！"说着，以目视操，操已经会意，即遣来使返报。至来使去后，又问贾诩道："计将安出？"诩附耳语操，说是如此如此，操鼓掌称善，越日排队出营，专请韩遂会叙。操与遂父同举孝廉，又与遂同时出仕，两下相见，只把旧事重谈，并不提起军情。超在遂后面，相距颇远，听不出什么问答，唯欲乘间刺操，骤马向前，蓦见操背后立着一人，怒目持刀，好似地煞星一般，因不敢率尔举手，但向操问道："汝军中虎侯为谁？"操回顾许褚，褚厉声道："即我便是！"超不复多言，勒马便回；遂亦与操罢谈。正要话别，遂军各上前观操，操扬鞭与语道："汝等欲观曹公么？曹公与人无异，并非四目两足，不过智识较多呢！"说至此便向遂拱手，径回营中，遂亦自归。超不能再忍，就问操有何言，遂答称操无他说，止叙旧谊，说得超越起疑心。过了一宵，又由操贻书与遂，书中多半改窜，遂展书阅毕，正在惊讶，忽由超入帐索书，取过一看，越看越疑，总道是韩遂有心改抹，悻悻趋出；越宿与成宜、李堪两军，率兵攻操。操先令轻骑接战，约阅多时，一声鼓响，发出两翼，抄击超军，超支持不住，向后倒退，成宜、李堪，被操军包裹了去，先后战死，操军愈奋，超军愈怯，韩遂又不肯援超，超只好西奔，遂亦遁去。操麾兵追超，至数十里外方回，关中复安。操下令班师，凉州参军杨阜，进见曹操道："马超骁勇，不亚吕布，羌胡等并皆畏服，苦大军遽归，不复设备，恐陇上诸郡，终非国家所得有哩。"<small>以曹操为国家，都是被欺。</small>操闻阜言，不免迟疑，会得河间警信，乃是土豪田银、苏伯等作乱，乃决计还军。令阜辅冀州刺史韦康，镇守河北，留夏侯渊屯长安，使为援应，自引兵还邺中。遣将讨平田银、苏伯，然后上书奏报，且请诛马腾家族，于是马腾阖门一二百口，并受诛夷，虽由超私忿忘亲，毕竟是曹瞒毒手杀人，如刈草芥呢！<small>一语断定。</small>

且说益州刺史刘璋，袭父遗业，因与张鲁屡年战争，也恐人心未服，特向朝廷上表，且遣使致意曹操。操承帝命，令璋领益州牧，加封振威将军。璋庶兄瑁，为平寇将军，瑁忽发狂疾，竟致殒命。<small>为下文刘备纳瑁妻伏笔。</small>既而璋复遣别驾张松，向操修好，操方击破马超，还兵至邺，见了张松，颇有骄态，傲不为礼。松即日回蜀，劝璋绝操，璋疑虑道："我若绝操，操兵必来进攻，如何抵敌？"松答说道："将军如何舍近图远？好好一个宗亲，不去结交，却要去孝敬曹操，真令人不解了！"璋问为何人，松即把刘备大名，陈说出来，璋又虑无人可使，松又举荐一人，叫作法正。正籍隶扶风，曾为益州军议校尉，有所陈请，不得施行，所以居常抑郁，每与松谈及世事，互相叹息。至此由松推举，叫他出使，他却故意推让，经璋面命至再，方赴荆州。好多时才得归来，具言刘备宽仁长厚，足为外援，又退见张松，独谓备雄武过人，可以奉作州主。松亦怀有此意，乐得与正定谋，待时乃动。会值曹操命钟繇发兵，进逼汉中，张松即乘机说璋道："操兵西来，势不可当，若既据汉中，必入巴蜀，将军将如何抵御呢？"璋怆然说道："我正为此担忧，未知卿有无良策？"松答说道："莫若先迎刘豫州，刘豫州为将军宗室，且与曹操有仇，必能帮辅将军，同心并力；今趁操军未入汉中，亟请刘豫州来蜀，使讨张鲁，鲁必破灭；鲁灭以后，益州无虞，操军虽来，也是无能为呢。"拒狼引虎，终要噬人。说得刘璋喜出望外，即命正调兵四千人，往迎刘备；正奉命欲行，突有一人趋入道："不可不可！刘备素有英名，岂肯屈居人下？今招令入蜀，视若部曲，彼必不服，待以客礼，免不得喧宾夺主，客得安如泰山，主人却危如垒卵，决不可从！"璋见是主簿黄权，进来谏阻，便怫然道："曹操若长驱入境，试问汝能抵拒否？"权答说道："益州不少将士，宁独一权？倘曹兵入境，权愿与诸将深沟高垒，据险固守，也未必定为操胜呢。"璋摇首道："单靠本州将士，怎能敌操？待至兵败地失，还有何幸？"权再欲有言，璋竟不令多说，叫他出任广汉长，权只好去讫。又有从事王累，亦阻璋迎备，璋亦不听，遂使法正起行。正到了荆州，刘备诸葛亮以下，很表欢迎，比初次还要优待。正即向备献策道："如明公大才，何必局促居此？益州天府，刘牧庸愚，公若不取，必为操有；现宜从速进行。张别驾又为内应，何患不成？"备踌躇道："刘季玉璋字季玉。与我同宗，我不忍夺取，还须从长计议。"

　　正谈话间，有文吏趋入，扬眉与语道："天与不取，反受其咎，愿将军勿疑。"刘备瞧着，乃是副军师庞统，便欠身邀坐。庞统就是庞士元，号为凤雏，籍出襄阳。见八十二回。吴督周瑜，尝契重统才，当夺取江陵时，曾荐统为南郡太守；未几瑜殁，统送丧至吴，吴人陆绩、顾劭、全琮等，皆与统交结，引统入见孙权，权见他面貌不扬，淡漠相待，仍令还守原职。统返至南郡，适荆州借与刘备，由诸葛亮前来接取。见前回。亮与统本来熟识，且关亲谊，统为庞德公从子，德公尝娶亮姊为妻，故云亲谊。当即代作荐书，使统诣备。统复向鲁肃辞行，肃正欲与备结好，许令前去。及备得见统，也与孙权一般思想，但使他为耒阳县令，统到任后，高卧不治，被备下令免官。可巧鲁肃使至，遗书通问。书中询及庞士元，谓士元非百里才，当使为治中别驾，方得展彼骥足等语。备尚以为疑，及诸葛亮面与备言，详述统历来闻望，备始猛忆道："彼就是司马德操所说的凤雏么？"亮答言正是，且谓德操雅善知人，世因称他为水镜先生。补前文所未及。备忙邀入庞统，亲自谢过，进为治中从事，嗣且拜为副军师中郎将，待遇与亮相同。及法正愿献益州，备尚迟疑未决，因即入帐怂恿，劝备速行。备尚拟从缓，统申说道："荆州荒残，人物凋敝，且东有孙吴，北有曹操，如何得志？今益州户口百万，土广财富，可资大业，奈何不往？"备半晌方说道："我与曹操，常相水火，操以急，我以宽，操以暴，我以仁，操以谲，我以忠；今若贪利忘义，食言背信，不但操将笑我，天下亦且叛我，如何行得？"非虑曹操，实怕孙权。统微笑道："将军但知守经，未知达变。方今四海流离，不能拘守一道，汤武尝兼弱攻昧，不失为顺，若事机顺手，得取益州，封璋大国，亦不失为信义；今日不取，徒为人利，将军原是有损，刘璋岂真有益吗？"备不禁心动，乃遣法正归报刘璋，约期相见。待正既去，复请诸葛亮决议，亮所说略如统言，因留亮居守荆州，关、张、赵三将为辅；自己带同庞统，及黄忠、魏延诸将，令步卒数万人，西赴益州。刘璋先得法正归报，已知备即日将至，便令地方官吏，沿途供张，不得有慢，至备既入境，官吏都出郊迎接，馈遗不绝。行抵巴郡，太守严颜，独拊膺叹息道："这叫做独坐深山，引虎自卫呢！"话虽如此，但既奉璋命，不得不照例供给。备得一路无阻，直抵涪城，刘璋亲率步骑三万余人，至涪城迎备。黄权又复力阻，璋终不从。王累且倒悬州门，俟璋出城，抗声强谏，璋仍置诸不理，累竟用刀割绳，跌毙城下。璋使法正为先驱，驰白刘备。正已与张松筹定密计，见备后，便劝备乘会袭璋，备摇首不答。庞统进说道："今若在会所执璋，一举便可得益州了。"备蹙然道："初入他国，恩信未著，仓卒欲行此事，莫谓益州无人，遂不用正谋。"既而刘璋已到涪城，与备会面，叙及世系，应该兄弟相称，当下略迹言情，备极欢洽，今日合宴，明日会饮，差不多有数十天。璋推备行大司马，领司隶校尉，备亦推璋行镇西大将军，领益州牧，互相标榜，互相敬重，几比同胞兄弟，还要亲昵三分。璋乃请备出击张鲁，备毫不推辞，由璋厚加资给，握手送行。

　　备北至葭萌关，接到荆州报信，乃是孙夫人由吴迎去，备子禅本与偕行，幸由张飞、赵云，将禅截回云云；未几又得孙权致书，说是曹操攻吴濡须坞，兵锋甚盛，乞备还援。原来孙权从张纮议，由吴会徙居秣陵，改号建业，筑造石头城；即金陵，为六朝建都之始基。又用吕蒙计策，就濡须水口，创设船坞，预备拒曹。旋闻刘备西入益州，自背前言，权不禁大怒道："猾虏乃敢如此么？"妹倩为猾虏，妹亦可呼为猾妹。遂潜遣舟船迎妹。赵云受刘备嘱托，管理家事，此时巡弋江面，便截住孙夫人，又得张飞为助，夺还刘禅，但放孙夫人过去。权既将妹迎还，便想进袭荆州，不防曹操已乘隙东来，进攻濡须坞口，*权与备失和被操利用，可见鲁肃之主张和备实为上计。*权急出师堵御，与操对垒多日。操见权军伍整齐，防堵严密，也极口称赞道："生子当如孙仲谋，若刘景升诸子，真是豚犬，有何用处？"既而得权来书，内言"春水方生，公宜速去"；又云"足下不死，孤不得安"。操笑语诸将道："权不欺我！"遂撤军西归。权本欲移攻荆州，恐曹操以退为进，乃寄书刘备，致意乞援，令备不得安取益州。备得信生怒道："彼无故劫我妻孥，尚敢向我求援么？"庞统道："吴不欲我得益州，故借求援为名，促我还师，我既到此地，怎肯空回？现在却有三计，请将军自择。"备当然愿闻，统便说道："今若潜遣精兵，昼夜兼道，径袭成都，璋既不武，又无预备，我军猝至，一举便定，这是上计；杨怀、高沛，为璋名将，现方据守白水关，曾闻他上书谏璋，毋纳我军，我正好因孙、曹相争，伪言还顾荆州，即日东归。杨、高二将，喜我退师，必来送行，我就将他擒住斩首，长驱掩入，乃是中计；若退还白帝城，空回荆州，徐作后图，便变做下计了！"备答说道："愿从中计。"当下贻书刘璋，只言曹操东攻孙吴，荆州地处要冲，也属可危，备不得不还兵自顾，幸借精兵万人，粮万斛，返击曹操，俟操退兵，再讨张鲁未迟。这书到了成都，璋展览后，自思迎备入蜀，本为灭鲁拒操起见，今备还援荆州，与己无益，还要借索如许兵粮，殊属不情；且除张松、法正外，无论文武官吏，多言备不可亲，也未免有所感动，因止给羸兵四千人，劣米五千斛，交与刘备。备怒对来使道："我为益州讨御强敌，师劳力殚，今汝主靳财吝赏，如何得使将士效死哩？"来使返报刘璋，张松在旁听着，还道备真要东归，忙遣法正驰告道："今大事将成，如何舍此他去？请亟进兵为要。"哪知备尚未进兵，松谋已为乃兄所泄，乃兄叫作张肃，曾为广汉太守，一闻松谋，恐灭门遭累，竟去报告刘璋。璋至此如梦初醒，捕系张松，立命斩首，且令关隘守将，不得复与刘备交通，但已是无及了。小子有诗咏张松道：*张松献西川地图，亦属后人附会，概不屑入。*

食禄应思勉效忠，如何卖主妄邀功？
西川未去头先落，奸猾由来少善终。

　　张松方死，刘备已进赚杨怀、高沛，把他们拘戮，欲知被戮情形，下回再行详叙。

　　马超猛将，韩遂庸奴，两人皆非曹操敌手。但操先轻视马超，当引兵北渡时，危坐不动，微许褚之翼操下船，几已为马超所毙矣。及已知超勇，始用贾诩计议，立马语遂，抹书间超，超刚而遂愚，适堕操计，此用兵之所以尚谋也。刘璋暗弱，即使不迎刘备，亦未必常能守成；益州不为备有，亦必为曹操所取耳。但张松、法正并为璋臣，璋可辅则辅之，不可辅则去之；必卖主而求荣，殊非人臣之道，松之受诛宜也！法正特幸而脱祸耳，是可为后世之不忠者戒焉。

# 第二十回

## 失冀城马超奔难
## 逼许宫伏后罹殃

却说刘备用庞统中计，佯欲东归，即遣人至白水关，报告杨怀、高沛二将；杨、高巴不得刘备东归，亲出送行，突被备军擒住，说他居心不良，立命斩首，遂占据白水关，进拔涪城。是时法正才到，始知备系诈言东归，当即入贺。备留住法正，探听成都消息，得悉张松被诛，关隘不通，益州从事郑度，向璋献计，教他坚壁清野，固垒勿战，免不得心下担忧。因即转问法正，正慰解道："刘璋无谋，终不能用此计，请将军放心。"果然璋不从度言，但遣部将刘璝、冷苞、张任、邓贤等，引兵拒备，累战皆败，退保绵竹。备置酒大会，宴集将士，饮至半酣，顾语庞统道："今日宴会，不可谓不乐了！"统直答道："伐人家国，反以为乐，仁主用心，不宜如此。"备已酒意醺醺，听得统言，很觉逆耳，便作色道："武王伐纣，前歌后舞，难道不算为仁主么？卿言殊不合理，可速退去！"统大笑而出；备亦因醉入寝，一睡竟夕。翌旦方起，自觉前言未忘，深加后悔，遂延统入厅，向他谢过；统却不答谢，谈笑自若。备复说道："昨日言论，我为最失。"统方答道："君臣俱失，何必追忆？"善于分谤。备乃开颜大笑，欢叙如恒。既而刘璋复遣吴懿、李严、费观诸将，出御备军，先后败挫，反皆降备，备军益强，分遣诸将略定蜀地。冷苞、邓贤战死，张任、刘璝，退至雒城，璋子循奉了父命，至雒助守。任素有胆力，屡出冲围，虽屡被击退，气不少衰。备与庞统商定计策，诱任出城，引过雁桥，把桥拆断，前后夹攻，害得任进退无路，为备所擒。备劝任投降，任抗声道："忠臣岂肯复事二主？速死为幸。"备始令推出斩首，收尸礼葬；*任死雁桥，在庞统未死之前，史可复按；罗氏《演义》指为任之受擒出自诸葛，且雁桥上加一"金"字，不知何据。* 且命诸军四面筑垒，并力围城。刘循、刘璝，不敢再出，但从严防守，积久未懈。城中所需粮食，又由刘璋源源接济，故相持逾年，尚得守住。备正在焦急，忽接到葭萌关来书，乃是守将霍峻，报称张鲁诱降，已经叱退；现由璋将扶禁、向存等来攻，正由峻设法抵御等语。原来备自葭萌关还袭益州，留中郎将霍峻守关，部兵不过千人，张鲁遣将杨帛招峻，峻怒叱道："我头可得，城不可得！"帛乃退出。嗣由刘璋遣兵万余人，从阆水上攻，统将就是扶禁、向存，亏得峻战守有方，尚得以少制众。唯备得了此信，越觉加忧，既不便分兵援峻，又恐巴东有警，截断后路，不得已致书荆州，请诸葛亮派兵相助。独庞统急欲邀功，亲出督军，猛攻雒城，城上矢如雨下，竟将统射中要害，回营毕命。*落凤坡诸说，亦属无稽。*

备失去庞统，如断右臂，飞使邀请诸葛军师，入蜀参谋。诸葛亮已遣张飞西行，至此闻庞统又殁，不得不亲身入蜀；乃将荆州全权，尽委关羽，自率赵云等，溯江西进。时张飞已至巴郡，为太守严颜所遏，不得前往。飞用诱敌计，擒住严颜，瞋目呵叱道："大军到此，汝何故不降，反敢拒战？"颜亦抗语道："汝等不道，侵犯我州，我州只有断头将军，没有降将军！"飞闻言愈怒，顾令左右道："快把这老匹夫，砍下头来！"颜神色不变，向飞笑语道："要砍便砍，盛怒何为？"说得飞也为心软，竟下座释颜，延诸上座，优礼相待；颜感飞厚遇，乃许投诚。*莽张飞也有奇谋。* 飞遂令颜为前导，畅行无阻，直抵雒城，与备会师。诸葛亮亦令赵云先驱，从外水经过江阳、犍为，所至皆降，也得至雒城相会。雒城固守年余，已经力乏，怎禁得备军大至？不由的慌乱起来。刘循开城夜遁，刘璝为乱军所杀，雒城遂为备有了。备正思进攻成都，有人报知张鲁援蜀，特遣骁将马超，领兵西来。超素有勇名，为备所知，当即与商诸葛亮，亮笑答道："将军勿忧，但遣一辩士往说，便可招降。"乃留意简选，得了一个建宁人李恢，前为郡中督邮，方来投备，雅善口才，遂遣令前往。究竟马超如何投依张鲁，又如何助鲁援蜀，说来又是话长，不得不从简补叙。

超自为曹操所败，西奔凉州，果如杨阜所料，略夺陇上诸郡，*回应前文。* 又复进攻冀州；刺史韦康，忙遣别驾阎温，告急长安。不料温出水关，被超擒斩，急得韦康没法，只好请降。杨阜哭谏不从，竟开门迎超，超却将韦康杀死，独用杨阜为参军，自称征西将军，领并州牧，督凉州军事。长安屯将夏侯渊，闻信驰救，反为超所杀败，只好退还。会阜遇妻丧，乞假归葬，路过历城，得见抚夷将军姜叙，叙与阜为中表弟兄，当然延入。阜面有戚容，叙还道他是悼亡心切，不便多问。及进谒叙母，索性泪下不止，叙忍不住诘问道：“妻殁不妨续娶，何必过哀？”阜摇首道：“何从为此？”叙复问何因，阜凄然道：“守城不能完，主亡不能死，恨无面目再见尊亲；但阜无权无勇，不能力讨超贼，独怪兄拥兵历城，忍心坐视，咎亦难辞，《春秋》书赵盾弑君，便是此意。”叙慨叹道：“我非不欲讨超，实恐超勇悍过人，急切难图。”阜又说道：“超强暴无义，非真难除。”叙母亦接口道：“汝不早图，尚待何时？即如韦使君遇难，亦岂尽由义山负责？阜字义山。汝亦与有过失呢！人谁不死？死得有名，奈何不为？汝若虑我年老，我已将生死置诸度外，毋劳汝忧。”叙母亦一女丈夫，可惜见理未明。叙乃与校尉赵昂、尹奉等，合谋讨超。又由阜致书冀城，潜结军吏梁宽、赵衢，使为内应，安排已定。唯赵昂有子名丹，在超麾下，昂引为己忧，归语妻室，妻厉声道：“为君父雪耻，陨首亦属无妨？何况一子呢！”又一奇妇人，但究不知谁为君父。昂意乃决，遂据住祁山，与姜叙、杨阜，同声讨超。叙、阜两人，进兵历城，超听赵衢诡议，亲出拒战，留衢与梁宽守城。及与叙阜交锋，不能得利，引兵退归；哪知城门紧闭，连呼不应，但掷出头颅数枚，超不瞧犹可，瞧了一遍，险些儿坠落马下。看官！这是何故？原来是娇妻爱子的首级。有勇无谋，如何保家？当下越悲越怒，恨不把城池踏破；可奈姜叙、杨阜及赵昂等，两面杀到，只好回头就走。赵昂子丹，由超带着，就将他一刀两段。复悄悄的掩袭历城，竟得冲入，搜获姜叙老母，用刀搁颈，逼令召叙回来，叙母大骂道：“汝乃背父逆子，杀君恶贼，为天地所不容！尚敢横行人世么？”说到末句，头已落地。

　　杨阜闻历城失守，忙引兵还援，与超交战城下，拚死力斗，身中五创，尚不肯退。嗣由姜叙、赵昂等，一齐杀到，方将超众杀败。超乃南走汉中，投依张鲁。鲁令超为都讲祭酒，且因超妻子被戕，欲把爱女嫁为继室。或谓超不知爱亲，怎能爱人？鲁乃罢议。超从鲁乞师，往围祁山。姜叙等又向夏侯渊告急，渊使偏将张郃，率五千军先行，自督万人继进，击走超军；复移兵长离，大破韩遂残众，然后还师。超败回汉中，鲁以为超无能为，礼貌寖衰。鲁将杨伯等，更欲害超，超当然愤悒。适刘璋失去雒城，急不暇择，反使人向鲁求救。鲁与璋本系世仇，怎肯赴急？偏马超欲乘此图功，愿去取蜀。鲁乐得遣超一行，阳助刘璋，阴图刘璋。超有部将二人，一系从弟马岱，一系南安人庞德，并皆勇敢。德适遇疾，不能从军，留居汉中养疴。超只偕岱西进，由鲁拨兵数千，给令同行。到了武都，正值李恢奉刘备命，前来招降。恢本来善辩，再加超乞得此差，原为避祸起见，一经恢巧言说合，自然语语投机，当下随恢同进，直指成都。刘备已自雒城进发，先至成都城下，既得马超来降消息，便欣然说道：“我定可得益州了！”乃潜分兵数千，使会超军，嘱令屯驻城北，交逼刘璋。璋还道马超来援，登城俯问，哪知超扬鞭仰指，口口声声，叫璋出降刘豫州，吓得璋面色如土，几乎跌倒。经左右扶璋下城，璋长叹道：“不听忠言，悔无及了！”庸主往往如此。会由刘备遣从事简雍，入劝璋降。璋城中尚有兵士三万人，谷帛足支一年，吏民多欲死战。璋流涕道：“我父子在州二十余年，并无恩德加及百姓，百姓为璋攻战数年，已害得膏血涂野，璋何忍再令死斗，使无孑遗？不如出降为民罢了。”说得群下都为流泪，璋无可奈何，只得与简雍并舆出城，径诣备营。备开门迎璋，面加抚慰，复偕璋入城安民，所有璋私储财物，一并检还，令佩振威将军印绶，徙居公安。一面大开筵宴，遍飨士卒，取库中金银，分赏将吏，多寡有差。备自领益州牧，进诸葛亮为军师将军，黄忠为讨虏将军，魏延为牙门将军，糜竺为安汉将军，简雍为昭德将军，孙乾为秉忠将军，伊籍为左将军从事中郎，马超为平西将军，法正为蜀郡太守，兼扬武将军；旧益州太守董和，得掌军中郎将，并署左将军府事，旧广汉长黄权得为偏将军；尚有严颜、吴懿、费观、李严、秦宓、许靖、费诗、孟达、彭羕等一班降官，约数十人，并皆录用。独零陵人刘巴，夙负才名，曾由备具书招致，巴不背从，反自交趾入蜀，奔依刘璋；及璋迎备，巴一再谏阻，拟备为虎，终不见听，乃闭门称疾。备攻成都，即下令军中，谓有人害巴，诛及三族。故成都既下，得巴甚喜，令为左将军西曹掾，巴无奈受命。璋将扶禁、向存，前尝围攻葭萌关，逾年不克，至成都围危，两将当然撤还，被守将霍峻，追击一阵，向存授首，扶禁遁去。备因霍峻有功，授峻为梓潼太守，全蜀悉平。唯刘璋家眷，已俱随璋东徙，只有璋寡嫂吴氏，为刘瑁妻，即吴懿妹，依兄居住，仍在成都。吴氏少时，有相士谓当大贵，璋父刘焉，因娶为子妇。偏偏结褵未几，竟丧所天，相士所言，似乎未验。想由相士未便详说，留此缺陷。到了备据益州，独少内助，孙夫人已经还吴，备恨她迹同专擅，且与孙夫人虽为夫妇，仿佛一闺中敌国，随时加防，故由她大归，不愿再迓。于是左右从吏，竟将懿妹吴氏，向备关说。备使人觇视，华颜未老，丰韵犹存，却也有些合意；但自思与瑁同族，未免含嫌，何必定纳嫠妇？不但同宗有嫌！乃更问法正。正答说道："晋文且纳怀嬴，比诸将军，相去何如？将军尽可从权呢。"恐是逢君之恶。备乃决纳吴氏，重整鸾凤，领略温柔滋味。这且不必絮谈。

且说法正得掌重任，外统都畿，内参帷幄，无德不酬，无怨不报，常擅杀仇人数名。或请诸葛亮转达刘备，预加抑制，亮独驳说道："主公在公安时，北畏曹操，东惮孙权，内复为孙夫人所制，日夜不安，幸得法孝直入为羽翼，导引西翔，今主公已得高飞，难道孝直独应下降么？"但口中虽有此论，心下也不无微嫌，遂改订治蜀条例，概从严峻。法正语亮道："昔高祖入关，约法三章，公初至益州，亦应缓刑弛禁，借慰民望，奈何反从严峻呢？"正要你知法守正！亮正色道："君但知一不知二，秦尚苛法，高祖不得不从宽；今刘璋暗弱，德政不举，威刑不肃，蜀土人士，无法已久，我今以法率民，法行然后知恩，以爵限吏，爵加然后知荣，恩荣并济，上下有节，方可挽回宿弊，否则恐复蹈故辙了。"法正也为佩服，渐自敛戢，不敢犯禁。吏民亦各守法规，比那前时的上疲下玩，已好得许多，这就叫作乱国用重典呢。且说曹操攻吴不克，撤兵还邺，休息了一两年，但时常示意左右，表扬功德；有诏令操剑履上殿，入朝不趋，赞拜不名。既而长史董昭，复谓操宜进爵国公，加九锡礼。侍中荀彧，独向昭驳说道："曹公本仗义兴师，匡朝宁国，岂徒为安富尊荣起见？君子当爱人以德，不宜谄谀若此。"昭怀惭而退，偏被曹操闻知，暗生忿恨。会值彧有小恙，乞假数日，操竟借馈食为名，使人持送一盒；及彧揭视，乃系一个空器，并没有什么珍馐，遂长叹数声，服毒自尽。死得迟了。彧子恽讣告曹操，操佯为举哀，予谥曰敬，令恽袭爵为侯。越年建安十八年。由御史大夫郗虑，赍奉册书，命操为魏公，兼加九锡。策文有云：

朕以不德，少遭愍凶，越在西土，迁于唐卫，当此之时，若缀旒然；幸天诱厥衷，诞育丞相，保乂我皇家，弘济于艰难，朕实赖之。今将授君典礼，其敬听朕命。

昔者董卓不道，挠乱王纲，赖君首启戎行，得平大憝；后及黄巾，反易天常，侵我三州，延及平民，君又剪之，以宁东夏，此则君之功也。韩暹、杨奉，专用威命，君则致讨，克黜其难，遂迁许都，造我京畿，设官兆祀，不失旧物，此又君之功也。袁术僭逆，肆于淮南，慴惮君灵，用丕显谋，蕲阳之役，桥蕤授首，积威南迈，术以陨溃，此又君之功也。回戈东征，吕布就戮，乘辕将返，张杨㳠毙，眭固伏罪，张绣稽服，此又君之功也。袁绍逆乱天常，谋危社稷，凭恃其众，乘兵内侮，君奋其武怒，运其神策，致届官渡，大歼丑类，俾我国家，拯于危坠，此又君之功也。济师洪河，拓定四州，袁谭、高干，咸枭其首，海盗奔迹，黑山顺轨，此又君之功也。乌桓三种，崇乱二世，袁尚因之，逼据塞北，束马悬车，一征而灭，此又君之功也。刘表背诞，不供贡职，呈师首路，威风先逝，百城八郡，交臂屈膝，此又君之功也。马超、成宜，同恶相济，滨据河潼，求逞所欲，殄之渭南，献馘万计，遂定边境，抚和戎狄，此又君之功也。鲜卑、丁零，重译而至，单于白屋，请吏率职，此又君之功也。君有定天下之功，重之以明德，班叙风俗，旁施勤教，恤慎刑狱，吏无怀慝；敦崇帝族，表继绝世，旧德前功，罔不咸秩。虽伊尹格于皇天，周公光于四海，方之蔑如也。*我为阿瞒羞死。*

朕以眇眇之身，托于兆民之上，永思厥艰，若涉渊水；非君攸济，朕无任焉！今以冀州之河东、河内、魏郡、赵国、中山、常山、钜鹿、安平、甘陵、平原凡十郡，封君为魏公，锡君玄土，苴以白茅，其为丞相领冀州牧如故，又加君九锡。其敬听朕命，简恤尔众，时亮庶功。用终尔显德，对扬我高祖之休命。

当时九锡典礼，一是车马，*大辂、戎辂各一。*二是衣服，*衮冕之服，赤舄副焉。*三是乐悬，*王者之乐。*四是朱户，*户用朱色。*五是纳陛，*所以登阶。*六是虎贲，*三百人。*七是铁钺，八是弓矢，九是秬鬯圭瓒。操既得此异数，应思如何报答，哪知他愈贵愈横，愈荣愈恶，不但建宗庙，立社稷，置尚书侍中，六卿僭拟皇家，甚且一朝国母，也被曹操害死，连二子也送入黄泉，说来尤令人发指。先是董贵人遇害，伏皇后内不自安，尝与父伏完手书，数操罪恶，乞完伺隙密图。完虽尝授职辅国将军，却是性甘恬退，不愿与曹操争权，所以接得后书，始终未发。至操为魏公，伏完已殁过三四年了。操有三女，长名宪，次名节，又次名华，长次俱纳入皇宫，唯季女尚幼，在闺待年，拟及笄时，续行送入。*莽只献入一女，操却纳入三女，总算忠心。*献帝并封为贵人。甫越期年，不意伏后致父书信，竟被伏家怨仆，偷献曹操，操不禁大怒，立入宫中，胁迫献帝，废去伏后。献帝踌躇未忍，操不待许可，便使尚书令华歆，代草诏书，逼帝盖印。书中有云：

> 皇后伏后名寿。得由卑贱，登显尊极，自处椒房，二纪于兹，既无任姒徽音之美，文王母太任，武王母太姒。又乏谨身养己之福，而阴怀妒害，包藏祸心，弗可以承天命，奉祖宗；今使御史大夫郗虑，持节策诏，其上皇后玺绶，退避中宫，迁于他馆。呜呼伤哉！寿自取之，未致于理，为幸多焉！

诏至中宫，伏皇后惊出意外，不敢不将后玺缴出，正想出徙别馆，忽闻外面人声嘈杂，好似来捕大盗一般，吓得伏后三脚两步，急至复壁间躲避。谁知助操为虐的华歆，引兵入宫，四觅不见，竟由歆破壁得后，麾兵动手，兵士尚有难色，歆竟亲揪后发，拖至外殿。适值献帝与郗虑坐谈，见后披发跣足，状甚凄惨，不禁泪下。伏后泣语道："竟不能复相活么？"献帝呜咽道："我亦不知命在何时！"又顾语郗虑道："郗公！天下果有是事么？"那华歆不由分说，竟牵伏后入暴室中，与后所生二皇子，一体鸩死。小子叙至此处，随书一绝句道：

> 诛奸无力反招灾，巾帼拚生剧可哀。
> 前有董妃后伏后，魂兮可向许宫来！

伏后已死，伏氏家族，骈戮至百余人，华歆方向操复命。欲知歆为何等人物，待至下回表明。

马超多勇无谋，卒致上害父母，下及妻孥；设非投入刘备，则其身尚不能保，遑问与曹操为敌乎？姜叙母及赵昂妻，名为劝忠，实则知其一不知其二，仍不过为妇人女子之见，无足取焉。刘备之取成都，势固难已，而情究未安；至纳刘瑁妻为继室，尤足贻讥后世，"操以暴我以仁"之说，殆亦未免欺人欤？若操之所为，黯无天日，贵妃可杀，皇后可弑，其与篡逆相去，能有几何？假令老而不死，否知其繁阳受禅，固不待曹丕也！

# 第二十一回

## 见外使奸雄代捉刀
## 察重伤功臣邀赐盖

却说华歆弑了伏后，并戮伏氏家族，然后复报曹操，操当然心喜，录为首功，寻且表歆为军师。说起华歆履历，本来是有些名望，曾与北海人管宁、邴原，为同学友，时号三人为一龙，歆为龙头，原为龙腹，宁为龙尾。但歆佯为高尚，阴实贪惏。宁尝在园种蔬，锄地见金，掉头不顾，歆却在旁拾视，然后掷下。宁见歆如此举措，已怀鄙薄。一日同坐观书，闻户外有车马声，宁不为所动，独歆弃书出观，自是宁与歆割席，不复与友；后来宁庐居山谷，终身不仕。邴原虽由曹操辟召，入为丞相征事，但仍闭门自守，非公事不出，两人志趣，俱有足称。唯歆得为豫章太守，已归服孙吴，嗣复得曹操征命，往投许都，参司空军事。荀彧死后，竟代彧为尚书令，竭诚事操，居然为虎作伥，弑起皇后来了。比操尤恶。唯献帝自伏后死后，悲怀未释，操却进言道："臣女已并邀宠御，次女最贤，可立为中宫。"献帝无奈，遂于建安二十年正月，册立曹贵人节为皇后。百官因是魏公操女儿，格外谀颂，且并至魏公府中拜贺，自不消说。只难为了曹操长女，名为阿姊，却要向妹子朝参。

操复起兵西征，命夏侯渊、张郃为先锋，自率诸将为后应，往图汉中。张鲁闻报，忙与弟张卫商议，鲁谓操兵势大，不如出降；独卫以为汉中险阻，可以拒操，遂号召兵马，据守阳平关。关在丛山峻岭中，却是天然险要，居然有一夫当关，万夫莫开的形势。操连攻旬月，竟不能下，欲引兵退归。西曹掾郭谌入帐谏阻，略言："鲁兄弟同守异心，必有内变，不如缓待时机，总可得志。"操却想出一计，扬言退军，拔寨齐起。张卫闻得操兵引回，即出关追击，哪知行至半途，突有野鹿数千头，掩入卫军，卫军自相惊溃，阵势遂乱。不意操将后军变做前军，蜂拥杀来，卫如何抵挡？当即奔回。操兵复乘胜进逼，四面围攻，守兵已无斗志，纷纷遁去，卫亦只好夜走，与张鲁窜入巴中。鲁临行时，左右请尽毁仓库，免为敌资，鲁独慨然道："我本欲归命国家，只苦意不得达，今不得已出奔巴中，仓廪府库，应归国有，奈何毁去？"当下一律封藏，方才西走。操既入阳平关，一路无阻，直抵南郑，见鲁封库自去，料有降意，便遣人慰谕张鲁，叫他前来投诚，不失侯封。鲁复书愿降，操便派吏往迎，待以客礼，拜鲁为镇南将军，封阆中侯。鲁五子及部将阎圃等，亦各得封爵，还有马超遗将庞德，也降操受封。操乃令鲁就国，留夏侯渊、张郃，同守汉中，即日下令班师。主簿司马懿献议道："刘备以诈力虏刘璋，蜀人尚未归心，今公已得汉中，益州必然震动，若乘胜进攻，定致瓦解，圣人不能违时，亦不应失时哩。"操笑答道："人生苦不知足，既得陇，还望蜀么？"遂不听懿言，起行还邺。即此可见懿之贪狡更过于操。

先是操妻丁氏无出，妾刘氏生子昂，殉难宛城。见七十五回。操复纳娼女卞氏，生子丕、彰、植、熊，遂得专宠。操竟以妾为妻，废黜丁氏，进卞氏为继室。操本来不知礼义。植性机警，才又敏赡，尝作《铜雀台赋》，援笔立就，彬彬可观，操独加宠爱，欲立植为嗣子。问诸贾诩，诩默然不答，及操再三诘问，诩始微笑道："适有所思，思袁本初刘景升父子呢！"一语足矣。操大笑而止。已而丁仪、杨修等，复屡誉植才，劝操立嗣，操又觉动疑，密书问及百官，尚书崔琰独露板作答道："春秋大义，立子以长，五官将指丕。仁孝聪明，宜承正统，琰愿誓死守道，不敢违经。"操得书后，未免叹息。且因植为琰侄婿，不私所亲，更加推重。琰尝荐举钜鹿人杨训，辟为丞相属掾；至操自汉中引归，群吏复议进操为王，杨训更发表称颂，备极阿谀，琰览表不悦，即贻书责训道："省表事佳耳，时乎时乎！会当有变！"操竟令左右入白献帝，取得诏命，晋爵魏王。可巧南匈奴单于呼厨泉，遣使入朝，并谒贺魏王操。操恐仪容不足服众，特使琰作为替身，自己执刀旁立。琰眉目疏朗，须长四尺，甚有威重，所以操有此举。及外使谒毕自归，单于呼厨泉，问及魏王德仪，使人笑答道：

"魏王原非凡姿，但捉刀人，却是真正英雄。"<sub>独具只眼。</sub>呼厨泉乃亲自入朝，为操所留，岁给钱帛刍米，如列侯例。但使右贤王去卑，监管匈奴。嗣且分匈奴为五部，令呼厨泉子弟，皆作部长，选汉人为司马，充作部监，意在分铄虏势，不令猖獗。但胡人多散居内地，无复防闲，华夷界限，逐渐溃裂，不可谓非曹操作俑哩。<sub>特笔提叙。</sub>操自以为威德及远，无人可比。嗣探得崔琰书语，说是会当有变，遂目为怨谤，收琰下狱，罚充徒隶。一夕登台玩赏，<sub>想是铜雀台上。</sub>望见植妻乘车出游，满身衣绣，装束得非常艳丽，心下不禁愤恨，竟罢赏归家，逼令自尽。复因植妻为琰兄女，迁怒及琰，亦将琰赐死，时人无为琰呼冤。东曹掾毛玠，伤琰无辜，作文哀吊，亦被逮系；幸由僚佐桓阶、和洽，代为申理，始得释出，免官归里。

操因南匈奴已服，忽记起故中郎将蔡邕，有女名琰，陷入匈奴，乃特遣使赍金北去，将琰赎归。琰字文姬，博学多才，兼精音律，邕尝夜坐鼓琴，琴弦忽断，琰知为第二弦，邕疑琰偶然猜着，再鼓再绝，琰复答称第四弦，并无差谬。嗣嫁与河东卫仲道为妻，不幸夫死无子，归宁母家。及邕为王允所杀，家室流离，琰竟被胡人掳去，没入右贤王帐下，生得二子，作"胡笳十八拍"，流传远近。操与邕素相善，故特赎琰归国，令再嫁屯田都尉董祀为继妻。<sub>有才无节，终留遗憾。</sub>祀甫得才妇，竟致犯法，当坐死罪。<sub>文姬太无帮夫运。</sub>琰蓬头跣足，诣操乞免，操正大会宾客，冠笏盈堂，有属吏入白数语，操因顾语宾客道："蔡伯喈女在外，诸君亦愿一见否？"宾客齐称愿见。操即令吏引琰入厅，琰至阶前下跪，为夫乞免，措词甚哀，满座皆为改容，操语琰道："情实可矜，但文状已去，如何是好？"琰泣答道："明公厩马万匹，虎士成林，何惜一快足，不为援手哩？"操也被感动，乃即饬属吏，驰递赦书，贷祀死罪。且嘱琰起身入厅，赐琰头巾履袜，因即顾问道："令先人遗传文籍，可曾留藏否？"琰答说道："昔亡父赐书四千余卷，流离涂炭，所存无几，今所诵忆，只四百余篇。"操又说道："今当派文吏十人，就夫人处录述。"琰接口道："妾闻男女有别，礼不亲授，乞给纸笔，真草唯命。"操乃遣琰归家，使琰随时录送。琰将曹娥碑文一并录入。碑文为邯郸淳所撰，独文后有八字云："黄绢幼妇，外孙虀臼。"为琰父邕所题。操瞧这八字，不解所谓。查及曹娥履历，乃是顺帝年间的孝女，女父盱为巫祝，在上虞江迎婆婆神，堕水溺死，捞尸不获。曹娥年仅十四，沿江号哭，阅十有七日，也投入江中，背负父尸，同浮江面，里人因为埋葬。<sub>事在顺帝汉安二年。</sub>后来县长度尚，复为改葬，就在墓道旁立碑，使弟子邯郸淳为文。邕南游吊古，就在碑后续题八字，时人都莫名其妙，连足智多谋的曹阿瞒，也被难倒。转问左右文吏，独有主簿杨修，能识邕意，谓黄绢系由丝染色，色旁加系，便是"绝"字；幼妇即少女，少女拼成一字，便是"妙"字；外孙为女之子，女旁加子，便是"好"字；齑味属辛，曰受辛器，便是受旁辛字，合成"辞"字；总计是"绝妙好辞"一语。操不禁叹服，但亦未免忌修多才，阴为加防。**不脱奸雄故智。叙入此段，实为二女写照。**

好容易已是建安二十六年，操因孙权不服，复出师东下，进至居巢。权先遣部将吕蒙，攻拔皖城，擒住庐江太守朱光；嗣又由权亲率大军，进围合肥。合肥在皖城北，由操将张辽、李典、乐进居守；操预防孙权进攻，致与密函，谓待敌至乃发。及吴军大至，张辽等始敢发书，书中只有三语云："若孙权到来，张李将军出战，乐将军守城，勿得同出。"李典、乐进，尚以众寡不敌为疑，辽独慨然决战，典与进始无异言。当下募得敢死士八百人，椎牛夜饮，诘旦开城猝发，辽挺戟先驱，陷入权营，直至权麾盖前面。权走登高阜，挥兵围辽，绕至数匝。辽十荡十决，无人敢当，再加李典引兵援应，也是踊跃无前。自清晨战至日中，吴人夺气，辽与典乃徐徐引归，登城固守，众心始安。权围城逾旬，竟不能拔，撤兵东归，自与诸将断后；尚在逍遥津北，不意被辽察悉，遽率步骑掩至，权将吕蒙、甘宁，急忙抵敌，还是招架不住。张辽仗戟突入，领兵围权，幸亏权亲将凌统，翼权出围，再回马与辽接战，不使再进，权得驰上津桥，放马过去。哪知桥南已被辽军拆断，相隔丈余，慌得权仓皇失措，进退两难；牙将谷利，请权退后数步，自在马后扬鞭一击，马始奋足腾跃，飞过桥南。凌统截住张辽，血战多时，左右尽死，统亦身受数创，料知权已走脱，方才奔回。吕蒙、甘宁，也都败退，沿津逃生。权得部将贺齐舟师，下船避敌，遥见将士等绕河散走，急令贺齐划船接下，方得渡回。贺齐流涕谏权道："此后，主公须当自重，不可轻敌，今日几危险不测了。"权答说道："谨当铭心，不但书绅。"乃收军回保濡须，抚视疮痍，缓图报复。

适为了荆州问题，龃龉多日，方得解决；**详情见下。**忽报曹操亲督大兵，来到居巢，权不得不整军迎敌。操兵号称四十万，权兵只七万人，客主异形，吴人多有惧色。**何不记及赤壁时耶？**甘宁独挺身效命，愿为前锋，权拨精兵三千人，随宁先进。宁选得健儿百人，俟夜与饮，各尽一觞，当即披甲上马，引百骑潜袭曹营；到了营旁，拔开鹿角，呐喊而入。曹军惊惶失措，被甘宁等左劈右斫，斩首至数十级，宁尚欲冲突进去，里面却用车仗穿连，排若铁桶，无隙可钻，操真能军。宁只得左右驰逐，喧噪了好多时；及见曹营中举火如星，兵马汇集，便领兵还寨，百骑中不折一人，因即夜报孙权。权喜说道："孟德有张辽，孤有兴霸，足与相敌了。"遂赐宁绢千匹，刀百口。既而两军大战，水陆分争。吴将徐盛、董袭，督领舟师，至水口鏖斗。盛杀得性起，登岸冲锋。袭守船击鼓，陡有暴风刮来，荡覆数舟，兵士请袭避去，袭仗剑大喝道："将受君命，在此防贼，怎得弃船自去？敢有复言者斩！"说至此，狂飙尤甚，白浪滔天，袭坐船被覆，竟致溺死。徐盛孤军深入，幸得陆军接应，不致陷没。但操军究竟势大，东一支，西一队，把吴军冲作数截，权数被围住，幸有周泰保护，脱围退走。偏将军陈武，竟致战死，各将纷纷引还，驰入濡须坞中；操亦收军引去。权检点士卒，伤失颇多，自思战虽失利，还亏诸将努力，得免大损，乃设宴犒劳；行酒至周泰前，权令泰解衣，见泰创痕累累，问及所苦，泰迭述前后受创，约数十处，并言为主效力，虽死不恨。权不禁流涕道："卿为孤兄弟，不惜身命，被创数十，肤如刻划，孤亦何心，敢不视卿如骨肉呢？从此当与卿同休戚，借报战功。"说着，亲起把盏，连酹三大觥，泰且饮且谢，尽醉方休。待泰回营时，命将自己麾盖，移与护送；越日复另制青盖为赐，特示宠荣。唯与操相拒月余，不能取胜，乃从张昭等计议，令都尉徐详，至操营请和。操亦因江东难下，许从和议，留夏侯惇、曹仁、张辽三将，屯守居巢，自回邺中。权亦进周泰为平虏将军，使督濡须；引兵还都。才阅数旬，即由陆口屯将鲁肃，报称病重求代，权派吏问疾，赏给医药，一时尚未令卸职，叫他在任养疴。

时肃年未满五十，本是服官从政的时候，因平居为国经营，煞费心力，所以未老即老，病不能兴。他始终主张联刘，荆州借备，谋出一人。当备取益州时，权令诸葛瑾索还荆州，关羽不允，几至失和，还是肃出为周旋，请羽单刀相会，面述权命，请羽把荆州缴还。羽勃然道："乌林一役，赤壁在江南，乌林在江北，故不妨互言。左将军身在行间，戮力破敌，难道独无一块土相酬，乃尚来索地么？"肃亦正色道："前与刘豫州相遇长坂，豫州为操军所败，计穷力竭，将图远窜，当由肃转报吾主，特加矜愍，不爱土地兵甲，力却曹军；又因刘豫州无地可容，权借荆州，今刘豫州既已得蜀，仍将荆州占住，背德失好，恐难免天下耻笑。肃闻贪而弃义，必为祸阶，今君身当重任，奈何不以义相辅，反欲以力相争，有伤和气呢？"两人所说，俱非无理。羽尚未及答，旁有为羽握刀的随将，叫做周仓，瞋目大呼道："天下土地，唯德所与，难道必归汝东吴么？"羽佯叱周仓道："这是国家大事，汝有何知？乃亦来多言，可速出去。"仓已会意，立即出外，驾舟迎羽。羽即与肃告别，说是当转达左将军，从长商议，语毕即行。肃复与刘备直接交涉，备乃许分荆州，就湘水为界，自长沙、江夏、桂阳以东属吴，自南郡、零陵、武陵以西，仍为备有，权亦允议，再使诸葛瑾与备订约，始得息争。肃竟于建安二十二年病殁，权亲自临丧，赗赠甚厚。荆州人士，俱为叹息；连诸葛亮亦为发哀。后任为吴左护军吕蒙。蒙生性狡诈，与鲁肃心术不同，于是孙、刘和谊，渐致破裂。那曹阿瞒反得一意西略，幸而天意三分，不使曹氏混一，所以汉中地已得复失，反被刘备夺去。操本使夏侯渊为都护将军，督同张郃、徐晃诸将，屯守汉中，且命丞相长史杜袭，为驸马都尉，留督汉中事，张郃奉操军令，进略三巴；刘备方令张飞驻守巴西，与郃相拒至五十余日，飞用了一计，袭破郃营，郃败还南郑，飞乃向备告捷。法正乘间说备道："曹操西降张鲁，得定汉中，不乘此入图巴蜀，乃留夏侯渊、张郃屯守，匆匆北返，这非由操智不及、力尚未足哩！今观渊、郃才略，未必能胜我将帅，我正好进取汉中，为蜀屏蔽，此机不可再失了。"备乃留诸葛亮居守成都，即用法正为参谋，率诸将进兵汉中。行过巴西，由张飞出迎大军，备即命飞移屯下辨，且遣马超、吴兰为助，自率诸将，进次阳平关。操闻刘备东出，亟命夏侯渊等拒备，另遣曹洪领兵，往争下辨。张飞使马超、吴兰出战，兰竟阵亡，超收军入城，与张飞合力拒守。备在阳平关上，遣将攻夏侯渊等，亦未得大捷，乃再贻书诸葛亮，促令济师。亮再拨兵二万人赴关，特遣老将黄忠为统帅，往助刘备。自经黄忠一行，遂使曹氏大将，就此丧元。正是：

倚老不妨重卖老，妙才未必果多才。夏侯渊字妙才。

欲知后来交战情形，待至下回再表。

捉刀一事，见得曹操浑身诡谲。即如接见外使，本在无足重轻之例，乃必令崔琰为代，岂非多事？琰敢代操，操已隐忌之矣；置琰于死，岂仅为书语之不逊耶？且赎文姬所以沽名，妒杨修所以嫉才，操之举措，纯然为老奸伎俩，欺一时尚可，欺后世固不可也！孙权不能敌张辽，安能敌曹操？一败于逍遥津，再败于濡须口，仅赖周泰等之拚生翼护，才得脱围，可见赤壁之战，微孙、刘之合力，则东吴未必幸存。云长之拒索荆州，非真强词夺理，而鲁肃以联刘为本旨，始终不变，盖诚有见乎大者。鲁肃殁而孙、刘之好破；孙、刘失好，而曹氏篡汉之局成；故鲁肃之存亡，不第关系吴蜀已也。

# 第二十二回

## 得汉中刘玄德称王
## 失荆州关云长殉义

却说黄忠率领援师驰至阳平关，备与夏侯渊相拒，已经逾年，既得黄忠来助，遂命为先锋，出关南行，渡过沔水，择得定军山要隘，安营下寨。夏侯渊闻报，当即引兵来争，一面奉书曹操，请速接应。操遂亲督全军，西指汉中，先遣使诚渊道："为将当有怯弱时，不可徒恃勇力。勇为体，智为用，有勇无智，一匹夫敌。还宜谨戒为是！"老瞒未始不知人，可惜垂诚太迟。渊不肯少改，定欲争踞定军山。法正劝备坚壁不动，徐俟敌变。那心粗气暴的夏侯渊，麾动部众，一再进搏，俱被备军射退；待至日昃，渊军锐气已衰，势将退去。法正语备道："敌兵已懈，可乘间进击了！"备即令黄忠，登高临下，一鼓作气，忠骤马当先，跃下山来，突入夏侯渊阵中，敌皆披靡。渊正思亲出抵敌，陡与忠马相值，砉然一声，便将渊首劈落马下。益州刺史赵颙，急来救渊，已是不及，遂接住黄忠，交战数合，又被黄忠劈死。备见忠已经得手，策军继进，杀得曹军东逃西散，好似天崩地塌一般。还是张郃引军援应，才得收拾败卒，奔回营中。督军杜袭，与渊司马郭淮，因军中骤失主帅，莫由禀命，势且益危，乃权推郃为军主，勒兵按阵，军心稍定；一面飞报曹操，敦请进兵。备已得大胜，临兵汉水，意欲东渡；只因夹岸有曹兵守住，恐他半渡截击，只好从缓。忽见汉水对面，尘头大起，有许多人马到来，料知曹操亲至，不禁笑语道："操虽自来，也无能为，我此番定得汉川了！"已有把握。遂敛众据险，不与交锋。操亦未敢进逼，但与备军隔水相持，约阅旬余，未分胜负。黄忠探得操军运粮，多在北山下屯聚，便欲引军袭取，备乃令黄忠先进，赵云后继。忠自欲邀功，但与云约定期间，过期方令云进援。看官试想曹操专喜劫人粮草，岂有自己运粮，不加重防的道理？黄忠恃勇轻进，悄悄的渡过汉水，直抵北山，果见粮车蚁聚，一声呐喊，杀将过去，看守兵当然骇走。忠正拟向前夺取，不防连珠炮响，曹军两面杀到，一是张郃，一是徐晃，统是曹操手下的猛将。还亏黄忠一柄大刀，左招右架，冲开一条走路，且战且行。赵云在营中候信，已过黄忠所约的期间，尚未见还，乃出营了望，遥见黄忠为操将所追，败奔回来，当即怒马直前，让过黄忠，截住操兵。操兵虽众，却被赵云挺枪突入，搅乱阵势，驰骤了好多时，方才退回。张郃、徐晃，怎肯相舍？仍然从后追来。云还至营中，令兵士掩旗息鼓，大开营门，但令两旁伏住弓弩手，静待敌军，自己匹马单枪，伫立营外。郃与晃追至云营，见云孤身独立，不觉称奇，好一歇方敢向前，望云奔来。云仍然不动，唯把手中枪从后一挥，箭如雨注，攒射曹兵，曹兵统皆骇走。再加天色昏黄，不知云有多少伏兵，免不得自相践踏，仓皇奔命。云更鸣鼓尾追，吓得曹兵纷纷投水，溺毙无数。云将曹兵驱过汉水，夺得许多甲械，乃收兵回营。越日由备至云处亲视战处，不禁赞美道："子龙一身都是胆呢！"胆大还须心小，子龙非仅胆大。

乃复搜乘补卒，与操坚持。操军不得一胜，又遇疫气传染，十死二三，不由的怀着退志。忽由许中传到急警，乃是"少府耿纪，司直韦晃，太医令吉本，猝然生变，射伤督军王必；必与典农中郎将严匡，合兵讨平"等语。原来操在邺中，常留长史王必，督领许中军事。必与京兆人金祎友善，互相通问。祎系前汉宰辅金日磾后裔，慷慨任侠，自思世为汉臣，不愿事魏，所以谋夺必军，暗结耿纪、韦晃、吉本诸人，拒操迎备。待至建安二十三年的元夜，许中悬灯庆贺，王必亦在营中宴饮，席尚未终，变忽骤起，营外一片火光，照彻营内，必慌忙上马，出营逃生；忙乱中遇着一箭，正中左肩，忍痛逃往金祎家门，意图躲避。祎家闻有叩门声，还道祎等成功归来，漫然相应道："王长史已杀死了么？"必才知祎实同谋，忙转身投入严匡营内，匡即号召兵马，出攻乱党。耿纪等本无军士，只带了家仆数百名，东冲西突，哪里敌得过严匡？金祎、吉本，相继战死，耿纪、韦晃被擒，枭首市曹；诸家老小，尽坐诛夷，匡与必乃联名报操。操心虽慰，总尚不能无忧；嗣复得知王必病死，更加系念，于是拟班师退去。但从此弃掉汉中，心又不甘，因复欲与刘备大战一场，才定行止，当下使人约战，夹水列阵。备用法正计议，使黄忠、赵云等，潜渡上流，绕出曹军旁面，冲击过去，一面用舟渡兵直攻操阵。操只顾前面，不防两旁有敌军杀入，只得分兵对敌，自己徐徐引退，备得安渡汉水，进逼操军。操再整军出战，备遣养子刘封出马，向前突阵，操即令徐晃截住厮杀，且扬鞭指语道："卖履儿惯使假子冲锋，若叫我黄须儿来，看汝假子能相敌否？"语尚未毕，封已退去。操正思麾兵追击，忽闻备营中金鼓齐鸣，又未便轻进，因使人往召黄须儿。黄须儿系操子彰，膂力过人，能手格猛兽，不避险阻；唯颏下生须如铁，色却纯黄，故呼为黄须儿。及黄须儿奉命西来，操已退入长安了。原来操因屡战无功，退至斜谷时，当晚餐庖人呈入鸡汤，由操且食且饮，适由帐下弁目，入请夜间口号，操随口说出"鸡肋"两字，弁目不敢细问，便传令出去，将士不知所谓。独主簿杨修，连夜束装欲归，旁人惊问何因，修答说道："'鸡肋'两字，寓有深意，弃之不甘，食之无味，据此看来，是必归无疑了！"将士等听到此言，便各整归装。事为曹操所闻，查诘大众，俱言由杨修所教，操忌修益甚。但看众情已有退志，料难再战，不若弃去汉中，即日旋师，于是拔寨齐起，退还长安。途中与曹彰相遇，嘱令同回，黄须儿难违父命，也即折还。刘备遂得据有汉中。并得降将王平，乃是曹操麾下的署理校尉，素知汉中地理，遂引备将刘封、孟达，攻破房陵，再进略上庸，收降太守申耽，汉中大定，群僚遂表请备为汉中王。备再三推辞，嗣经群臣固请，方才勉允，即于建安二十三年七月，在沔阳筑设坛场，陈兵列众，由群佐拥备登坛，备戴王冠，披王服，佩王玺绶，受群下谒贺。礼成以后，立夫人吴氏为王后，子禅为王太子，进许靖为太傅，法正为尚书令，关羽为前将军，张飞为右将军，马超为左将军，黄忠为后将军，赵云为翊军将军。此外文武百僚，俱进位有差，留镇远将军魏延，留守汉中，兼领汉中太守，自引大军，还治成都。军师诸葛亮，当然出迎，备握手道故，具极欢洽。据《诸葛亮列传》中，亮并未随攻汉中，故本回从正史，不从罗氏《演义》。亮劝备表奏献帝，缴还左将军宜城亭侯印绶，备自然照行。亮复进言道："黄忠名望，与关、马不同，从前马超来降，云长尚欲与较优劣，今使忠与彼同列，彼必不服，宜从斟酌。"备笑答道："我自能向彼解说，军师勿忧。"

先是关羽尝与亮书，谓马超人才，可比何人，亮尝答书道："孟起马超字。兼资文武，雄烈过人，也不愧为一时人杰；但却是黥、英布。彭越。流亚，只可与翼德等并驾齐驱，尚未能及髯公的绝伦超群呢。"羽素美须髯，故亮称为髯公。自羽得此书后，始无异言，至是由司马费诗，奉使荆州，授羽印绶；羽见了费诗，问及他将爵位，知黄忠得授职后将军，与己并肩，不由的愤愤道："大丈夫岂可与老兵同列？请君将印绶赍还。"这是云长傲气。诗从容道："君侯也太固执了。从前萧、曹与高祖并起，最为亲旧，及韩信亡命后至，却擢为统帅，嗣且封王爵，位出萧、曹上，萧、曹并不以为嫌。今汉中王与君侯，譬犹一体，休戚相关，不过按功行赏，宜擢黄忠，并无他意，君侯当体王苦衷，不宜以名位高下，爵禄多少，心存芥蒂呢。"羽闻言感悟，因即受命，且愿乘势攻取襄樊，面托费诗归报。刘备壮羽忠奋，准如所请，羽乃部署人马，慷慨誓师，使糜芳守江陵，傅士仁屯公安，责令输粮济师，不得有违；当下自督将士，往攻樊城。樊城为操将曹仁所守，探得关羽兵至，即飞书报操，请即济师。操遣于禁为统将，庞德为先锋，带领七队人马，星夜援樊。既至樊城，与仁相见，仁令于禁等屯兵樊北，作为声援。及羽兵进迫城下，内有曹仁守住，外有于禁、庞德等接应，羽急切不能取胜，也觉愁烦；可巧秋凉水涨，霖雨连宵，汉江一带，两岸泛滥，羽登高了望水势，默有所会，计上心来，便令部兵筹备舟筏，暗遣子平往堵江口，灌决樊城。樊北地势较低，首当水冲，于禁、庞德，全未防及，一夕风雨大作，洪水暴涨，于禁所领七军，都不知水从何至，仓皇乱窜，吓得于禁魂胆飞扬，急往堤上避水。独庞德跃马水中，尚无惧色，时已黎明，忽听得鼓声大震，来了许多战船，顺水杀来，德据住堤上，未肯退去。哪知来舰上一齐放箭，状若飞蝗，操兵多被射倒，德尚张弓挟矢，向他对射，相拒了好多时，日已亭午，水势益高，连堤上亦将淹没。魏将董衡、董超，劝德降敌，德大怒道："我受魏王厚恩，怎肯降人？"说着即将二董劈分四段，德亦非曹魏故吏，奈何甘殉曹氏？复顾语督军成何道："我闻良将不怕死，烈士不毁节，今日是我死日了；卿亦当努力死战，勿负国恩。"成何依令向前，立被射落水中，余众大骇，都向敌舰中奔入，弃械请降。连于禁亦偷生乞命，匍伏长堤，束手受缚。独庞德提着大刀，跃入堤边一小船，砍倒船中军士，用刀作橹，意欲驶往樊城，偏兜头遇一大筏，竟被撞翻，德随船落水，方为所擒。关羽大获全胜，升帐讯囚，于禁跪伏乞怜，由羽发往江陵，系狱待刑；及讯至庞德，德兀立不跪。羽与语道："汝兄柔现在汉中，汝旧主马超，亦在蜀中为大将，汝何不早降？"德怒目答道："匹夫敢叫我投降么？魏王方带甲百万，威振天下，汝刘备乃系庸才，怎能与敌？我今日死，明日汝亦不得生了！"羽当然愤起，遂命将德推出斩首，给棺埋葬。复乘水势未退，麾令大小将校，分坐战船，进薄樊城。是夕暂宿舟中，恍惚有野猪进来，啮住左足，忍不住失声叫痛，因致惊醒，方觉是南柯一梦。旁有关平在侧，问及何因，羽自述梦状，且因足上余痛犹存，亦知凶多吉少，不免叹息。平请羽退还荆州，羽慨然道："我年近六旬，死亦何憾？况樊城将下，奈何遽归？"过刚必折。待至天明，即挥兵攻城，城中已变成泽国，内外水溢，垣墙逐渐摧陷，守兵搬土运石，填塞罅隙，尚忧不逮；再加羽军进攻，累得守吏日夜不安。或语守将曹仁道："危城难保，恐将不支，不若乘舟夜走，尚可全身。"仁也觉自危，转语参军满宠，宠谏阻道："洪水骤至，岂能久存？不数日自当退去，且魏王以此城托付将军，正望将军力当冲要，若弃城北走，恐黄河以南，皆非国家所有了！"这一席话，说得曹仁亦为感奋，毅然誓众，与城存亡，大众始有固志。羽连攻数日，竟不能克，乃分兵往取襄阳，收降刺史胡修，及太守傅方；再命襄阳兵进扰郏下。河南土豪，望风响应，警报连达邺中。曹操先闻于禁败降，庞德被杀，不禁长叹道："我于于禁，三十年故交，奈何反不及庞德呢？"因封德二子为列侯。及闻关羽进兵至郏，威震河南，遂与将吏会商，拟移徙许都，避羽锐气。这是曹操狡诈处。忽有二人闪出道："于禁等为水所没，并非力竭败亡，不足深惧，臣等以为刘备、孙权，外亲内疏，若使关羽得志，权必不愿，今何勿致书孙权，叫他潜蹑羽后？且许割江南地封权，权当必乐从；彼既起兵，羽回救不遑，何敢再争樊城呢？"曹操瞧着，一是司马懿，方为军司马，一是蒋济，方为西曹掾，操掀须笑道："两卿所见甚是，应即照行。"遂使人致书东吴，并令宛城屯将徐晃，引兵援樊。嗣接孙权复书，愿依操命，攻羽自效，操当然放心。

先是孙权从鲁肃计议，与羽结好，至吕蒙代肃后任，尝欲图羽。回应前回。权尚欲先取徐州，后据荆州，蒙谓徐州易取难守，不如取羽为宜。权还有疑意，又遣使至江陵，为子求婚羽女，羽不肯许婚，反将吴使叱回。毕竟太傲。权因动怒。及曹操致书相约，便即依允，密饬吕蒙进图荆州。蒙复疏道："羽往攻樊城，仍留重兵驻守江陵，无非为防蒙起见，蒙常有病，请召还建业，托名养疴，另遣他人代任。羽以为东顾无忧，必调兵尽赴襄樊，蒙却潜军直进，攻彼无备，一举便可成功了。"权依了蒙言，即召蒙还都；蒙复举陆逊自代。逊系吴人，字伯言，为权侄婿，官拜定威校尉，年少多才，未经大任，权虑他望轻资浅，未足代蒙。蒙面答道："正唯逊未有远名，非羽所忌，故特为荐举；蒙知逊外敛内明，必能任重，幸勿多疑。"权乃令逊为偏将军，任右都督，代蒙守陆口。逊奉命到任，即作书贺羽，备极谦恭。言甘者心必苦。羽竟为所欺，不加后防，且调江陵兵，合攻樊城。是时操将徐晃，已出援曹仁，屯兵阳陵坡。羽闻徐晃将至，急围樊城，尽力督攻；正指挥间，不料城上偷放一箭，正中左臂，箭头敷有毒药，镞虽拔去，毒已入骨，遂致肿痛未消，不能运动。幸亏得沛人华佗，夙长医术，延请调理；佗谓毒陷骨中，必须割骨去毒，方可无恙。羽便伸臂令治，毫无难色。将吏都入帐探视，由羽邀与共饮，右手执杯，左手剖臂，一任华佗刲刮，血满盘器，仍然引酒举觥，谈笑自如。及刲刮已毕，用药敷治，缝裹合口，臂即自能展舒，痛苦自消。羽欢然道谢，留佗夜宴，酬以百金。越宿佗即告辞，劝羽息怒静养，方可复原。羽志在讨曹，怎肯中止？且因天晴水退，樊城仍未能克，越觉焦灼，营中兵士日众，粮食不继，屡向糜芳、傅士仁催索，未见时至，禁不住大怒道："他二人敢慢我军令，他日回军，定当尽法惩治。"遂行文再催，反至杳无影响。羽不得已，拨兵至湘关截取吴米，聊济军需，谁知米虽截得，那吕蒙已潜领舟师，扮作商船，使白衣人摇橹过江，掩至江陵，招降糜芳、傅士仁，竟将南郡、公安，一并取去。云长之后路已断。羽尚未闻知，仍想力攻樊城，城几垂陷，忽由徐晃统兵杀来。羽与晃本系故交，当即拍马往迎，既与徐晃见面，各在马上寒暄数语，晃突然回顾将卒道："谁能取得云长首级，当重赏千金。"羽惊讶道："公明晃字。何骤出此言？"晃朗声答道："晃为国家大事，怎敢因私废公？况素知云长效忠刘备，今南郡、公安已被吴将吕蒙袭入，云长且进退无路，不死将何待呢？"恶极。说罢，即挥兵齐进。羽亦引军抵敌，约有几个回合，羽部下都系念江陵，并皆溃退；任你力敌万人的关云长，也只好且战且走。不料樊城里面的曹仁，又复冲出，与徐晃合兵夹攻，羽兵大乱，引将士急奔襄阳。就是偃城四冢的屯兵，已由晃射入军书，说明荆州失守，纷纷记念家室，相率奔还。羽退至沔口，尚疑晃摇惑军心，下令驻营，探听荆州确耗。偏接侦骑回报，果然糜芳、傅士仁，挟嫌降吴，荆州尽失，顿致悔恨交并，箭疮复裂；急切无从设法，勉依将吏计议，使人致书吕蒙，责他背盟夺地。及去使还报，谓由蒙格外优待，所有关公全眷，及从军将士诸家属，无不周恤，秋毫无犯，唯言荆州本是吴地，所以收还。*愈甘愈毒。*说得羽恨上加恨，奋髯张目道："好奸贼！我虽死尚不饶汝！"遂遣使至刘封、孟达处乞援，一面引兵渡江，再欲夺还荆州。行至半途，正值吕蒙、陆逊，分兵邀击，把羽军困在垓心，经羽奋力杀出，部众多被荆州士兵，招诱回去，单剩数百骑亲从将吏，走保麦城。再使人催召刘封、孟达，两人竟不奉羽命，托言山郡初附，未便出师。眼见得这位关公，势穷援绝，没奈何弃去麦城，夜出西奔，随身只有子关平及周仓等十余人。行至临沮，伏兵骤发，吴将朱然、潘璋，左右杀出，羽不能再战，夺路急走。前面山径丛杂，夜色昏蒙，一脚踏空，跌入陷坑。潘璋部下马忠，领兵追至，竟将关公父子，一并擒去。看官试想，关公是一位忠肝义胆的丈夫，岂肯临危怕死？孙权虽欲劝降他，却誓不承认，遂致杀身成仁，父子同尽；周仓等亦皆为主捐躯。*罗氏《演义》谓关平为关公养子，史传但言子平，今从之。*小子有诗叹道：

赤胆忠心誓报刘，越江讨贼死方休。
东吴不念东风惠，万古江潮咽恨流。

欲知关公殁后情形，待至下回便知。

刘玄德据荆益，定汉中，智谋如曹阿瞒，且敛锋避锐，此正蜀汉全盛时代。及关羽北击樊城，锐意讨曹，正应妥选良将，代守南郡，使羽得免后顾之虑；况当时蜀中安堵，赵云、黄忠，并在左右，何一不可遣往？乃令羽孤军无继，卒致败亡，此其误非尽在关公，玄德实尸其咎，诸葛孔明亦与有责焉。或谓孔明预知天数，未便救羽，此则为罗氏《演义》所荧惑，不足取信。荆州为巴蜀下游，关系甚大，若果如罗氏所言，则孔明尤为忍人，不为预筹良策，坐令父子捐躯，荆土全失，何其忍心若是？君相有造命之权，宁可如常人之徒诿天数乎？若关公之败，失之过刚，吕蒙虽胜，不能无罪。亲汉贼而仇汉裔，蒙亦何心？此后人之所以深嫉吕，而不能忘怀于鲁子敬也。

# 第二十三回

## 济父恶曹丕篡位
## 接宗祧蜀汉开基

却说吴王孙权，闻报荆州得手，也亲至江陵，犒赏军士。至关公父子遇害，大功告成，乃大会将士，置酒称庆，并释出魏将于禁，令共列席。<sup>禁亦知愧否？</sup>吕蒙为首功，陆逊为次，分坐权侧。权进酒数觥，欢然与语道："孤自嗣业以来，幸得公瑾、子敬及子明诸人，公瑾破孟德，拓荆州，雄才大略，不幸早亡；子敬初见孤时，便谓宜逆击孟德，力排众议，劝孤重任公瑾，后开霸业，这是第一件快事，<sup>既知孟德宜拒，此时何反投孟德？</sup>后虽劝借荆州与玄德，未免计短，但不能掩彼所长；子明少时，孤即知他具有胆略，可比公瑾，今果能夺还荆州，不负孤言，孤当与子明共保富贵，进爵铭功。"蒙离席谢奖，拜跪下去。权正起座相扶，不意蒙陡然倒地，满口谵言，自骂吕贼，惊得权缩手倒退，忙令左右，掖起蒙身，舁入内室，一团高兴，化作冰消，草草终席。入内探视，蒙尚胡言乱道，不省人事。权亟宣召医官，多方诊治，仍未见效。入夜且叫骂益甚，权连夜出令，谓有人能疗蒙疾，赏赐千金。偏是阴灵缠绕，药石无灵，好容易过了一宵，才觉蒙有些知觉，当即拜蒙为南郡太守，封孱陵侯，赐钱一亿，黄金五百斤。蒙自知不久，俟权入视时，当面固辞，权教他静心保养，幸勿纷心。至亭午颇能下食，权更为欣慰。哪知他到了黄昏，病又发作，忽痛詈，忽惨呼，比昨宵尤为喧闹，权再自临视，被蒙厉声叱出，不得已使巫祝请命，延至夜半，蒙竟七窍流血，呜呼毕命，年止四十有二。大小将士，统猜是关公索命，连权亦将信将疑。莫谓无神！一面为蒙棺殓发丧出埋，一面将关公尸骸，用侯礼安葬；只首级已经往献曹操，不能追回。操已督军出驻摩陂，援应樊城，既闻关羽败退，乃还屯洛阳。会值吴使至洛，献上羽首，操举首一瞧，见他英灵未泯，面色如生，不由的吃一大惊，乃令刻木为身，葬用侯礼。但经此一吓，头风复作，好几日卧床不起。访得名医华佗，疗疾如神，急忙派人召至，佗用针砭治，随手即瘥，瘥后又发，佗谓非剖洗不可，操愤然道："头可劈么？"佗申答道："大王如不愿剖洗，针治只能救一时，不能救数年。"操但令针治，佗知不可愈，诈言家中妻病，须归视再来，及归去后，竟不复往。操屡呼不应，饬吏拘佗下狱，拟成死罪。或谓佗善医人，不宜处死。操怒说道："彼欲砑我头，怎可再留？且天下亦何至少此鼠辈呢。"到死尚且疑人。遂催吏杀佗。佗临死时，出书一卷与狱卒道："感君善事，愿将此持赠，可以活人。"狱卒畏法不敢受，佗竟索火毁书，服毒自尽。或谓狱卒受书回家，被妻取焚，经狱卒上前抢救，已只剩得一两页，就是阉鸡阉猪等小法，所有解剖诸术，尽成灰烬，不复流传，这真所谓千古遗恨呢。操不但杀佗，并致良方俱毁，即此已为千古罪人。

　　佗既死后，操头风终不得痊，反且加剧，自思主簿杨修，依附子桓，且为袁氏外甥，将来我死，他必导桓为非，乱坏我家，因诬修泄漏机密，勒令自杀。既而吴使又至，呈入孙权书笺，劝操为帝。操阅书毕，颁示属僚，且语众道："是儿欲使我居炉火上么？"当有侍中陈群，尚书桓阶，盛称曹操功德，宜应天顺人，速正大位。陈群为仲弓孙，何亦如此龌龊？操笑说道："孔子有言：'施于有政，是亦为政。'若天命果当属我，我就做周文王罢了。"明是教子篡逆。遂表授孙权为骠骑将军，封南昌侯，领荆州牧，遣吏赍敕，偕吴使同赴荆州。看官！你道孙权何故媚操？他自占取荆州，只恐刘备出师报复，自己抵敌不住，所以向操献媚，求他援助。操亦狡猾得很，给他高爵，使拒刘备，两下私意，无非是叫人出头防御刘备起见。究竟刘备西据成都，作何举动？备与关羽情同骨肉，岂有闻羽败亡，不加痛愤？当下与大小将士，一体举哀，追谥羽为忠义侯，令羽子关兴袭封。即日部署人马，讨吴报仇。唯自诸葛亮以下，多言是先当伐魏，然后讨吴，一时议论纷纭，尚难解决。蹉跎逾年，由洛阳传到消息，乃是曹操病死，于是备一意恨吴，无心及魏。魏且横行无忌，公然做出篡逆的事情了。建安二十五年正月，是年为后汉末年，故大书特书。曹操病倒洛阳，不遑回邺，镇日里心绪不宁，精神恍惚，一夕梦见有马同槽共食，醒来不知主何吉凶，阿瞒虽智，要亦难详。转问许多谋士，或说是禄马吉兆，应受天禄，无非谄媚。操也不复疑。但一经合眼，往往看见男女冤魂，环立床侧。想是伏后、董妃等出现。因疑及洛阳故宫，未便寄住，特使大匠苏越，另造建始殿，以便移居。越素知濯龙祠旁有一棵大梨树，高十余丈，可建栋梁，当即禀明曹操，督工采伐，才砍数斧，树中忽漂出血来，众工不敢再砍，越亦大为诧异，匆匆返报。操尚未信，力疾乘车，自去看验，拔剑试砍，树血飞溅身上，淋漓满体，打了好几个寒噤，慌忙返车，易衣奄卧，从此不能再起。到了病笃，方密嘱近臣，谓安葬以后，须置七十二疑冢，免人发掘；又遗命后宫姬妾，分取名香，此后须勤习女工，卖履自给。说到此处，已是口舌蹇涩，不能再言，少顷即逝，年终六十有六。从前方士左慈，自言为庐江人，尝入见曹操，列坐末席，与客共饮，席间珍馐俱备，唯少松江鲈鱼，慈独索铜盘，使贮清水，自用短竿钓取，连得数尾。操又谓恨乏蜀姜，慈向西举手一挥，姜即从空落下，座客无不喝采。偏操满怀猜忌，目顾左右，欲就座上执慈，慈却避入壁中，倏忽不见。操更觉惊忙，派兵侦缉，明明见慈在市上，追将过去，慈向人丛中一混，市人统变做慈状，不辨真假，及仔细审视，真左慈已经走远，扬长自去。嗣复在阳城山头，得见左慈，兵役又急忙追逐，慈走入群羊，由兵役牵住群羊，归操自讯，操知不可得，令就群羊中宣告道："我本无意杀君，聊试君术，幸勿隐身！"还想骗他。道言甫毕，空中忽现一左慈，拍手大笑道："土鼠随金虎，奸雄一旦休！"操命左右射慈，慈又不见，此后遂不知所往。操死时正当子年寅月，适如慈言。

操子丕留守邺中，接到丧讣，即欲嗣位，侍臣谓须俟诏命，方可嗣立，尚书陈矫大声道："王薨于外，爱子在侧，倘或生变，岂非摇动社稷么？"遂传王后卞氏慈命：立丕为魏王，操嘱及分香卖履，而于继统大事，反不提及，实是乖习。尊卞氏为王太后，然后报答献帝。先立后奏，目已无君。御史大夫华歆，本操私党，立逼献帝下诏，命丕袭封，仍为丞相魏王，领冀州牧。丕既受诏命，乃出郊迎丧，奉操遗榇，安葬西陵，追谥曰武。何不谥为文王？丕弟彰、植、熊等，俱来奔丧，彰已受封鄢陵侯，植亦受封临淄侯，与丕、熊均为同母弟；熊不久即逝。此外尚有异母弟十余人，一并会葬。史传载操有二十五子，数子早殇。彰多力，植多文，二人素为操所爱，丕恐他夺位，蓄猜已久，甫经丧毕，便欲遣令就国。彰本期大用，一闻消息，便怏怏自去；植待遣乃行。

丕留华歆为相国，进大中大夫贾诩为太尉，大理王朗为御史大夫，侍中陈群为尚书。群请立九品法，分贤愚为九等，使州郡各置中正，<sub></sub>官名。区别等第，借便黜陟，丕即依议施行。上品无寒门，下品无贵族，弊由此起。又选主簿贾逵为豫州刺史。逵明经知兵，受操宠眷，尝护操丧还邺，主持丧务。曹彰问及先王玺绶，被逵正色拒绝。丕因此德逵，授任豫州，锄强抑暴，兴利除弊，为吏民所称仰。丕复布告天下，令以豫州为法，封逵为关内侯。丕即欲篡汉，特仿汉高祖光武故事，率领甲士数十万，南巡谯城，遍召故乡父老，各给宴饮，谯城为曹氏故里。并设伎乐百戏，欢宴终宵。可巧蜀将孟达，遥奉降书，愿举上庸城属魏，丕授达为新城太守。武都氏王杨仆，挈种内附，丕使入居汉阳郡。一面亲笔下令，自陈威德，于是谐子媚臣，或报称黄龙出现，或报称凤凰来仪。丕即授意左中郎将李伏，太史丞许芝，令与华歆、贾诩、陈群、王朗等，先入许都，胁令献帝禅位。献帝以为曹操已死，可望亲政，因改建安二十五年为延康元年，与民更始。哪知一班新朝走狗，竟来逼令让国，要他拜献江山，献帝大吃一惊，不禁泪下。李伏即抗声奏请道："孔子玉版中，已有预言，谓定天下，出魏公子桓。今魏王表字，适合谶文，丕字子桓。所以祯祥毕集，嘉应显然，陛下即宜应天顺人，仿行圣朝禅让故事。"说到此语，许芝也接说道："臣职司天象，默察星纪，魏当代汉，就是证诸图谶，语却尽符。《春秋·汉合孳》云：'汉以魏，魏以征。'《春秋·佐助期》云：'汉以许昌失天下。'故白马令李云上书，曾言许昌气见诸当涂高，当涂高便是魏阙，魏当代汉，自许昌始。《易运期》又云：'鬼在山，禾女连，王天下。'鬼、女、禾三字，拼成魏字，天数如此，陛下亦怎可违天？"种种佐证，不知如何捏造出来。献帝无言可答，只是两袖拭目，泪湿龙袍。还有华歆等更疾言厉色，几乎要将献帝吞噬下去。皇后可弑，皇帝自然可废。献帝尚未肯承认，忽外面有许多甲士，持械入殿，气焰很是厉害，慌得献帝起座返奔。华歆等竟抢步追入，直至中宫，曹皇后闻声出迎，见献帝形色慌张，惊问何事，献帝泣说道："汝兄欲夺我帝位呢。"曹后听着，禁不住竖起柳眉，让过献帝，阻住华歆等人，开口叱骂道："汝等希图富贵，敢造逆谋，试想我父功盖寰区，尚且始终事汉，我兄嗣位未几，便思攘窃神器，应不至此，总是汝等撺掇出来。"华歆听了，也无惧色，只因曹后是魏王丕妹，不得不略顾面目，权将天命人事的套话，敷衍数语。若非曹丕之妹，又要动手拖发了。曹后全然不采，歆等不得已暂退。越日闻曹丕已将到许，又会合群臣，力请献帝出殿，献帝被逼不过，勉强出来。华歆等已草就禅诏，硬迫献帝颁行，献帝含糊答应，当即遣御史大夫张音，赍诏送丕。丕行至曲蠡，接诏展读道：

朕在位三十有二载，遭天下荡覆，幸赖祖宗之灵，危而复存；然仰瞻天文，俯察民心，炎精之数既终，行运在乎曹氏，是以前王既树神武之绩，今王又光曜明德，以应其期，历数昭明，信可知矣。夫大道之行，天下为公，选贤与能，故唐尧不私于厥子，而名播于无穷，朕美而慕焉。今其追踵尧典，禅位于魏王，王其勿辞！

丕读诏毕，心下甚喜，但形式上未便遽受，不得不上表推辞，即遣张音返报。华歆等忙驰书劝进，一面胁献帝交出玺绶。献帝流涕道："玺绶由皇后收藏，不在朕身。"歆等因再向曹后求玺，曹后仍然不与，乃转报曹丕，丕竟遣曹洪、曹休两族人，引兵入宫，劫取玺绶。曹后料不能坚持，将玺绶掷抵轩下，且泣且语道："天不祚尔！"曹洪得玺，未便亲交曹丕，再由华歆等续缮诏书，仍使张音持玺献丕。更可恨的，是硬要帝女二人，充作魏嫔，一齐献去。好算是善法《尧典》。丕在曲蠡待诏，见张音奉玺到来，并有娇娇滴滴的两帝女，随玺同至，真是喜气重重，大快所望。但见禅诏有云：

唯延康元年十月乙卯，皇帝曰："咨尔魏王，夫命运否泰，依德升降，三代卜年，著于春秋，是以天命不于常，帝王不一姓，由来尚矣。汉道凌迟，为日已久，安顺以降，世失其序，冲、质短祚，三世无嗣，皇纲肇亏，帝典颓沮，暨于朕躬，天降之灾，遭无妄厄运之会，值炎精幽昧之期。变兴辇毂，祸由阉竖，董卓乘衅，恶甚浇豷，逢蒙子，见《夏纪》。劫迁省御太仆宫庙，遂使九州幅裂，强敌虎争，华夷鼎沸，蝮蛇塞路。当斯之时，尺土非复汉有，一夫岂复朕民？幸赖武王德膺符运，奋扬神武，芟夷凶暴，清定区夏，保乂皇家。今王缵承前绪，至德光昭，声教被四海，仁风扇鬼区，是以四方效琛，人神响应；天之历数，实在尔躬。昔虞舜有大功二十，而放勋禅以天下；大禹有疏导之绩，而重华禅以帝位。汉承尧运，有传圣之义，加顺灵祇，昭天明命，厘降二女，以嫔于魏，使持节行御史大夫事太常音，奉皇帝玺绶；王其永终万国，敬御天威，允执其中，天禄永终。敬之哉！

丕得此诏，即欲老实接受，还是太尉贾诩等，叫他再还玺绶。丕乃将帝女二人留住，先行受用；丕妹为帝后，则帝女应为丕甥，丕可谓善效楚成王了。再使张音将玺奉还。至第三次下诏，内有"天不可违，众不可拒，重华不逆尧命，大禹不辞舜位"等语，仍由音赍玺奉丕，丕不复再让，命在繁阳亭，筑受禅坛，择于十月庚午，代汉登基。公卿列侯，及大小将吏，届期至坛下候驾等候；片时由侍从拥着魏王，乘舆到了坛前，由丕徐徐下车，升坛受玺，南面称尊。文武百官，拜倒坛下，齐称万岁。即位礼成，丕下坛祭告天地，望燎乃返。顾语群臣道："舜禹受禅，我今方知道了！"恐不像汝所为。遂驰入许都，改延康元年为黄初元年，国号魏，废献帝为山阳公，曹后为山阳公夫人，勒令出宫就封；唯仍得用汉天子礼乐，算做另眼看待。追尊父操为武皇帝，庙号太祖，称母卞氏为皇太后。改号相国为司徒，御史大夫为司空，余官亦多易旧名。就是郡国县邑，亦陆续改称，许县变作许昌县，算是魏国首都。又在洛阳大营宫室，作为陪都。这消息传入蜀中，但言曹丕篡汉，未及汉帝下落，或谓汉帝已经遇害。汉中王刘备，即为发丧成服，遥谥献帝为孝愍皇帝，蜀中一班将佐，遂劝备绍承汉统，即日正位，备不从所请。将佐等又援引谶讳，撷拾嘉符，再三怂恿，仍未见从。会由刘封奔还成都，谓孟达、申耽，并皆叛去，反引魏兵袭封，封寡不敌众，只好奔回。备怒叱道："汝知荆州危急，并不往救，今反敢来见我么？"封答说道："孟达从中挠阻，孤身不能赴援，所以中止。"备不待说毕，即喝声道："我闻汝与孟达不和，故达敢阻挠，汝当思食人禄，忠人事，怎得复听达言？我若贷汝，如何服人？"封跪伏求饶，适诸葛亮在侧，备顾语道："封罪当诛否？"亮答称"凭王裁夺"四字，备乃赐封自尽。封临死自叹道："我悔不听孟子度言！"子度就是达字，这语传入备耳，才知达降魏后，曾有书招封，封毁书斩使，致为所逐，备不免生悔，懊怅了好几天。封本姓寇，为长沙刘氏外甥，备至荆州时，尚未生禅，因留封为养子。封颇有膂力，随诸葛亮入益州，转战有功，乃得受职副中郎将。诸葛亮虑封刚暴，后终难制，故不为请免，听令加诛。封之罪固不免于死。转瞬月余，亮与许靖等，会衔上笺，申请正位。略云：

比闻曹丕篡位，湮没汉室，窃据神器，劫迫忠良，酷烈无道，人鬼忿毒，咸思刘氏。今上无天子，海内惶惶，靡所式仰。群下前后上书者，八百余人，咸称述符瑞，图谶明征，吁称绍德。伏唯大王出自孝景皇帝中山靖王之胄，本支百世，乾祗降祚，圣姿硕茂，神武在躬，仁复积德；爱人好士，是以四方归心焉。宜即帝位，以纂二祖，绍嗣昭穆，光复旧物，天下幸甚！录劝进书，与专言符谶，一味虚谀者不同。

刘备览笺，尚欲固辞，再经诸葛亮等，进陈兴灭继绝的大义，乃准如所请，令博士许慈、议郎孟光，订定礼仪，就在成都武担山南，筑坛登位，并昭告天地，由祝礼官代读祝文道：

维建安二十六年四月丙午，延康改元，备尚未接诏，故文中仍用建安年号。皇帝备敢用玄牡，昭告皇天上帝，后土神祇。汉有天下，历数无疆。曩者王莽篡盗，光武皇帝震怒致诛，社稷复存。今曹操阻兵安忍，戮杀主后，滔天泯夏，罔顾天显。操子丕，载其凶逆，窃据神器，群臣将士，以为社稷堕废，备宜修之，嗣武二祖，恭行天罚。备虽否德，惧忝帝位，询于庶民，外及蛮夷，佥曰天命不可以不答，祖业不可以久替，四海不可以无主，率土式望，在备一人。备畏天明命，又惧汉邦将湮于地，谨择元日，与百僚登坛，受皇帝玺绶，修燔瘗告，类于天神。类系祭名。唯神飨祚汉家，永绥四海，垂于无穷！

祝告既毕，受百僚朝贺，颁诏大赦，改元章武，仍称汉帝。史家号为蜀汉，示与后汉有别。且因刘备殁后，庙谥昭烈，又沿称昭烈皇帝。唯陈寿作《三国志》，但称为蜀。寿本魏人，出仕晋朝，晋受魏禅，不得不微辞寓意，唯始终称备为先主，与《吴志》直呼孙权不同，是寿亦隐以正统予蜀，与朱子《纲目书法》名异实同。小子此后演述，就沿称备为先主。自是中土三分，势成鼎足。未几吴亦改年黄武，寻且称帝，居然是三帝并峙了。唯蜀承汉统，幅员虽小，名号最正。刘先主既已正位，进诸葛亮为丞相，许靖为司徒，置百官，立宗庙，祫祭高祖以下诸世系；立夫人吴氏为皇后，子禅为皇太子。典制粗定，便欲兴师东下，讨吴雪耻。忽有一将进谏道："国贼曹操，并非孙权，陛下不应置魏先吴。"先主听着，默然不悦，那将军又继续陈词，讲出一段绝大的理由。小子录述至此，即随写一诗道：

君父仇深兄弟轻，后先应自辨分明。

忠臣伏阙陈言后，英主如何不听行？

欲知何人进谏，申明理义，请看下回再详。

司马温公退居洛阳，阅陈寿《三国志》，识破一事，谓操留遗嘱，下至分香卖履，如家人婢妾，莫不处置详尽，独无一语及禅代之事，其意以为禅代乃子孙所为，吾固未尝教之也，此正为操之大奸处。然操尝以周文王自拟，亦何曾不教丕篡汉乎？且温公既知操之奸，不应有帝魏寇蜀之书法，陈寿尚称刘备为先主，温公何嫌何疑，乃必以正统予魏也？本回就事论事，未尝明辨，而于魏蜀之称帝，前后写来，自觉邪正之不同，文人手笔，具有阳秋，岂必断断然评论善恶哉？

# 第二十四回

## 陆伯言定计毁连营
## 刘先主临危传顾命

却说刘先主筹备军马，意欲伐吴，有一将军伏阙谏阻，谓当先行伐魏。看官！这是何人？原来是翊军将军赵云。云先言魏为国贼，比吴为重，未见先主听从，乃复申谏道："曹操虽死，子丕篡位，陛下宜出图关中，扼住河渭上流，声讨逆贼；臣料关东义士，必将裹粮策马，欢迎王师。待魏既讨灭，吴亦可不劳而服了。"*至理名言。*先主终不肯从，再经诸葛亮联名奏阻，稍有回意；忽有一大将，跟跄趋入，拜伏先主座前，抱足大哭。先主瞧着，乃是车骑将军张飞，*飞已由右将军升任车骑将军。*不由的潸然泪下。飞且哭且语道："桃园盟誓，陛下奈何遽忘，不为二兄报仇。"先主答道："朕早欲讨吴，百官谓先宜讨魏，是以稽迟。"飞急说道："陛下不去，臣愿自往。"*确是急性子。*先主道："朕怎忍令卿独去？卿可速回阆州，起兵来会，唯有一语相诫，幸勿嗜酒，迁怒部下；既加鞭挞，不得再令在左右，至要至嘱！愿卿勿忘！"飞奉命即去。先主乃决计兴师，无论何人进谏，统皆拒绝。留丞相诸葛亮辅太子禅，居守成都，*先主譬亮为鱼水。水不并行，鱼安得活。*自率诸军东下。是时黄忠已殁，*罗氏《演义》谓忠曾随军东出，中箭阵亡。按诸史志，忠殁在建安二十五年，可知罗氏附会之误。*马超出镇凉州，只有赵云，是老成宿将，先主因他谏阻东征，不使前驱，但令他督运军粮，作为后应。此外所率将士，多系新进，毅然出都。益州从事秦宓，叩马力谏，面陈天时不利，违天行师，恐防有失；说得先主怒从心起，竟将宓下狱羁囚，俟回师时再行定罪，遂麾兵东下，直指秭归。途次接得阆州来表，总道是张飞遣至；及取阅表文，乃是飞营内都督署名，不禁惊诧道："难道飞已死了么？"忙展开一阅，果系飞怒挞左右，为帐下将张达、范强所害，携首投吴。顿时放声大哭，更触起关公遗痛，号恸不休，将佐等从旁力劝，方才收泪，追谥飞为桓侯。查得飞长子苞，已经早亡，乃令次子绍袭爵。**史传载苞早天，罗氏《演义》无稽可知。**正在下诏抚恤，忽由东吴来了使人，呈上一笺，系由南郡太守诸葛瑾差来，先主已有愠色，撕开函封，但见笺中有数语云：

　　陛下以关羽之亲，何如先帝？荆州大小，孰与海内？俱应仇嫉，谁当先后？若审此数，易于反掌矣。

先主阅到此处，即掷笺委地，喝将来使斩讫，还是将佐援引古义，奏言两国相争，不斩来使；且诸葛瑾为丞相兄，更宜曲为顾全，从宽贷宥。先主才命赦死，喝将来使逐回。原来吴主孙权，闻刘先主督师东来，兵势甚盛，料他志切报复，不能轻敌，因命诸葛瑾作书求和。或谓瑾不可恃，恐将借此降蜀，权摇首道："孤与子瑜，为生死交，从前孔明来吴，孤使子瑜留住孔明，子瑜谓弟不留吴，犹瑾不往刘，此言可贯神明；今难道反有贰心么？"嗣得瑾遣人报命，果言蜀无和意。已而张达、范强，复献到张飞首级，权只好收纳，但自思越弄越坏，万难言和，乃亟遣部将李异、刘阿等，率兵四万，往御秭归。一面向魏上表，称臣纳贡，并送魏将于禁等还魏，为乞援计。魏王曹丕，当即受降，群臣皆贺，独侍中刘晔进谏道："孙权无故求降，必因蜀兵大举，自恐难敌，又虑我乘隙进攻，国将不保，所以委地称藩，今不若出师渡江，进袭江东，蜀攻外，我攻内，吴必不支。吴亡蜀孤，怎能久持？这便是一举两得的至计。"丕答说道："彼既来降，我反加讨，是适令天下疑沮，如何能怀柔远人？"遂不听晔言，遣归吴使，并使太常邢贞，赍册至吴，封孙权为吴王，加九锡礼。贞到了江东，孙权亲率百官，出城迎接。**甘心事魏，便是逆党。**贞昂然前来，见了孙权，并不下车，恼了吴长史张昭，厉声叱责道："礼无不敬，法无不肃，君乃敢自尊大，藐我江南，莫非我江南果无寸刀么？"**争此小节，抑何太晚？**贞乃下车相见，偕权入城，宣读魏诏，取交封印，由权北面拜受。中郎将徐盛在侧，且愤且泣道："盛不能奋身致命，为国家取魏吞蜀，反令吾主屈身受封，岂不可耻么？"贞听得盛言，不禁叹语道："江东将相如此，当不至久居人下呢。"权盛筵待贞，留居三日，贞乃辞归。权复遣中大夫赵咨报谢，咨入谒曹丕，丕即向问道："吴王为何等主？"咨便答道："聪明仁智，雄略兼优。"丕微笑道："这也太觉过夸了。"咨又答道："并非由臣过夸，能用鲁肃，不失为聪；能拔吕蒙，不失为明；既获于禁，终未加害，不失为仁；安取荆州，兵不血刃，不失为智；据有三州，虎视四方，乃竟能屈身陛下，岂非雄略兼优么？"丕复问道："吴王亦曾学问否？"咨便答道："吴王任贤使能，志存经略，有暇即熟览经史，但不似书生寻章摘句，徒事咿唔。"丕又问："吴可征否？"咨正色道："大国有征伐雄师，小国亦有备御良策。"丕谓："吴不畏魏么？"咨答言："吴国带甲百万，江汉为池，何必畏人？"丕改容道："吴如大夫才辩，能有几人？"咨应声道："聪明特达，约有八九十人，若以臣为例，却是车载斗量，不可胜数。"丕乃说道："如卿可谓不辱使命了。"当下待遇如礼，越日遣归。唯丕仍不欲助吴，坐观成败，只是按兵不动。那吴将李异、刘阿等，军行至秭归，与蜀将吴班、冯习等相遇，一场交战，吴军败退。孙权闻报，不免彷徨，默思盈廷将佐，只有陆逊才略过人，乃特授逊为大都督，面授节钺，使督同朱然、潘璋、韩当、徐盛、宋谦、鲜于丹、孙桓诸将，领兵五万，出拒蜀兵。逊以年轻望浅为辞。权令他便宜从事，先斩后奏，于是逊受命启行。孙桓为权族子，父名河，出继姑母俞氏，嗣仍复姓为孙，年方二十有五，得拜安东中郎将；状貌魁梧，饶有勇略，权尝称为宗族颜渊。至是随逊西行，愿充前锋，逊慨然允诺，桓即带领偏师，驰至彝陵。适来了蜀将吴班，便与交锋，当先突阵。班见桓气势凶猛，引军便退，诱桓至彝道间，骤鸣鼓角，号召伏兵。但见蜀兵四起，弥山盈谷，向桓杀来。桓虽然骁勇，究竟寡不敌众，被蜀军困在垓心；桓率部下竭力冲围，竟由桓杀得性起，掷去长槊，拔出短刀，冒险冲突。可巧吴将朱然，引兵来援，才得杀透重围，奔回彝陵。吴班引军再进，把城围住，桓使朱然向逊求救，逊独不肯发兵。诸将俱上帐前请道："孙安东系是公族，今为敌所困，奈何不救？"逊徐答道："彝陵城高粮足，孙安东又得士心，定能坚守，不致疏虞；待我出军破备，安东自然解围了。"诸将复道："都督欲与备交锋，请即传令，末将等便当前往。"逊微笑道："且慢。"诸将道："既不救彝陵，复不击刘备，难道待蜀兵自毙么？"逊变色道："我自有计破蜀，诸君但当各守营垒，阻敌前进，毋得违我号令。"诸将乃退。韩当、徐盛等，统是宿将，心已轻逊，又见他逗留不进，越觉愤闷，俱相率私叹道："用此书生为都督，江东休了！"反跌下文。

且说刘先主已到秭归，连接捷报，当然欣慰。嗣闻吴用陆逊督军，统兵五万，在猇亭东南屯营，料知必有剧战，因令各军严行加防，准备厮杀。待了旬余，不见动静，乃拟亲出攻逊。治中从事黄权进谏道："吴人耐战，我军又沿流直下，易进难退，况吴魏近时通和，陆逊多智，未始非待魏进兵，为夹攻计。臣愿效力前驱，抵当吴寇，陛下宜为后镇，静守要隘，方无他虞。"先主不从，但命权为征北将军，督守江北，防御魏人，自率诸将东进，直抵猇亭。吴将闻先主亲至，各向陆逊前请战，逊与语道："刘备举军东下，锐气方盛，不宜急攻，待他日久敝生，一举且可破灭了。"诸将不信，还欲争辩，逊拔剑置案道："备为天下枭雄，曹操尚且生畏，今与我交兵，正是劲敌。诸君并受国恩，当思计出万全，共翦此虏。仆虽书生，受命主上，正唯仆能忍辱负重，故托付全权。军法如山，不应轻犯，如有妄言生事，立当斩首！"说至此，面色如铁，非常森严，诸将不敢再言，悻悻退出。好多日不闻战令，那蜀军却遍地扎营，自巫峡延至猇亭，约有数十万屯，前部督叫作张南，大督就是冯习，且由刘先主调回吴班，引兵数千，就吴营面前立寨。吴将忍耐不住，又复请战，陆逊只是不允。韩当、徐盛等齐声道："如若不胜，愿按军法。"逊引诸将出营，遥望多时，扬鞭西指道："前面山谷中，隐笼杀气，必有伏兵，彼欲诱我入伏，可以掩击，我岂肯堕他诡计？故不允诸君出战！"诸将听了，尚暗暗冷笑，不得已，随逊回营。过了三日，班竟退兵，山谷间果有蜀兵，拥着主子，徐徐回去，吴将方知逊先见。唯相持数月，未见逊出一谋，总不免笑他庸懦，逊却上表孙权，指日破蜀。诸将闻悉，不知他葫芦里卖什么药，互有疑言；蹉跎蹉跎，逊与蜀军相拒，差不多过了半年，好坚忍。时阅盛暑，红日炎炎，蜀军大营，移至树林间屯驻，借便纳凉，逊也未尝发兵截击。到了翌晨，忽召入诸将道："今日方可破蜀了。愿大家努力！"诸将道："破蜀当在初时，今令蜀兵深入五六百里，连营相望，又持久至七八月，彼已固守要隘，怎能破得？"逊笑说道："备转战一生，更事甚多，今率锐东来，初至时必思虑周详，未易与敌；及屯留多日，未得逞志，兵疲意沮，计不复生，欲破此虏，正在此时。"遂命鲜于丹引兵往攻，韩当、徐盛为后应，陆续前去，不到半日，三将败回，入帐禀报道："蜀兵势大，难与争锋，末将等攻他一营，各营齐至，首尾相应，因此致败。"逊答道："我已有破蜀计策，今夕定可成功，诸君可早食晚餐，入帐授计。"未几，日已西昃，将士等饱食一餐，入听号令，逊方说出"火攻"二字，分拨诸将，各执火具，往烧蜀营。刘先主在营夜坐，正与将佐等谈论军机，从事程畿道："近日军营上面，有黄气罩住，长十余里，广数十丈，恐与全军有碍，不可不防。"先主道："吴军屡战屡败，怕他什么？"骄必败！畿答说道："陆逊多谋，恐有狡计。"先主道："朕使侍中马良，安抚五溪蛮夷，昨得奏报，谓已一体响应，俟他毕集，与陆逊大战一场，看他如何敌我？"营上黄气，与安抚溪蛮，俱借口叙过。

正谈论间，忽由军吏入报道："吴兵来攻，各屯火起。"先主忙说道："快快传语冯习、张南等将，小心迎敌。"军吏方出，又有一人趋入道："冯、张二营，已被吴兵毁破了。"先主大惊，忙披甲上马，出营了望，四面八方，火光燎绕，连树木俱被延烧，渐渐的侵及御营，并且喊声四震，不知有多少吴兵，前来劫营。蓦见将军傅彤，踉跄前来，报称冯习、张南，并皆阵亡，吴兵很是厉害，请速回銮。先主即使傅彤断后，自率亲军西走，一面令从事程畿，往谕水师，上岸援应。程畿自去，傅彤随驾徐行。到了马鞍山，吴军四面环集，进退无路，不得已上山驻扎，令傅彤据住山口，堵御吴兵。遥见火势燎原，熊熊不绝，好容易俟至天明，望得长江一带，尸骸重迭，随流而下。先主且愤且惭道："我乃为陆逊竖子所折辱，岂非天数？"不能尽诿诸天。言未已，又有军弁趋至道："吴军放火烧山，傅将军危急万分，请御驾速行裁夺。"先主乃决意再走，领兵杀下，冲突了好几次，仍然不能出围。未几又是傍晚，吴兵各去晚餐。稍稍宽缓，傅彤拚命杀出山口，让过先主，请他前行，自率残兵，截住吴军。吴军竟来环击，彤与他力战多时，看看手下垂尽，还是挺枪死斗，吴兵叫他投降，彤呵声道："吴狗！大汉将军，岂肯降汝？"说着，复格死吴兵数人，身受重创，力竭捐躯。死且不朽。先主仓皇西奔，后面吴兵穷追，又复大至，乃令将士脱甲塞路，纵火焚甲，断住追兵。吴兵拨去残甲，仍然追赶。蜀兵沿路溃散，只剩得骑士百余，尚随先主，先主长叹道："我命休了！"道言甫毕，前面有蜀兵趋至，为首大将，乃是翊军将军赵云，先主方转忧为喜，忙令他截住吴兵，自引百余骑，入白帝城。云本在江州督粮，因见东南火光冲天，不知前军胜败，因领兵前来，亏得有此一举，方得杀退敌兵，保回主驾。此外蜀中将士，多半伤亡。从事程畿，奉命往招水军，水军已被吴兵掩击，逃得精光。畿乘得孤舫，溯江徐退。从吏催畿道："追兵将至，何不速驶？"畿慨然道："君辱臣死，我岂可畏死偷生？"既而吴兵果到，围住畿船，畿拔剑自刎。*足与傅将军并光蜀史。*尚有蛮王沙摩阿，挈众从蜀，亦至战死。余如蜀将杜路、刘宁等，穷蹙投吴；镇北将军黄权，被吴兵截断，却引兵投魏去了。

　　魏主曹丕，闻蜀兵连营七百里，知蜀必败，群臣问为何因，丕与语道："刘备不晓兵机，岂有连营七百里，尚可拒敌？兵法有言：'包原隰险阻而成军，必为敌擒。'江东捷书将至了。"过了七日，吴果呈入捷书，丕却令吴送子入质，吴置诸不答。丕即命曹休等出洞口，曹仁出濡须，曹真等围南郡，三路兵约有数万，同时攻吴。*前可攻而不攻，至此乃欲攻吴！丕亦徒知料人，不能察己。*吴兵既得胜蜀，欲进攻白帝城，陆逊独下令班师，适值彝陵围解，孙桓来见陆逊，逊慰劳一番，桓语逊道："前因公连日不救，未免滋疑，今始知公调度有方，终得破蜀，但何故不乘胜进攻呢？"逊答语道："曹丕外托助我，内实谋我，我若穷兵入蜀，必为所算。"乃收军东归。将返荆州，果闻魏兵三路进攻，当即飞报孙权，遣将防堵。权已闻知消息，使将军吕范等，率水师拒曹休，诸葛瑾拒曹真，朱桓拒曹仁，决意与魏绝好，改元黄武，临江把守。曹丕闻吴抗命，也自许昌督师南下，接应三路兵马。刘晔复谏阻道："吴方破蜀，上下齐心，况复襟江带湖，到处可守，不如缓攻为是。"丕不肯从，竟引军至宛城，忽接得探马来报：曹休出兵洞口，颇得胜仗，嗣由吴军援应，休被杀败，只好退回。丕方才惊讶。旋又有人报称曹仁败还，部将常雕阵亡，王双被擒，丕更觉心惊。只有曹真一路，围攻江陵，尚无音响，丕方遣夏侯尚督领水军，往助曹真。江陵守兵，适患疫病，吴将诸葛瑾等，不能却敌，险些儿支持不住。可巧陆逊遣到朱然，带着舟师万人，与夏侯尚鏖斗一场，尚兵败溃。曹真孤军失势，不得不报告曹丕，丕乃懊怅道："悔不用刘晔言，多事劳师。"说着，即遣使召还曹真及曹休、曹仁两军，并还洛阳。吴主孙权，尚恐蜀人报怨，未敢追击魏兵，且将王双送还。曹丕乐得示惠，虚言慰谕，自回许昌去了。

　　且说刘先主奔回白帝城，还想收合余烬，再行讨吴。可奈七万余人，死亡大半，溃卒虽然渐集，不过一二万名，还是焦头烂额，疲敝不堪，一时如何成军？惹得先主又悔又恨，又恨又悲。嗣由东吴传来耗闻，乃是孙夫人得知兵败，误传先主被害，竟濒江遥祭，投江殉节。*说本《枭姬传》。*先主本因她无故归吴，置诸度外，不料她有这般贞烈，未免有情，谁能遣此？遂至怏怏成病，起居不适。赵云等请回成都，又不见许；且因白帝城为鱼复县治所，就改县名为永安，馆舍为永安宫。会由吴使至白帝城，报称孙夫人丧信，并请罢兵息争。无非因与魏绝交，故有是使。先主含糊答应，也遣大中大夫宗玮，赴吴报命。唯心中总不能无嫌，终日里郁郁寡欢，忘餐废寝。看官试想！刘先主年逾六十，怎能禁得起这般神伤？迁延半年，终致不起，遂召丞相诸葛亮，及尚书令李严等，到永安宫，听受遗命。章武三年二月，亮等到了永安，尚有先主庶子鲁王刘永、梁王刘理，一同随至，俱到先主榻前问安。先主见了诸葛亮，唏嘘与语道："朕不能用丞相言，悔已无及了。"亮劝慰道："陛下须善自珍摄，幸勿再忆故事。"先主道："命数已终，看来是无可挽回；唯与丞相契合有年，深蒙辅导，乃智短命穷，将成长别，奈何奈何！"说至此，泪流满面。亮亦不禁涕下，但见先主精神未敝，不致遽危，故尚忍泪劝解，率众暂退，只留二王侍侧。嗣是逐日入省，就是留居成都的官僚，亦陆续到来请安。成都令马谡，系侍中马良弟，良有兄弟五人，并有才名。良字季常，谡字幼常，余亦以常字为号，唯良眉中有白毛，里谚谓马氏五常，白眉最良。良奉命抚慰五溪，及猇亭败后，归路遮断，竟至遇害。诸葛亮尝器重马谡，特荐为成都令。至是请安已毕，退出行宫，越宿由亮入视，先主顾语道："马谡言过其实，不可大用，君宜留意。"亮应命而退，到了孟夏，先主病已垂危，乃召诸葛丞相等，托孤寄命。正是：

　　　　覆辙自知由智短，托孤尚幸得人贤。

　　欲知刘先主顾命如何，且至下回详叙。

　　曹操之败于赤壁，一骄字致之；刘先主之败于猇亭，亦未始非误于一骄耳。夫献帝之为魏所篡，与关公之为吴所害，皆先主之大仇也。然权其轻重，则仇魏为先，而仇吴为后，赵云之谏，最明大义。就使志欲报吴，但命一二将东出可也。乃孤注一掷，连营七百里，旷日持久，卒败于陆逊之手，虽曰天命，岂非人事？且无猇亭之败，先主或尚得永年，亦未可知。或谓诸葛公坐守成都，既不能出救关公，又不能出救先主，陈寿谓其将略非所长，并非刻论。是说也，余亦疑之。

# 第二十五回

## 尊西蜀难倒东吴使

## 平南蛮表兴北伐师

却说刘先主病到弥留，宣扬遗命，丞相诸葛亮，尚书令李严等，并侍榻前。先主顾亮道："君才十倍曹丕，必能安邦定国，终成大事。嗣子可辅，劳君匡辅；若不可辅，君可自取。"先主亦知嗣子禅不才。亮慌忙拜倒道："臣敢不竭股肱，效忠贞，誓死毋贰，勉报圣恩？"先主乃命李严代作遗诏，留嘱嗣君。且唤永、理二兄弟至前，叫他父事丞相，不得有违。又与翊军将军赵云，叮咛数语，无非是托他辅国，说至此，长叹一声，瞑目竟逝，享寿六十三岁。诸葛亮主持丧事，棺殓如仪，使李严为中都护，留镇永安，自率百官奉丧还成都。太子禅年方十七，在都留守，不遑奔丧，但出都门，守候梓宫；及灵榇已到，迎入正殿，举哀行礼。礼毕展读遗诏，诏云：

朕初得疾，但下痢耳；后转杂他病，殆不自济。人年五十，不称天，朕已六十有余，何所复恨？不复自伤。但以汝兄弟为念。勉之勉之！勿以恶小而为之，勿以善小而不为！唯贤唯德，乃可服人！汝父德薄，不足效也！汝兄弟当父事丞相，更求闻达，无替朕命！

太子禅拜受遗诏，亮即请禅嗣位，改元建兴，是为后主。崇谥先主为昭烈皇帝，奉葬惠陵；尊皇后吴氏为皇太后，颁诏大赦。益州从事秦宓，已得释狱，由亮选为益州别驾。宓少有才名，也是法正一流人物。亮因法正早殁，尝叹为孝直若在，必不令主上东征，就使东行，也不致一败若此；故秦宓因谏得罪，亮甚为叹惜，至赦免后，随即录用。后主封亮为武乡侯，开府治事；嗣复使领益州牧，政无巨细，皆归裁决，后主唯拱手受成。亮约官职，修法制，信赏必罚，风化肃然。忽闻益州耆帅雍闿，戕杀益州太守，叛蜀附吴，亮因新遭大丧，未便动兵，且意在和吴伐魏，故决计缓征。广汉太守邓芝，方入为尚书，窥知亮意，请向东吴修好。亮欣然道："我早有此意，一时苦乏使才，今始幸得人了。"芝问为谁，亮答言莫如使君，芝亦不辞，奉命即行。吴王孙权，正再迁鄂县，改名鄂为武昌，作为吴都。百忙中补叙此文。闻蜀中遣使到来，心下狐疑，不肯即见。芝待了两日，作书致权道："臣今到此，非但为蜀，并且为吴，若大王不愿见臣，臣就去了。"权得阅此书，即召芝入见，芝行礼毕，便开口问权道："大王，今日欲与魏和呢？抑与蜀和呢？"权答说道："孤非不欲和蜀，但恐蜀主幼国小，不足敌魏，所以怀疑。"芝应声道："大王为命世英雄，诸葛亮亦一时俊杰，蜀有重险，吴有三江，若互为唇齿，进可兼并天下，退可鼎足峙立；今大王甘心事魏，魏必征入王入朝，索王子入侍，一不从命，便当奉辞伐叛，蜀亦顺流进取，臣恐大王两面受敌，江东地不能复有了。请大王熟思！"权沉吟良久道："君言亦是，孤当与蜀连和，烦君先归通报，孤当遣使订盟便了。"芝乃辞归。倏忽间已过一年，吴乃遣中郎将张温报聘。温至成都，后主当即接见，并由诸葛丞相等，优礼相待，与申盟好。温谈笑自若，颇有傲容，过了两日，便辞行东还。丞相亮带领百官，亲与饯行；独秦宓不至。亮屡使人敦促，好多时未见到来，温疑问道："尚待何人？"亮答言益州学士秦宓。既而宓至，温即笑问道："君为益州学士，究竟所学如何？"宓正色道："蜀中三尺童子，尚皆就学，何况我辈？"温接问道："君既宿学，必知天文，天可有头否？"问得无谓。宓随口答一"有"字。温问在何方？宓答："天在西方。《诗》云：'乃眷西顾。'可知西方有头。"温问天有耳否？宓答道："天处高听卑。《诗》云：'鹤鸣于九皋，声闻于天。'若天无耳，如何得闻？"温问天有足否？宓复引《诗》言，'天步艰难'一语，证明有足。温又问天有姓否？宓答言姓刘。温问宓如何知晓？宓答称天子姓刘，可以推知。随口道来，都成妙谛。温复说道："日生于东。"宓不待说毕，就接口道："日虽东升，至西必没。"

说得温瞠目结舌，不敢再言。宓却把天道盈虚，转诘张温，温无词可答，急得汗流浃背，满面生惭；还是诸葛亮替他排解，方勉强饮了数杯，逡巡告别。亮复令邓芝偕行，既至武昌，请温先报孙权，然后进见，权与语道："两国通好，若得同心灭魏，天下太平，从此可二主分治，岂非快事？"芝直答道："天无二日，民无二王，如得灭魏，尚未识天命所归；但使君各茂德，臣各尽忠，那时势均力敌，或当再起战争，必待统一以后，方得太平致治哩。"权大笑道："君何诚款乃尔！"因厚礼送归。嗣是吴蜀又往来如初了。总结一笔。

　　唯魏主曹丕，闻得吴蜀联盟，自知不妙，便召群臣商议，即欲起兵伐吴。侍中辛毗进谏道："天下新定，土广民稀，骤欲劳师，未必果利；为今日计，不若养民屯田，待十年后，足食足兵，方可吞吴并蜀，混一天下。"十年为期，并非迂言。丕雄心勃勃，十个月且不肯待，怎肯待至十年以后？当下叱退辛毗，进司马懿为尚书仆射，留镇许昌。此为司马氏篡魏之兆。看官！听说丕多亲弟，又有长子，为何不嘱子弟监国，却叫司马懿留守？说来又有特因，可得就此补叙：丕弟彰、植，同为卞太后所生，因丕素性猜忌，为魏王时，就将二弟遣往就国。见九十回。丕妻甄氏，容既绝世，发尤美观，尝将万缕青丝，挽就云鬟，号灵蛇髻，光泽可鉴。她本为袁熙妇，当再嫁曹丕时，植也为艳羡，只因丕捷足先得，无奈让兄，唯心中未免失望，颇有怨言，丕益加妒恨。植既出封临淄，监国灌均，阴承丕意，劾植使酒悖慢，遂由丕征植入朝，意欲加诛，还亏卞太后从中保护，才得不死。但尚限令七步成诗，即以兄弟为题，不准直说，植随口答咏道："煮豆燃豆萁，豆在釜中泣。本是同根生，相煎何太急？"丕听了此诗，心稍知感，恨终未除，特贬植为安乡侯。会因丕多内宠，除献帝二女外，见前文。尚有郭、李、阴三贵人，最宠爱的乃是郭氏。郭氏为安平人郭永女，少即秀慧，永号为女王；长成后艳名愈噪，为丕所闻，遂纳为姬妾，格外爱怜。郭氏不特善媚，并且善谋，丕得立为太子，也是受教阃中，所以宠郭尤甚。至丕既篡汉，进郭氏为贵嫔，本想立她为后，只因甄氏尚存，一时未便发表。郭氏却谋夺后位，多方谗间，丕竟为所迷，将甄氏留置邺中，且说她心怀怨望，平白地将她赐死。何若早死邺中，为袁熙殉节。郭氏无出，独甄氏有一子名叡，为丕所爱，丕立郭氏为后，就将叡交与郭氏，令她抚养。叡生性聪颖，明知母死由后，但不得不勉承后颜，谨问起居。到了十五岁时，随丕出猎，见有大小二鹿，由丕一箭射去，大鹿即毙，丕

曹植七步成诗

令叡射小鹿。叡凄然道：“陛下已射死鹿母，怎忍再杀鹿子？”丕不禁心动，将弓掷下，罢猎回宫。未几即封叡为平原王，但终不使为太子。就是彰、植二弟，虽照例增封，彰为任城王，植为鄄城王，毕竟不见亲信。所以丕亲出伐吴，独使司马懿居守许昌，这也是天心播弄，特令他亲疏倒置呢。

丕复特置龙舟，亲自乘坐，督率大小战船数千艘，由蔡、颍二水入淮，越过寿春，直至广陵。吴将徐盛，奉命防御，故意把战舰匿入港中；至曹丕舟达江北，远远眺望，并不见一船，未免诧异，一时不敢轻进，就在江北停泊一宵。翌日起视，忽见江南一带，连城绵亘，城楼上插满旗械，遍列士卒，丕不觉大惊，且望且叹道：“魏虽有武骑千群，至此都成无用；江南人物如此，未可进图呢。”语尚未毕，蓦有巨风刮起，白浪滔天，龙舟在水中狂簸，险些儿不能支持。丕急改乘小舟，仓皇北返，各战舰亦没命逃归。*一场兴作，空去空来，风师原巧弄曹丕。*唯江南一带城楼，究从何来？原来是吴将徐盛，乘着夜色迷蒙的时候，放舟出港，排列江滨，舟中预备假城疑楼，沿江张设，士卒统是芦苇缚成，外罩军衣，唯旗械是真；可巧秋江盛涨，岸阔雾浓，魏自曹丕以下，都不能仔细端详，遂至吓退。吴得不劳一卒，安堵依然。蜀相诸葛亮，闻知吴魏相攻，料他无暇侵蜀，乃筹足军饷，定议南征。适永昌功曹吕凯、府丞王伉，接连上书，报称雍闿势盛，屡次入寇；更有牂柯太守朱褒，与越嶲夷王高定，皆叛应雍闿，随处骚扰。亮因调齐兵马，辞别后主，督兵南下。成都令马谡，已由亮署为参军，送亮出都，亮与语道：“与君共谋数年，今可更惠良规，免得误事。”谡答说道：“南中蛮人，自恃险远，不服王化，就使兴师入境，所向皆捷，窃恐今日得破，明日复叛，若必杀尽遗种，永除后患，亦非仁人所忍为；且须连年积月，或可奏功。谡闻用兵伐人，攻心为上，攻城为下；心战为上，兵战为下。丞相此次南征，最好使他心服，方可一劳永逸呢。”*却是高见。*亮笑答道：“君言甚是，我亦有此意呢。”谡送行至数十里外，亮始遣还成都，自率大军径进。蛮人素无纪律，怎能敌得过王师？再加诸葛亮用兵有方，事事占人先着，因此所向无阻，势如破竹。当下自越嶲进兵，斩雍闿，诛高定，传檄诸郡，剿抚兼施。门下督马忠，隶籍牂柯，自请效力，亮便拨兵与忠，叫他前往。才阅半月，即得忠捷书，谓朱褒已经受戮，牂柯复安，叛房头目，诛灭已尽。

本来是大功告成，可以旋师，偏有一蛮酋孟获，收合雍闿余众，出拒蜀兵。亮探得孟获生平，虽无智略，却甚骁悍，为夷汉所畏服，因此打定主意，决将孟获收为己用，使他死心塌地，庶无后虞。孟获不识军谋，一味蛮抗，战了一次，便由亮诱他入伏，一鼓擒住，亮问他心服否？获抗言不服；亮却藏过精兵，故意使羸卒站列，令他周视。获更笑说道："向不知汝兵虚实，被汝诱获，今看汝兵，不过如此，有何难胜呢？"蛮子蛮语。亮因纵使回去，整军再战。获返至蛮寨，纠众来劫亮营，又被亮预设机谋，四面兜拿，复擒孟获。获仍然不服，亮更纵还。获渡过沪水，负险自固。时当五月，溽暑熏蒸，水中又无船只可行，蜀兵俱畏难欲退，亮下令道："我兵若归，虏必再出，我去彼来，我来彼去，何时始得平定？今唯有再接再厉，渡沪进去，捣穴平蛮，就在此举，愿大众努力，后当重赏。"兵士听了，方才踊跃起来。亮即命将士潜造木筏，至夜间悄悄渡沪，直抵蛮峒；孟获自恃险固，并不加防，待至蜀兵深入，仓猝迎敌，好容易又被蜀军擒去。亮仍不加诛，令获还峒，获更避入深巢，又为蜀兵所破。直至七纵七擒，获无处可容，方才拜服。亮尚欲遣归再战，获泣谢道："丞相天威，无坚不摧，南人誓不复反了！"是谓攻心。遂引蜀兵入滇池，奉亮如神，无论蛮子蛮妇，并来拜谒。亮好言抚慰，仍令孟获管理蛮众，听蜀政令，众皆欢跃去讫。*罗氏《演义》满纸捏造。什么朵思大王，什么木鹿大王，什么祝融夫人，好像《封神传》《西游记》一般，看似五花八门，实则十虚九幻，不值识者一噱。*或请亮留置官吏，与孟获同守蛮方，亮慨然道："设官有三不易，留官必当留兵，兵无所食，必将生变，是一不易；蛮人屡败，父兄伤亡，免不得记恨官兵，互生衅隙，是二不易；汉蛮易俗，当然异情，留官抚治，怎肯相信？是三不易。今我不留人，不运粮，但使他相安无事便了，若欲令彼同化，容待他年。"于是下令凯旋，孟获率众拜送，并献金银、丹漆、耕牛、战马，作为军用。亮分犒将士，一无所私。唯途中往返，辄患暑疫，经亮采查药物，合锉为末，用瓶收贮，每人各给一瓶，遇有中暑中疫等症，吹鼻即解，故盛暑行军，奔波万里，得免死亡。今药肆所售"诸葛行军散"，就是当时留下的秘方，这且无庸絮述。且说诸葛亮班师回国，饮至行赏，人人欣悦，朝野清平。南中复按时进贡，各呈方物。亮复与民休息，安养两年，国富民饶，乃拟出师北伐，规复中原。时魏主曹丕，已经病殁，遗嘱中军大将军曹真、镇军陈群、抚军司马懿等，立平原王叡为太子，即日嗣位。叡谥丕为文帝，尊太后卞氏为太皇太后，皇后郭氏为太后，即用一班顾命大臣，秉持国政，统驭四方。吴主孙权，乘丧进攻，围江夏城。魏太守文聘，登陴拒守，坚持不下。吴将诸葛瑾，转击襄阳，也被司马懿击退；权乃收军东归。诸葛亮却缓了一年，然后兴师。外使中都护李严，移屯江州，护军陈到驻永安，作为东防；内使中部督向宠，典宿卫兵；尚书陈震，侍中郭攸之、费祎、董允，长史张裔，参军蒋琬，分治宫府诸事。乃上《出师表》一篇，陈明宗旨。表云：

臣亮言：先帝创业未半，而中道崩殂。今天下三分，益州疲敝，此诚危急存亡之秋也。然侍卫之臣，不懈于内，忠志之士，忘身于外者，盖追先帝之殊遇，欲报之于陛下也。诚宜开张圣听，以光先帝遗德，恢弘志士之气；不宜妄自菲薄，引喻失义，以塞忠谏之路也。宫中府中，俱为一体，陟罚臧否，不宜异同。若有作奸犯科及为忠善者，宜付有司，论其刑赏，以昭陛下平明之治；不宜偏私，使内外异法也。侍中侍郎郭攸之、费祎、董允等，此皆良实，志虑忠纯，是以先帝简拔以遗陛下。愚以为宫中之事，事无大小，悉以咨之，然后施行，必能裨补阙漏，有所广益。将军向宠，性行淑均，晓畅军事；试用于昔日，先帝称之曰能，是以众议举宠为督。愚以为营中之事，事无大小，悉以咨之，必能使行阵和穆，优劣得所也。亲贤臣，远小人，此先汉所以兴隆也；亲小人，远贤臣，此后汉所以倾颓也。先帝在时，每与臣论此事，未尝不叹息痛恨于桓、灵也。数语最关紧要，谁知后主他日，又用黄皓。侍中、尚书、长史、参军，此悉贞亮死节之臣也，愿陛下亲之信之，则汉室之隆，可计日而待也。臣本布衣，躬耕于南阳，苟全性命于乱世，不求闻达于诸侯。先帝不以臣卑鄙，猥自枉屈，三顾臣于草庐之中，谘臣以当世之事，由是感激，遂许先帝以驱驰。后值倾覆，受任于败军之际，奉命于危难之间，尔来二十有一年矣。先帝知臣谨慎，故临崩寄臣以大事也。此诸葛自述要语。受命以来，夙夜忧叹，恐托付不效，以伤先帝之明。故五月渡泸，深入不毛。今南方已定，兵甲已足，当奖帅三军，北定中原，庶竭驽钝，攘除奸凶，兴复汉室，还于旧都。此臣所以报先帝，而忠陛下之职分也。至于斟酌损益，进尽忠言，则攸之、祎、允之任也。愿陛下托臣以讨贼兴复之效；不效，则治臣之罪，以告先帝之灵。若无兴德之言，则责攸之、祎、允等之咎，以彰其慢。陛下亦宜自谋，以谘诹善道，察纳人言，深追先帝遗诏，臣不胜受恩感激。今当远离，临表涕泣，不知所云。

这表上陈，系在建兴五年三月间，后主禅年已逾冠，立故车骑将军张飞女为后，生男育女，年富力强；只是生性庸懦，未识大体，一切军国重事，幸由诸葛丞相处理。诸葛既表请北伐，后王自然依从，当下催趱人马，次第出发，振旅阗阗，伐鼓渊渊，由阳平关进兵，往驻汉中。写得堂堂皇皇，不愧为北伐之师。小子有诗咏道：

> 三分鼎足早纡筹，受托讨曹志更遒。
> 史笔煌煌称北伐，紫阳书法足千秋。

蜀兵出驻汉中，当有探马报达许昌。欲知魏主叡如何抵敌，且看下回说明。

欲承汉不得不伐魏，欲伐魏不得不和吴，诸葛公之所以出此者，全为时势所迫，非真不欲报先主之耻也。为吴使则遣邓芝，难吴使则命秦宓，折冲樽俎，用当其才，此尤为诸葛公之妙算。至若南征孟获七纵七擒，盖不如是不足以服蛮人之心。南蛮不服，终无由专心北伐耳。然必如罗氏《演义》之荒诞成文，几似诸葛公之具有神术，毋乃惑人？中国小说，往往谈仙说怪，酿成近世义和团之乱；救国不足，病国有余，罗氏其流亚也！《前出师表》一篇，内外兼顾，备极殷勤，录此可见诸葛公之仗义，阅此益知诸葛公之效忠。

# 第二十六回

## 失街亭挥泪斩马谡
## 返汉中授计戮王双

却说诸葛亮领兵伐魏，已出汉中，屯驻石马城。魏主曹叡，甫经嗣位，改元太和，闻得蜀兵进攻，即欲亲出御敌。散骑常侍孙资，谓南郑斜谷，险阻异常，不宜劳师进取，但命大将据守要害，自足震慑寇敌，静镇疆场，叡乃罢议。但进抚军将军司马懿，为骠骑大将军，都督荆、豫二州诸军事，屯兵宛城，堵御东西。大将军曹真，都督关右，专拒蜀兵。新城太守孟达，本来由蜀投魏，**孟达降魏事，见第九十回。**与魏侍中桓阶、将军夏侯尚友善，尚、阶相继病殁，达心不自安。事为诸葛亮所闻，嘱中都护李严招达，达复书如命；偏魏兴太守申仪，与达有隙，时常侦伺，一闻达阴通蜀使，即报知曹叡，叡令司马懿相机进讨。懿佯为慰解，暗中却调动兵马，潜赴新城。达得懿书，迟疑未决，因遣人访问诸葛亮。亮令达赶紧加防，毋堕懿计。达尚复书与亮道："宛城距洛阳八百里，至新城且一千二百里，若司马懿前来，亦当表闻魏主，往返须一月间事，达城池已固，自足拒懿，幸请放怀。"这书递至石马城，亮阅毕惊叹道："达必为司马懿所擒了！"果然不到半月，便由达飞书乞援，内称达举事八日，懿兵即到城下，神速异常，请即发兵相救。亮又叹为无及，不得已派遣偏师，往援新城。兵方就道，孟达败死的消息，便即传到，亮乃将偏师调回，合力北向。行至南郑，镇北将军魏延出迎，亮即使延为丞相司马，统领前军。延献议道："魏令夏侯楙都督长安，楙系惇子，曾娶操女为妻，年少志骄，毫无谋略。延愿得精兵五千，取道褒中，沿秦岭东进，绕出子午谷，不过旬日，可到长安。楙闻延掩至，必不敢持久，弃城东走，丞相可从斜谷，进与延会合，并力一举，咸阳以西，便可平定了。"计却甚是。亮摇首道："此计甚危，不如安从坦道，方保万全。"延又说道："丞相从大道进兵，彼必沿路防守，旷日持久，何时得取中原？"亮慨叹道："天若祚汉，何患不胜？"遂不从延计，延怏怏退出。暗伏下文。亮佯言由斜谷取郿，却使赵云为镇东将军，邓芝为扬武将军，据住箕谷，作为疑兵；一面亲率诸军，进攻祁山，队伍整齐，号令严肃。南安、天水、安定三郡，闻风请降。唯天水太守马遵，正与参军姜维、功曹梁绪等，案行属县，闻得蜀兵已至祁山，郡县响应，料知无路可归，拟往投上邽，维劝遵仍归郡治，遵疑维有异志，黄夜自去。维还至天水郡中，吏民已相率降蜀，闭门拒维，害得维进退维谷，没奈何奔投蜀营。维本天水郡冀县人，字伯约，少读兵书，熟谙韬略。亮引与共语，皆中机要，当然心喜，遂举维为仓曹掾，加号奉义将军。事依《姜维本传》，不同罗氏《演义》。

魏大将军曹真，方督兵守郿，哪知蜀兵却西出祁山，连下南安、天水、安定三郡，急切无分身法，只好飞报魏主，请派将扼守关西。魏主叡遂起兵五万，使右将军张郃为前驱，自为后应，同至长安，并调司马懿由东会师，共击蜀兵。蜀将马超，时已早殁，不略马超。只有超从弟马岱，从军出征。岱勇略不及马超，虽为蜀将，未堪大任，故亮得三郡，不复令再镇凉州。会亮闻张郃、司马懿合兵来攻，遂召诸将与语道："魏兵两路前来，必攻街亭，街亭为汉中咽喉，非得大将把守，不能无虞。"参军马谡，正随亮北伐，便向前请命道："谡愿往守街亭。"魏延、吴懿，亦愿前往，亮因谡素有智略，不致误事，遂使谡统兵二万人，出屯街亭。临行时再三叮嘱，叫他坚守城寨，毋得疏忽；且使王平为偏将军，与谡同往；又遣魏延等往驻阳平关，遥应马谡。也算严密。谡与王平行至街亭，见街亭前面有山，便欲引兵登冈，据山立寨。平独谓宜据城守栅，阻住敌锋，不宜屯兵山上，谡傲然不从。平复说道："倘敌兵前来围山，计将若何？"谡笑答道："居高临下，势若建瓴，敌若来围，我即麾兵四下，还怕不能杀退么？"平又说道："倘敌兵断我水道，又将若何？"谡大笑道："我既能杀退敌兵，还怕他断什么水道？"平还要苦谏，谡瞋目道："丞相行事，尚且每事问我，汝怎得挠我兵谋？"也是误一骄字。平知不可阻，乃请分军相应，作为犄角。谡恨平违令，只拨兵千人给平，平引兵据城听令。马谡上山，平遣人走报祁山大营。哪知司马懿、张郃两军，禽夜杀到，谡尚据住山顶，扬旗招飐，自鸣得意。待至翌晨，魏兵已环集山麓，把山围住，谡麾兵杀下，魏兵全然不动，唯用强弩仰射，蜀兵多被射倒，只好退回。谡尚欲与敌拚命，驱兵再下，一连冲杀数次，毫无效力。张郃更堵住水道，不放蜀兵汲水，蜀兵无从饮食，当然自乱。嚷至夜半，竟纷纷下山，投降魏营，谡禁遏不住，尚望王平救应。看官试想：平手下只有千人，哪里杀得过十多万魏兵？他也曾努力相救，半途被魏兵截回，没奈何坚壁自持，保全危寨。谡待援不至，无法把守，只得率兵窜出山谷，向西逃走。魏兵截杀一阵，二万人所存无几，还亏魏延从阳平关杀来，方得将谡救出。延见魏兵气势甚盛，不敢恋战，忙与谡退保阳平关。王平自知难守，在城中佯鸣鼓角，作进兵状，暗中却收集溃卒，徐徐退去。魏将张郃，疑他诱敌，不敢进逼，平得全师引归。好王平。

　　司马懿不去追谡，却统兵径趋祁山，来攻诸葛亮大营。亮接王平军报，已知马谡误事，急忙退回西城，且檄令天水诸郡守吏，齐回汉中，并饬赵云、邓芝，收军还阳平关。忽报司马懿统兵十余万，蜂拥前来，城中留兵不多，欲趋往阳平关，已是不及。将士等并皆失色，亮独谈笑自若，但说无妨。如此镇定，方可将兵。待懿兵将到，传令城上偃旗，城中息鼓，大开四门，每门令军役洒扫，不准妄动，自引小僮两人，携琴登城，在城楼上焚香操琴。有胆有识。司马懿当先跃马，来攻西城，遥见诸葛亮如此布置，不禁大疑，端详了好多时，一些儿没有破绽，乃麾令退兵。部将问为何因，懿与语道："我闻亮不入子午谷，煞是谨慎；今大开城门，岂肯这般疏略？明明是诱我入城，为掩杀计。我宜速退，休为所算。"说毕自去。亮见司马懿退兵，不由的鼓掌大笑。参佐问亮道："司马懿号称能军，为何忽来忽去？"亮笑说道："懿知我谨慎，不肯弄险，他见我如此模样，必疑有伏，所以退去；我料他不走大路，必沿北山遁去，今还要送他一程，截留一些辎重，也不负他一番奔走哩。"说着即派部将吴懿等，速赴北山，只准在山谷中呐喊，不准厮杀，如敌有辎重，即可夺取，运回阳平关便了。吴懿等奉命即行，亮率参佐等出了西城，赶归阳平关。那司马懿果为亮所料，绕走北山，蓦闻后面喊声大震，总道是蜀兵追来，慌忙抛弃辎重，没命跑去。吴懿等谨依将令，不敢追袭，但将辎重运回阳平关。亮已退入阳平关内，由魏延、马谡等接着。谡跪伏请罪，亮作色道："汝违我节度，几至倾覆全师；若非明正军法，何以服众？"谡泣答道："丞相视谡如子，谡亦视丞相如父，今自知偾事，罪该万死；但愿丞相思殛鲧兴禹故事，谡虽死，亦感深恩。"亮不禁挥泪道："汝若早听王平计议，何致此败？今事已至此，不能挠法，汝家小自当抚恤，汝子与我子相等，不必挂怀。"说至此，即令左右将谡推出，斩首徇众，仍令缝合尸骸，具棺埋葬；且亲自临祭，月给谡家钱米，抚养遗孤。先公后私。亮更太息道："先帝尝谓谡言过实，不可大用，今果应此言，自愧不明，致误军事。谡果有罪，我亦难辞。"遂拟上表自劾，可巧赵云、邓芝，自箕谷退归，缴还军令，云自言无功，应受惩戒。亮问明邓芝，芝言魏将曹真，率兵追袭，幸由云亲身断后，步步为营，始得全军归来。亮唏嘘道："街亭军退，兵将不复相顾；箕谷军退，兵将并不相失，可见用兵在人，原不在多寡呢。"云尚有军资带还，亮使分赏将士。云答称军士无利，何为有赏？且暂贮库中，作为冬赐。亮点首称善。因即表请自贬，云亦附表请惩。后主得表，召问蒋琬、费祎，祎等谓应从亮言，暂行降职，乃贬亮为右将军，行丞相事；降赵云为镇军将军，使蒋琬赍诏至营。亮受诏后，留琬共饮，琬语亮道："昔楚杀得臣，晋文公然后心喜；今天下未定，遽杀马谡，自失智士，岂不可惜？"亮流涕答道："孙武所以能制胜天下，全赖法严；今四海分裂，兵交方始，若复废法，何以治军？"琬劝亮回成都，亮摇首道："奉诏讨贼，奈何罢休？"琬复说道："如再欲伐魏，必须增兵。"亮怅然道："街亭败退，非由兵少，实由亮误用马谡，致有此败；不肯讳过。今当减兵省将，明罚思过，惩覆辙，慎将来，且望在朝诸公，勤补吾阙，然后事可定，贼可灭，功可跷足而待了。"琬当然佩服，旋即辞去。亮乃考劳勤，扬壮烈，引咎责躬，厉兵讲武，再作后图。既而吴鄱阳太守周鲂用诈降计诱魏攻皖，魏扬州牧曹休，误听鲂言，当即发兵。魏王曹叡，又使司马懿向江陵，建威将军贾逵向东关，三道俱进。吴用陆逊为大都督，朱桓、全琮为副，领兵击休。休恃众深入，被吴兵邀击石亭，大破休军，休奔回夹石。又由吴兵追及，险些儿不能脱身，还亏贾逵兼道援休，才得幸免；所有军士粮械，丧失垂尽。司马懿中道折还，休惭愤成疾，疽发背上，不久即死。继任为魏将满宠，老成持重，控御有方，遂成重镇。独诸葛亮闻吴人败魏，复欲乘隙北伐。正要调动军马，不料镇军将军赵云病亡，亮大为恸惜，后主禅亦甚悲悼，两次救护，安得不悲？追谥云为顺平侯，令云长子统袭封。群臣谓失一大将，不宜兴师，独诸葛亮锐意北伐，未肯中止。乃更上表奏闻道：

先帝虑汉贼不两立，王业不偏安，故托臣以讨贼也。慷慨激昂。以先帝之明，量臣之才，故知臣伐贼，才弱敌强也。然不伐贼，王业亦亡；唯坐而待亡，孰与伐之？是故托臣而勿疑也。臣受命之日，寝不安席，食不甘味，思唯北征，宜先入南，故五月渡泸，深入不毛，并日而食，臣非不自惜也。顾王业不可偏安于蜀都，故冒危难以奉先帝之遗意，而议者谓为非计。今贼适疲于西，又务于东，兵法乘势，此进趋之时也。谨陈其事如左：高帝明并日月，谋臣渊深，然涉险被创，危然后安。今陛下未及高帝，谋臣不如良平，而欲以长策取胜，坐定天下，此臣之未解一也。刘繇、王朗，各据州郡，论安言计，动引圣人，群疑满腹，众难塞胸，今岁不战，明年不征，使孙策坐大，遂并江东，此臣之未解二也。曹操智计殊绝于人，其用兵也，仿佛孙吴；然困于南阳，除于乌巢，危于祁连，逼于黎阳，几败北山，殆死潼关，然后伪定一时尔；况臣才弱，而欲以不危而定之，此臣之未解三也。曹操五攻昌霸不下，四越巢湖不成，任用李服，而李服图之，委任夏侯，而夏侯败亡。先帝每称操为能，犹有此失，况臣驽下，何能必胜？此臣之未解四也。自臣到汉中，中间期年耳；然丧赵云、阳群、马玉、阎芝、丁立、白寿、刘郃、邓铜等，及曲长屯将七十余人，突将无前，賨叟、青羌、散骑、武骑一千余人，此皆数十年之内，所纠合四方之精锐，非一州之所有；若复数年，则损三分之二也，当何以图敌？此臣之未解五也。今民穷兵疲，而事不可息；事不可息，则住与行，劳费正等，而不及早图之，欲以一州之地，与贼持久，此臣之未解六也。夫难平者事也，昔先帝败军于楚，当此时，曹操拊手，谓天下已定。然后先帝东连吴越，西取巴蜀，举兵北征，夏侯授首，此操之失计，而汉事将成也。然后吴更违盟，关羽毁败，秭归蹉跌，曹丕称帝。凡事如是，难可逆料，臣鞠躬尽瘁，死而后已。注重在此二语。至于成败利钝，非臣之明，所能逆睹也。

这道表文，蜀人称为"后出师表"，后主唯亮是从，随即批准。亮复引兵数万，道出散关，进围陈仓。魏大将军曹真，使将军郝昭，守陈仓城。昭字伯道，太原人氏，知兵善战，智勇兼全。智能敌蜀，勇足保城，故特详叙履历。既至陈仓，当即缮城修郭，筹足守具，及亮兵攻城，已是坚固得很。亮累攻不下，特遣郝昭乡人靳详，诣城下招降，昭在城楼上应声道："魏家科法，君所深知，我已为魏臣，誓死毋惑，请君不必多言。但教回报诸葛，能攻即攻，不能攻即退。"详知不可动，便还营告亮。

亮再遣详至城下，与语顺逆利害，毋贻后悔，昭奋然道："前言已定，何劳再说！我与君原是相识，恐箭头无眼，不能识君呢。"说至此，即拈弓搭箭，欲射斩详。详慌忙退回，亮也觉动怒，麾兵猛攻。城上矢石如雨，无隙可乘，亮特制云梯数十具，四面攀登。昭用炙箭注射，梯被烧断，兵皆坠死。亮再用火冲车攻城，昭又用绳索穿石，猛力掷下，冲车皆折。亮更遣人运土填堑，暗掘地道入城，昭内筑重濠，横截地穴，使蜀兵无从钻入。好容易已越兼旬，城完如故。曹真遣将军费耀援昭，魏主叡亦使张郃驰救。亮正虑军食不继，又闻魏兵大至，乃撤围引归，但授魏延密计，使他领兵断后。延徐徐退回，忽后面扬起飞尘，喊声逼紧，料有魏兵追来，延令部兵张旗先行，自率锐骑数十，伏林箐中，静候魏将。魏将乃是王双，望见前面旗帜，挥兵急追。延待他骤马跑过，却握刀突出，大喝一声，不俟王双回头，便从他背后劈去，连肩带头，砍落马下。魏兵见主将毙命，当然骇散。延得驱杀一阵，枭得许多首级，然后返入汉中，向亮缴令。亮休养月余，又是冬尽春来，时为建兴七年。乃再遣部将陈式，出攻武都、阴平二郡。魏雍州刺史郭淮，引兵驰援，与陈式相持数日。亮用奇兵助式，击退郭淮，遂得攻下二郡城池，留将把守，自回汉中。后主禅复拜亮为丞相，亮尚固辞，经诏使费祎相劝，然后受命。嗣闻吴主称帝，遣使至蜀，拟与蜀平分中原。蜀臣聚讼纷纭，多主绝交，亮仍拟和吴，入都觐见后主。后主正因吴事未决，向亮谘问。亮陈议道："孙权意图僭号，非自今始，我朝与他修好，无非为声援起见；今若加显绝，仇我必深，更当移兵东戍，与彼角力。彼贤才尚多，将相辑睦，划江自固，守御有余，我却屯兵上游，坐而待老，反使北贼得计，甚非良图。故不如仍与周旋，俟北伐得志，东略未迟。"后主唯唯受教，遂使卫尉陈震，往吴庆贺，权依礼相待，与申盟誓，约定平魏以后，豫、青、徐、幽四州归吴，兖、冀、并、凉四州归蜀，唯司州以函谷关为界，震如约西归。当时三国鼎峙，魏地最大，有州十三，除上文所说九州外，尚有荆、扬、秦、凉四州，但只得片土，未据全境。吴只有荆、扬、交、广、郢五州，荆、扬且与魏分据。蜀土最小，仅得遂州，唯分益为梁；又得凉、交二州边隅，算作四州。从前汉武帝时，分中国全土为十三郡，不列郢、广、郢、广二州名，乃是由吴分置出来。详明地理，万不可少。吴孙权久欲称帝，因畏魏东下，所以迟迟；及见魏兵东西致败，乃放胆称尊。吴臣趁势献谀，谓有黄龙出现武昌，因即改黄武八年，为黄龙元年，追尊父坚为武烈皇帝，兄策为长沙桓王，立子登为太子，进陆逊为上大将军，诸葛恪为太子左辅，张休为太子右弼。休为张昭少子，昭已年老，入朝贺权，褒赞功德。权笑说道："假使如张公计，早为魏仆，恐今已乞食了。"指赤壁事。说得张昭伏地惭汗，谢罪而出。当即上书乞休，由权封为娄侯，食邑万户，归家不起，又得享寿八年，至八十一岁乃终。权复还都建业，留上大将军陆逊，辅太子登，驻守武昌。这消息传入蜀都，诸葛亮因权还江东，更可免忧，复欲北向讨魏。部署了好几月，已是建兴八年的夏季，忽有警报传入，乃是魏将曹真、司马懿两路进兵，来夺汉中。正是：

西陲方见三军集，北寇先闻两道来。

欲知魏兵如何寇蜀，且看下回再详。

甚矣哉，知人之难也！以诸葛孔明之才识，犹且失之马谡，况他人乎？谡前进攻服南蛮之议，为孙吴兵法所未详，乃独出己见，卒如所言，是谡固非不足行军者；且在营参议，语多扼要。而于街亭一役，偏不从孔明之节度，王平之计议，上山被困，坐失要区，论者几目为天命使然。然刘先主尝谓谡言过实，不可大用；孔明误用而偾事，咎有攸归，固不能尽诿诸天也。空城计一事，史传中列入小注，疑为未确。但故老相传已久，不便略去，果有此役，诸葛其亦危矣哉。及再攻陈仓，遇郝昭之善守，累攻不下。唯退兵之时，得斩王双。魏将多才，而蜀仅得一诸葛，至鞠躬尽力而后已。北伐北伐，名称虽正，其如将佐之乏人何也？

# 第二十七回

## 木门道张郃毙命
## 五丈原诸葛归天

却说魏大将军曹真，收复南安、天水、安定三郡，自恃有功，尚想出师报怨，乃上书曹叡，请由斜谷攻蜀，数道并进，可以大克。**真是贪心不足。** 叡依了真言，便命大将军司马懿，溯汉西上，与真会攻汉中。司空陈群上言，斜谷险阻，转运为难，不宜遽从真议。**实系不欲攻蜀。** 叡转询曹真，真又表从子午谷进兵，群又言未便，真却不待复诏，当即启行。蜀丞相诸葛亮，接得警报，即引兵出汉中，分屯成固、赤阪，严营待敌。一面召李严率兵二万，至汉中会师，表严子丰为江州都督，继严后任。**东顾无忧，故可调严并力。** 会值秋雨兼旬，山谷水溢，曹真自长安出发，随在阻滞，就途月余，尚不能度子午谷。当由魏太尉华歆、少府杨阜、散骑常侍王肃等，迭请班师，魏主叡乃召还曹真。司马懿本来乖刁，当然借天雨为名，按兵不进。亮却遣司马魏延，西入羌中，招抚羌众，与魏雍州刺史郭淮，大战阳溪，斩获甚众，奏凯而还。时长史张裔病殁，亮迁蒋琬为长史。琬字公琰，籍隶湘乡，尝随先主入蜀，受命为广都长，沉湎不治；先主意欲加诛，独亮器重琬才，代为请免。及后主嗣立，亮遂举琬为参军，进任长史。琬尝筹足饷糈，供给军用，故亮每出师，馈运无阙。亮每言公琰托志忠雅，可属大事。到了建兴九年仲春，亮复兴师伐魏，进攻祁山。魏曹真已升任大司马，抱病甚重，不能督军，乃调司马懿西屯长安；未几真即去世，由子曹爽袭爵。

为后文懿杀曹爽伏笔。懿得握军事全权，即使部将费曜、戴陵，率精兵四千，保守上邽，自偕将军张郃等，往救祁山。张郃请分守雍郿，懿谓兵分势散，适为敌擒，因悉众西行。亮闻懿亲来援应，偏不去迎战，但留王平攻祁山，自率魏延、姜维等，从间道往攻上邽。守将费曜、戴陵，仓皇出战，哪里是蜀兵对手？四千人几被杀尽，还亏雍州刺史郭淮，领兵援应，才得救回。二将闭城静守，天气清和，陇上麦熟，亮令军士四散割麦，作为兵粮。郭淮等不敢出争，只遣人飞报司马懿，促令还援，懿急忙回军。行抵上邽城东，适值蜀将魏延、姜维等，分路杀来，当即下令军中，结阵自固，只许放箭，不许出战。魏延、姜维，左右夹攻，都被魏兵射退，不得已收军回营。司马懿能军。懿却敛兵依险，坚壁拒蜀，蜀将一再挑战，只是不出。亮引军还抵卤城，懿反从后追逼，亦至卤城东偏下寨。亮使魏延、高翔、吴班等将，分头埋伏，自往懿营搦战，懿仍然不出；蜀兵在懿营外百般辱骂，懿置若罔闻。恼动了大将张郃，入帐语懿道："蜀兵远道来攻，请战不得，知我利在不战，必将变计困我；为今日计，不如与彼一决，如得胜仗，彼自退去，祁山亦可解围了。"懿摇首道："诸葛亮军孤食少，便要退兵，我兵将来追击，自可得胜，何必定要急斗哩？"郃又说道："正唯敌军将退，越好追击，且众志皆奋，何患不胜？"懿终是不从，反且依山掘濠，为久屯计。以守为战，却是好计。忽有二将趋入道："蜀兵又来挑战了！"懿接口道："由他挑战，我总固垒不动，看他有何妙法？"二将齐声道："人言公畏蜀如虎，岂不可耻？况我军比蜀较多，难道竟不能一战么？"懿被他一激，也有些忍耐不住，乃语二将道："既如此说，可传语各营，指日决战。"二将得令趋出，便向各营通报。这二将叫作贾栩、魏平，年少气盛，既已分头传令，便即磨拳擦掌，专等厮杀。过了两日，懿召诸将入议道："欲击蜀兵，必须两道并进，一路攻卤城，一路救祁山，使他不得相顾，方可奏功。"张郃出应道："郃愿往祁山。"懿乃拨兵万人，令郃引去，自率大军出战。亮闻懿营中有鼓角声，料他发兵前来，便授计与魏延、高翔、吴班三将，使他分头行事，自率大队出城，就城外布成阵势，从容待着。好整以暇。约阅片时，便见懿兵过来，亮却令前军用连臂弓，射住懿兵。连臂弓由亮特制，一弓能连射十箭，懿兵虽然锐悍，究竟禁不住许多箭镞，一再冲激，都被射回。待至锐气少衰，忽蜀阵内一声鼓号，万军潮涌，猛扑过来，懿忙督众截住；甫经交锋，刺斜里杀到一支人马，乃是蜀将高翔的旗号，当即分兵对敌，抵死不退。谁知后面喊声大震，蜀将吴班，又复杀到，懿始大惊，麾兵退回。蜀兵三路追击，懿且战且行，才经半途，蓦见一彪军横截路中，为首一员大将，拍马舞刀，大呼"魏延在此"，吓得懿魂驰魄散，几乎坠马，幸亏骁将贾栩、魏平等，保住懿身，奋力夺路，才得走脱。这番交战，蜀兵大捷，斩获甲首三千级，衣铠五千领，战具不可胜计。懿得脱归营，埋怨部将好战，致有此败。

嗣是决计坚守，不敢再出。张郃闻懿兵败，却也即退还，两下又相持旬月。魏将郭淮，调集雍、凉劲卒，拟从间道往袭剑阁，偏被蜀营探卒侦知，飞报大营，诸葛亮便派兵守险，使姜维、马岱等，带领前去。长史杨仪，报称现存八万人，四万人应该更替，现因来兵未到，新旧难继，只得暂从权变，留屯一月，方可遣归。亮微笑道："我自统兵以来，未曾失信，今既到了更替的时候，理应如约遣还，且应归军士，想已束装待返，家中父母妻子，并皆悬望，就使大敌当前，我却不能临危失信，乃令他如期归去便了！"<u>欲留故纵。</u>仪出传亮命，军中偏不愿速行，共称丞相大恩，死且难报，愿留营再战，誓扫魏兵。正持论间，忽由李平差到，参军狐忠，督军成藩，呈上平书，请亮即日还师。亮不免惊疑，但想李平是老成宿望，当必另有所见，且平方督主粮运，粮若不继，亦难行军，因决意退归。先遣狐忠、成藩还报，一面召集将士，示以归意，且谓魏兵追来，须努力退敌。将士等都想再战，听到班师命令，尚觉失望，欲要他力敌追兵，巴不得杀敌多人，借报恩遇，所以军令一下，齐声相应。亮复说道："诸君肯努力杀敌，还有何说？但死战也是无益，我当诱彼至木门道，并力围攻，就使他有千军万马，也不能脱逃了。"当下遣人至祁山，嘱令老将王平，乘夜潜退；自在卤城拔寨齐起，却是堂堂皇皇，还向汉中。早有魏谍报知司马懿，懿再使探明虚实，果然卤城内外，不见蜀兵，乃笑语诸将道："蜀兵已退，何人敢去追击？"部将都称愿往，唯张郃默不一言，懿目视张郃道："将军意见，莫非是不宜追去？"郃答说道："兵法有言：'归军勿追'。"<u>语见《张郃传》。</u>懿微哂道："公亦未免前勇后怯了。"为此一语，激得张郃性起，竟奋然道："郃临阵至今，向不落后，要追就追，岂肯怯敌？"懿复语道："公为前驱，我为后应，但教兵多将奋，不怕诸葛诡计。"说罢即令轻骑万人，随郃先行，自率三万人继进。郃长驱直往，追及蜀兵，蜀将魏延，回马与战，约有数十回合，方才徐退。郃步步紧逼，不肯相舍，延又回战数次。及见张郃后面尘沙飞起，料有魏兵踵至，索性引兵急奔，甚至兵士弃甲抛戈，塞满道路。郃亦恃有后军接应，放心再赶。延驰入木道中，道路逼狭，佯作人马蹴乱的情形，诱郃追来。郃骤马急进，已入窄径，两旁统是高阜，一声炮响，万矢齐下，可怜张郃不及回马，已被飞矢射中右膝，倒毙马下。魏兵跟入道中，都被射死；只有后队仓皇逃回，又被蜀兵驱杀多名，幸由司马懿驰至，让过败卒，截住蜀兵。蜀兵如熊如虎，锐不可当，懿知是难敌，翻身急退，已丧失了千余人。蜀将魏延，依着亮命，不复穷追，收兵自归。亮已早入汉中，会晤李平。看官！这李平为谁？原来就是中都护李严，严改名为平，自亮调入汉中，叫他督运，他因夏天多雨，恐粮不能继，拟劝亮还军；及与亮相见，又满口支吾，反欲归咎狐忠、成藩。亮不屑与辩，径入成都，面奏后主。后主方得平表，谓亮佯退诱贼，亮乃取呈李平手书，劾他颠倒迷罔，居心不良，因黜平为庶人，徙置梓潼；唯仍用平子丰为中郎将，参赞军事。**罪不及孥，纯然王道。** 亮乃劝农讲武，推演兵法，作八阵图，立石为表，俾便练习。又命军吏采办材木，制成牛马，内用机捩转旋，自能行动，可运粮米，叫做木牛流马；预约三年以后，再行出征。魏将司马懿，返入长安，当然不敢寇蜀，但敕诸将，严守要害罢了。

且说魏主叡即位以后，仍守乃父遗志，专任异姓，不重同宗。任城王曹彰，在曹丕黄初二年，便已暴亡；独甄城王曹植尚存，徙封雍邱，再徙浚仪，很不满意。会因入朝许宫，得见金缕玉带枕，为甄夫人故物，更不免触动旧怀，格外悲悼，**回应九十二回。** 还经洛水，作《感甄赋》，可歌可泣。**何劳阿叔这般多情？** 魏主叡嗣位时，虽已追谥生母甄夫人为文昭皇后，但于甄夫人冤死情形，尚未详悉。相传甄夫人死不成殓，甚至披发覆面，用糠塞口，就中都由郭后暗地安排，一手掩住，不令叡知。叡虽郭后抚养成人，但尚有李贵人暗受叮嘱，从中监护，所以叡得无恙，安然嗣位。哪知天下事若要不知，除非莫为，郭后害死甄夫人种种情弊，却被曹植一一侦悉。太和四年，太皇太后卞氏病殁，植还都奔丧，乘间白叡，述及甄夫人惨死情状，叡尚疑信参半，密询庶母李贵人，才知植言非诬，不胜悲愤。因命甄夫人兄子甄象，以中郎将兼代太尉，持节赴邺，改葬甄夫人，号朝阳陵，且改封植为陈王。植虽得增封，仍然不获大用，就国以后，得病即亡，谥曰思王。叡复搜植遗著，得赋颂诗铭，杂论百余篇，内有一篇《感甄赋》，迹近嫌疑，改名《洛神》，这且毋庸细表。唯叡尝立毛氏为皇后，出入同辇，伉俪甚谐。嗣复得河西大族郭氏女，美丽无双，拜为夫人，宠逾毛后。郭氏生女名淑，数月而夭，叡哀痛异常，适甄后从孙甄黄，亦致幼殇，因特替他阴配，取棺合葬，为女子谥立庙，并追封甄黄为列侯，且令举朝素服。司空陈群，少府杨阜，联名谏阻，均不见听。溺爱至此，古今罕闻。既而为避灾计，与郭夫人出幸摩陂，特筑景福承光殿，作为行宫。忽闻摩陂井中，出现青龙，便挈郭夫人往观，井中果隐见鳞甲，蛇耶？龙耶？遂号摩陂为龙陂，改太和七年，为青龙元年。寻且想入非非，命郭夫人从弟郭德，过继甄黄，承袭亡女淑封爵，淑为平原懿公主，德即袭封平原侯。德为郭夫人从弟，即为叡女淑从舅，从舅可为甥女继子，真是荒谬。并常至郭太后前，诘问甄后死状，郭太后忿然道："先帝自赐彼死，与我何干？况汝为人子，何必追仇死父，为前母逼死后母呢？"叡更加气愤，凡郭太后饮食服用，故意裁减，气得郭太后有口难言，郁郁致死。叡令内侍棺殓，使如甄后故事，唯表面上治丧如仪。郭太后生平，颇知守俭，不好音乐，又能抑损母族，力戒骄奢，只因谗妒甄氏，终至结局不良，天道好还，莫谓善恶无报呢！暮鼓晨钟。会因山阳公病逝，魏主叡总算尽礼，素服举哀，仍许用天子礼丧葬，墓号禅陵，追谥为孝献皇帝。东汉自光武帝起，至献帝止，共历八世，凡十二主，得国二百九十六年；献帝在位三十一载，被篡后，又阅十四年，寿终五十有四。孙康，嗣为山阳公，再传二世，至晋怀帝永嘉年间，五胡乱华，山阳公秋被杀，祚绝国亡。总结汉事，笔无渗漏。

献帝方葬，忽有军报传入许昌，乃是蜀相诸葛亮，与吴主孙权，东西进攻，两国各兴兵十万，浩荡前来。魏主叡丞使将军秦朗，督兵二万，往长安会合司马懿，一同拒蜀；自率将士东行，抵敌吴师。吴主权正出兵巢湖，进攻合肥新城，并遣陆逊等入江夏沔口，西指襄阳；孙皓等入淮北，向广陵淮阴。魏主叡也遣将分堵，唯自乘龙舟东下，直达寿春，援应合肥。合肥守将满宠，欲设一欲取姑与的计策，佯弃合肥新城，诱敌至寿春城下，合兵围攻，叡却不从，但使宠饬众坚守，静待援应。会陆逊献策孙权，愿出奇兵，截叡归路，不幸使人被魏逻骑所得，计不得行。吴将诸葛瑾闻知，忙即报逊。逊方催人栽种菜蔌，自与诸将弈棋，闲暇如常，瑾不胜惊异。逊见他慌张情状，不待详说，便与语道："军机漏泄，我已探知，但若遽退，敌必来追，岂非危道么？"说罢，复邀瑾入后帐，密嘱数言，瑾欣然趋出，仍督舟师向襄阳城；逊亦催动陆军，与瑾并进。襄阳守将刘劭，本已接到叡令，出兵攻瑾，一闻陆逊亲出，慌忙退还。逊至白河口潜遣部将周峻等，分略江夏、新市、安陆、石阳；魏兵俱不敢出，任他来去自由。极写逊才。那吴主权督攻新城，反被满宠招募壮士，毁去攻具，权失利退归。逊闻吴主已退，然后徐徐引还，毫无损失，安然抵镇。孙韶等也即回军。魏王叡素闻逊名，还恐他截击后路，既闻吴兵东返，也不愿进逼，回棹西行。诸将请径赴长安，合兵击蜀。叡独说道："吴既却兵，蜀自丧胆，司马大将军，自足制敌，无烦我亲往了。"遂遄返许昌。嗣接司马懿军报，谓蜀兵出屯五丈原，未分胜负，现唯以守为战，彼若粮尽，自然退师等语。叡揣知懿意，饬令懿约束诸将，坚壁拒敌。原来懿与诸葛亮战过数次，败多胜少，此次闻亮进攻，当然打定主意，但守勿战。当亮出军渭南时，懿即引兵渡渭，背水立寨，且语诸将道："亮若出武功，依山东进，却是可忧；若西出五丈原，便可无虑了。"这也安定军心的巧言。嗣闻亮果屯五丈原，乃使郭淮据住北山，为犄角计，及蜀兵到了北原，已由郭淮扼守，进击无效，因即退去。亮已命运粮军士，用着木牛流马，运米集斜谷口，尚恐日久告罄，特派兵屯田，散处渭滨；唯严申禁令，不准侵扰居民。兵民相安无事，亮亦欣慰，满望就地得粮，好与司马懿坚持到底，免得奔波往返，再致徒劳。一面使人送下战书，促懿出战，无论斗将斗兵斗阵，任懿自择。懿只是不出，经亮催逼不过，方才出斗阵法。亮布成八卦阵，懿亦认识，及遣戴陵等攻打，按着兵书，嘱令前往。哪知戴陵等一入阵中，辨不出什么方向，没头乱撞，终被蜀兵个个擒住，亮命把魏兵剥去衣甲，一律放回，叫他转语司马懿，要懿自来攻阵。懿佯约明日，收兵还营，竟不复出。亮使人责懿背约，懿始终忍辱，置诸不答。及亮贻懿巾帼女服，懿假意笑说道："孔明竟视我作妇女么？"好一番忍耐工夫。说着，厚待来使，问及孔明寝食，及事情烦简，使人答道："诸葛公凤兴夜寐，凡罚在二十以上，皆须亲览，日食不过数升。"懿闻言大喜。及使人辞去，即顾语将佐道："孔明食少事烦，不能长久了。"诸将以为遣我女服，受辱太甚，俱请一战泄忿，懿禁遏不住，故意表请出战。魏主叡见了表文，询及卫尉辛毗，毗谓懿志在拒守，恐将佐违言，欲得诏旨压服，方免群议，叡以为然，统是司马知己。乃令毗持节传诏，只准守，不准战。事为蜀护军姜维所闻，入告诸葛亮道："敌营内有辛毗到来，定是如懿所愿，不复出战了。"亮叹息道："懿本无战志，不过佯为请战，借此服众；古称将在外，君命有所不受，若果能制我，何必千里请战呢？"

　　嗣是懿竟不出，相持至三月有余，亮郁愤成疾，渐致不起。后主闻信，忙遣仆射李福省视，并谘大计，亮略与谈论，遣福返报。福已经辞去，数日复来，亮病愈加重，见了福面，便与语道："我知君来意，后事不暇细谈，可尽问蒋公琰。"福又说道："公琰后谁可大任？"亮答言费文伟。福再问其次，亮却不答，汉祚已终，不消再说。唯召入杨仪、姜维，密嘱后事，并及退军方法，且令左右扶起榻中，出营四望。时正黄昏，夜色沉沉，忽有一大星，自东北来，色赤有芒，流至西南，欲向营中坠下。亮不禁失色，哇的一声，呕出了一口鲜血，接连尚带着喘声，左右见不可支，扶令返寝。亮顾杨仪、姜维道："天象如此，命已难延，只恨不能与诸君讨贼了！"遂口授遗表，令仪写讫。挨至夜半，竟尔寿终，享年五十有四，时为蜀汉建兴十二年八月二十三日。详志月日，遗恨无穷。小子有诗叹道：

> 危厦徒凭一木支，明知艰险且驱驰；
> 臣心未已臣躬瘁，遗表流传两出师。

杨仪、姜维，遵嘱办事。欲知如何措置，请看下回再叙。

木门道之射死张郃，可为马谡泄恨；谡非死于诸葛，实死于张郃之手。郃为魏著名大将，街亭一役，郃实主之；诸葛公计毙此獠，马谡有知，能无快意？至若吴蜀联盟，东西夹攻，本为一时之胜算，乃吴兵无功而退，蜀与司马懿相持数月，天丧诸葛，赍恨而终，此非天之佑魏，实天之阴欲启晋也。不然，如曹操父子之篡汉，曹叡之举措乖谬，宁反能仰邀天眷乎？唯罗氏《演义》演写诸葛之六出祁山，说成许多奇诞，与七擒孟获相同，按诸史事，十虚七八；且诸葛尝六出汉中，并非六出祁山，褒扬失实，何若存真之为愈也！

# 第二十八回

## 王子均昌言平乱
## 公孙渊战败受擒

　　却说杨仪、姜维，依着诸葛亮遗嘱，秘不发丧，但将尸骸安载车上，拔营徐退。当有魏谍，报知司马懿，懿闻诸葛亮已死，放胆追来，将及蜀兵，忽见蜀兵回旗鸣鼓，前来截击，并有一派喧声，齐呼司马懿休走，此番中计，快来受死！司马懿听着，拍马便奔，魏兵都弃甲曳兵，仓皇逃命，跑了好几十里，不见后面动静，方才停住。再使人探听蜀兵虚实，回报蜀兵尽退入斜谷，扬起白旗，为亮发丧，懿再转身往追，驰至赤岸，毫无影响，料知蜀兵去远，只得退还。*越乖越丑。*途人有歌谣云："死诸葛，走生仲达。"懿听见后，却也不恼，但宣言解嘲道："我能料生，不能料死。"*忍辱含垢，却是司马懿一生特长。*及回视蜀兵营垒，无一不布置有方，因即叹美道："孔明真天下奇才哩！"又顾语诸将道："国家有福，敌丧良才，从此可高枕无忧了。"遂引回长安，表陈魏主，不消细说。且说蜀兵已入斜谷，扬旛举哀，全体素服，方将故丞相遗骸，妥为棺殓，然后扶榇南归。将登阁道，遥见前面火光冲天，喊声盈路，杨仪、姜维不知何因，急忙令人探问，返报前军帅魏延，截住去路，不放杨长史过去。原来魏延自恃才勇，藐视杨仪，只因仪为丞相长史，不得不稍从含忍。及丞相病殁，仪欲令延断后，先令司马费祎，往探延意，延勃然道："丞相虽亡，难道就不去击贼？杨仪等为丞相官属，尽可奉丧还葬，我仍当留此讨虏。且杨仪何人？

敢令魏延断后哩？"袆劝解道："这是丞相遗命，不宜有违。"延瞋目道："丞相若依我计，已早至长安；我今官居前军帅征西大将军，受封南郑侯，应继丞相后任，杨仪不必托名丞相，使君诳我，可即将兵符缴来。"袆知不可说，支吾对付，飞马回报。仪乃与姜维商议，维想出一法，从槎山小路进发，绕出栈道，昼夜兼行，抄到魏延背后。延闻仪等已至南谷，亟往谷口迎击，并奏称杨仪造反；仪亦劾延作乱。两表递入成都，后主方得李福还报，说是丞相亮寿终，免不得悲恸逾恒；忽又接得延、仪二人的讦奏，心下大惊，急召侍中董允，留府长史蒋琬，入示二人表文，询明顺逆。允与琬齐声道："臣等愿保杨仪，不保魏延。"后主道："丞相新亡，两人便自相争杀，岂非大患？"蒋琬答道："丞相非不知魏延骄戾，只因他勇力过人，妥为驾驭；臣料丞相必有遗策，授与杨仪，请陛下勿忧。"蒋琬料事如见，不负诸葛所托。后主稍稍放心，专待延、仪二人消息。仪等到了南谷，令王平为先行。平至谷口，适与魏延相遇，彼此各摆开兵马，互相答话，平叱延道："汝何敢造反？"延亦叱平为叛党，挥兵击平。平扬鞭指语道："丞相待汝军士，何等厚恩？今丞相骨尚未寒，汝等为何从逆？况汝等俱系蜀人，不乘此时回家团聚，静候赏赐，反且助延为乱，自取灭门，汝等试想，该不该呢？"道言甫毕，延部下同声应响，纷纷散去，魏延大怒，挥刀出战。平接住厮杀，未及数合，又有马岱，来助王平，延虽多力，终因部卒尽散，不敢恋战，拍马返奔。马岱从后追去，王平留报杨仪。史鉴或称何平，按诸《王平传》中，平本养外家何氏，后复姓王，且传文载入前屯祁山，及迎击魏延诸事，故本编独书王平。仪闻魏延败窜，乃偕平西进。未几，即由马岱回军，持入延首，仪用足蹴踏道："贼奴！尚敢作恶么？"遂表请夷延三族。仪亦过甚，怎能善终？先是延梦头上生角，问诸占梦赵直，直诈言麟角呈祥，必主吉兆，及退语密友道："角字上从刀，下从用，头上用刀，必遭大凶。"至是果验。延并非欲反，实因与仪有隙，妄思除仪代亮，哪知舆情不服，害得势孤力竭，身败家亡，这也可谓自作孽不可活呢。留府长史蒋琬，欲分主忧，特出宿卫各营，出都赴难，行约数十里，得接杨仪军报，延已受诛，乃退回成都。过了两日，仪等奉亮遗榇，已至都门。后主带领百官，亲出迎丧，哭声载道，当下扶榇入城，暂停丞相府中。亮子瞻，年尚幼弱，一切丧葬，尽由蒋琬等监理。杨仪呈亮遗表，即由后主展阅，略云：

伏闻生死有常，难逃定数；死之将至，愿尽愚忠。臣亮赋性愚拙，遭时艰难，分符拥节，专掌钧衡；兴师北伐，未获成功。何期病入膏肓，命垂旦夕，不及终事陛下，饮恨无穷。伏愿陛下清心寡欲，约己爱民，达孝道于先皇，布仁恩于宇下；提拔幽隐，以进贤良，屏斥奸邪，以厚风俗。臣家有桑八百株，田十五顷，子孙衣食，自有余饶，至于臣在外任，随身所需，悉仰于官，不别治生，以长尺寸。臣死以后，不使内有余帛，外有赢财，以负陛下也。

后主阅罢，复潸然泪下，随即传旨卜葬，杨仪面奏道："丞相已有遗言，命葬汉中定军山，因山为坟，但足容棺罢了。"后主依议，择期奉葬，又拟定谥法，加予册文道：

维君体资文武，明叡笃诚，受遗托孤，匡辅朕躬，继绝兴微，志存靖乱；爰整六师，无岁不征，神武赫然，威震八荒，将建殊功于季汉，参伊周之巨勋。如何不吊？事临垂克，遘疾陨丧！朕用伤悼，肝心若裂。夫崇德序功，纪行命谥，所以光昭将来，刊载不朽。今使使持节左中郎将杜琼，赠君丞相武乡侯印绶，谥君为忠武侯。魂而有灵，嘉兹宠荣。呜呼哀哉！呜呼哀哉！

后来朝野官民，追念亮恩，屡请立庙致祭，乃筑祠沔阳，四时享祀。诸葛瞻年至十五，拜为骑都尉，得尚公主，后文再表。后主谨从亮议，进蒋琬为尚书令，总统国事；吴懿为车骑将军，出督汉中。忽闻吴增兵巴丘，数约万人，后主不胜惊疑，亟问蒋琬，琬请一面添兵永安，防备不测；一面保举中郎将宗预，出使东吴，探明动静。后主一律依从，遂遣宗预东行，预至吴都。吴主权反诘他添兵永安，是何意见？预答说道："江东增戍巴丘，西蜀增戍白帝城，无非为事势所迫，不劳细问。"权欣然道："卿真不亚邓伯苗；芝字伯苗。我闻诸葛丞相病殁，恐魏人乘丧侵蜀，故就巴丘增兵，遥为蜀援，并无他意。"预又答道："东西联盟，和好已久，当然彼此相关；陛下且增戍援蜀，难道蜀可不增戍应吴么？"权乃优礼待预，并使预代达己意，决不负约。预拜谢西归，报知后主，后主当然喜慰，蜀中亦闻信咸安。独杨仪返成都后，虽得进拜中军师，却已撤销兵权，有名无实，仪自谓才逾蒋琬，资望又比琬为优，乃反位出琬下，未免怨望。后军师费祎，暇时过谈，仪慨然道："曩时丞相初亡，我若举军就魏，何至落寞如此？"祎假意劝慰，及辞退后，密将仪言入告，后主遂废仪为庶人，徙置汉嘉郡。仪至徙所，心愈不平，还要上书诽谤，结果是一道诏旨，收系郡狱，仪惭愤自杀。**不至夷族，还算幸事。**于是迁蒋琬为大将军，即授费祎为尚书令。琬举止不苟，喜怒不形，祎应事敏速，识悟过人，两人同心辅政，力守诸葛成规，故蜀安如故，魏与吴亦敛兵守境，好几年不动刀兵。**百姓之福。**独魏主叡坐享承平，恣意淫乐，既作许昌宫，又治洛阳宫，起昭阳太极殿，筑总章观，高十余丈，徭役不休，农桑失业。司空陈群等，上书力谏，辄不见从，且欲铲平北邙，上筑台观。卫尉辛毗，中书郎王基，少府杨阜，交章谏诤，方才罢议。魏青龙三年秋季，洛阳华殿被焚，叡问太史令高堂隆道："汉柏梁殿失火，尝大起宫殿，作为厌胜，卿可识此义否？"高堂隆道："这乃越巫所为，不合古训，愿陛下毋惑邪言。"叡不以为然，立命博士马钧，征发民夫数万，昼夜督造，穷极技巧，殿前有九龙环绕，号为九龙殿。又引谷水，通过殿前，旁设玉井绮栏，神龙吐出，蟾蜍合受。马钧更仿造指南车，叫作司南车，俾叡得随意游幸。并在殿北设立八坊，专选美貌妇女，序居坊中，最上封贵人，次封夫人，就中有数人知书识字，特任为女尚书，出纳章奏。他如歌姬舞妓，采女宫娥，不可胜计。殿外特造芳林园，搜罗奇花名卉，珍禽异兽，中凿陂池，编列画舫，每舫贮佳丽数人，教以棹棹越歌，俱臻灵妙。叡随时游幸，遇有中意的美人儿，当即召御，未有虚夕。谁知连宵跨凤，累岁绝麟，叡已越壮年，未得一子，廷尉高柔，请叡简省侍女，育精养神，方可"螽斯衍庆"云云。叡虽然优诏报闻，却仍是肆淫不已，寻且就宗室中，取得二儿，一名芳，一名询，充作己子，即立芳为齐王，询为秦王。

皇后毛氏，性颇端淑，与叡向无闲言，自郭夫人专宠后，遂将毛后爱情渐渐移到郭后身上；**回应前回。**后来贵人以下，承接甚多，更将毛后撤置中宫，不复过问。一日叡游芳林园，郭夫人等并皆随行，独毛后不与，郭夫人问叡道："何不一请皇后同行？"**恐是故意诘问。**叡频频摇首，且嘱左右，不得通报中宫。及既至园中，赏花饮酒，备极欢娱，直至日落西山，方才回宫。毛皇后怏怀失宠，郁郁寡欢，镇日里望断乘舆，免不得嘱托宫娥，探听魏主行止，适有人得知游园消息，走报毛后，毛后益觉快快，甚至一宵废寝。翌日早起，特至西宫外候着，等到日上三竿，方见叡乘辇出来，当即迎前笑问道："陛下昨游北园，可极乐否？"说尚未毕，但见叡勃然变色，满脸怒容，禁不住吓退三步，叡掉头径去。到了傍晚，竟由宫宦赍入谕旨，劝令毛后自尽。可怜毛皇后又悲又愤，又愤又悔，想到无可奈何的时候，竟取过鸩酒，一口吸干，转瞬毒发，便致暴亡。前有甄后，后有毛后，可谓两次同命。叡尚恨左右违旨，擅敢漏泄，不问是否通报，竟杀死了十余人。不过表面上说不过去，伪言毛后暴崩，依礼丧葬，加谥曰悼，号后墓为愍陵，是年为魏青龙五年。茌县茌音仕。报称黄龙出现，青变为黄，已寓死兆。有司乐得献谀，说是魏得地统，宜改正朔，易服色，一新观听。叡遂改元景初，建丑为正，服色尚黄，牺牲尚白。又用太史令高堂隆奏议，在南北郊，营方圜二丘，圜丘祀天，方丘祀地，诏称曹氏系出有虞，应以虞帝舜配天，皇祖武皇帝配地。武皇帝即曹操，见前文。已而徙长安诸钟簴，及秦始皇所铸铜人，汉武帝所制承露盘，尽至洛阳。铜人重不可致，留置霸城，承露盘在途折断，声闻数十里，叡乃另采别铜，铸成铜人二个，号为翁仲，分列司马门外；更铸铜龙铜凤，置内殿前，龙高四丈，凤高三丈余。有何用处？还要在芳林园中，增筑土山，限令三日告就，土役无暇，即令公卿群僚，荷畚担土，好容易堆成高阜，上植松竹杂木，作为美观。司徒掾董寻，太子舍人张茂，陆续奏谏，始终无效。高堂隆得病将死，口占遗疏，请叡黜奢崇俭，亲亲任贤，也徒博得区区褒赠，赍志以终。只有大将军司马懿，进宫太尉，位高责重，却是片言不发，噤若寒蝉。数语已足诛心。嗣由幽州刺史毌丘俭，报称公孙渊僭号燕王，改元绍汉，置官吏，诱胡虏，纠众入寇，骚扰北方，叡乃亟召司马懿入朝，与议讨渊。渊为辽东太守公孙度孙，父名康，曾斩袁尚、袁熙首级，献与曹操，操表封为广平侯。见前文。康死时，渊尚幼弱，官属立康弟恭。恭庸劣不能治事，及渊年渐长，胁夺恭位，上表曹丕，不意在羁縻，拜渊为扬烈将军，领辽东太守。未几，渊与魏有贰，遣使至吴，愿为吴藩，吴主权乃使太常张弥，执金吾许晏等，赍着金宝珍货，航海授渊，且封渊为燕王。渊又恐魏人讨伐，收没货赂，诱杀张弥、许晏，传首至魏，魏进渊为大司马，封乐浪公。习狡至此，宁能久存？吴主权，闻渊反复，即欲督兵讨渊，陆逊、薛综，连章谏阻，权方中止。谁知渊又贪心不足，复欲背魏，对着魏使，时出恶声。幽州刺史毌丘俭，奉魏王命，赍玺书征渊，渊竟发兵抗俭，俭因众寡不敌，退还幽州。渊遂自称燕王，屡寇魏境，毌丘俭乃表请济师。太尉司马懿为了讨渊一事，奉召入都，谒见曹叡，叡问及方略，

芳林营建

懿答言得兵四万，自足破贼。叡又问道："卿料渊行动若何？"懿又答道："渊若弃城预走，乃是上计，据守辽东，抗拒大军，乃是中计，若坐守襄平，便成下计，必为臣所擒了。"叡问渊能行上计否？懿谓渊徒凶狡，不知兵谋，定出下计。叡复问大军往还，应需几时？懿预约往百日，攻百日，还百日，又须休息六十日，大约满足一年，就可了事。**武侯已殁，应让司马争雄。**叡闻言大喜，便令懿带兵启程。公孙渊闻懿出讨，也觉心惊，又遣使向吴称臣，谢罪乞援。吴主权欲戮渊使，嗣经谋臣羊衜等计议，**衜即古道字。**阳为许援，阴图乘隙，所以发兵驻境，静观成败。那司马懿驱兵大进，直指辽东，渊令部将卑衍、杨祚，分率步骑数万，屯踞辽隧，设堑二十余里，堵遏懿兵。懿用胡遵为先锋，引兵挑战。渊令杨、衍守寨，自出交锋，被遵杀退，自是坚守不出。**也想学袭司马懿旧法么？**懿笑语诸将道："贼不与我战，欲我老师糜饷，粮尽退兵，我岂肯为贼所料？且贼众多在此处，巢穴必虚，我不如潜攻襄平，一举破贼哩。"乃多张旗帜，佯作南行，卑衍等尽锐南追。懿却潜渡济水，北趋襄平。至衍等察觉，转向北进，却被懿用伏兵掩击，杀得七零八落，窜往首山。懿兵追入山中，卑衍战死，杨祚乞降，于是懿得进围襄平。公孙渊出战失利，退守危城。会值秋雨兼旬，辽水暴涨，运粮船直达城下，平地水深三尺，懿兵行立不便，各欲移营，懿反下令军中，敢言移营者斩。都督令史张静，入帐固请，竟被斩首，悬竿示众，军人乃不敢再动。城中见懿营阻水，乐得出外樵牧，魏军司马陈珪，请出兵截击，懿独不从。珪疑问道："太尉前攻上庸，昼夜兼进，故能立拔坚城，擒斩孟达；今远来反缓，又纵贼樵牧，究是何意？"懿笑答道："孟达兵多粮少，我粮多兵少，若非急进，出彼不意，怎能取胜？今贼众我寡，贼饥我饱，何必速攻？正当任彼内乱，然后纵兵合击，可以聚歼；倘或掠彼牛马，截彼樵采，是驱令远走，反为不妙。"陈珪听了，方才拜服。既而天雨晴霁，懿乃分兵合围，四筑土山，登高俯攻，矢石不绝，守兵死伤甚多，并且粮食垂尽，不能再支，只得遣使请和，懿怒斩来使，送还首级，檄令渊自缚来营。渊窘急无法，再令亲臣卫演求降，愿送子入质，懿忿然道："军事大要有五，能战当战，不能战当守，不能守当走，不能走当降，不能降当死；何必遣子为质，多来絮聒？"说罢即叱演使归。**司马大出风头。**先是渊家有犬，冠帻绛衣，上屋驰行，民居午炊，有小儿蒸死甑中；襄平、北市，土中生肉，周围数尺，头目口鼻俱全，独无手足。占验家已预知凶兆，说是有形不成，有体无声，国必灭亡。至是围城紧急，夜有流星数十丈，从首山东北，坠下襄平城东南，自公孙渊以下，并皆惊骇。又值卫演返报，无术图存，不得已挈子公孙修等，突出南门。懿早已防着，预令先锋胡遵，屯兵梁水，等到渊父子逃来，便即截住，后面又由大兵追上，立把渊父子擒住。司马懿已攻入城中，搜获公孙渊家族，及吏士七千余人。可巧渊父子解到，懿即喝令斩首，并将所获人犯，一体诛夷，筑成京观；唯渊首传送洛阳。渊叔恭为渊所囚，许得释放，俾存一脉。凡中原人流寓辽东，听令还乡，辽东遂平，懿亦班师。途次接得朝旨，喻令回镇长安，及行到河内，偏来了宫使辟邪，叫懿速至洛阳。正是：

> 内旨两岐成柄凿，外臣一入据钧衡。

究竟懿行止如何，待至下回续表。

　　魏延、杨仪，心术相同，延不过早为发作，自速其死耳。若仪之与费祎言，谓不若前时就魏，是延之所未及设想者；而仪欲为之，其居心尤出延下。微诸葛丞相之善为驾驭，几何而不先作乱也？曹叡奢淫无度，违理蔑伦，种种荒谬，俱足亡国，而反得平定辽东，擒斩公孙渊父子，是所谓天夺之鉴，而益其疾也。司马懿为莽、操流亚，功不显，位不高，乌得擅权窃国？公孙死而司马益崇，魏之不亡亦仅矣。谁谓荒淫之主，能贻厥子孙哉？

# 第二十九回

## 承遗诏司马秉权
## 缴印绶将军赤族

却说魏主叡淫荒过度，酿成疾病，年仅三十有五，已害得骨瘦如柴，奄奄不起；当下立郭夫人为皇后，命燕王宇为大将军。宇为曹操庶子，与叡素来亲善，故叡欲嘱咐后事。又使领军将军夏侯献，武卫将军曹爽，曹真子。屯骑校尉曹肇，曹休子。骁骑将军秦朗等，与燕王共同辅政。偏有中书监刘放，中书令孙资，意图揽权，不愿燕王等入辅，每思乘间进谗，苦未得隙。会接司马懿班师奏报，燕王宇便向叡请旨，令懿仍回镇长安。叡已不能治事，任令燕王主持。一夕叡气喘不休，宇恐有急变，自去宣召曹肇等，与谋大计。独曹爽侍侧未退，刘放、孙资，急排闼泣奏道："陛下若有不讳，后事果付托何人？"叡惨然道："卿尚不闻朕用燕王么？"放申奏道："先帝有诏，藩王不得辅政，且陛下方病，曹肇、秦朗等，托词入省，辄与宫人戏言，燕王并不监束，反拥兵宫外，不令臣等进奏，这与古时的竖刁、赵高，尚有何异？况太子幼弱，未能亲政，外有强寇，内有金壬，恐国家从此多事了。臣久叨恩宠，不忍漠视，故敢冒死入陈。"所谓肤受之愬。叡不禁怒起，急问刘放道："卿以为谁可大任？"放见曹爽在旁，不便立异，便举爽代宇；资亦随口赞同。叡即顾爽道："卿自思能胜任否？"爽汗流浃背，不能措词，放急伸足蹑爽，爽才逼出一语道："臣……臣愿死奉社稷。"曹真生此庸儿，何能保家？放资又接入道："太尉懿才略过人，可参大政。"叡点首称善，放便欲请旨召懿。适值曹肇趋入，放资乃避出殿外，叡与语及召懿情事，肇涕泣固谏，引董卓事为戒，何不即引曹操？叡又觉心动，不愿召懿。待至肇退，放资又即趋进，极言肇有异心，叡复依放言，嘱令草诏，放答说道："请陛下自作手书。"叡唏嘘道："我已病重，不能执笔。"放竟取过文具，握住叡手，勉强书诏，草草告成，便赍出大言道："有诏免燕王等官，不得再停殿省中。"燕王宇性本温和，当即出去，献、肇、朗三人，亦无法可施，流涕归第。放即令内使辟邪，驰召司马懿。懿见前后诏旨两岐，料知宫中有变，星夜赶至洛阳，入宫求见。叡握懿手与语道："朕忍死待君，今得相见，托付后事，我无遗恨了。"否则，懿怎得揽权？懿顿首受命。叡复召入齐、秦二王，与懿相揖；又指齐王芳语懿道："这就是他日储君，请卿审视，勿误勿忘！"懿非目盲，应早认识。又教芳前抱懿颈，懿流涕道："陛下放心！难道不忆及先帝临崩，曾将陛下嘱臣么？"叡开颜道："如此甚好。愿卿与爽，共辅此子便了。"乃即立芳为皇太子，曹爽为大将军，懿仍守官太尉，辅导东宫。越宿叡即告终，曹爽、司马懿，奉太子芳即位。芳年才八岁，或谓系任城王曹楷子。楷即彰子。尊皇后郭氏为皇太后，追谥叡为明皇帝，葬高平陵。加爽、懿侍中职衔，并假节钺，都督中外诸军事，录尚书事。一切兴作，皆托称遗诏，即令罢免。便是懿笼络人心的手段。爽、懿各领兵三千人，轮流宿卫，权势相埒；唯爽年轻望浅，常事懿如父，每事谘访，不敢专行，懿亦佯为谦抑，故尚得相安。

时有东平人毕轨，南阳人何晏、邓扬、李胜，沛人丁谧，并有才名，挟策干进。魏主叡在位，曾说他浮华躁竞，屏黜不用，偏爽引为僚佐，一经秉政，便相继录用，视若腹心。晏等即为爽画策道："国家重权，不宜轻委异姓，今可入白天子，加懿为太傅，外示推重，内慎防维，此后尚书奏事，先白大将军，免为懿所牵掣，大权庶不致旁落了。"为爽画策，看似尽心，实欲以傀儡待爽。爽闻言称善，遂推懿为太傅，且举弟羲为中领军，训为武卫将军，彦为散骑常侍。又徙吏部尚书卢毓为仆射，即令何晏代任，进邓扬、丁谧为尚书，毕轨为司隶校尉，李胜为河南尹，拔茅连茹，交相庆贺。黄门侍郎傅嘏，密语爽弟曹羲道："何平叔晏字平叔。外静内躁，铦巧好利，将来必摇惑君门；幸转达大将军，毋轻委任。"羲即将嘏言告爽，爽方恃晏为心膂，怎肯信嘏？反说嘏从中谗构，把他黜免。嗣复出卢毓为廷尉，寻且罢官；众论多为毓讼冤，乃更用毓为光禄勋。大将军长史孙礼，亮直不挠，为晏等所嫉忌，出为扬州刺史。司马懿冷眼旁观，早已窥透情隐，但因爽尚存礼貌，姑与周旋，不加干涉。这是郑庄公待段秘诀。越年改元正始，迁中书监刘放为左光禄大夫，中书令孙资为右光禄大夫。定是司马懿荐举。又越年孟夏，爽与何晏等选色征歌，饮酒作乐，正在兴高采烈的时候，忽由门吏入报道："吴兵三路入寇，警报已到过数次。"爽不禁失色道："有这等事么？看来只好请太傅主张。"急来抱佛脚。何晏等亦计无所出，但促爽入朝，与司马懿会议军情，爽不得已，离席出门。趋至朝堂，朝中侍臣，亟向爽问计，爽谓须待太傅计事，当下遣人往迎司马懿。唯知懿托辞有疾，不肯到来。爽惶急无措，忙入见少主芳，请旨召懿。懿尚诱诸曹爽，谓俟臣疾少愈，便当入朝；乐得摆点架子。爽更觉着急，再使光禄勋卢毓，赍诏向懿问计，懿才出答道："芍陂为淮南要冲，现由将军王陵把守，可以无忧，唯樊城祖中两处，祖读为祖。必须大将往援，方能却敌。"毓还朝复旨，朝臣瞩望曹爽，劝令东征。爽未经大敌，不敢出师。转眼间已越数日，樊城被吴将朱然围住，祖中亦为诸葛瑾所攻，连章告急，许、洛两都，人心惶惶，司马懿乃自称病愈，出议军事。时乎？时乎？适值王陵报捷，击退吴将全琮，淮南解严。吴兵三路分写，又是一种笔墨。懿进议道："祖中民夷十万，流离无主，樊城被围逾月，紧急万分，大将军方握兵权，奈何坐视不救哩？"还要推与曹爽。爽无词可答，只好自说无才，特候太傅定夺。何晏在旁发言道："樊城坚固，易守难攻，敌众屯兵城下，不战亦疲，但用长策制御，自足屈人。"懿微哂道："疆场骚动，主少国疑，不乘此时出师却贼，如何安定社稷？大将军能往则往，如若不能，懿年虽老，愿督军一行。"明明是奚落曹爽。朝臣闻懿愿出师，当然赞成，懿即调动人马，克日南征。少帝芳亲率百官，送至津阳城门外。懿拜别而去。才经旬月，便得捷书，樊城解围，吴兵夜遁，祖中亦击退吴人，于是宣诏班师。太傅司马懿振旅而还，献俘行赏，又有一番张皇气象，毋庸细述。独曹爽相形见绌，未免减色，邓扬、李胜，劝爽相机立功，方足敌懿。事有凑巧，闻得蜀大将军蒋琬，进任大司马，出屯涪城，谋袭魏境。爽即听扬、胜等言，自请伐蜀。司马懿谓蜀未进兵，何用劳师？因复迁延了两三年。

是时蜀后张氏已殁，更立后妹为继后，长子璇为太子，次子瑶为安定王，改建兴十六年，为延熙元年。车骑将军吴懿，又病亡出缺，诸军皆归蒋琬节制，监军姜维为副。琬与维分驻汉中及涪城。至延熙六年，琬抱病甚重，因令姜维屯涪城，另简镇北大将军王平，往守汉中。魏曹爽得此消息，复拟攻蜀。还有征西将军夏侯玄，为爽姑子，附和爽议，怂恿兴师。司马懿再出劝阻，爽不肯从，乃于魏正始五年，即蜀延熙六年，春日发兵，与玄会师长安；计得十余万众，逾骆谷，逼汉中，声焰甚盛。蜀兵在汉中驻守，不满三万，诸将各有惧色，拟婴城固守，静待涪城援军。镇北大将军王平，独宣言道："此去涪城约千里，援兵怎能骤至？倘贼众攻入阳平关，就为大患，不可不防。"说罢，即遣护军刘敏，引兵万人，往据兴势山，多张旗帜，绵亘百里。兴势山为关口保障，与关内互相呼应，便成重镇。魏兵为兴势所阻，不能前进；长安运饷多艰，沿途跋涉，非但役夫奔命，辄致道亡，甚至牛马亦相继僵仆。爽与玄屯兵月余，粮食将尽，寸筹莫展；玄复接懿手书，内称"《春秋》责大德重，兴势至险，已为蜀兵所据，万难进兵，若再不知退，恐必致覆军，究由何人负责？故先咨照"等语。明见万里，究竟要算此老。玄即将懿书转告曹爽。爽未肯遽归，忽由探马入报，蜀已任尚书费祎为大将军，统兵来援，爽知不可敌，方与玄议决退师。还至三岭，沉岭、衙岭、分水岭，为汉中入骆谷通道。岭间已满布蜀兵，旗帜上面，表明汉大将军费字样，吓得魏兵人人胆怯，个个心寒。爽到此无路可走，只得令玄为先锋，自为后应，硬着头皮，麾兵过去，接连冲突数次，才得杀开血路，越岭奔回；所有辎重甲仗，抛弃殆尽，十万人丧亡过半，狼狈还都。徒为司马懿所笑。蜀大将军费祎，奏凯还朝，受封成乡侯。蒋琬本兼益州刺史，因见祎才略冠时，固让州职，乃令祎兼刺益州，侍中董允，代祎为尚书令，佐祎辅政。越年蜀太后吴氏寿终，接连是大司马蒋琬、尚书令董允，得病去世。蜀人称诸葛亮、蒋琬、费祎、董允，为四圣相，亦号四英，至是唯祎尚存。祎用曹选郎陈祗为侍中，祗多技巧，好行小智，与黄门丞黄皓相昵。皓素来便佞，见宠后主，唯畏一公忠体国的董休昭；休昭即董允字。董殁后，皓无所忌惮，又由陈祗入侍，遂得朋比为奸。且后主从此亲政，擢皓为中常侍，亲小人，远贤臣，诸葛公苦口垂箴，终成空论，免不得日就倾颓了。令人三叹。

且说曹爽旋师后，不知引咎，仍任首辅；少主芳虽已加元服，立后甄氏，究竟年龄尚稚，不过十五六岁，未识贤愚。郭太后深居宫中，守着曹丕遗诏，不预外事，魏黄初三年，诏令群臣不得奏事太后，后族不得辅政。所以曹爽丧师，无人纠劾，爽越得专恣，植党营私，骄奢无度。郭太后稍有违言，爽即徙太后，居永宁宫，派人管束。且至宫中搜寻美女，见有姿色可人，不论曾否召幸，便即取去。魏主叡身后遗妾，封过才人，也被爽强取数名，藏入窟室，轮流奸淫。好算得内无怨女。他如饮食衣服，僭拟天子尚方，珍玩充牣府中；又建重楼画阁，雕宇峻墙，昼与私党纵饮，夜与姬妾交欢，真个是事事称心，无求不遂。爽弟羲深以为忧，屡次泣谏，爽终不从；有时与弟训、彦等，出外游畋，日暮不归。司农桓范进谏道："将军总万机，典禁兵，不宜与兄弟并出；若有人闭城拒绝，谁为纳入？还乞三思。"爽瞋目道："何人敢为此事？汝太多心。"范无奈趋退。独太傅司马懿，又复称疾，累月不出。河南尹李胜，欲回官故乡，求爽表荐，爽即表胜为荆州刺史。胜向懿辞行，见懿拥被卧着，令二婢左右分侍，目眊口蹇，似乎不省人事，胜连叫数声，才应响道："汝为何人？"胜答语道："河南尹李胜。今奉诏命，调为荆州刺史，特来拜辞；不意太傅竟病体至此。"懿为喘息道："并州么？君……君受屈此州，地近朔方，须好好防备。"胜急说道："当刺本州，并非并州。"懿故意错说道："君从并州来么？"胜复答道："现奉调为荆州刺史。"懿才大笑道："年老耳聋，未解君言，君今还官本州，威德壮烈，好建奇勋；可惜我死在旦夕，不得复见了。"胜复以吉人天相为解，懿唏嘘道："人生总有一死，只我子师、昭两儿，才浅识短，还望君等念我旧情，代为照拂；且请将我意，代达大将军。"说至此，声带呜咽，旁顾二婢，用手指口，似作渴状，亏他装做。一婢取汤与饮，懿将口就汤，不能尽吸，流下沾襟，一婢忙取襟揩拭，累得懿不堪疲乏，气竭声嘶。活像将死情状。胜不便再说，因即告辞，当由懿子师、昭二人，送出门外。胜飞马至曹爽家，向爽报告道："司马公尸居余气，形神已离，可无再虑了。"爽亦大喜。胜别过曹爽，自去赴任。何晏、邓扬等，闻懿病笃，无不开怀。平原人管辂，雅善卜易，远近著名，晏延至家内，与辂论易，邓扬亦闻声趋至，列座倾听，约阅片时，便问辂道："君自谓善易，何故语中不及《易》义？"辂应声道："善易不言易。"晏含笑赞辂道："可谓要言不烦。但我有疑虑，烦君一卜。"辂问有何疑，晏与语道："我位可至三公否？且连日梦见青蝇聚鼻，究为何兆？"辂接口道："这亦何必卜易？从前元恺辅舜，周公佐周，并皆和惠谦恭，享受多福。今君侯位尊势重，人鲜怀德，徒多畏威，恐非小心求福的道理。且鼻为天柱，与山相似，高而不危，贵乃长守，今梦集青蝇，适被沾染，亦非吉兆，位峻必颠，轻豪必亡，愿从此哀多益寡，非礼勿履，然后三公可至，青蝇可驱了。"煞有至理。扬嘲笑道："这也不过是老生常谈。"辂复应声道："老生见不生，常谈见不谈。"说罢便拂袖径去。路过舅家，为述与何、邓二人语意，舅惊问道："何邓方握重权，汝奈何出言唐突?"辂怡然道:"与死人语,何必避忌?"舅又问道:"何谓死人?"辂详解道:"邓扬行步,筋不束骨,脉不制肉,起立倾倚,若无手足,此为鬼躁;何晏视候,魂不守宅,血不华色,精爽烟浮,容若槁木,此为鬼幽;眼见得死期将至,怕他什么?"一目了然。舅尚是不信,斥辂为狂,辂亦自归。哪知过了残年,果然应验,竟如辂言。

　　魏正始九年正月,少主芳出谒高平陵,曹爽兄弟,及私党并随驾出都,独司马懿称病已久,未尝相从,爽总道是懿病将死,毫不加防。哪知懿与师、昭二子,已经伺隙多日,此番得着机会当即发难,勒兵闭城,使司徒高柔,假节行大将军事,据曹爽营,太仆王观行中领军事,据曹羲营,然后入白郭太后,只言爽奸邪乱国,应该废斥。郭太后为了迁宫一事,颇恨曹爽,当即允议。太尉蒋济,尚书令司马孚,为懿草表,由懿领衔劾爽,使黄门赍出城外,往奏少主;懿自引亲兵,诣武库取械授众,出屯洛水桥。爽有司马鲁芝,留住大将军府中,幕闻变起,即欲出城见驾。商诸参军辛敞,敞狐疑不决,转询胞姊辛宪英。宪英为太常羊耽妻,秀外慧中,谈言多中,既见敞跟跄进来,便问何事?敞急说道:"天子在外,太傅谋变,我姊尚未闻知么?"宪英微笑道:"太傅此举,不过欲杀曹大将军呢。"敞又问道:"太傅可能成功否?"宪英道:"曹将军非太傅敌手,成败可知。"明于料事,可谓女诸葛。敞复问道:"如姊言,敞可不必出城?"宪英道:"怎得不出?职守为人臣大义,常人遇难,尚思顾恤,况为人执鞭,事急相弃,岂非不祥?我弟但当从众便了。"敞即趋出,与鲁芝引数十骑,夺门径去。早有人报知司马懿,懿因司农桓范,素有知略,恐他亦出从曹爽,乃托称太后命令,召范为中领军。范欲应命,独范子谓车驾在外,不可不从,范遂出至平昌城门,门已紧闭,守吏为范旧属司藩,问范何往?范举手中版相示,诈称:"有诏召我,幸速开门。"藩欲取视诏书,范怒道:"汝系我旧吏,怎得阻我?"藩不得已,开门纵范,范顾语藩道:"太傅谋逆,汝可速随我去。"藩闻言大惊,追范不及,方才退回。司马懿闻范出走,急语蒋济道:"智囊已往,奈何?"济笑答道:"驽马恋栈豆,怎肯信任智囊?请公勿忧。"懿即召侍中许允,尚书陈泰,使往见爽,叫他速自归罪,可保身家。待许、陈二人去后,又召殿中校尉尹大目,婉言相告道:"君为曹将军故人,烦为致意曹将军,免官以外,别无他事;如若不信,可指洛水为誓。"无非是牙痛咒。大目亦依言去讫。那曹爽尚随着少主,射鹰走犬,高兴得很；忽有黄门驰至驾前，下马跪呈，少主芳接受后，启封览表，但见上面写着：

臣懿言：臣昔从辽东还，先帝诏陛下秦王及臣，升御床，把臣臂，深以后事为念。臣谓太祖、操。高祖丕。亦属臣后事，皆为陛下所见，无所忧苦，万一有变，臣当以死奉明诏。今大将军爽，背弃顾命，败乱国宪，内则僭拟，外则专权，破坏诸营，尽据禁兵，群官要职，及殿中宿卫，皆易用私人；又以黄门张当为都监，伺察至尊，离间二宫，伤害骨肉，天下汹汹，人怀疑惧，此非先帝诏陛下，及引臣升御床之本意也！臣虽朽迈，敢忘往言？太尉臣济，尚书令臣孚等，皆以爽有无君之心，兄弟不宜典兵宿卫，奏永宁宫皇太后，令敕臣如奏施行。臣因敕主者及黄门令，罢爽、羲、训吏兵，以候就第，不得逗留，以稽车驾。否则即以军法从事！臣力疾出屯洛水浮桥，伺察非常，谨此上闻！

少主芳阅罢，交与曹爽，爽目瞪口呆，面如土色。俄而鲁芝、辛敞到来，报称城门四闭，太傅懿出屯洛水桥，请大将军速定大计。爽与兄弟等商议，俱无良策，可巧桓范亦到，下马语爽道："太傅已变，大将军何不请天子幸许都，调兵讨逆？"爽皇然道："如卿言，我家属尽在城中，必遭屠戮了。"真是驽马。范见爽当断不断，又顾语羲道："若不从范言，君等门户，岂尚能保全？试想匹夫遇难，还想求生，今君等身随天子，号令四方，谁敢不应？奈何自投死地呢？"羲亦默然。范复进议道："此去许昌，不过一宿可至；关南有大将军别营，一呼即应，所忧唯有谷食，幸范带有大司农印章，可以征发。事在急行，稍迟便要遇祸了。"道言甫毕，许允、陈泰又至，传达懿言，请爽兄弟归第，可保身家。爽更觉滋疑。未几又由尹大目驰至，谓太傅指洛水为誓，但要大将军免去兵权，余无他意。爽信为真言，稍展愁眉。时已天晚，便留宿伊水南岸，发屯田兵数千名，聊充宿卫，自在帐中，执刀徘徊，直至五鼓，尚无把握。范入帐催逼道："事已燃眉，何尚未决？"爽举刀投地道："我虽免官，尚不失为富家翁。"休想。范大哭出帐道："曹子丹即曹真。也算好人，奈何生汝兄弟，愚同豚犊。我不意到了今日，坐汝族灭哩。"待至天明，爽竟白少主，自愿免官，并把大将军印绶，解付董允、陈泰，赍还洛阳。主簿杨综，慌忙谏阻道："公挟主握权，何事不可为？怎可轻弃印绶，徒就东市呢？"爽尚自信道："太傅老成重望，谅不食言。"呆极。遂将印绶付给许陈自去。爽兄弟奉主还宫，懿当然迎驾，且听令爽等还家。是夕即由懿遣兵围住爽第，越日即由廷尉奏称，谓已拿讯黄门监张当，却将先帝才人，私送爽第，且与爽兄弟三人，及何晏、邓扬、丁谧、毕轨、李胜等，一同谋反，约于三月间举事，司农桓范，知情不报，应该连坐。于是分头拿捕，结果是一同下狱，陆续斩首，并夷三族。桓范之死，实由替爽画策，并非出城之过。鲁芝、辛敞、杨综三人，亦为有司所收，谳成重罪，懿独慨然道："彼三人各为其主，不必处刑。"仍是笼络人心。当下释出三人，使复旧职。辛敞出狱自叹道："我若不谋诸我姊，险些儿陷入非义了。"小子有诗赞辛宪英道：

> 变起争权事可知，教忠仍使守纲维。
> 羊家智妇辛家姊，留播千秋作女师。

还有一位烈妇，也是扬名彤史，千古流芳。欲知烈妇为谁，下回再当报明。

曹爽一庸奴耳，不度德，不量力，竟以一时之侥幸，入为首辅，就使小心谨慎，犹难免复悚之凶；况淫奢无度，酒色是酖，何晏、邓飏诸人，毫无伟略，引为谋士，兄弟中仅一曹羲，犹有一隙之明，而爽不肯从，其能保家保国乎？当日即无司马懿，吾知爽亦未必不亡也。唯懿之奸雄，不亚曹操，始则纵爽，继则赚爽，终则拒爽，玩爽于股掌之上，辛使爽无噍类，何居心之阴鸷若是！然回忆操之欺人，与懿略符，天生一操，又生一懿，正冥冥中之巧为安排，于爽乎何恤也？而后世之机械变诈者，可知所返矣！

# 第三十回

## 猛姜维北伐丧师
## 老丁奉东兴杀敌

　　却说曹爽被诛，祸及宗族，无论男妇老幼，一概丧生。唯爽从弟文叔早亡，妻夏侯氏，青年无子，乃父夏侯文宁，欲令女改嫁，女名令女，号泣不从，甚至截耳出血，誓不他适；及爽被诛，令女适归宁母家，不致累及。文宁方为梁相，上书与曹氏绝婚，又使家人讽女改嫁。令女佯为允诺，悄悄的趋入寝室，取刀割鼻，蒙被自卧，女母迭呼不应，揭被审视，血满床席，不禁大骇。家人忙为敷药，且劝解道："人生世上，如草上轻尘，何苦出此？况夫家夷灭已尽，尚与何人守节呢？"令女泣语道："仁人不以盛衰改节，义士不以存亡易心；曹氏盛时，尚欲保终，及今衰亡，便思背弃，这与禽兽何异？我宁死不肯出此。"贞节可风。家人闻言，无不感动，乃听令守节。事为司马懿所闻，也觉起敬，因使令女乞子自养，为曹氏后。烈女足愧奸雄。还有晏妻金乡公主，系是操女，为操妃杜夫人所出，性情端淑，夙有贤名。晏自诩风流，雅好修饰，粉白不去手，行步顾影，无丈夫气，时人号为傅粉何郎。唯性亦渔色，又尝嗜酒，日与曹爽等为长夜饮，不问家事。金乡公主归语母杜夫人道："晏为恶日甚，恐难保身家。"杜夫人还疑公主妒忌，笑言诘责；谁料晏阅时无几，竟至杀身。晏有一男，年才五六岁，由杜夫人取匿宫中，遣人向司马懿缓颊，请勿连坐。懿素闻公主贤明，并看公主同母兄沛王林情面，乃赦他母子，不复加诛。但晏好清谈，与夏侯玄、荀粲、王弼等，引为同调，虽身已受戮，尚煽余风，魏晋清谈的流弊，实自晏始。**特志祸根。**这且慢表。

且说司马懿计杀曹爽，得专政权，光禄大夫刘放、孙资等，咸称懿有大功，应升任丞相，并加九锡；少主芳不敢违议，便使太常王肃，赍册授命，懿固辞不受，方将册命收回。是年改元嘉平，即蜀汉延熙十二年，后主禅进监军姜维为卫将军，与费祎并禄尚书事。维具有胆略，尝欲继丞相亮遗志，北伐中原，独费祎不以为然，隐加裁制，但使维统兵万人，不令逾限。且与维相语道："我等才智，远不及丞相，丞相尚未能戡定中原，何况我辈？不如保国安民，静待能人，今不可希冀侥幸，轻举妄试，一或挫失，后悔无及了。"**未始非持重之言。**维因权在祎手，不便与争，只好蹉跎过去。会有一魏将奔入蜀境，叩关请降，自述姓名，叫作夏侯霸，当由关吏报知姜维。维惊疑道："霸系夏侯渊次子，与蜀有仇，何故前来乞降；莫非怀诈不成？"**渊死于定军山，事见前文。维系魏人，应该知霸履历。**遂嘱关吏严行盘诘，嗣接关吏复报，才知霸为曹爽外弟，官拜护军，归魏征西将军麾下，爽被诛后，玄奉诏入朝，改派雍州刺史郭淮代任。霸与淮有隙，又恐坐爽亲党，必将及祸，不得已奔入蜀中，路过阴平，仓皇失道，甚至随身粮尽，杀马为食，步行荆棘，履穿足破，千辛万苦，始得入蜀逃生。既已情真语确，当然由维召入，霸跪伏地上，泣诉前情，维亲为扶起，用言抚慰。复引霸入见后主，后主亦慰劳一番，令为维参军，霸拜谢而出。维问霸道："司马懿专政，未知他来窥我国否？"霸答说道："懿方营立家门，无暇顾及外事，唯钟士季年少有才，他日得志，必为蜀患。"维问钟士季为谁？霸谓故太傅钟繇子，现为秘书郎。维听到此语，乃欲先机伐魏，遂上表固请，奉诏出师。夏侯霸随维同行，到了雍州境内，审视地势，见有曲山可据，即引兵占住，分筑二城，使部将勾安、李韶居守，自募羌胡遗众，往略诸郡。魏征西将军郭淮，急令雍州刺史陈泰往攻二城。泰发雍州兵前往，把二城团团围住，令他水汲不通，城中无水可取，将士枯渴；亏得初冬下雪，融作饮料，尚得苟延残喘。维闻二城被困，引兵趋救，方至牛头山，即被陈泰阻住。泰才识炼达，料知维军来援，必过此山，故就山设垒，亲自守候。维连日攻扑，终不能克，突有探骑入报道："魏将郭淮，前来援泰，先驱已渡过洮水了。"维亟与夏侯霸商议道："郭淮进至洪水，定来截我归路，如何是好？"霸皱眉道："看来不如速退，免得丧师。"维乃令霸先行，自为断后，星夜退归。那曲山二城，待援不至，守将勾安、李韶，无术图存，只好降魏。**姜维初次出师，便丧二将，不利可知。**

独维还入汉中，心下未惬，因拟约吴来攻，遣使东下。

吴主孙权，年已昏耄，为了许多内宠，遂致嫡庶争权，内政尚且丛脞，还有何心外略？所以对着蜀使，模糊应付，当即遣归。自从吴主权称帝以来，差不多有二十余年，初次纪元黄龙；越三年改号嘉禾；又越六年，改号赤乌；又越十三年，改号太元。权元妃谢氏无出，纳妾生子，长名登，次名虑，登已立为太子，虑未冠而亡。权有外弟徐琨女新寡，貌美无双，为权所羡，复纳为妃。琨父名真，真妻为权姑母，琨女初嫁陆尚，尚卒，乃为权妃，事见史传。谢氏恚恨成病，不久即殁。权使徐氏抚养子登，登得为太子，群臣请立徐氏为后。偏后宫又有步氏、袁氏，及王氏两夫人，步氏亦有姿色，与徐氏可称伯仲。徐氏性妒，步氏量宏，故权复右袒徐氏，终至后位不定。步氏无子，只生二女，长名鲁班，小字大虎，前配周瑜子循，后适全琮；次名鲁育，又字小虎，前配朱据，后适刘纂。何孙氏多再醮妇。至徐氏病殁，步氏因未曾生男，亦不得为后。袁氏即袁术女，品性最良，也无子嗣，步氏又不幸疾终，权欲立袁氏为后，袁氏以无子固辞。两王夫人，一生和、霸二子，一生子休。后来权复得一犯女潘氏，娇小玲珑，使充妾媵，几度春风，生子名亮。赤乌四年，太子登卒，和依次立为太子；和弟霸受封鲁王。群臣谓母以子贵，应立和母王氏为后，权颇欲依议。哪知全公主即鲁班。与和母有嫌，屡进谗谤，权竟信女言，常责和母，和母王夫人无从辩白，忧郁致死，和亦因此失宠。和弟霸为权所爱，与和同居东宫，礼秩如一，群臣多上书谏诤，权乃命分宫别僚，二子自是生嫌。霸阴谋夺嫡，交结朝臣杨竺、全寄、吴安、孙奇等人，谗构乃兄，权渐为所惑，嫉和益甚。上大将军陆逊，已代顾雍为丞相，仍守武昌，闻得太子兄弟，不相和协，因上书切谏，略言："太子正统，鲁王藩臣，当使宠秩有差，然后上下得安。"权置诸不理，逊书亦数上，仍无影响。太子太傅吾粲，请遣鲁王出镇夏口，并出戍杨竺等，不准留京，词尤激切，反触权怒。霸、竺乘间谮粲，粲愤无可诉，致书陆逊，自鸣不平，偏又被霸、竺所闻，诬他交通外臣，蓄谋不轨，竟致下狱毙命。权复遣使责逊，逊年已垂老，禁不住连番愤闷，也即病终。逊子抗为建武校尉，代领逊众，送葬东还。权召抗入问，抗陈乃父苦衷，声泪俱下，权稍稍感悟，才知霸、竺所言，不情不实，于是霸宠亦衰。后宫里面的潘夫人，尚在华年，独承恩宠，眼见和、霸二子，俱已失爱，乐得乘机献媚，为子谋储；且与全公主往来日密，并纳公主侄孙女全氏为子妇。权可纳姑母孙女为妃，亮亦何妨娶阿姊之侄孙女为妻？于是彼此益亲，日在吴主权面前，谗毁和、霸，劝立幼子孙亮。权内惑宠妃，外信爱女，遂欲废和立亮，密语侍中孙峻道："子弟不睦，恐将蹈袁氏覆辙；指袁谭、袁尚。若使朕不为变计，后患且无穷了。"峻为权叔父孙静曾孙，有姊为全尚妻，尚女嫁亮，亲上加亲，当然袒亮母子，赞成权议。唯权虽有此言，尚因废储事大，难免众谤，复延宕了好几年。

赤乌十二年间，右大司马全琮病殁。全公主又致守孀，年近四十，还是好淫。因孙峻壮年伟岸，即多方勾引，与他私通。乃母步氏以仁惠称，不意生此坏女。两下里暗地绸缪，密商长策，决拟将太子和挤去，改立孙亮，方好久图富贵，安享欢娱。未必。峻入侍吴主时，遂肆意诬蔑太子，惹动吴主宿嫌，竟将太子和幽锢别室。骠骑将军朱据，尚书仆射屈晃固谏不听，两人泥首自缚，连日伏阙，请赦太子，终不见许。无难营军督陈正，五营军督陈象，吴置左右无难营，又置五营，各设军督。上书切谏，反致族诛。据与晃且被牵入殿，各杖百下，谪据为郡丞，斥晃归里；太子和被废为庶人，徙置故鄣。鲁王霸亦同时赐死。霸党杨竺、全寄、吴安、孙奇等，一体受诛，遂立少子亮为太子，亮母潘氏，居然被象服，着翚衣，进位皇后，统掌吴宫。吴王改年太元，便是为了册立潘后，有此特举。唯潘后得如所望，免不得恃宠生骄，比那前时的柔媚情形，迥不相同。吴主权亦瞧透三分，始悟太子和无辜，转生怜惜。是年八月朔日，天空中忽起大风，江海汹涌，平地水深八尺，吴主先陵所种松柏，尽被拔起，直飞到建业城南门外，倒插路旁，权因此受惊成疾，月余不能视事。到了仲冬，才觉少瘥，乃亲祀南郊，途次又冒风寒。及还宫后，复至患肿，意欲召和入侍，全公主及侍中孙峻、中书令孙弘，力言不可，方才罢议。好容易挨过残年，权病不能起，命立故太子和为南阳王，使居长沙；王夫人子休为琅琊王，使居虎林；还有一子名奋，乃是后宫中仲姬所出，年比太子亮少长，授封齐王，使居武昌。过了月余，权稍有起色，有司奏称凤凰来仪，乃复改年神凤。不料皇后潘氏，遽尔暴亡，权力疾往视，见潘项下有痕，舌不能藏，料有他故，因令左右秘密调查。嗣得察出破绽，乃是潘后待下甚暴，各有怨言，她见权老病垂危，即使宫人出问中书令孙弘，考察汉吕后称制故事。宫人因潘后临朝，必好残杀，不如先机下手，俟她夜间熟睡，竟将她项中扼死。权亦知她咎由自取，但看到惨死情状，不免悲愤交并，乃将与谋行凶的宫人，杀死数名。嗣是心绪不宁，病益沉重，又拖延了两三月，气绝身亡，寿已七十有一。太子太傅诸葛恪，太常滕胤，中书令孙弘，侍中孙峻，将军吕据，并受顾命，立太子亮为嗣主，夹辅朝政。弘与恪积不相容，意欲矫诏诛恪，商诸孙峻，峻反向恪报知，恪遂诱弘议事，把他杀死。然后为权发丧，追谥权为大帝。亮既嗣位，改元建兴，进恪为帝太傅，胤为卫将军，领尚书事，孙峻以下，俱进爵有差。

恪为诸葛瑾长子，少年颖悟，词辩过人，权闻名召见，欲试恪才，特遣人牵入一驴，用笔题面云："诸葛子瑜。"子瑜就是瑾表字，瑾面似驴，故以此为戏。**天子无戏言，权以驴戏瑾，亦太失体。**恪即跪请道："乞赐笔更添二字。"权将笔给恪，恪在诸葛子瑜下，添入"之驴"二字，举座称奇，权亦为称赏，便把驴赐恪。恪年甫弱冠，便拜为骑都尉太子登宾友，已而升任抚越将军，出平山越，更擢任威北将军，封都乡侯，望重一时。唯瑾谓恪非保家子，引为深忧。及瑾病殁，恪自矜才智，好陵上位，丞相陆逊，辄贻书相诚，恪不少悛。既而逊又去世，恪竟得为大将车，代领逊众，驻节武昌。吴主权病笃，召恪受遗，恪遂为首辅，欲收时望，缓逋责，除关税，宣布惠泽，远近腾欢，乃修筑东兴堤，左右倚山，夹筑两城。堤在巢湖东面，久废不治，恪恐湖水泛滥，并为吴魏冲道，故集众兴修，使全端、留略二将，分守二城。复因休、奋二王，封地濒江，关系重要，恐他据境谋变，特将琅琊王休，徙封丹阳，齐王奋徙封豫章。奋不肯遵行，由恪致笺恫吓，然后迁往。恪有族叔诸葛诞，仕魏为征东将军，闻吴修堤筑城，当即详报魏廷，请先机伐吴。时司马懿已死，长子师进任抚军大将军，代父执政，颇善诞言；再加征南将军王昶，征东将军胡遵，镇东将军毌丘俭，各献军谋，力主东征，师遂令诸葛诞集兵七万，会同胡遵，直攻东兴。又遣王昶攻南郡，毌丘俭攻武昌，三路进发，探报驰达江东。诸葛恪忙率同将士，昼夜兼行，往救东兴，吴冠军将军丁奉，老成炼达，愿为前驱，恪令他将吕据、留赞、唐资三人，引兵二万，与奉并进；自率二万人为后应。奉向吕据等申议道："兵多行缓，若被贼据险，难与争锋，我宜速往，君等随后接应，方可无虞。"说着遂率麾下三千人，轻舸前行，顺风扬帆，两日余即达东关，据住徐塘。魏将胡遵，已在湖滨，筑造浮桥，渡过军士，结营东兴堤上，分兵攻扑两城，三日不下。适值天寒雨雪，未便急攻，遵高坐营中，与将佐置酒豪饮，闻得吴兵来援，乃遣将探望，返报吴兵寥寥，不过二三千人，遵不以为意，仍然畅饮；**仿佛酒鬼。**但命兵士数百人，守住营门。丁奉见魏兵未出，即拢船近岸，顾语部众道："取封侯爵赏，正在今日，愿诸君努力。"

说着，即脱去战袍，轻装持刀，一跃登堤，兵士亦相率解甲，甚至袒裼露臂，左执楯，右执刀，随奉上岸。魏兵瞧着，以为天寒至此，不战先僵，相率大笑，谁知丁奉用刀一挥，众皆踊跃，直扑魏营，魏兵始仓皇入报。魏前部督韩综、桓嘉，起座出战，摇头摆脑的趋至营外，<small>曲摹醉态。</small>可巧碰着丁奉，一刀砍来，正中韩综头颅，倒毙地上。综系东吴叛将，屡为吴害，奉正欲枭取首级，不防桓嘉一戟刺来，亏得奉眼明手快，用刀格开，嘉酒尚未醒，倒退了两三步，被奉趋前一刀，砍伤左肩，又复倒地。魏兵见两将毕命，统皆逃入营中，奉得从容枭首，麾兵再进。三千吴兵，冲入魏营，胡遵即上马对敌，哪禁得吴兵厉害？所向无前，慌忙弃去前屯，退入后寨。可巧吴将吕据、留赞、唐资等，陆续杀到，眼见得魏兵骇走，连后寨都不能保守，你贪生，我怕死，纷纷向浮桥渡回，人多桥坏，溺死了好几万人。胡遵飞马先走，幸得逃命，所有辎重甲仗，尽被吴兵搬归。魏将王昶、毌丘俭，接得胡遵败报，也烧屯退回。诸葛恪行至东兴，赏劳诸将，奏凯还朝；特将叛将韩综首级，献入大帝庙中，声罪报功，恪得加封阳都侯，领荆、扬二州牧，都督中外诸军事。

越年，恪复欲出兵伐魏，群僚固谏不从，当即遣司马李衡，西行至蜀，约同举兵。蜀大将军费祎，方被降将郭修刺死，将佐多不愿出师；独卫将军姜维，有志北伐，以为有机可乘，不行何待？乃率数万人出石营，经董亭，进围狄道。诸葛恪得李衡归报，也领兵入淮南，环攻新城。魏大将军司马师，用主簿虞松计，使毌丘俭等堵御吴兵，坚壁勿战；另檄征西将军郭淮，雍州刺史陈泰，尽发关中士卒，速援狄道。淮与泰奉檄驰援，甫抵洛门，那姜维已探知消息，自恐粮食不继，撤围引去，诸葛恪却尚屯兵新城，连日督攻。城将陷落，守将张特，佯为乞降，只言魏法须守城百日，方可出降，家族免罪，今被围已九十余日，乞恩许满限，然后开城拜纳等语；恪信为真言，饬兵缓攻。不意特乘夜修城，补阙完残，至次日登城大呼道："我情愿斗死，岂肯降汝吴狗？"<small>特为一牛之称，牛固不宜事狗。</small>恪闻言大怒，再饬攻城，竟不能克，军士锐气已衰，更兼天气蒸闷，多半遇疫，死亡相继。恪尚虐待将士，说他不肯尽力，众益离散。魏将毌丘俭等且乘敝进援，吴兵大恐，不战自溃，恪也只好逃归。沿途散失军械，不可胜计，于是吏民失望，怨讟交乘，恪不自引责，反苛求将吏过失，或诛或黜，累日不绝。且恐他人暗算，累得精神恍惚，寝食不安。先是恪出兵淮南，整装将行，忽有一人满身素服，趋入阁中，内吏问为何事？那人谓至寺院迎僧，为亲超荐，不意误走至此内。吏将他叱出，转语外门守卒，俱言持械把门，并不见有一人进来，大众都为诧异。及出行后，舟车左右，时有白虹环绕，家中厅屋栋梁，无故自断，家人都目为不祥，替恪担忧，恪却安然归家，总算幸事；但与恪语及，恪也觉惊心。一日早起盥洗，闻水中有血腥气，连易数盆，血腥如故，待至戴冠加衣，衣冠上亦有腥气，正惊疑间，忽侍中孙峻，赍诏到来，召恪入宴。恪亦防有他变，诈言腹疾，不便饮酒，峻忙说道："天子设宴宣召，欲与太傅共议大事，请太傅力疾一行；若因御酒不便下饮，尽可自赍药酒，随身带去。"以诈应诈。恪因峻素来亲信，计画周到，料无他谋，乃令峻先行，自易朝服出门。门内蓦有黄犬，突至恪前，衔住恪衣，恪愕然道："犬不欲我出门么？"乃还坐片刻，少顷复出，犬衔衣如故，恪不禁动怒道："犬亦敢来戏我么？"遂令卫士将犬赶出，登车入朝。散骑常侍张约、朱恩，为恪爪牙，呈递密书，劝恪毋入。恪省书欲归，适遇太常滕胤，问将何往？恪以腹痛甚剧为辞，胤答说道："既已到此，应该一见主上，方可告归。"恪踌躇多时，又由孙峻出来敦促，乃剑履上殿。这一番有分教：

> 列席未终头已落，覆巢以下卵无完。

恪既入殿，究竟有无祸变，试看下回便知。

姜维之主张北伐，欲继诸葛遗志，非不足嘉？所惜者有志乏才耳。费祎阴加裁制，不令兴师，亦为知己知彼之论。然伐亦亡，不伐亦亡，诸葛武侯之《后出师表》，详哉言之。天不祚汉，武侯殂于中寿，姜维才不逮武侯，而又辅佐无人，此北伐之所以寡效也。牛头山一役，未得寸土，既丧二将，先声已挫，后事可知，蜀其尚能长存乎？孙权承父兄遗业，任才尚计，史谓其有勾践遗风。乃内宠相寻，晚年益愦，废长立幼，乱本已成；诸葛恪、孙峻诸徒，皆不足托孤寄命，而权则倚为心膂，嘱令辅政。恪修缮湖堤，筑城自固，尚为保境之良策；东兴破敌，功由丁奉，班师东返，遽沐侯封，恪之幸也。乃小胜即骄，穷兵不已，至于新城顿挫，犹且不知引咎，作福作威，虽欲不亡，乌可得耶？语有之："小时了了，大未必佳。"观诸葛恪而益信；若孙峻则更不足齿矣。

# 第三十一回

## 司马师擅权行废立
## 毌丘俭失策致败亡

　　却说诸葛恪剑履上殿，见过吴主孙亮，列席饮酒，恪辞不能饮，无非防他下毒。孙峻即进言道："太傅有药酒带来，何勿敢取饮？"恪即命从人取入，放心酌饮。酒至数巡，亮托称更衣，起座入内，峻亦如厕，脱去长袍，改着短服，怀刃趋出，大声说道："有诏收诸葛恪。"恪惊起拔剑，尚未出鞘，峻已一刀斫至，剁落恪首。散骑常侍张约，坐在恪旁，急掣恪剑砍峻，峻向右一闪，稍伤左手，右手亟持刀劈约，约趋避不及，右臂中断，殿侧已先伏甲士，一齐突出，把约杀死。座上诸官，统皆惊走。峻复宣言道："恪谋逆已诛，余人无罪，尽可归座。"大众听着，乃复留片刻，旋即辞去。峻令甲士舁出二尸，用苇席包裹，竹篾扎缚，投诸城外石子岗；一面遣令甲士往收诸葛恪妻孥。恪妻正在室中，见有一婢进来，带着血腥，禁不住掩鼻诘问，婢忽跃起道："诸葛公乃为孙峻所杀，冤乎不冤？"道言甫毕，恪子竦、建，踉跄趋入，哭报乃父被诛，捕吏将至，请母亟奔。恪妻听了，也不及举哀，慌忙出门登车，与二子逃出都门；偏被骑督刘承追至，把他们围住，尽行拿下，押还都市，一齐枭首。恪甥都乡侯张震，及常侍朱恩等，连坐处死，并夷三族。临淮人臧均，表请收葬恪尸，辞多凄恻，乃听令收埋。当时建业有童谣云："诸葛恪，芦苇单衣篾钩落；于何相求成子阁？"成子阁，即石子岗别名，钩落就是苇带，至是谣言果验。这谋杀诸

224

葛恪的计议，出自孙峻，峻得受拜丞相大将军，都督中外诸军事，加封富春侯。太常滕胤，本未预谋，且为恪子竦妇翁，因乞辞职。峻笑语道："繇、禹犹不相及，滕公为何出此？"遂仍使守位，且进爵高密侯。南阳王和妃张氏，为恪甥女，峻为此收和印绶，且逼和自尽。*胤可免罪，和何故受诛？* 和接到朝命，与张妃泣别，张妃凄然道："吉凶当相随，妾终不独生。"遂与和一同服毒，相继毕命。和妾何氏，独叹息道："若皆从死，何人抚孤？"乃留育和子皓、德、谦、俊四男。皓即为东吴末主，后文再表。

且说魏主曹芳嗣位已十余年，*正始九年，嘉平六年，共十有五年。* 仍用夏正，一切政事，俱归司马氏裁决。司马懿前杀曹爽，威震朝野，到了临死这一年，尚杀扬州都督王凌，及凌甥兖州刺史令狐愚，说他谋立楚王彪，请旨赐彪自尽，并将诸王公锢置邺中，派人管束，不准与郡国交通。*补叙之笔。* 及司马师继懿辅政，权过乃父，魏主芳年已逾冠，一些儿没有主权，当然不乐。嘉平三年，芳后甄氏病逝，越年立光禄大夫张缉女为继后，缉不得与政，反令避嫌家居，亦怀怨望。太仆李恢，有子名丰，少有清名，为世所称，独恢严令约束，饬令闭门谢客。*与诸葛恪父子情迹相同。* 恢既去世，丰遂出为尚书仆射，司马师且擢他为中书令。丰与夏侯玄亲善，玄自被召入都后，因为曹爽亲属，致削兵权，但得了一个太常职衔。居常怏怏，辄与丰秘密商议，诛司马氏，为爽复仇。丰子韬得尚齐长公主，官拜给事中，父子常入侍宫廷，参预机要，魏主芳亦视为心腹，与语司马氏专横情状，往往流涕。丰虽为司马氏所拔擢，但心常属夏侯玄，隐恨司马师，更兼魏主涕泪相嘱，因即一力担承，愿除权蠹；且使韬转告后父张缉，联为指臂，缉当然相从。嘉平六年二月，魏主芳拟封后宫王氏为贵人，丰暗与黄门监苏铄、永宁署令乐敦、冗从仆射刘贤等，私下定谋，拟俟魏主临轩，召诛司马师，即令夏侯玄代为大将军，张缉为骠骑将军。*就使司马师被诛，尚有昭在，计亦未周。* 谁知事机不密，为师所闻，立遣舍人全义，引兵召丰；丰也知谋泄，不敢不往。既与司马师相见，一再盘诘，丰不禁动恼道："汝父子包藏祸心，将图篡逆，可惜我无力诛汝，死亦当为厉鬼以击贼。"师勃然大怒，便令武士执着刀环，猛击丰腰，丰即刻晕毙。师遂遣吏收捕夏侯玄，及后父张缉，交付廷尉钟毓。毓亲自讯玄，玄正色道："我有何言？随汝定谳罢了。"毓乃令玄系狱，自作谳词，流涕示玄，玄不加辩论，当即点首。待至谳词呈入，公卿等都惮师威权，不敢异议，遂将玄、缉二人，斩首东市。玄颜色不变，引颈就刑。玄子辐以尚主赐死，再执苏铄、乐敦、刘贤等，一体交斩，并夷三族。师意未足，带剑入宫，见了魏主芳，便瞋目道："张女何在？"芳战栗道："谁为张女？"师厉声道："就是张缉女儿！"芳起揖道："张缉有罪，该女并未知情，乞大将军宽恕。"皇帝丢脸，但亦忆及乃祖逼宫时候？师又说道："逆犯女儿，就使未尝知情，亦岂可为国母？应该即日废置。"芳俯首无言，师竟逼令张后出宫，可怜张后毁妆易服，哭辞魏主，由内侍拥出宫门，幽锢别室。与伏皇后何异？师方才趋出，始令词臣草诏，废去皇后张氏，不到数日，张氏暴亡，想是被司马师谋死了。毒逾乃父。魏主曹芳，无法可施，只得册王氏为贵人，即将王氏续立为后，后父奉车都尉王夔，迁官光禄大夫，受封广明乡侯。但芳虽不能制师，始终怀嫌，师亦心下忌芳，潜谋废立。适蜀将姜维，复出陇西，收降魏狄道长李简，进拔河间临洮诸县，司马师接得警耗，拟调亲弟安东将军司马昭，引兵拒蜀。当即入白魏主，请旨召昭。昭留守许昌，奉召入见，魏主芳至平乐观劳师，中领军许允，与魏主左右侍臣，欲乘间杀昭，勒兵收师，当下密奏曹芳，芳亦允议。及昭入辞行，芳见他威风凛凛，不由的胆战心惊，因将密谋搁起，未敢遽发。偏昭乖刁得很，微有所觉，退白乃兄司马师，师嘱暂留洛阳，觇察内外动静。一时查不出什么确音，只有许允屡次入内，与魏主背地私议，乃即诬他擅散官物，谪戍乐浪郡，且遣壮士赍夜追上，把允刺死。手段真辣。会接陇右守将徐质军报，与蜀兵连战数次，击死蜀将张嶷，蜀兵已退，姜维三次无功，即从魏将口中叙过。师乐得表留亲弟，与议废立事宜。昭狠戾不亚乃兄，极口赞同，师遂入朝，大会群臣，首先倡议道："今主上荒淫无道，亵近娼优，听信谗言，闭塞贤路，几与汉昌邑王相同，若长此守位，必危社稷，敢问诸公意见何如？"群僚并皆畏师，只好随声附和道："伊尹放太甲，霍光废昌邑王，俱为安定社稷起见；今日事亦唯公命。"师欣然道："诸公既以伊、霍望师，师亦何敢避责？"说着，即从袖中取出奏稿，令众署名，众见奏稿，是请命太后，说得曹芳如何昏愚，如何淫乱，明明是十有九虚，但欲违师命，必致诛夷，乃依次署讫。使人呈入永宁宫，郭太后本不预外政，看到这般奏本，默不一言。师在朝候信，且与群僚议定，将迎立彭城王据为嗣君，唯太后复命好多时不见颁到，因再遣大鸿胪郭芝入问。芝驰至永宁宫，见太后与魏主芳对坐，并带愁容，芝竟顾芳道："大将军欲废陛下，改立彭城王。"太后道："待我面见大将军，从容决议。"芝作色道："太后有子不能教，今大将军已与群臣商决，勒兵坐待，尚有何言？"简直似太上皇训令。太后无词可答，不禁泪下，俄而复有人驰入，手持齐王印绶，交与曹芳，令他退就旧藩，芳知不可留，拜辞太后，与郭芝同至殿中，别过百僚，出乘王车，竟赴故邸。为主无权，不如勿为。有几个忠厚官员，送了一程，太尉司马孚，悲不自胜，余亦未免唏嘘；独司马师昂然自若，复使郭芝往索玺绶，太后与语道："彭城王据是武帝庶子，为先皇季叔，若果迎立，试问将我置诸何地？且明帝从此绝嗣，大将军想亦未安，我意不如迎立高贵乡公髦，髦系文帝长孙，明帝从子，准诸古礼，小宗应继大宗，可与大将军谨议，再来报我。"芝听了此言，倒也不便驳斥，便出告司马师。师也觉正论难违，只好依命，使芝再白太后，仍取玺绶。太后道："高贵乡公小时，即由我见过他，既入嗣，我当亲交玺绶便了。"徒保玺绶，也是无益。芝复出告师，师乃遣使持节，往迎高贵乡公髦，一面肃清宫禁，降王皇后为齐王妃，勒令出宫就邸，专待曹髦到来。髦系明帝弟，东海定王霖子，正始五年，受封高贵乡公。年才十四，既至洛阳，群臣迎拜西掖门，髦下车答拜，礼官谓不必答礼，髦正色道："我亦人臣，今奉太后征召，未知何事，怎得见了群僚，便不答拜呢？"十四岁便能如此，聪慧可知。说着，即步行入殿，郭太后早已闻知，在太极殿东堂坐待，及髦拜见后，嘱咐数语，交与玺绶，髦固辞不获，方受玺易衣，御殿登座，朝见百官，即改嘉平六年为正元元年，大赦天下。假大将军司马师黄钺，入朝不趋，奏事不名，剑履上殿，其余文武百官，亦封赏有差。废立既得增封，何妨篡弑？

　　未几，已是一年上元，庆贺方才告毕，忽报扬州都督毌丘俭，与刺史文钦，托名讨逆，渡淮前来。司马师方病目瘤，延医割治，在府养病，闻得此报，急召河南尹王肃、尚书傅嘏、中书侍郎钟会等，入议军情；且与语道："我本欲亲征叛乱，可惜目瘤未愈，不能出行。"钟会起答道："此事非大将军亲出，恐一时未能荡平。"王肃等亦赞成会议，师蹶然跃起道："诸君既勉我亲征，我亦顾不得目疾了。"遂命弟昭兼中领军，暂摄朝政，自乘软舆督军，命荆州刺史王基为监军，向东进发。基向师献议道："淮南人民，非真思乱，不过为俭等胁迫而来，若大军一临，必然瓦解，基愿统率前军，速往平乱。"师欣然依议，基即星夜进兵，先将南顿城据住。毌丘俭因王凌死后，代督扬州，素与夏侯玄、李丰友善，玄、丰受诛，俭亦不安，因与刺史文钦结交。钦本与曹爽同乡，为爽所爱，乃得擢用。爽与玄、丰二人，同为司马氏所害，故钦俭并恨司马氏。曹芳被废，俭子甸请父兴师，乘机讨逆，俭乃矫托郭太后密诏，移檄州郡，号召兵马，讨司马师；自率州兵渡淮，行至项城，探悉王基据守南顿城，乃就项城驻扎，使健足赍书至兖州，往招刺史邓艾。艾字士载，籍隶棘阳，口吃不能急言，尝自呼艾艾。少年丧父，为人牧牛，每见高山大泽，辄留心形势，时人笑他为痴；独同郡吏见他聪慧，给资使学，终得成材。初入为太尉掾，继迁尚书郎，出参征西军事，任南安太守，调擢兖州刺史，有所规画，无不合宜，因此与钟士季齐名。**为钟、邓二人入蜀张本。**此次接着俭使，看罢来书，竟随手扯碎，且将俭使斩讫，立率万余人，趋乐嘉城，与师相应。师命镇南将军诸葛诞，由安风出取寿春，征东将军胡遵，由青州出谯宋地，截俭归路，自引兵往就邓艾。适文钦进袭乐嘉城，猝与师遇，不战即却。钦子鸯年方十八，骁勇绝伦，独无惧色。且请与钦夜袭师营，分兵夹攻，钦从东进，鸯从西入。父子计议已定，待到夜半，鸯率壮士，至师营前，鼓噪杀入，师本善行军，自有预备，当即传令坚守营门，不准妄动。将士虽遵令守住，怎奈营外的喧声，愈响愈震，师病卧帐中，惊愤交并，急得目睛突出，痛不可耐，但又未便呻吟，强为镇定，啮被皆破，好容易挨至黎明，营尚未陷。那文鸯专待父至，两路进攻，哪知钦竟不到，日已高升，只得引兵退去。行未里许，后面来了许多追兵，统将乃是司马班。鸯匹马单枪，回头杀入，无人敢当，纷纷倒退，鸯乃复去。司马班又麾兵追鸯，鸯返战六七次，杀死班兵六七百名，班不敢再进，鸯乃徐徐引还。途次始遇见乃父，问明情由，系是夜间失道，不得已觅路归来，鸯很是叹惜。**父不及子，奈何？**及还抵项城，毌丘俭已经遁去。原来吴丞相孙峻，闻俭出兵逾淮，料知扬州空虚，乘间进攻寿春。再加诸葛诞亦出安风津，向寿春进发，俭闻得此信，慌忙走还。钦父子孤军无继，也只得弃了项城，奔回寿春。背后忽有一人追呼道："文刺史何不暂留数日，乃如此急走呢？"钦回顾来骑，乃是尹大目，便骂他负爽旧恩，助师为逆，大目尚欲有言，钦竟弯弓欲射，大目且却且语道："罢了罢了！幸各努力！"说毕即返。其实大目是有心曹氏，来报师目突出，教他留守项城，静心待变；偏钦闻言不悟，竟致大目白走一遭。**心粗胆怯，怎能成事？**至行近寿春，闻得城中已溃，无家可归，没奈何投降孙峻去了。毌丘俭遁出项城，意欲南归，被胡遵截杀一阵，部兵四散，乃北走慎县，随身已无一卒，独至水草中暂憩，适为安风津民张属所见，把他射死，献首军前。俭子甸未曾随父，逃往新安，终被捕诛。尚有甸子弟数人，亦奔投吴军。吴军方至橐皋，诸葛诞已入寿春，孙峻料已无及，也即引还。司马师已平定淮南，即令诞都督扬州，自率大军还都。甫抵许昌，目痛愈剧，一经朦胧，便见夏侯玄、李丰、张缉等，立在面前，自知性命不保，不能至洛，可巧司马昭前来省疾，便即嘱咐后事，语尚未毕，眼中一声怪响，鲜血直流，顿致毙命。昭取得乃兄印绶，即总督人马，上表讣闻。魏主髦令昭留屯许昌，援应内外。昭询诸中书侍郎钟会，会劝昭回驻洛南，昭不待朝命，便即引归。魏主髦无可奈何，只得使昭继承兄职，嗣是大权复归昭有了。**也可谓兄终弟及了。**

　　且说蜀将姜维，探知司马师已死，复议乘间伐魏，大将军张翼，以为国小民劳，不宜黩武，劝维守险自固，为休养计。维不肯依议，竟请准朝命，与车骑将军夏侯霸等，率兵数万，进兵枹罕。魏征西将军郭淮已殁，由雍州刺史陈泰升任，新刺史姓王名经，轻率寡谋，引兵出拒，两军会战洮西。维令夏侯霸绕出经后，前后夹攻，经军大败，丧师无算，乃退保狄道城。维欲进攻狄道，张翼又谏阻道："大功已立，可止则止；若再行进兵，恐如画蛇添足，将隳前功。"维反恨他阻挠，驱军径进，魏征西将军陈泰，夤夜往援，就狄道城东南山上，鸣鼓举烽，张皇声势；再加兖州刺史邓艾，也受了朝旨，迁官安西将军，领兵来助陈泰。维闻两路兵到，急收兵退驻钟堤。**四次无功。**泰与邓艾相会，置酒谈兵，将佐毕集，俱谓蜀兵却退，未敢再来。艾独笑说道："洮西方败，彼必思乘胜再举，是一当来攻；彼屯兵汉中，容易出发，且知我将易兵新，更思乘隙，是二当来攻；彼用船行，我从陆行，我劳彼逸，是三当来攻；狄道、陇西、南安、祁山，皆为边境，我须四处把守，彼得一路直进，是四当来攻；彼出南安、陇西，可资羌谷，若出祁山，可就食陇麦，是五当来攻；我料他不出一年，就要前来了。"**知己知彼，百战百胜。**将佐始服艾远虑，交口称善。艾往屯祁山，逐日练兵，专待敌至。越年魏主髦改元甘露，就是蜀汉后主禅延熙十九年，蜀将姜维，进位大将军，又自钟堤出兵，北向祁山，途中探得祁山有备，乃改趋南安。偏为邓艾所料，引兵往据武城山，截住蜀兵去路。山势险峻，蜀兵连攻不克，维又欲移攻上邽，檄令镇西大将军胡济会师，就留夏侯霸屯武城山，自率部众，夤夜渡渭，潜向上邽进发。走至天明，见两面山路崎岖，不便驰骤，正在疑虑，前驱已返报道："此处名为段谷，谷后旗帜飘扬，恐有伏兵。"维变色道："段谷名称未佳，不如退师。"遂掉头回走，不料邓艾却挥兵杀来，兜头拦住，蜀兵已经心慌，更加道途逼窄，不能成列，被艾军一阵截击，杀得七零八落。维还望胡济来援，哪知待久不至，只好向前冲突，艾却纵兵兜围，不令窜逸，维兵越战越少，幸亏夏侯霸前来救应，才得拔出，姜维奔回汉中。这番姜维败回，丧失甚多，实皆被邓艾占了先着，处处设防，所以维有此败。第五次又失败了。嗣是蜀人怨维，维亦上表自贬，降为后将军，仍行大将军事。过了一年，魏扬州都督诸葛诞，又起兵讨司马昭，于是吴、蜀两国，亦各东西出兵。小子有诗叹道：

> 阵云扰扰起神州，未壹舆图战不休；
> 汉土三分数十载，可怜尸血满江流。

欲知诸葛诞何故讨昭，且看下回分解。

　　有曹操之废伏后，乃有司马师之废张后。操废后而止，至废帝一事，留待其子曹丕；而师独以一身兼之，既废张后，复废魏主芳，乱贼效尤，比前为甚。无怪后事之愈出愈凶。然使前无曹操父子，后亦必无司马师兄弟；天鉴不远，加倍相偿，世人欲为子孙计，亦何勿稍留余地乎？毌丘俭等之讨司马师，史笔尝嘉予之，然才不逮志，终致覆灭。俭子旬知讨贼之义，而不能为父先驱，坐致赤族；文钦有子，似胜毌丘，然子有勇而父无谋，其曷能济？此所以俊起俊仆也。然天欲覆曹而生司马氏，岂容毌丘俭之讨贼有成乎？

# 第三十二回

## 满恶贯孙綝伏诛
## 竭忠贞王经死节

却说诸葛诞驻节寿春，坐镇扬州，他本与夏侯玄、邓扬诸人，互相标榜，号为八达，至玄等夷灭，诞力不敌司马氏，乃隐忍不发。及毌丘俭等发难，复助司马师平乱，因得代俭位置，且进封高平侯，加官征东大将军。但自思王凌、毌丘俭，相继诛夷，恐不免再蹈覆辙，乃赦罪犯，蓄死士，散财赡众，收结人心，且借口防吴，更请添兵筑城，为自固计。初志已出毌丘俭下。司马昭方秉国政，颇有疑意，长史贾充，请借慰劳为名，遣使观变，昭即使充至寿春，与诞相见。诞留充宴饮，与语时事，充用言探试道："洛中诸贤，皆愿禅代，君以为何如？"诞不禁作色道："君非贾豫州嗣子么？充系豫州刺史贾逵子。世受国恩，奈何出此妄言？"充惭沮道："充不过将人言告公。"诞不待词毕，又厉声道："洛中有变，我当效死报国，身为人先。"何不与毌丘俭等同时报国？充已知诞意，饮罢告辞，返报司马昭，并向昭献议道："诞在扬州，颇得众心，不如征令入都，免为后患。"昭蹙眉道："恐诞未必肯来。"充又说道："充亦知他未肯应召，但召他不至，反速祸小，否则反迟祸大，愿明公裁察。"昭乃请旨，征诞为司空。诞果然迟疑，且见诏书中云，可将兵符，交与扬州刺史乐綝，更觉得乐綝从中倾轧，不由的愤嫉交乘，当即带领数百骑，径赴扬州，伴言将奉诏入洛，与綝辞行。綝不知有诈，迎诞入厅，诞便指挥骑士，一拥上前，吓得綝逃至楼上，终被杀死。于是诞征兵聚粮，准备起事；且遣长史吴纲，送少子靓入质东吴，称臣乞援。吴相孙峻，骄淫无道，国人侧目。司马桓虑，将军孙仪等，先后谋峻，俱被杀死。全公主与峻私通，往来日久，因前曾谮害太子和，妹夫朱据，与妹朱公主，均有异言。据已贬死，唯妹尚存。全公主余恨未消，竟诬妹与孙仪通谋，朱公主复致坐死。是何戾气，出此淫悍残忍之妇人？峻年未四十，恶贯满盈，忽患心痛，自称为诸葛恪所击，半日即毙，后事属诸从弟孙綝，綝已为偏将军，至是进任侍中，拜武卫将军，领中外诸军事。骠骑将军吕据，素嫉孙綝，遂与诸督将连衔，表荐卫将军滕胤为丞相，綝独奏调胤为大司马，使他出镇武昌。胤尚未行，据已由江都回来，使人告胤，共黜孙綝。綝得知消息，遣从兄孙宪，引兵御据，且促胤即日赴镇。胤不肯依言，反勒兵自卫，綝遂奏称胤谋反，率军攻胤，将胤杀死，并夷三族。胤不自量力，死亦自取。据既失内应，复为孙宪所阻，害得进退两难，或劝据北行奔魏，据慨然道："我若为叛臣，有何面目对我先人？"遂服毒自尽。据为故大司马吕范次子，自杀以后，由綝奏为叛首，亦夷三族。吴主亮下诏改元，号为太平，亮嗣位时，改元建兴，越二年改元五凤，五凤三年，又改号太平。进綝为大将军，封永宁侯。綝从兄宪引兵还都，未得升迁，且见綝倨傲无礼，心甚怏怏，因与将军王惇，同谋诛綝，不幸事泄，綝即受诛，宪亦自杀。过了一年，正值诸葛诞遣子入质，称臣请救，綝方欲图功耀威，当然乐从，便命将军全端、全怿、唐资等，与降将文钦父子，领兵三万，往救寿春。

魏大将军司马昭，闻得诸葛诞起兵，急忙入宫面奏，逼令魏主髦亲征，且请郭太后慈驾同行。挟天子并挟太后，无非防有内变。郭太后及魏主髦，不敢不从，当由昭调集大兵二十六万，陆续东下，自拥两宫车驾，出屯丘头，使镇东将军王基，与安东将军陈骞，领兵十万，进图寿春。基等方至城下，吴将全端、全怿等，已先入寿春城中，助诞固守。基挥兵围城，再向司马昭请兵十万，把寿春四面环住，围得水泄不通，文钦等屡出犯围，均被击退，吴又遣将军朱异率三万人至安丰，为寿春外援。魏亦令将军石苞，督同兖州刺史周泰、徐州刺史胡质等，击败朱异。异走报孙綝，綝乃大发士卒，出屯镬里，仍使异同将军丁奉、黎斐等，引兵五万，再救寿春。异将辎重留屯都陆，自出黎浆，不意魏将石苞等，又复杀来，异与战失利，仍然失败。还有魏泰山太守胡烈，潜引精兵五千，从间道绕出都陆，把朱异所留的辎重，一炬成灰；异兵丧粮尽，不得已仍回见孙綝。綝怒责道："汝两次失败，何颜见我？"异以魏兵势大为辞，綝复叱道："再去决一死战，不必向我饶舌。"异答言有兵无粮，不能再往。綝拍案道："谁叫汝辎重被毁？到此还敢违我令么？"一味蛮话。异尚欲再辩，綝竟拔剑起座，把异劈为两段。异为东吴名将，骤被杀死，将士都有违言，綝自知支持不住，索性退归吴都。适吴将全怿兄子炜、仪，因讼得罪，奉母奔魏，可巧司马昭亲来督攻，即收纳炜等，且伪作炜书，嘱炜从人，赍送寿春，递与全怿。书中大意，说是孙綝还都，责诸将救诞无功，罪及家族，因此奔魏逃命。怿得书惶急，即与全端，带领部众，出城降魏，寿春城内，兵力益孤。诞部将蒋班、焦彝，劝诞背城一战，诞又不从，二人料诞必败，也出降魏军。寿春自被围后，差不多已有半年，勉强过了残冬，粮食垂尽，诞屡次突围，终不能脱。文钦向诞献议，请将北兵尽行驱出，但留吴兵，与诞坚守，方可省食，诞不禁起疑。钦说至再三，诞勃然大怒道："汝教我尽去北军，连我也好送死了！"说着即拔刀砍死文钦。钦子文鸯、文虎，闻乃父被杀，当然痛愤，便逾城奔投魏营，军吏请按他前罪，一并加诛，司马昭独解说道："钦敢叛国，应受族诛，但今却不应出此。钦子穷迫来降，若将他诛戮，反使城内守兵誓死拒我，岂不可虑？"乃召入鸯、虎二人，面加抚慰，更表为偏将军，封关内侯。能收能放，奸谲不亚老瞒。一面使骑士数百人，绕城大呼道："文钦子尚不见诛，反加封赏，汝等何不早降，同受爵禄呢？"守兵听着，俱被诱动，往往缒城出降，昭乘势攻城，一日一夜，便得登陴，杀入城中。诸葛诞率亲兵数百人，开城欲走，被魏司马胡奋追及，一刀毕命。奋指挥部曲，将诞亲兵，一齐缚住，劝令投诚。谁知他都不肯降，杀一个，劝一个，随劝随杀，竟至杀尽，并将诸葛诞全家诛戮，夷及三族。吴将唐咨降魏，唯偏将军于诠，慨然太息道："大丈夫受命行军，不能救人，反甘屈节，我所不为。"说罢，竟免胄突阵，致为乱军所杀。可见吴大帝于地下。司马昭安民已毕，查点吴兵，乞降不下一二万人。或谓吴兵家小，尽在江南，将来必有他变，不如坑死了事，昭摇首道："古时良将出师，全国为上，但教元恶歼除，何必多戮他人？"遂令降卒分布三河，听令安处，拜唐咨为安远将军，咨以下有裨将数人，亦各予名位，众皆悦服。司马昭子孙得为帝数年，未始非这件阴功。唯昭欲乘胜伐吴，由镇东将军王基谏阻。又闻蜀将姜维，复出汉中，乃留基都督扬州，自率大军西归。途次接得邓艾军报，乃是蜀兵已经却退，昭得放心，还抵丘头，奉着两宫车驾，回到洛阳。群臣又称昭功德应授荣封，魏主髦乃令昭为相国，封晋公，加九锡，昭尚推辞再四，方将成命收回，这且待后再表。

且说吴大将军孙綝，引兵还都，威名虽挫，骄横如故。吴主亮年已十六，亲揽政事，见綝专权好杀，未免不平，往往因綝入朝，设词问答，綝辄为所窘，乃托疾不朝。使弟据为威远将军，入宫宿卫，恩为卫将军，干为偏将军，闿为长水校尉，分屯诸营，为自固计。吴主亮尝翻阅旧案，得见朱公主死状，疑有冤诬，乃召问全公主。全公主胆虚心怯，反谓朱公主罪证，是由朱据二子熊、损所言。熊已督虎林，损亦督外都，亮责他有心害母，立使将军丁奉，赍诏赐死。损妻为孙峻妹，綝因上书谏阻，亮独不从。全公主恐祸及己身，故意讨好亮前，叙述孙綝兄弟罪恶，被孙峻奸污有年，乐得借此出气。亮遂与她谋诛孙綝，且引将军刘承，密商计划。亮妃为全尚女，时已立为皇后，尚子纪为黄门侍郎，亮召入与语道："孙綝遇事专擅，藐我太甚，若不早图，必将及祸；卿父为中军都督，烦为密告，叫他严整军马，我当亲率各营，围取孙綝，但切勿使卿母闻知，妇人不晓大事，且为綝从姊，倘或漏泄，贻误非轻！"纪唯唯受教，出告父尚。尚素无远虑，竟向妻孙氏漏泄，孙氏即使人报綝。但顾母家，不顾夫族，妇人误事，往往如此。綝闻报大怒，夜使弟恩袭执全尚，并在苍龙门外，诱杀刘承，然后引兵围宫。亮亦愤不欲生，上马带鞬，持弓欲出，且语近侍道："我为大帝嫡子，在位已五年，中外大臣，孰敢不从？贼敢这般放肆么？"也是一厢情愿。近侍等向前拦住，极力谏阻，全后也已闻知，与亮乳母一同趋至，牵住亮衣，不令外出，亮叱全后道："汝父糊涂，败我大事！"全后本有姿色，更兼泪容满面，令人生怜，惹得亮欲行又止，将弓掷地，一面使人召纪。纪对来使道："臣父奉召不谨，负上实甚，臣无颜再见陛下。"说至此，竟拔剑自刎。可谓烈士。使人当即返报，亮不胜叹息，尚想设法解围，哪知孙綝敢作敢为，嘱使光禄勋孟宗，往告太庙，废亮为会稽王，且列亮罪状，班告远近。尚书桓彝，不肯署名，被綝当场杀死，又遣中书郎李崇，带兵入宫，夺取玺绶，迫亮夫妇出宫，由将军孙耿，押送就国，亮始终无法，只好挈眷去讫。綝复徙全尚至零陵，全公主至豫章；尚在途中，又被綝使人刺死。独不刺全公主，莫非尚为亡兄顾全私爱么？綝欲自立为主，恐众情不服，商诸典军施正，正劝綝迎立琅琊王休。綝乃令宗正孙楷，与中书郎董朝，迎休入都。休尝梦见乘龙上天，有首无尾，惊为奇事。是不得传子之兆。至是启行至曲阿，有老人于休前请道：

234

"事久变生,愿大王速行。"休乃兼程入都,留驻便殿。孙恩奉上玺绶,三让乃受,即日登正殿嗣位,下令大赦,改元永安。孙綝自称草莽臣。缴还印绶节钺,乞避贤路。**死期将至,何必做作?** 休特旨慰谕,命綝为丞相荆州牧,恩、干、闿皆晋爵加官,余亦封赏有差。

先是丹阳太守李衡,因休徙封丹阳,**见九十七回。**屡加侵侮,衡妻习氏,劝谏不从。休上书乞徙他郡,乃改迁会稽;至休入嗣位,衡惧休报怨,意欲奔魏。习氏复谏道:"君本布衣,荷蒙先帝拔擢,未曾报德,乃反虐待诸王,自贻嫌衅,一误已足,奈何再叛主降虏呢?"**又正词严。**衡皱眉道:"今将奈何?"习氏道:"琅邪王素好声名,当不至肆行报复,但为君计,须先诣狱请罪,妾料君不但免祸,并可复官。"衡听了妻言,自诣建业,入狱待罪。果然奉诏赦免,说他在君为君,不必多疑,仍令还郡治事,并加威远将军职衔。**辛宪有姊,李衡有妻,并录之以示女界。**后来衡欲治产,习氏又屡次加诫,但在武陵,种橘千株,故卒得令终。唯孙綝一门五侯,并典禁兵,权倾人主;吴主休阳示恩宠,内实加防。綝尝奉牛酒入宫,向休上寿,休谦谢不受,綝乃持酒至张布府中,与布共饮。酒后触起私忿,便向布直告道:"我前废少主,朝臣多劝我自立,我为今上贤明,故迎他为君,今我奉酒上寿,反致见拒,莫非疑我不成?看来只好变计呢。"布方超任左将军,为休心腹,与綝别后,即入宫密报。休很是不安,没奈何优给赏赐,遇綝请求,无不勉从。綝佯请出屯武昌,调兵给仗,擅取武库兵器。将军魏邈,与卫士施朔,便入奏道:"綝必将谋变,不可不防。"休因急召张布密议,布举荐老将丁奉,可任大事,休乃再征奉入宫,与谋诛逆。奉答说道:"丞相兄弟,支党甚多,不易猝制;好在腊日将到,大会群臣,待綝入席,便可下手,内属左将军布,外属老臣便了。"休闻言大喜,即嘱布奉两人,秘密行事,并令魏邈施朔为助。未几已届腊会,先一夜间大风拔木,飞石扬沙,**杀一孙綝,何干天怒?** 想是适逢其会。綝也觉惊心,托言有疾,不愿赴会,偏中使屡来敦促,只好应召。家人从旁劝阻,綝勃然道:"朝命已至,何惮不往?万一有变,可令府中放火为号,我自当速归。"言讫遂行,到了朝堂,百官统皆待着,迓綝入殿,连吴主休亦起座相迎。綝行过了礼,昂然高坐,当即开宴聚饮。酒至半酣,望见殿外浓烟冲起,即诡言何处失火,起座欲归。休忙劝止道:"外兵甚多,何劳丞相出视?"綝不肯应命,离席便行,张布举杯一掷,便有武士突出,立将孙綝拿下。吴主休喝声道:

"斩！"綝慌忙跪叩道："乞贷一死，愿徙交州。"休怒叱道："汝何不徙滕胤、吕据等人？"綝复碰头道："愿没为官奴。"休又叱道："汝何不使胤、据为奴？"两诘甚妙。布即将綝押出殿门，一刀斩讫，持首示众道："罪止孙綝，余皆不问。"殿内外听了此言，俱肃静无声。俄而丁奉牵入孙恩、孙干，亦由休叱令枭首；唯孙闿乘船北走，由魏邈、施朔追去，终得擒诛。孙綝兄弟家属，一概骈戮；追夺孙峻官爵，剖棺戮尸；改葬诸葛恪、滕胤等冢。廷臣或请为恪立碑，吴主休驳说道："盛夏出师，徒丧士卒，不可谓能；受遗辅政，身死贼手，不可谓智。怎得无端立碑呢？"驳得甚是。唯休妃为朱据女，母即休姊朱公主。以甥女为妻，亦太悖谬。朱公主为峻所杀，埋尸石子岗，无从辨识，唯有老宫人尚记主衣，再使两巫至乱冢前祷祝。夜见有一妇人，从冈上来，冉冉入冢，因即开验，果如宫人所言，乃得改葬。册朱妃为皇后，立子𩨌为太子，𩨌读如弯。封南阳王和子皓为乌程侯，皓弟德为钱塘侯，谦为永安侯。所有与谋诛綝诸将，如张布、丁奉等，并膺懋赏，江东乃安。唯吴得诛逆臣孙綝，魏却反弑嗣主曹髦，下手是舍人成济，主使实大将军司马昭。语似老吏断狱。先是魏宁陵井中，两现黄龙，群臣上表称贺，魏主髦独叹息道："龙为君象，上不在天，下不在田，乃屈居井中，有何祥瑞可言？"遂作《潜龙诗》以自讽云：

伤哉龙受困，不能跃深渊；上不飞天汉，下不见于田；蟠居于井底，鳅鳝舞其前；藏牙伏爪甲，嗟我亦同然！

这诗为司马昭所闻，很是不悦，乃复阴图废立。每见魏主曹髦，辄用言讥嘲，惹得髦忍无可忍，乃召侍中王沈、尚书王经、散骑常侍王业，私下与语道："司马昭居心叵测，路人皆知，我不能坐受废辱，今当与卿共讨此贼。"经当即谏阻道："昔鲁昭公不忍季氏，散走失国，为天下笑；今大权久归司马氏，内外公卿，俱为彼爪牙，不顾顺逆，陛下宿卫空虚，甲兵单弱，如何能出讨权臣？还乞慎重三思。"髦愤然起座道："我已决意出讨，虽死不惧，况未必遽死哩。"说着，即从袖中取出诏书，投诸地上，自往永宁宫禀白太后去了。太觉卤莽。王沈等踉跄趋出，沈即语王经道："此事只好往白司马公，免致同尽。"业也以为然，宁宫出来，竟不顾利害，但集殿中宿卫，及苍头官僮数百人，鼓噪出宫，自己拔剑升辇，当先押队，直奔止车门。门外有屯骑校尉司马伷，系是昭弟，当即引兵拦住；髦厉声喝退，向前再行。方至南阙，见贾充带着兵士数千，前来迎战，髦呼喝不住，两下竟厮杀起来。太子舍人成济，颇有勇力，随充军前，便问充道："此事究应如何处置？"充悍然道："司马公养汝何用？正为今日！"济复问道："当杀呢？当缚呢？"充复答道："杀死便了，何必多问。"济遂挺矛趋进，驰至辇前，髦尚大喝道："我为天子，贼臣怎得无礼？"济并不答话，横矛直刺，髦用剑招架，挡不住成济的长矛，霎时间胸际受伤，撞落辇下。济再顺手一刺，刃透背上，呜呼毕命。这叫做螳臂挡车，自不量力。卫士僮仆等，统皆逃散，充竟往报司马昭，昭假意大惊，自投地上。太傅司马孚闻变奔往，手枕髦股，且哭且语道："陛下被杀，实由臣罪！"身为太傅，不能事前调护，徒哭何益？当下命从吏棺殓髦尸，舁入偏殿。司马昭趋至殿中，召群臣会议，百官皆至，独陈泰已为尚书仆射，在都不入。昭令泰舅荀𫖮往召，泰唏嘘道："时人谓泰可比舅，今舅反不如泰呢。"泰子弟俱劝泰一行，泰素服入朝，先至灵前，恸哭一番，然后见昭。昭佯为流涕道："今日事该如何办理？"泰泣答道："独斩贾充，稍可以谢天下。"昭沉吟半晌。又复问道："再思至次。"泰朗声道："只有比此更进，何次可言？"昭乃不复问，令左右为太后作诏，诬髦忤逆不孝，意图弑母，宜废为庶人；尚书王经，敢逢君恶，亦应重惩等语，当即使人至永宁宫，迫令太后钤印，即日颁发。昭却与司马孚等联衔，请用王礼葬髦，吾谁欺？欺天乎？唯拘王经全家入狱。经尚有老母，亦被囚系，经因向母叩谢道："不孝子累及慈亲，奈何奈何？"母反破涕为笑道："人谁不死？但恐死不得所！今因此并命，死亦何恨呢？"比滂母更胜一筹。越日王经全家就诛，满城士民，无不泪下。司马昭见人心未死，乃归罪成济，派兵收捕。济不肯就拘，裸体登屋，丑诋司马昭，把他主使贾充，及所有弑君阴谋，和盘说出。却是痛快，但汝何故从逆？嗣经兵士四面放箭，济无从逃避，当然射倒，临死尚骂不绝口，昭竟夷济三族。小子有诗叹道：

> 王经报主甘从死，成济弑君亦受诛；
> 等是身家遭绝灭，流芳遗臭两悬殊。

欲知嗣立何人，且至下回续表。

曹髦驱车死南阙

　　孙綝出救诸葛诞，弃师而归，犹且骄横如故，安能久存？吴主亮若能濡忍以待，则如休之所为，未必不能为之。盖綝之怀逆，与司马昭相同，而才力之不逮昭也远甚。昭父兄累建功勋，为人畏服，綝无是也；昭之智不让父兄，倾动内外，朝臣俱受彼牢笼，綝又无是也。綝兄孙峻，作恶多端，及身幸得免诛，而綝则丧师辱国，众怨交乘，捽而去之，固易事耳。亮所托非人，因致失败，非綝之不易诛也。魏主髦卤莽从事，仿佛孙亮，亮且不能诛綝，髦亦安能诛昭？南关遇弑，莫非其自取耳。唯王经见危授命，始则进谏，继则抗逆，身虽被戮，名独流芳，而经母亦含笑就刑。贤母忠臣，并传千古，以视成济之为虎作伥，亦夷三族，其相去为何如乎？

# 第三十三回

## 失蜀土汉宗绝祀
## 篡魏祚晋室开基

却说司马昭既诛成济，遂议另立嗣君，决迎燕王宇子璜为魏主；使长子中垒将军司马炎，行中护军事，持节至永次县，常道乡，迎璜入都。璜为常道乡公，年方十五，既入洛阳，即至永宁宫，谒过太后，登殿嗣位，更名为奂，改号景元，进司马昭为相国，封晋公，加九锡礼，昭仍然固辞。何必做作？是年故汉献帝夫人曹节病殁，追谥为献穆皇后，丧葬礼仪，皆依汉朝故例。特笔书此，以志曹女之犹不忘汉。越年，又命司马昭晋爵，昭谦让如故。又越年十月，洮阳递入军报，乃是蜀姜维复为大将军，出兵攻魏。昭令安西将军邓艾，过意严防。先是蜀汉主禅延熙二十一年，改元景福，正值魏兵出攻寿春，蜀将姜维，欲乘虚北伐，特率数万人，通道骆谷，进攻长城。此长城系是县名，非秦所修筑之长城。魏安西将军邓艾，与长城都督司马望，坚壁拒维，相持不下。及魏平寿春，司马昭还师，维乃引还。是补前回未详之阙。但自姜维执掌军政，主张北伐，至此已经过六次，差不多是连年兴师，蜀民当然愁苦。中散大夫谯周，曾作《仇国论》讽维，维尚无回意。尚书令陈祗，与中常侍黄皓，在内用事，扰乱国政。已而祗死，后主禅用仆射董厥为尚书令，尚书诸葛瞻为仆射；嗣且进厥、瞻为将军，共平尚书事，命侍中樊建为尚书令。厥本义阳人，曾仕丞相府中令史，诸葛亮常称为良士。瞻即亮子，得尚公主，位兼勋亲，但两人素性慎重，未能力除黄皓。独樊建不与皓往来，皓累承宠眷，蒙蔽后主，伐异党同，右将军阎宇，与皓亲善，皓欲黜去姜维，以宇为代。维察知阴谋，入白后主道："皓奸巧专恣，将败国家，请陛下速诛此人。"后主笑答道："皓一趋走小臣，有何能为？从前董允嫉皓，朕常以为过甚，卿幸勿介意。"说着，复呼皓出谢姜维，维不便多言，当即趋出。**好一个和事天子。**至景耀五年，维又欲伐魏，车骑将军廖化，劝阻不从，退语亲属道："兵不戢，必自焚，**伯约姜维字。**恐难逃此语呢！**上语本《左传》。**智既未优，力又未足，乃用兵无厌，何以自存？"果然维进攻洮阳，前锋夏侯霸，中箭阵亡；维与邓艾交战侯和城下，又复失利，只得退还。**姜维七伐中原，至此才了，罗氏《演义》添入计赚王瓘一回，称作八伐，不知何指？**黄皓遂乘间进谗，请令阎宇代维，后主虽未依言，心下却有疑意。维在途中，得知消息，乃自请种麦沓中，不复还都。才阅两月，即得魏人窥蜀消息，上表后主，请遣左右车骑将军张翼、廖化，督领兵马，出镇阳平关，及阴平桥头，防备不虞。后主接得此表，乃与黄皓计议，皓复奏道："这又是姜维贪功，故有此表。臣料蜀中天险，魏人亦未必敢来，陛下如尚怀疑，都中有一师巫，能知未来，可传旨问明。"后主遂令皓往问师巫，未几返报，谓巫已请得神言，说是陛下后福无穷，何来外寇？**全是捣鬼。**后主信以为真，乐得耽情酒色，坐享太平，所有姜维表文，置诸不理。适有都乡侯胡琰妻贺氏，美丽绝伦，因入宫朝见皇后，被留经月，方许还家。琰疑贺氏与后主私通，竟呼家卒至贺氏前用履挞面，差不多有数十百下。看官试想！好好一张俏庞儿，能禁得这般糟蹋么？琰俟家卒挞罢，将妻驱出。可怜贺氏哭哭啼啼，竟至宫中面诉冤情；后主见她面目青肿，不禁大怒，立命左右拘琰下狱，饬有司从重定谳，谳文有云："卒非挞妻之人，面非受履之地，罪当弃市！"于是琰处斩。时人因琰罪轻法重，越生疑议，遂致舆情失望，怨谤交乘，后主似痴聋一般，全无知觉。且自姜维上表后，过了半年，并不见魏兵入境，益觉得黄皓忠诚，远过姜维。

谁知霹雳一声，震动全蜀，魏兵竟三路杀到，势如破竹，管教那岩疆失守，全蜀沦亡。魏大将军司马昭，因蜀人屡次犯边，意欲遣客入蜀，刺死姜维，从事中郎荀勖道："明公当堂堂整整，出师讨蜀，奈何令刺客西行，无名无望呢？"说得司马昭跃然心动，遂拟大举攻蜀。朝臣多以为未可，独钟会竭力赞成，昭即令会为镇西将军，都督关中，部署人马，再使邓艾为征西将军，与会并进。艾以蜀未有衅，屡陈异议，昭遣主簿师纂，为艾司马，再三劝勉，艾无奈奉命。本非情愿，已为后文埋根。约阅数月，钟会已筹足饷械，便统率十余万人，分从骆谷、斜谷、子午谷，直趋汉中。邓艾督三万余人，自狄道入沓中，牵掣姜维。再令雍州刺史诸葛绪，督三万余人，自祁山往武卫桥头，绝维归路。三路魏兵，同时出发，又由昭遣廷尉卫瓘，持节监军。瓘行过幽州，由刺史王戎出迎，与瓘宴叙。席间谈及行军得失，戎与语道："道家有言，为而不恃，可见得成功不难，保守为难呢。"瓘复述参军刘实微言，谓钟、邓二人，必能破蜀，但皆不得生还。戎微笑道："我意亦然，君应守秘密，且看将来。"瓘乃尽兴而去。从前刘先主手定汉中，曾在阳平关外，分置边戍，严防外寇；至姜维用事，谓"不如敛兵聚谷，退守汉寿及汉、乐二城，较为简省；寇若攻关，势难遽拔，待他粮尽引还，可由诸城并出搏击，自足歼敌"等语，后主依议施行。因将各边戍撤退，唯饬将军傅金，守住关隘，王含、蒋斌，分戍汉、乐二城。外户不守，撤屯引敌，这是姜维第一失计。此次钟会进兵，遂得长驱无阻，直达阳平关下。自督诸军攻关，使前将军李辅，与护军荀恺，各率万人，往围汉城、乐城，使他隔绝不通。阳平关本来险峻，守将傅金，扼住关口，任凭钟会有十万大军，一时总难飞越。唯金恐寡不敌众，忙遣使飞报成都，乞师相助。未几来了一个蒋舒，本为武兴军督，由后主调他助金。金意在坚守，舒偏要出战，两人各执一是，结果是金仍守关，舒出迎敌。谁料舒出关以后，竟向魏营乞降，反引魏先锋胡烈，同来叩关。金在关上俯瞩，明明是蒋舒还军，当然开关接入。关门甫辟，魏兵如潮涌进，乱杀守兵，金始知为舒所卖，下关格斗，力杀魏兵数十人，自己身受重伤，血满袍铠，当下用剑拟颈，忍痛力挥，一道忠魂，往寻乃父傅彤去了。父子同为蜀死，节足光汉乘。魏兵入关，钟会率队进来，得了许多粮草甲仗，很是喜慰，便即犒赏军士，就在关上休息一宵。越日得李辅、荀恺军报，乃是汉、乐二城，已经归降，会就放胆前进，行经定军山，忽见阴云布合，愁雾迷蒙，几乎连前面路径，都不可辨。会呹问降将蒋舒道："山上有无神庙？"舒答言并无庙宇，只有蜀故丞相诸葛亮墓，全蜀将亡，怪不得阴云愁惨。会恍然道："诸葛公遗惠及民，理应致祭。"遂谨备牲醴，亲往墓前祷祀，且誓言入蜀以后，决不妄杀一人，待至祷毕，云雾徐开，然后再进。

后主闻汉中失守，急遣左右车骑张翼、廖化，及辅国大将军董厥，领兵拒魏，迟了！迟了！且遣使向吴求援，一面下令大赦，改景耀六年，为炎兴元年。姜维尚在沓中，闻得魏兵进攻，慌忙调兵抵御，可巧邓艾引兵杀到，便与对垒，相持了好几日。忽由探马来报，汉中失守，傅佥战死，维大惊道："汉中一失，我无归路，只好速退罢。"当下拔寨齐退。行至强川口，后面追兵又至，维无心恋战，且斗且走，丧失部兵多人。将抵阴平，后有探马走报道："魏将诸葛绪，进据桥头，截我去路。"维闻言沉吟，想命军士改向北行，扬言将截击绪后。绪果为所绐，退兵三十里，四面窥探，并无蜀军，哪知维已还向桥头，趋回剑阁去了。蜀将廖化、张翼、董厥等，奉命拒魏，正与姜维相遇，维谓剑阁险阻，必可固守，不如并力扼住，待敌粮尽退归，再可规复汉中。廖化等也以为然，遂合兵同至剑阁，依险分屯，果然钟会兵至，无隙可乘，就是邓艾、诸葛绪，一齐趋集，也是屡攻不克，徒费奔波。会知难欲退，偏邓艾冒险进取，引兵自行，唯诸葛绪仍与会合军。会因艾不受节制，迁怒及绪，密奏绪畏懦无功，竟将他槛车送归，所有绪兵三万人，悉归会管辖。会且留攻剑阁，专探邓艾消息。艾却率领部曲，就阴平僻道，趋入前面，都是丛山峻岭，渺无人迹；艾不顾艰险，勒令军士逢山开道，遇水架桥，到了危崖峭壁的地方，却用毡裹住身体，先滚下去，将士等不敢落后，如法遵行，及至无毡可裹，各用绳索束腰，攀木挂树，鱼贯而进。艾不久即死，何苦为此。途次尚有二废垒，虚无一人，艾指示将佐道："此间空垒尚存，想诸葛孔明在日，定必派兵把守，今已废置，是天使我成功了。"及行近江油，路渐平坦，总计所经路险，约有七百余里，部众在途伤亡，亦不下数千人，自是有进无退，只好拚死杀入。江油守将马邈，漫不加防，一闻艾兵已到城下，吓得魂飞胆落，慌忙开城迎降。蜀卫将军诸葛瞻，方守涪城，闻得江油被陷，忙调兵抵御；尚书郎黄崇，劝瞻急出据险。瞻因兵尚未集，不便遽出，才阅两日，魏兵已将险要占去，眼见得涪城难守，不得已退保绵竹。艾令子忠及司马师纂，引兵追瞻，被瞻一鼓击退，还见邓艾，报称敌未可击。艾大怒道："存亡利害，在此一举，若非冒死进击，难道还有生路么？"忠与纂乃复驰去，与瞻再战。这番接仗，与前次迥不相同，魏兵俱怀死志，锐不可当，瞻正虑招架不住，偏又有大队杀来，乃是邓艾自来接应，两军杀至日暮，蜀兵四散，瞻与尚书黄崇，并皆阵亡。瞻子尚年将弱冠，登城遥望，见父瞻陷入阵中，不禁恸哭道："我父子荷国重恩，应该效死，只恨朝廷不早斩黄皓，致有此祸！今我父已死，我何生为？"遂策马杀出，格毙魏兵数名，也即捐躯。父死忠，子死孝，不愧为武侯子孙。艾遂杀入绵竹城，守兵尽溃。绵竹距成都，只百余里，败报早发夕至，急得后主禅束手无策，忙召朝臣商议。或谓宜东出奔吴，或谓且避往南中七郡，唯光禄大夫谯周，谓不如降魏，后主迟疑未决，流涕还宫。何不叫师巫退敌？

是时吴太后与梁王理，皆早殁，鲁王永徙封甘陵，不在都中，余如张后及太子璇等，毫无主见，只有在旁陪泪。忽有一人趋入道："如果势穷力屈，祸败必及，便当父子君臣，背城一战，同死社稷，方好见先帝于地下！奈何遽欲出降呢？"后主瞧着，乃是第五子北地王刘谌。刘禅庸主，不意有此奇儿。原来后主有七子，长名璇，已立为太子；次为安定王瑶；又次为西河王琮；时已去世。又次为新平王瓒；第五子就是北地王谌；六子恂，封新兴王；七子虔，封上党王。谌最号英明，故有此谏。后主怒说道："童子何知？也来多言！"谌大哭道："先帝创业艰难，一旦拱手让人，岂不可惜？谌宁死不受辱呢。"后主将他叱退。俄而谯周复入报道："魏兵将到城下，陛下若依臣言，还可保全爵禄，必无他虞，臣愿至魏营力争，决不使陛下罹灾。"后主听到此语，心下稍宽，总教性命可保，何惜屈膝？乃使周缮就降表，与侍中张绍，驸马都尉绍良，同赴艾营请降。艾方至雒城，得表大喜，答书有"微子归周，当为上宾"等语，因遣绍良持书返报，自率部兵，径诣成都，后主面缚舆榇，出城降艾。艾令焚榇释缚，好言抚慰，仍令还宫安民，是日北地王刘谌，挈妻子至昭烈庙中，哭拜一番，起拔佩剑，先杀妻子，然后自杀，虽死犹生。汉至此乃亡。总计蜀汉自先主开基，称帝三年，后主禅嗣位四十年，合得四十三年，独详蜀汉历数，隐宗紫阳书法。三汉共二十六主，总计得四百六十九年。再加一笔。邓艾既入成都，禁止将士掳掠，独收锢黄皓，意欲加诛，皓赂艾左右，终得免死。奈何不诛此竖？艾依东汉邓禹故事，承制拜后主为车骑将军，太子诸王，各有封职；但使后主驰书剑阁，饬令姜维降魏。维闻诸葛瞻败死，还援成都，行至郪县，接得后主敕书，踌躇多时，乃令部兵还降钟会，就是廖化、张翼、董厥诸将，亦偕维同降。将士统皆愤激，拔刀斫石，尚欲与魏兵决一死战，经维密为晓示，方随至会营。会素闻姜维才名，开营迎入，莞然笑语道："伯约来此何迟？"维流涕道："维不能保主，本当一死，因闻将军仁明英武，故不惜来降，今日至此，尚为太速呢。"会听了此语，忙起握维手，引置上座，与谈心腹，并使维依旧领兵，维自然暗喜，遂导会至涪城驻扎。会闻艾恃功专断，心甚不悦，艾又上书司马昭，请乘胜伐吴，并封降王刘禅父子，使吴人望风畏服云云。昭表封艾为太尉，会为司徒，独未肯遽从艾请。特檄监军卫瓘谕艾，叫他事须先报，不得专行。艾奋然道："大夫出疆，苟利社稷，何妨专命？艾唯知《春秋》大义，怎得无端牵掣呢？"说得瓘无词可答，走白钟会。蜀将姜维，得此知信，便进语钟会道："公自入蜀以来，算无遗策，今反位出艾下，已伏内疑；维闻陶朱沼吴，泛舟绝迹；张良破楚，辟谷全身。公何不上效古人，保功立名呢？"故意反激。会笑答道："君言错了！我年强仕，何能行此？"维接口道："公若不愿高蹈，凭公智力，何事难为？无烦老夫陈策了。"明是逼他谋反。会乃屏去左右，与维议定秘谋，即与卫瓘联名上书，白艾反状。

司马昭既防邓艾，复防钟会，先请魏主下诏，囚艾解京，一面使钟会进兵成都，一面令贾充将兵入斜谷，自奉魏主出屯长安。着着防到，昭才实过钟、邓。会接到诏敕，便欲麾兵直进，维急劝会道："艾若拒公，必且劳动兵戈，不如先遣监军卫瓘，前去收艾，然后进兵不迟。"会极口称善，立遣卫瓘引兵百骑，往拘邓艾，自率全军继进。瓘却也乖巧，明知前去收艾，危险异常，他却就夜间驰往成都，待晓入城，托言有要事密商，径至邓艾卧室中。艾尚高卧未起，瓘竟叱从兵将艾缚住，艾子忠起身入问，亦为所执，因厉声大呼道："奉诏收邓艾父子，余皆不问。"当下牵艾父子入槛车。待至艾部众齐集，意欲阻挠，偏城外已由钟会大军，一拥直入，众乃不敢再动，听钟会处置。会入城谕众，各守专职，但派遣将吏将艾父子押送洛阳。忽由魏廷颁到哀诏，乃是郭太后病亡，会乘机谋变，佯召诸将举哀，驱置一室，待至哀毕，突从怀中取出一纸，向众宣言道："太后有遗诏颁来，使会入讨司马昭。"诸将问昭有何罪？会拔剑置案道："南阙弑君，罪状昭然，诸君如甘心从逆，请试吾剑！"众皆惊愕，勉强应命。会却将诸将锢住室中，不准私出，独卫瓘诈称有疾，得居外廨。会因瓘手下无兵，许令自由；复与维密议起兵，使为先驱，维一口应承，但言诸将未服，不可不防。会即举剑示维道："有此物在，何必多忧？"维大喜趋出，往报后主禅道："愿陛下忍辱数日，便可使社稷复安，日月重明了。"哪知汉祚已终，不能再挽，才隔一宵，就起变端。魏护军胡烈，亦被锢禁室中，独子渊尚在外面，烈使亲兵出外取食，嘱他寄语，伪言钟会已作大坑，并办就大杖数千，将驱众尽死坑中。渊闻语大惊，传告诸军，一夕皆遍，到了日中，由渊击鼓召众，顷刻便集至万人，杀入殿中。会方与姜维共坐内殿，密商出兵事宜，蓦闻殿外有鼓噪声，会惊起道："莫非是外兵变乱么？"维答说道："就使有变，一击便了！"语尚未毕，乱兵已经趋入。会急拔剑出御，忽被一箭射着，仓猝倒地；维尚欲救会，忽觉心痛难当，乃仰天大呼道："我计不成，岂非天命？"说至此，就举剑自刎，须臾毕命。人定不能胜天。乱兵将会杀死，再剖维腹，胆大如卵，并皆咋舌，于是乘势杀掠，骚扰全城。胡烈等也穿屋驰出，一同行凶，不但姜维家属，尽遭屠戮，甚至蜀太子璇，及蜀将数人，也为所害；蜀民死亡无数，积尸盈途，想是百姓应该遭劫。还亏卫瓘出来弹压，好几日才得平安。邓艾旧部将吏，飞骑追艾，幸得相遇，忙将艾父子，放出槛车，仍向成都回来。将至绵竹，见有一彪军驰至，艾仔细审视，先驱为部将田续，当即拍马相迎。续忽手起一刀将艾劈落马下，艾子忠向前救父，又被续顺手杀死。看官！这是何因？原来续前越阴平，畏难不进，被其叱辱一番，心中记恨，此次为卫瓘所遣，叫他袭杀邓艾父子，免得艾还蜀报仇。续只说是奉诏诛逆，无人敢抗，当即持首还报。既而贾充入蜀，遂将后主禅等，共徙洛阳。蜀臣唯秘书令却正，及殿中督张通，随禅北行。司马昭已奉主回洛，待禅到来，封他为安乐公。昭邀禅与宴，命奏蜀乐，却正等并皆感伤，禅乃嬉笑自若。昭乃语贾充道："此人可谓无心，就使诸葛亮尚存，亦难保护，何况是一姜维呢？"乃复问禅道："颇思蜀否？"禅答说道："此间乐，不思蜀了！"安乐公名副其实。待至宴毕，禅辞别回邸，却正入语道："主公前次失言，倘他日再如前问，应流涕相答，说是先人坟墓，远在蜀中，怎能不思？"禅点首记着，后来果由昭再问，禅依却正言答昭，只苦一时无泪，乃闭目作态。昭忽问道："此语何似却正所言？"禅开目惊视道："诚如尊命！"昭不禁失笑，左右亦吃吃有声。禅乃憪然告退，但亦得使人不疑，安享余生。至晋泰始七年，方才病终，倒也活得六十有五岁，这且搁过不提。呆人呆福。

且说吴主休嗣位六年，因蜀使告急，曾遣大将军丁奉向寿春，偏将丁封、孙异向沔中，为蜀声援；嗣闻蜀已入魏，乃令各军退回，唯心中不能无忧，奄忽成疾，猝致不起。遂召丞相濮阳兴入宫，嘱咐后事。休已不能言，但握住兴手，使太子霅出拜，算是托孤的遗命，是夕遂殁。兴却与左将军张布商议，谓蜀已新亡，势将及吴，太子年尚幼弱，恐难保国，不如迎立乌程侯皓，较为得计，布也即赞成，遂入宫禀白朱后。朱后是一柔顺的女流，潸然答道："我一寡妇人，何知大虑？但凭卿等裁决罢了。"妇道尚柔，此处似因柔召祸，但误在兴、布，不能为朱氏咎。兴等趋出，便迎皓嗣位，改年元兴。当即为休发丧，奉葬定陆，追谥休为景皇帝。皓为休从子，既已入嗣休位，例应尊休后朱氏为太后，且群臣已将太后玺绶，送入宫中。偏皓将玺绶夺还，但号朱氏为景皇后，独崇谥父和为文皇帝，尊庶母何姬为太后，封休子霍为豫章王，勒令就国，立妃滕氏为后。后系是故卫将军滕胤族女，父名牧，得封高密侯，拜卫将军。皓初次颁发优旨，如发仓廪，赈贫乏，放宫女，出苑禽等事，倒还有些贤明；后来骄淫不道，沉湎酒色，丞相兴与将军布，未免生悔，轮流进谏。皓竟目为怨谤，杀毙两人，寻且逼死朱后，及后二子，残　如此，怎得久存？那魏大将军司马昭，平蜀有功，始受封相国晋公，及九锡典礼。太尉王祥，司徒何曾，司空荀𫖮，又请加封昭为晋王，昭亦直受不辞。**至此已无庸做作了。**一班趋炎附势的臣僚，就将禅让的典礼，争先呈入，昭因东吴未平，还想少待，唯命长子炎为副相国；百官又趁势逢迎，表进炎为抚军大将军。越年，为魏主曹奂咸熙二年，昭已立炎为世子，复进称太子。未几昭死，炎嗣为相国晋王，迁魏司徒何曾为晋丞相，令骠骑将军司马望，为晋司徒。魏主奂名为人君，早与傀儡无异，左右侍臣无一非司马氏爪牙。好容易在位六年，还是司马昭不肯受禅，才得迁延时日。**无非想学曹操。**及炎承父爵，不肯再缓，端的要帝制自为了。**与曹丕何异？**是年秋季，襄武县中，报称有大人出现，身长三丈余，迹长三尺二寸，白发黄巾，拄杖自呼道：“我乃民王，传语兆民，国运将改，从此太平！”言讫不见。**真耶？伪耶？**何曾等遂推为晋瑞，向炎劝进。炎佯为推辞，偏朝臣已逼令魏主，就南郊筑受禅坛，择于咸熙二年十二月壬戌日禅位。转眼间已是届期，百官至晋王府前，请炎受禅，炎居然戴冕旒，服衮衣，乘辇出来，由大众拥至南郊，下车登坛，早有黄门官捧着皇帝玺绶，敬谨上献。炎接受后，当燔柴告天，一如魏受汉禅故事，**真好报应。**礼毕还朝，御殿受贺，国号晋，改元泰始。废魏主奂为陈留王，即日徙居金墉城。奂含泪别去，太傅司马孚，拜辞故主，流涕唏嘘道：“臣年老将死，尚不失为大魏纯臣哩。”**自称自赞。**未几又徙奂至邺城，直至晋太安元年寿终，追谥为元皇帝。废主曹芳，由齐王降封为邵陵公，殁时追谥为厉。余如魏氏诸王，皆降封为侯，魏历五主而亡。独吴至太康元年，方为晋灭，事见《晋史演义》中。汉事已完，墨干笔秃。小子只有绝诗两首，作为本编的煞尾声。诗曰：

　　春陵起义汉重光，后嗣昏庸又致亡。

赢得蜀中延一线，谁知宦竖且贻殃？

妇寺原为乱国媒，群雄扰攘亦堪哀。
试看两汉同三国，多少兵民付劫灰！

　　姜维才不逮诸葛，而欲与魏争胜，连岁出师，致民劳苦，不可谓非失计。然如后主之昏愚，亲小人，远贤臣，就使维不伐魏，蜀亦宁能久存乎？况维闻魏人窥蜀，即表请遣将守险，而为一黄皓所误，卒至魏兵三路，长驱直入；是咎在黄皓，于维无尤也。剑阁守险，钟会屡攻不克，而邓艾从阴平进兵，直趋涪城。诸葛瞻不依黄崇之议，让敌深入，猝至战死，是咎在诸葛瞻，于维亦无尤也。成都虽危，尚堪背城借一，后主宁从谯周，不从北地王谌，面缚出降，坐丧蜀土，是咎在后主，于维更无尤也。至大势已去，维尚诈降钟会，意图规复，乃不幸失败，一死谢国，维之报主，至矣尽矣！天不祚蜀，何维之足尤乎？若夫司马氏之篡魏，实为天道之循环，不有曹操父子之作俑于前，何有司马昭之效尤于后？故篡魏者晋，实则魏自诒之也。而晋之亡，当于《晋史》中寻其源，故不赘云。